百年微澜

胡适与『新红学』

欧阳健 著

九 州 出 版 社 JIUZHOUPRESS｜全国百佳图书出版单位

图书在版编目（CIP）数据

百年微澜：胡适与"新红学" / 欧阳健著. -- 北京：九州出版社，2020.12
ISBN 978-7-5108-9865-5

Ⅰ．①百… Ⅱ．①欧… Ⅲ．①胡适（1891-1962）—《红楼梦》研究 Ⅳ．①I207.411

中国版本图书馆CIP数据核字(2020)第229163号

百年微澜：胡适与"新红学"

作　　者	欧阳健　著	
出版发行	九州出版社	
地　　址	北京市西城区阜外大街甲 35 号（100037）	
发行电话	(010)68992190/3/5/6	
网　　址	www.jiuzhoupress.com	
电子信箱	jiuzhou@jiuzhoupress.com	
印　　刷	三河市九洲财鑫印刷有限公司	
开　　本	710 毫米 ×1000 毫米　16 开	
印　　张	22.25	
字　　数	280 千字	
版　　次	2020 年 12 月第 1 版	
印　　次	2020 年 12 月第 1 次印刷	
书　　号	ISBN 978-7-5108-9865-5	
定　　价	79.00 元	

目　录

第一章 论 1954 年的 "批俞评红"

第一节 给《红楼梦》以更高评价是时代的需要

1954 年的 "批俞评红"，是 1955 年 "胡适思想批判" 的先声，在海峡两岸激起的涟漪，至今仍未宁息。若要洞悉运动的实质，最好的切入点，便是海峡彼岸的非议，在此暂不阐述。

前事不忘，后事之师。1954 年的 "批俞评红"，是不是 "以一位老知识分子为批判目标的全国性的运动"？如若凭借翔实的材料，从学术角度进行历史性重温，就应得出完全相反的结论：那是在新的社会背景下，重新认识古典文学的运动。

一

任访秋《古典文学研究中的考证与批评问题》说："在新的人民时代，我们不管是搞什么，都应该问一问这样做对人民有什么好处；同时我们批评任何事物的好与坏、是与非，也都应该从这个角度出发。"[1] 李希凡、蓝翎的 "评红" 新论，就是在这种社会历史背景下应运而生的。他们阅读了新

---

[1] 中国作家协会上海分会编：《红楼梦研究资料集刊》第二集，上海古籍出版社，1954，第 103 页。

版《红楼梦》，"恰恰在这时，俞平伯的《红楼梦简论》在《新建设》三月号发表了。他那种对《红楼梦》的内容与形式的大肆歪曲，露骨的反现实主义的唯心论观点，激起了我们的义愤，……对文学事业的责任感，对优秀的古典遗产的自豪感，迫使我们不能容忍这种歪曲，觉得应该马上给以反击。"① 在两位学习了马克思主义的青年的直觉中，对《红楼梦》的贬低是不能容忍的，于是提出了自己的评价：

> 《红楼梦》真实地、深刻地反映了封建社会腐朽透顶的生活面貌。作者以其对真实的追求，对深邃的美的追求，描绘了现实人生的悲剧，时代的、社会的人的悲剧。贾宝玉林黛玉完整的悲剧性格，体现了人民的反封建的斗争精神，体现了爱自由、纯真的人道主义的人类理想，深刻地揭示出"百足之虫、死而不僵"的封建社会必然崩溃的征兆。曹雪芹在全书开始，以炼石补天的神话，概括了全书主题，这是一篇对被封建社会歪曲的天才的热情颂歌。②

这一全新的见解，将《红楼梦》放置在由《诗经》、屈原、杜甫、关汉卿、王实甫、施耐庵所代表的"人民性传统"中，紧密结合封建时代社会和人生的悲剧加以论述，与胡适"新红学"将《红楼梦》看成作者"感叹身世"和"情场忏悔"的自传说相比，确是惊世骇俗、令人耳目一新的。这种全新的价值判断，旋即与时代的主旋律相呼应，遂成为被推崇的治学方法的典范。李、蓝新论揭开了"批俞评红"的序幕，1955年6月，出版了《红楼梦问题讨论集》一至四集，共收论文一百二十五篇，一百余万言。

---

① 蓝翎，李希凡：《谁引导我们到战斗的路上》，《中国青年》1954年第22期。
② 作家出版社编辑部编：《红楼梦问题讨论集》第一集，作家出版社，1955，第63页。

二

批判是学术的生命，也是学术进步的必由之路。《红楼梦》价值的讨论，既然提到了两个阶级、两种世界观斗争的纲上，自然会伴生出政治的、思想的、组织的斗争。从这个意义上讲，"批俞评红"既是学术的，也是政治的。形势需要给《红楼梦》以新的评价，这就是政治；而如何给《红楼梦》以新的评价，才是学术。政治中有学术，学术中有政治。政治与学术，绝不是只有对立的一面，没有统一的一面。政治引导学术，但没有取代学术；政治影响学术的走向，但学术确在深入发展。政治的批判与学术的批判，相并而行。

由李希凡、蓝翎提出的"鲜明的反封建的倾向"，是时人添加给《红楼梦》的价值判断，但又是以学术商榷的面貌出现的。为了增加说服的力度，"新说"倡导者的当务之急，就是要寻找足以支撑它的理论依据和论证方法。李、蓝自以为超胜俞平伯的是什么呢？那就是找到了当时最新最流行的现实主义理论，再运用诸如"世界观中的矛盾"去解读作品。

当然，从小说的丰富内容出发，说《红楼梦》是现实主义作品，不能说有什么大错。问题在于，当李、蓝似乎完成了《红楼梦》是"现实主义杰作"的论证之后，便在舆论上造成了一种强大的气势：《红楼梦》的现实主义，是先验的、丝毫不容置疑的；《红楼梦》具有反封建的倾向性，也是先验的、丝毫不容置疑的。他们认为俞平伯说《红楼梦》的风格是"怨而不怒"之所以是错误的，并不是因为这个观点不符合《红楼梦》的实际，而是因为它"离开了现实主义的批评原则，离开了明确的阶级观点"[1]。但事情会不会有相反的一面，即作者没有"特别地说出"的，是不是就一定是反封建的倾向性呢？李、蓝没有说，其他人也同样没有再去深究。

---

① 作家出版社编辑部编：《红楼梦问题讨论集》第一集，作家出版社，1955，第 51 页。

俞平伯把《红楼梦》的内容分作"现实的""理想的"与"批判的"三种成分，"这些成分每互相纠缠着，却在基本的观念下统一起来"，李、蓝其实也并不否认这一点，他们只是强调：曹雪芹之所以伟大，就在于现实主义战胜了他世界观中的落后因素。在做出这些论断的时候，他们的命意何尝不佳，但只是一味强调《红楼梦》的倾向性，一味强调《红楼梦》的反封建性，则脱离了作品的实际存在。在笔者看来，还不及俞平伯"三种成分"论，更符合小说的实际情况，也更契合辩证法。

从现象上看，"现实主义"在红学领域中的"套用"，似乎一举扭转了胡适"新红学"占统治地位的局面，在许多方面都取得了决定性的胜利；但是谁也不曾料到，恰恰是这种公式本身，为日后胡适"新红学"的复活，提供了理论上的支撑。

第二节　俞平伯与胡适的关系

一

聂绀弩的《论钗黛合一的思想根源》，从学术角度将矛头直指胡适：

胡适的《西游记考证》，说孙悟空故事是从印度哈奴曼故事来的，因为哈奴曼也是猴子，也有钻到别人肚子里去之类的神通。胡适的追随者则说墨子是印度人（一说阿剌伯人），"墨翟"是"黑色的夷狄"的意思，墨子思想就是印度思想。又《天问》是从印度的什么诗翻过来的。而小说中的"梅岭失妻"型故事也是从印度来的，引伸到《琵琶记》之类，凡是其中有一夫一妻中途失散或其他变化终于团圆的故事，都是从印度来的。胡适曾以"考证"方法断定屈原这个人是没有的。胡适的追随者则断定"禹是一条虫"。又说李白是胡人,最可靠的证据是他的儿子的名字是胡语。不是说,中印两国不是很早就有文化交流,文学故事里的某些筋节,不可能受到外来影响,大禹、屈原的在历史上的存在绝对不许怀疑,但胡适派的"考证"绝大部分甚至可以说完全是捕风捉影。把那些捕风捉影之谈综合起来,就可看出一件极明显的事,胡适派所着眼的,所津津乐道的:一、某些人或思想或作品是外来的;二、历史上的某些人物,如果不能证明他是外来的,就是根本不会存在的;三、某些无法说是外来的又不能否认其作者的存在的作品,如《红楼梦》,就抽掉它的现实内容。胡适派的"考证",就是要否定中国历史上有如此众多的伟大和优秀的人物,否定历史上的中国人民的文化业绩,教中国人民相信自己是没有悠久的文化传统的,我们的祖先是没有创造能力的,他们留下的文化遗产是没有内容的。这就会削弱中国人民的民族自尊和自信,为帝国主义奴役中国在思想上扫清道路。[①]

聂绀弩落拓不羁,我行我素,冯雪峰说他"桀骜不驯",他说自己是"既不能令,也不受命"。他当年对胡适派的评价,能说是违心之论吗?

二

轰轰烈烈的"批俞评红",并没有取得真正胜利,根源在于学术,源于"冲击者"对俞平伯与胡适关系的错判。他们没有意识到"新红学"内部的磨合、重构和反省,没有意识到维系"新红学"的支柱原本是不坚牢的。李、蓝虽然承认:"俞平伯先生对于旧红学家和近些年来把《红楼梦》完全看成作者家事的新考证学派进行了批评,这些批评自然都有一定的价值。"但并不了解对于"新红学"的质疑,首先来自其开山祖师之一的俞平伯。"批俞评红"的战略失误,就是将俞平伯错判为胡适的"代理人"。

---

① 作家出版社编辑部编:《红楼梦问题讨论集》第一集,作家出版社,1955,第139—140页。

早在 1921 年 5 月 30 日，俞平伯在给顾颉刚的信中说：

我的意思，是：假如陆续发见雪芹底生活人品大不类乎宝玉，我们与其假定《红楼梦》非作者自寓身世，不如说《红楼梦》底真作者非曹雪芹。因为从本书看本书，作者与宝玉即是一人，实最明确的事实。若并此点而不承认，请问《红楼梦》如何读法？但雪芹与宝玉底性格，如尚有可以符合之处，那自然不成问题，我们也可以逃这难关了！我揣想如真作者隐去姓名，所谓"真事隐"；而空空道人、孔梅溪、曹雪芹，皆是假托的。①

此时的俞平伯虽然还是"自叙传"的信奉者，却不是"曹雪芹自叙传"的信奉者。因为人们对曹雪芹并不了解，无法证明曹雪芹与宝玉即是一人，假如没有"别书可以确证《红楼梦》是曹雪芹作的"，或者日后发现的材料表明曹雪芹与宝玉的性格不合，那他宁愿不承认曹雪芹是《红楼梦》的真作者。

1921 年 9 月 24 日，他在《〈红楼梦讨论集〉序》中说："索隐而求之过深，惑矣；考证而求之过深，亦未始不惑。《红楼》原非纯粹之写实小说，小说纵写实，终与传记文学有别。以小说为名，作传记其实；悬牛头，市马脯，既违文例，事又甚难，且亦无所取也。吾非谓书中无作者之平生寓焉，然不当处处以此求之，处处以此求之必不通，不通而勉强求其通，则凿矣。以之笑索隐，则五十步与百步耳，吾正恐来者之笑吾辈也。"②

1925 年 1 月，俞平伯就写了《〈红楼梦辨〉的修正》一文，中说："《红楼梦辨》待修正的地方很多，此篇拣最重要的一点先说罢。……究竟最先要修正的是什么呢？我说，是《红楼梦》为作者的自叙传这一句话。这实

---

① 孙玉蓉编：《俞平伯书信集》，河南教育出版社，1991，第 104 页。
② 俞平伯：《俞平伯论红楼梦》，上海古籍出版社，1988，第 360—361 页。

是近来研究此书的中心观念，说要贸贸然修正它，颇类似'索隐之学'要复活了，有点儿骇人听闻。"俞平伯为什么要修正这个"中心观念"？是因为他不知道"《红楼梦》一书中，虚构和叙实的分子其分配比率居何"，但相信"自叙生平的分子"，"决不如《红楼梦辨》中所假拟的这样多"。他后悔自己"难辩解的糊涂"："本来说《红楼梦》是自叙传的文学或小说则对，说就是作者的自叙传或小史则不可。我一面虽明知《红楼梦》非信史，而一面偏要当它作信史似的看。这个理由，在今日的我追想，真觉得索解无从。我们说人家猜笨谜；但我们自己做的即非谜，亦类乎谜，不过换个底面罢了。至于谁笨谁不笨，有谁知道呢！"他进一步联系《红楼梦》的创作，说："若说贾即是曹，宝玉即是雪芹，黛为某，钗为某……则大类'高山滚鼓'之谈矣。这何异于影射？何异于猜笨谜？试想一想，何以说宝玉影射允礽、顺治帝即为笨伯，而说宝玉为作者自影则非笨伯？"他坦然承认："新红学"的研究模式，与被胡适称为"猜笨谜"的旧红学，其实是相同相通的，甚至直率地表明："我们和他们实在用的是相似的方法，虽然未必相同。老实说，我们还是他们的徒子徒孙呢，几时跳出他们的樊笼"。

他还"随便举出三个试题，为新'红学'者的入学考试"：

（1）人说宝玉是曹雪芹，曹雪芹有没有衔玉而生的奇迹？

（2）人说贾妃归省为皇帝南巡，何以皇帝变为妃子？贾家有妃入宫，何以曹家没有？

（3）大观园不南不北，似南似北，究竟在哪里？能指出否？

结论是："小说只是小说，文学只是文学。既不当误认作一部历史，亦不当误认作一篇科学的论文。"[1]俞平伯作此结论时，下距"批俞"运动尚有

---

[1]　俞平伯：《〈红楼梦〉的修正》，《现代评论》第一卷1924年第9期。

三十年。可以肯定，此时并未受到任何外界的影响。

三

在考证的领域，俞平伯也发觉了胡适的漏洞。如曹雪芹的卒年，俞平伯说："若再照敦诚挽诗'四十年华付杳冥'往上推算，则假定雪芹生于雍正二年甲辰，很觉自然。……这生年如果不错，则曹家的富贵繁华，雪芹便赶不上了。雍正六年曹頫免职，以后他们家便没有人再做江宁织造了。雪芹其时只有五岁。即说卒于壬申，上推四十年为雍正纪元，其年雪芹才六岁，这差别并不大。曹家的极盛时代，实当曹寅任上，若曹頫居官不久，已渐衰微，故认雪芹为曹寅之子，那最合适；如其为寅孙非子，便差了一些；及其卒年愈考愈晚，由甲申而壬午，而癸未，落后了三年，而他的寿数，没理由说他超过四十年，这个破绽便很明显了。"①

有趣的是，有位王南岳读过《红楼梦辨》，1925 年 1 月 8 日《晨报》发表了他给俞平伯的信，就《红楼梦》中"明儿"一词是"实指"还是"虚指"；贾蓉究竟何时续娶，向俞平伯请教。俞平伯 1 月 18 日回信说："你所提出的两问题，于我现在很少趣味了。只因你的态度很恳切，属望于鄙人者很殷，遂不恤喋喋地说。临了，我告你，我何以对此等问题渐少趣味呢？我恭恭谨谨地说，我新近发见了《红楼梦》是一部小说。"②须知，他在《红楼梦辨》中曾经宣称："《红楼梦》是一部自传，这是最近的发现。"③他之所以"自悔其少作"，是因为没有将《红楼梦》当作"小说"来研究。这在观念上是一个大的飞跃和转变，是思想觉醒的表现。

在"发现"《红楼梦》是一部小说以后，俞平伯虽逐步背离胡适的红学观念，但仍寄希望于胡适的转变，说："我希望他亦以此眼光看《红楼梦》，

① 俞平伯：《俞平伯论红楼梦》，上海古籍出版社，1988，第365—366页。
② 俞平伯：《俞平伯论红楼梦》，上海古籍出版社，1988，第333页。
③ 俞平伯：《红楼梦辨》，商务印书馆，2010，第90页。

觉得发抒活的趣味比依赖呆的方法和证据大为重要，而净扫以影射人事为中心观念的索隐派的'红学'。"①

胡适 1927 年买到甲戌本，宣称它是"世间最古的《红楼梦》写本"，是"雪芹最初的稿本的原样子"，俞平伯也没有盲目信从。他在 1931 年 6 月 19 日应胡适之命，写了一篇《脂砚斋评〈石头记〉残本跋》，中说：

此余所见《石头记》之第一本也。脂砚斋似与作者同时，故每抚今追昔若不胜情。然此书之价值亦有可商榷者，其非脂评原本，乃由后人过录，有三证焉。自第六回以后，往往于抄写时将墨笔先留一段空白，预备填入朱批，证一；误字甚多，证二；有文字虽不误而抄错位置的，如第二十八回（页三）宝玉滴下泪来无夹评，却于黛玉滴下泪来有夹评曰，"玉兄泪非容易有的"，此误至明，证三。又凡朱笔所录是否均出于一人之手，抑经后人附益，亦属难定。其中有许多极关紧要之评，却也有全没相干的，翻览即可见。例如"可卿淫丧天香楼"，因余之前说，得此益成为定论矣；然第十三回（页三）于宝玉闻秦氏之死，有夹评曰："宝玉早已看定可继家务事者可卿也，今闻死了，大失所望，急火攻心，焉得不有此血，为玉一叹。"此不但违反上述之观点，且与全书之说宝玉亦属乖谬，岂亦出脂斋手笔乎？是不可解。以适之先生命为跋语，爰志所见之一二焉，析疑辨惑，以俟后之观者。②

这则跋语，反映出俞平伯对《红楼梦》作者和版本的双重疑问。他已经觉察到极重要的两点：一、甲戌本"之价值亦有可商榷者，其非脂评原本，乃由后人过录"；二、脂批"是否均出于一人之手，抑经后人附益，亦

---

① 俞平伯：《〈红楼梦〉的修正》，《现代评论》第一卷 1924 年第 9 期。
② 俞平伯：《俞平伯论红楼梦》，上海古籍出版社，1988，第 357 页。

属难定”。这是早期得睹此本真面的少数学者中，最先对它提出的疑问，俞平伯是红学史上第一个怀疑脂本脂批的人。

作为“新红学”体系的构建者之一，俞平伯在此重大问题上已与胡适拉开了距离，甚至开始走到与之相反的方向。也就是说，在“批俞评红”之前很久，他就开始对“新红学”的核心进行反思了。

第三节 关于《红楼梦》考据

在“批俞评红”中，考据显出极端的重要性、敏感性和尖锐性。一方面，考据之声始终萦绕在“运动”的上空，驱之不去；另一方面，对于考据在胡适红学中的特殊作用，多数人始终没弄明白。参与批判的虽然大都堪称一流专家，但在《红楼梦》考据方面的研究参差不齐；加之重要版本世人难觑一面，就更增添了学术上的难度。

一

首先，贬抑考据的情绪，充斥于红学研究者的笔端。如任访秋的《古典文学研究中的考证与批评问题》说：“清代学者从乾隆以后，搞了一百年的考据学，其结果是在思想上给清王朝制造了一些极其驯顺而忠实的奴才。‘五四’以后，胡适、顾颉刚等所提倡的新考据学，三十多年来，也一样的是给帝国主义、封建法西斯统治制造了一些驯顺而忠实的奴才！”① 就是以“革命”“进步”的尺子，从动机和效果两个方面，将考据统统否定掉了。批判者还动辄以“烦琐”来贬低考证，将它与内容的研究对立起来。王瑶的《从俞平伯先生对〈红楼梦〉的研究谈到考据》说：

---

① 中国作家协会上海分会编：《红楼梦研究资料集刊》第二集，上海古籍出版社，1954，第103页。

譬如说我们认为《红楼梦》是一部伟大的现实主义的作品,这个结论就绝不是可用罗列史料证据的简单方法来得出的;用那种方法只能找曹家的事迹或"脂砚斋评本"来作证据,结果就只能是俞平伯先生的《红楼梦简论》! 胡适常常用老吏断狱来譬喻考据,认为"考证学只能跟着材料走"。他说:"做考证的人,至少须明白他的任务有与法官断狱同样的严重,他的方法也必须有与法官断狱同样的谨严,同样的审慎。"这个譬喻很好,我们也可以借用一下。法官当然不能制造证据,他必须严肃地重视和辨别这些证据;但更重要的,法院是国家机构中的重要组成部分,他所服务的究竟是哪一阶级的政权? 他所根据的法律是国民党的《六法全书》呢,还是人民政府的政策法令? 这就不能不牵涉到原则性的问题了:研究工作者的立场、观点和方法。[①]

王瑶借用胡适的譬喻,将"考证"与"理论"的关系说成"证据"与"法律"的关系,在他看来,是否承认或正视某一"事实"或"证据",不是看这"事实"或"证据"是否存在,是否成立,而是看它是否与"正确的政治立场"相符,是否对本阶级有利。这种见解,从治学方法和态度的角度看,显然是片面的。

更为有趣的是,余冠英 1954 年 11 月 14 日在《光明日报·文学遗产》第 29 期上发表的一篇文章,题目就叫《为什么不能从大处着眼》,文章对俞平伯"由小问题到大问题,由篇章字句到思想艺术,由考证、校勘到分析、批判"的"治《红楼梦》的步骤"提出了批评,认为强调校勘、考证这类"小问题"是错误的,因为"过分重视这类问题倒反而妨碍我们从大处着眼,做'由表及里'的研究"。他说:"在我们许多古典文学研究工作者脑中存在着一种牢不可破的、对研究的错误看法。一提到研究就只想到

---

① 中国作家协会上海分会编:《红楼梦研究资料集刊》第二集,上海古籍出版社,1954,第 173 页。

考证、校勘，而不是想到思想、艺术的分析。甚至对于非考证、校勘之学一概目为'空疏'。不管是一首诗或是一部小说，如果没有作品以外的材料，研究就无法下手。俞平伯先生就曾说过：空抱着一部《红楼梦》是无法研究的。凭借不同的本子，从校勘中发现问题，就是俞平伯先生的研究途径。有许多人以此为唯一的途径。这就注定了不能由表及里，接触到作品的根本问题。"①将明明符合学术研究客观规律的"治学步骤"说成是错误的，将构成学术研究基础的考证、校勘贬之为"小问题"，这种言谈出自一位有影响的学者之口，实在不妥当。

"冲击者"对于考证所表现出来的排拒、贬斥，从现象上说，笔者认为是基于研究不深入而派生的对于考证的陌生、畏惧心理的反映；而从根本上讲，笔者认为则是他们不懂得"考证"问题的重要性，不懂得考证正是胡适红学研究模式的要害所在。恰恰是在那属于传统型的治学领域内，在一系列涉及红学的最关键的问题上，"冲击者"不能真正有所作为。"批判"开始以后，一种急于投入战斗的浮躁情绪，又使他们不可能下决心深入到"烦琐"的考证事务中去，他们没有下功夫去搜集有关的史料，也没有进一步从实际材料的考证入手，试图去检验一下胡适的材料是否可靠，是否得到了充分的"证明"，便只好以"革命"的姿态出现，竭力将"理论"与"考证"人为地对立起来，傲慢地造成一种气势：仿佛一提考证，就是"烦琐考证"，甚至就是资产阶级唯心主义；或者无奈地岔到一些无关紧要的话题上，导致在考证这一难关面前止步，将这块神圣的领地拱手相让。实际上就意味着他们自动放弃了寻找古典文学的阐释与史料之间的天然联系，也就意味着将最终的裁判权交给了对方。

---

① 作家出版社编辑组编：《红楼梦问题讨论集》第二集，作家出版社，1955，第180—181页。

二

对于"冲击者"来说，在《红楼梦》的版本考证领域里，大体上存在三大问题需要他们去面对和解决：第一，《红楼梦》本身存在不存在版本问题？值不值得花费气力去考证《红楼梦》的版本问题？第二，如何看待《红楼梦》的后四十回？第三，如何看待脂砚斋及其评语？第一个问题，是理论问题，也是认识问题；后两个问题，则是具体问题，实践问题。我们看到，在这三点上，"冲击者"实际上都受到了严重的挫折。

先来看第一个问题。

作为古代小说的《红楼梦》，本身存在不存在一般古籍普遍带有的版本问题？换句话说，应不应该把《红楼梦》当作版本研究和考证的对象？——这个本来不成问题的问题，在当时学者的观念中，是一个有疑问的问题。

应该说明的是，批俞的先锋李希凡、蓝翎，在《评〈红楼梦研究〉》开头第一段，对俞平伯在《红楼梦》版本考证方面的贡献，倒是予以肯定的（虽然后来对这种"原则性的错误"已经作了纠正）：

> 这部书对研究《红楼梦》的主要贡献，正像文怀沙先生在《跋》中所指出的，是"辨伪"与"存真"的工作。作者用较多的篇幅全面讨论了后四十回的问题，以确切不疑的论据，揭穿了高鹗、程伟元结局的骗局，指出了后四十回确系伪作，但同时也肯定了高鹗的续作能在情节上保持《红楼梦》的悲剧结局。因而有帮助《红楼梦》流传的功绩。……同时，作者对前八十回《红楼梦》的残缺情形，也做了精密的考证，对几个不同版本的《红楼梦》做了比较，如高本与戚本的比较等，从比较中发现各本的所长所短以及文字上的优缺点。①

---

① 作家出版社编辑组编：《红楼梦问题讨论集》第一集，作家出版社，1955，第 68 页。

李、蓝在撰写此文之前，尚没有接触到《红楼梦》的各种重要版本，对《红楼梦》的版本还缺少感性认识，当然更不曾亲自去做《红楼梦》不同版本的比较，不可能对俞平伯所做的版本比勘进行过复核。但他们从学术研究的通则出发，相信《红楼梦》研究中版本"辨伪"与"存真"的工作的重要性，相信比较不同版本的优劣短长的重要性。所以称颂道："这些属于考证学范畴的成绩，都是俞平伯先生三十年来最可珍贵的劳动成果，对于《红楼梦》的读者有很大帮助的。"这种认识和心态，是正常的。

聂绀弩在《人民文学》1955 年 1 月号发表《论俞平伯对〈红楼梦〉的"辨伪存真"》，却对这个问题发表了截然不同的意见。仿佛是针对李、蓝《评〈红楼梦研究〉》的说法而来，文章将考证工作视为"不过把以前的旧说从较为冷僻的书上找来放在一块儿"，甚至导引出"所谓'辨伪存真'，并非对于任何文学作品都是必要或重要的"结论。这是一种对于古代小说研究来说非常危险的信号，意味着彻底解除了自己凭借考证而独立判断的精神武装。

余冠英在古代小说需不需要校勘的问题上，甚至比聂绀弩走得更远。他 1954 年 11 月 14 日在《光明日报·文学遗产》第 29 期上发表《为什么不能从大处着眼》一文，认为俞平伯强调校勘考证是研究的先决条件的看法是错误的。余冠英身为治先秦古籍的专家，从"从大处着眼"论出发，不赞成"用经师治经之法治小说"，认为"这个思想却是非常糊涂的"。理由是："近代白话小说不同于'经'，《红楼梦》也不是古书"；"《红楼梦》里虽然也有讹脱的字句，虽然也需要据善本来校正，但绝没有像先秦古籍那么严重的错乱，字句异同也不会有那么大的关系，绝没有不经校勘就不能读的情形"。[①] 这是完全不了解《红楼梦》版本问题严重性的话。"用经师治

---

① 作家出版社编辑组编：《红楼梦问题讨论集》第二集，作家出版社，1955，第 180—181 页。

经之法治小说",是"五四"以来开始流行的观点,这种主张的目的绝不止于"抬高小说的地位",还道出了小说研究同样需要有文献学、版本学的功底,若不如此,"其他的工作都如筑室沙上,不能坚牢",这一点毫不夸张。

因为把校勘看成"小处",余冠英自然更不会进一步推敲:关于"宝玉喝汤"这一条的校勘,是定"好汤"恰当呢,还是定"好烫"恰当?如果认真地深追下去,校勘就不但对读者有用,而且真正关系到《红楼梦》研究的大局——以充足的根据去认定各种版本之间的先后优劣。而只有重视了并做好了这类"小事",方才能够使我们真正地"从大处着眼",去解决《红楼梦》研究中遇到的各种难题。

当代学者在《红楼梦》版本问题上存有那么多的模糊认识,那么面对具体问题时感到无所措手,就一点也不奇怪了。如后四十回的问题,笔者认为是一个版本问题,但几乎无人把它作为"版本研究"的对象,用版本学的方法去加以探讨,而是将其看成一个主观思辩的对象。

这种主观思辩的逻辑基点,是建立在接受了胡适关于"《红楼梦》的作者是曹雪芹,所著传世只有八十回,后四十回为高鹗续书"的说法之上的。他们没有意识到后四十回的问题实质上是由《红楼梦》作者考证派生出来的,是服务于《红楼梦》作者考证的。胡适当年曾经说过:"《红楼梦》的开端明说'一技无成,半生潦倒',明说'蓬牖茅椽,绳床瓦灶',岂有到了末尾说宝玉出家成仙之理?"[1] 为了贯彻"自传"说,胡适就非否定后四十回不可。如若深入考察,胡适断定后四十回为高鹗所续,证据是极不充分的,结论是不能轻易相信的。

由于看不到个中的症结,就只能抓住那枝枝节节的问题,去进行所谓的"批判"。聂绀弩在《论俞平伯对〈红楼梦〉的"辨伪存真"》一文中,以不屑的口气说:"但俞平伯也有一点点考证,即考证出后四十回回目也是

---

① 胡适:《胡适红楼梦研究论述全编》,上海古籍出版社,1988,第 116 页。

高鹗所作，而不是曹雪芹所原有。但这一考证，完全是没有意义的烦琐主义的'杰作'。"他给出的理由是：

> 在我们一般读者看来，后四十回目录，是原有也好，是高作也好，相信程伟元的话也好，不相信也好，对于对《红楼梦》的理解，可说是无关大局的。而且自从脂本重新出现以后，从脂批里已看出曹氏原作最后是三十回而不是四十回；从残存在脂批里的一回半回的回目，也可看出那三十回连回目在内，都与高作无关。后四十回回目非曹氏原有，已无须再事证明。俞平伯的《辨后四十回的回目非原有》一篇大作，至少，大可不必收进一九五二年出版的《红楼梦研究》里去。对这样的所谓"辨伪存真"，还说有什么"一定的贡献"，是很难理解的。[①]

聂绀弩的判断，源于他对《红楼梦》版本源流的认识和对于脂批的轻信。在他看来，既然脂批已经"证明""曹氏原作最后是三十回而不是四十回"，再来讨论后四十回目录是"原有"还是"高作"，已经是没有意义的事。他不曾想到，后四十回的"回目"问题是如何产生的；也不知道，后四十回的"回目"与后四十回的"正文"之间的关系正是考证后四十回作者重要的关节点之一。由于人们已经普遍承认后四十回是高鹗的续书，在这样的前提下，出于维护《红楼梦》"反封建"倾向的主观愿望，便不得不拿出作品的"社会性""整体性"，去肯定后四十回的"价值"了。

如吴组缃在 1954 年 12 月 5 日《光明日报·文学遗产》第 32 期发表《评俞平伯先生的〈红楼梦〉研究工作并略谈〈红楼梦〉》，文章说：

> 读了俞平伯先生《红楼梦研究》一书，和今年发表的以《红楼梦简论》

---

① 作家出版社编辑部编：《红楼梦问题讨论集》第一集，作家出版社，1955，第 347—348 页。

为主的几篇论文,我们首先会看到一个倾向,那就是他历时三十多年的研究工作,始终不肯正视这一部将及二百年来客观地存在着,一直在读者中盛行不衰,以其巨大的感染力影响着社会的一百二十回《红楼梦》;并且撇开这一部为历来读者所接受、承认且又热烈喜爱的基本完整的伟大作品的深刻反封建主义主题思想与精湛的现实主义艺术不予理会,而一味要"强调高鹗和雪芹分居",否定了后四十回续书;而后专心致志地去考证和揣想那早就不存在,或者根本就未存在过的八十回后曹雪芹原作的本来面目。这一研究着眼点,我以为首先就不对头。①

吴组缃从审美的观点出发,呼吁"正视这一部将及二百年来客观地存在着,一直在读者中盛行不衰,以其巨大的感染力影响着社会的一百二十回《红楼梦》",正视"这一部为历来读者所接受、承认且又热烈喜爱的基本完整的伟大作品的深刻反封建主义主题思想与精湛的现实主义艺术"的存在,何尝没有道理,何尝不会得到大多数《红楼梦》爱好者的赞同;但是,既然是做学问,既然承认俞平伯那种"辨伪存真"的工作可以做,承认他"指出八十回后的续书中如宝玉'中乡魁'、贾家'延世泽',等等情节和结局的歪曲了人物形象和损害了主题思想",再单方面强调"肯定一百二十回《红楼梦》是一部基本上完整的作品,高鹗的续书不可少",又怎么能够说服对方呢?

最值得注意的是,在所有的论述之中,唯独俞平伯的学生和助手王佩璋,从版本考证的角度,提出了对于"高鹗为后四十回续书作者"命题的质疑:

我认为后四十回绝大部分都不是高鹗作的,所以不能因为高鹗之中举

---

① 作家出版社编辑部编:《红楼梦问题讨论集》第一集,作家出版社,1955,第227页。

人、进士、做御史，而菲薄整个后四十回；但后四十回买来的稿子很乱，是经过高鹗整理的，在这整理的过程中他可能就加进去了一些东西——与他的功名利禄思想相称的。这些东西与买来的稿子混在一起，给《红楼梦》后四十回带来了芜累。我颇疑宝玉中举、贾家复兴的一些文字是高鹗后加的，因为从第九十六回至一百十七回并没写宝玉上学，也没有暗示宝玉中举的文字，而这一大段正是宝黛悲剧、宁荣破败的一连串事变的紧张场面；此前暗伏宝玉中举和此后直写宝玉中举的一些文字，如两番入家塾、讲义警顽心、试文字、中乡魁等，与一百二十回说贾家复兴的文字我疑心是高鹗加上去的。至于后四十回的续书者是否曾看到曹雪芹的几十回后的某些残稿，而依据这些材料续写的，我想，这可能也是有的。后四十回使《红楼梦》的人物和故事发展得很合理自然（宝玉中举、贾家复兴除外），可能是有依据的。

我所以这样强调地提出后四十回绝大部分不是高鹗续的，是因为：

后四十回故事的发展因为没有符合俞先生的"双美合一"的主观唯心的成见，写出了"宝黛悲剧"，而受到了俞先生的贬斥，但俞先生这贬斥是与贬斥"宝玉中举"同时的。所以我在这里特地说明：后四十回的绝大部分，如宝黛悲剧、宁荣破败都不是高鹗续的，而是程伟元买来的别人的续作；但宝玉中举、贾家复兴可能是高鹗加进去的。所以不能混为一谈，应该分别视之，宝玉中举是不好的，但不能因批判宝玉中举同时也否定了宝黛悲剧。

假如我这不成熟的看法还可以成立的话，那我们对后四十回的态度就应该是：肯定原续书者所写的部分——宝黛悲剧、宁荣破败；批判高鹗加进去的部分——宝玉中举、贾家复兴；而不是像俞先生一样的把后四十回一笔抹煞。[1]

---

① 作家出版社编辑部编：《红楼梦问题讨论集》第一集，作家出版社，1955，第123—125页。

由于受到后四十回之写宝玉中举、贾家复兴可能是高鹗"功名利禄"思想产物的舆论的干扰，王佩璋的论述有点凌乱，但基本意思还是清楚的。她对《红楼梦》版本源流的基本资料掌握较为充分，深知认定高鹗为后四十回续书作者的观点缺乏证据，故推论高鹗只是旧稿的整理者，在整理过程中可能加进去一些自己的东西。这些见解都是很了不起的。王佩璋甚至已经设想"后四十回的续书者"可能"看到曹雪芹的几十回后的某些残稿，而依据这些材料续写的"，所以，"后四十回使《红楼梦》的人物和故事发展得很合理自然"，那么，为什么一口断定那是"程伟元买来的别人的续作"？而不设想一下：是否可能就是曹雪芹自己的原稿呢？在本来存在的两种可能性之中，偏偏只择定一种，大概只是因为思维定势太深的缘故。

三

通观其时学人的发言和文章，给人最强烈的印象，是对于脂砚斋及"脂评"普遍的、强烈的反感。这种无端的反感情绪从何而来？一时似乎很难说清楚。或许因为脂砚斋这类"孤本秘笈"，一向只掌握在少数人手里，一般人难以问津；而这东西的功能偏偏又被特别地夸大了：它既可提供有关曹雪芹的家世生平的珍秘材料，又可揭示《红楼梦》的素材来源和成书过程，总之是证实《红楼梦》为曹雪芹"自传"的最权威的文献材料，普通百姓是既诚惶诚恐，而又不可企及。如张默生在《四川日报》1954 年 12 月 11 日发表《我对〈红楼梦〉研究问题的看法》，主动检讨自己讲授《红楼梦》时所受到的胡适、俞平伯的影响时说："我在讲稿上写道：'《红楼梦》为曹雪芹所写，经过胡适、俞平伯、周汝昌等人的考证，已成定论；尤其是《脂砚斋重评石头记》本子的发现，更使这种定论成为铁案'云云。前一句话，并没有错；后一句话就成问题了，因为现在看来，所谓'脂本''脂评'，对于研究《红楼梦》并不是什么'金科玉律'。我说这种话的严重问题在哪里呢？就是惊叹于这些较珍贵的参考资料，为他们所占有，因而承认了他们的'权威'地位，这显然是一种崇拜偶像的观念了。"① 有的红学专家，有意将它说得神秘兮兮的，人们之产生抵触，是很自然的。

吴组缃在 1954 年 10 月 24 日的座谈会上说："俞先生的研究总是着眼于极琐屑的问题，……近年钻入'脂评'中，愈加弄得'明察秋毫而不见舆薪'。"又说："由于孤立地、琐屑地看问题，使他愈钻愈迷惑，文章中的论点就总是三翻四覆，前后矛盾，混乱无比，无法自圆。……到近年写的文章，发展得就更为厉害了。如一面说'脂评'见解水平甚低，与作者意见有距离；但一面阐明作者著书动机，又总是根据'脂评'，甚至简直就把脂砚斋当成作者自己，引了一段脂评，就说可见作者的本意如何如何。这样，俞先生自己昏头昏脑，也把读者们弄得昏头昏脑。"又说："比如对'脂批'，近年就钻了进去，钻得入了迷，有点忘乎所以了。"② 他在发言中三次讲到"脂评"，抵触之情，溢于言表。

王昆仑在这次讨论会上也说："至于脂批，我只看到了一些引文，的确越看越糊涂，只能增加消极的因素。"③ 启功在发言中则说："自己作过一些关于语言和清代生活习惯的注解，比起考证来更下一层。"谈到脂批时，他说："至于所谈脂批问题，我以为如用它来帮助了解作者的创作经过，是对的；如为好奇，想看曹雪芹怎样变成的贾宝玉，如同戏台上花脸下妆洗脸后究竟如何，那就不免琐碎而无谓了。"④

何其芳在 1954 年 11 月 20 日发表《没有批评，就不能前进》一文，其

---

① 中国作家协会上海分会编：《红楼梦研究资料集刊》第二集，上海古籍出版社，1954，第283—284 页。
② 中国作家协会上海分会编：《红楼梦研究资料集刊》，上海古籍出版社，1954，第365—367 页。
③ 中国作家协会上海分会编：《红楼梦研究资料集刊》，上海古籍出版社，1954，第372 页。
④ 中国作家协会上海分会编：《红楼梦研究资料集刊》，上海古籍出版社，1954，第378 页。

中说：

考据方面的烦琐和穿凿，俞平伯先生近年来也是大有发展的。胡适的考据"往往特孤本秘笈，为惊人之具"。在《红楼梦》上，他很重视所谓脂砚斋本和脂评，并且说"脂砚斋即是那位爱吃胭脂的宝玉，即是曹雪芹自己"。这和他曾经反对过的蔡元培的说法："书中'红'字多隐'朱'字。朱者，明也，汉也"，其穿凿附会已差不多了。俞平伯先生也是过分地重视和相信所谓脂评。在今年三月份香港《大公报》上发表的《读红楼梦随笔》中，就根据脂评，离奇地说："曹雪芹自比林黛玉"。其理由为脂评说过曹雪芹"为泪尽而逝"，林黛玉也有"还泪"和"眼泪少了"之说，而且"绛珠草"之"绛"点"红"字，也就是"血泪"。任何一个有清醒的头脑的人都会觉得这真是牵强附会到了极点吧。[1]

因为存在这种抵触情绪，所以人们是乐意将脂批说成是"唯心主义"的。林庚在《新建设》1954 年 12 月号发表《批判〈红楼梦〉研究中的资产阶级唯心观点》一文，中说：

唯心观点的特征是什么呢？首先就是把思维或意识看为是第一性的，把它看得比客观存在更重要；这一个特征表现在《红楼梦》研究上，就是从胡适以来对于脂砚斋批语的特别强调。脂砚斋批语在《红楼梦》研究材料上当然并不是不重要的，但是过分地强调它，仿佛这些批语成了《红楼梦》研究的钥匙，成了理解《红楼梦》一书最终的凭借，便显然堕入唯心论的深渊了。脂砚斋无疑地是《红楼梦》作者曹雪芹生平最亲近的人，近年来，俞平伯先生竟然逐渐相信脂砚斋就是曹雪芹自己，这就是说俞平伯

---

[1] 作家出版社编辑部编：《红楼梦问题讨论集》第二集，作家出版社，1955，第 15—19 页。

先生认为脂砚斋的批语是完全可以信赖的、指出了作者创作《红楼梦》一书时的思维的，而这个思维也就是评论《红楼梦》最有权威的依据。脂砚斋批语的特别被强调，因此，同时也就是《红楼梦》作者主观思维的特别被强调。当然一部伟大的作品的作者他的主观思维也并不是不重要的，可是如果把它强调到驾乎客观现实之上去，那就是本末倒置，也就是把思维看作是第一性的唯心观点了。而脂砚斋片断的批语，这些年来一直成了研究《红楼梦》的秘宝，仿佛那就是唯一理解《红楼梦》的通路；要在那字里行间寻找出《红楼梦》一书的真谛，以为那就是这一部巨著的庐山真面目；这正是这一个唯心观点的具体表现。

《红楼梦》又被强调为是一部自传性质的小说，这自传性质原也并不就拒绝一部作品的反映现实，但是在《红楼梦》研究中，过分强调这自传性质，就含有轻视它反映现实的作用，也就意味着与强调脂砚斋批语是一唱一和的。因为既认为《红楼梦》是自传，脂砚斋批语是自批或近于自批，那么，不参考这自批参考什么来更好地理解这自传呢？事实上《红楼梦》的自传性质愈被强调，脂砚斋的批语也就愈见其重要；脂砚斋批语愈重要，《红楼梦》也就愈非是自传不可；其结果无非证明《红楼梦》除了作为一个自传而外，就别无他意。①

严格地说，林庚所扣的"唯心主义"的帽子是戴不上的。因为唯心主义的特征首先是把思维或意识看为是第一性的；但在《红楼梦》研究中，脂砚斋批语并不等于"思维"或"意识"，恰恰相反，它是被当作"存在"，即"《红楼梦》研究材料"来使用的。连林庚也不能不承认，它"并不是不重要的"，他只不过说："过分地强调它，仿佛这些批语成了《红楼梦》研究的钥匙，成了理解《红楼梦》一书最终的凭借，便显然堕入唯心论的深渊

---

① 作家出版社编辑部编：《红楼梦问题讨论集》第一集，作家出版社，1955，第238—240页。

了。"对于脂砚斋究竟是谁，林庚也承认："脂砚斋无疑地是《红楼梦》作者曹雪芹生平最亲近的人"，他所反对的，是"竟然逐渐相信脂砚斋就是曹雪芹自己"，竟"认为脂砚斋的批语是完全可以信赖的、指出了作者创作《红楼梦》一书时的思维的"，"评论《红楼梦》最有权威的依据"。至于脂砚斋为什么不可能是曹雪芹自己，林庚则并没有提出哪怕一两条证据来加以推翻——如果这样做，倒是很有价值、很有意义的；他只将自己的思维推向当时最流行的路数：脂砚斋批语的"特别被强调"，也就是《红楼梦》"作者主观思维"的"特别被强调"；而将作者的主观思维"强调"到驾乎客观现实之上去，那不就是把思维看作是第一性的"唯心观点"了吗？试想，用这种办法去和脂砚斋作战，怎么可能战而胜之呢？

但不管怎么说，林庚毕竟看出了脂砚斋在《红楼梦》研究中所扮演的特殊角色——"《红楼梦》的自传性质愈被强调，脂砚斋的批语也就愈见其重要；脂砚斋批语愈重要，《红楼梦》也就愈非是自传不可"：它与《红楼梦》的自传说，是二而一地紧密结合在一起的。这一点还是很可贵的。

总之，不管人们对于脂批有多么大的反感，但在涉及具体问题时，又不能不承认它有一定的价值。这是当时的学人们所面临的莫大的悲哀。舒芜在座谈会发言说："脂批是研究《红楼梦》非常重要的资料，提供资料是我们了解作家创作的方法之一，但不能认为它能指导我们了解《红楼梦》。这样的看法是有问题的。脂批是否作家自己，还可考虑。即是作家自己，也不能作为可靠根据，因为作家常常反映出自己所不了解的东西。"[①]这类抽象的议论，毛星在《人民文学》1955年1月号发表的《评俞平伯先生的"色空"说》中也特别提到了。文章指出俞平伯的观点有许多是来自"脂评"，他在不少地方提到"脂评"，并以"脂评"来证明或说明他的论点。毛星认为："最好的评、批、注释，只有参考的价值，不能代替原书。甚至

---

① 中国作家协会上海分会编：《红楼梦研究资料集刊》，上海古籍出版社，1954，第370页。

就是作者本人所说的写作动机等，对分析、评价原书，也只能放在参考的地位。道理很简单：作者在写作过程中是可以改变原来的计划的；作者的某些错误的主观意图在写作中会遇到现实生活自身逻辑的抵抗，作者如果是现实主义者的话，是会写不下去，是会不得不搁笔的；作者的主观意图和对他的作品的看法，同作品的客观效果是可以有距离的。"[①] 毛星还指出："'脂砚斋'对于《红楼梦》，往往是按照自己的兴趣，抓住一句话甚至一个字就大做文章，结果常常是以评点者自己的主观歪曲了、肢解了作品。"[②] 毛星所论大致符合创作的规律。

《文艺报》1954年第21期发表严敦易的《从〈红楼梦辨〉到〈红楼梦简论〉》，对脂批问题的看法则要具体实在得多。严敦易认为，胡适、俞平伯的考证，"只是新的索隐，新的猜谜，'新红学'并不曾比'旧红学'高超多少，不过索隐的对象是后半部应该是什么事、残稿是怎样写的罢了。'旧红学'以《红楼梦》内容做谜面，来猜隐射了何人何事的谜底；这里是拿'脂批'做谜底，反过来去寻索前半部中的谜面和伏线罢了"。这种拿胡适指责"旧红学"为"猜谜"的陈述方式表达对新旧红学区别的概括，是很机智的；特别是他看到脂批在新红学中所扮演的角色，是独具只眼的。文章紧接着旗帜鲜明地指出，在胡适"新红学"的堡垒里，"有一种神秘的、独占的武器，来巩固他们的工事，在所谓'红学'的研究上几乎可以睥睨一切，那就是所谓'脂批'"。严敦易说：

《红楼梦》研究的这块园地，所以会形成唯心主义的思想方法坚强把持的局面，并继续不断地发生错误的影响，使对古典文学的研究陷于琐细的考据的泥淖，其原因之一，也和他们躲藏在"脂批"的后面，利用它来

[①] 作家出版社编辑部编：《红楼梦问题讨论集》第一集，作家出版社，1955，第331—332页。
[②] 作家出版社编辑部编：《红楼梦问题讨论集》第一集，作家出版社，1955，第333页。

作为掩护有些关系。但这却不是"脂批"本身应该负责的。"脂批"是研究《红楼梦》有一定价值的材料，因为被独占并神秘地以唯心的、非科学的方法去使用它，反不能够弄清楚它的真相。正因为"脂批"的材料，相当重要，有不少人便是这样被俘掳，敬佩拜服，或受了蒙混的；有不少人因此便好像总不肯同意那样的考据是要不得的，有不少人是割舍不下这个而肯定了他们的论点和所谓成就的；这些，都只由于"脂批"那一样东西，始终被这种唯心论的考据方法掌握着。但任凭这样，在掌握着"脂批"的材料的那个堡垒工事中，却已经有了要垮台的感觉了。这在俞先生的文章里面，也已经表达出来了。原来想不到这个法宝，使用不当同样也可以成为反戈一击的武器，使他们自己去"碰壁"的。

在《红楼梦辨》里，仅仅掌握了后来知道也是"脂批"之一的"戚本"时，看来俞先生是相当头头是道的，将前八十回与后三十回联系起来的若干推论，说得较有条理，这是因为那种新索隐、新猜谜的方式以及考据的方法，只能驾驭一种单纯的材料。这样，他的主观臆测没有什么矛盾抵触可言。但后来"脂批"本子发现得多了，情形就不同了。用俞先生自己的话来说，就是"新材料"有的不在手边，"也还没有经过整理"；以至于是"破铜烂铁"，"混乱讹谬"，"相当复杂"，"古怪"，"迷魂阵"，"破破烂烂"，"一团糟"，简直"望洋兴叹"了！（注意：这些引号里的字眼全是俞先生自己说的）于是，在《红楼梦》的研究里，非但俞先生好像失去了较明确的判断和自信的能力，竟发出了一些莫名其妙的感伤的叹息了。

这书在中国文坛上是个梦魇，你越研究便越觉胡涂。

所以了解《红楼梦》，说明《红楼梦》，都很不容易，在这儿好像通了，到那边又会碰壁。

《红楼梦》的的确确，不折不扣，是第一奇书，像我们这样的凡人，望洋兴叹，从何处去下笔呢！

他这样呻吟似地叹息着，他连这样的比较小的问题，也扑朔迷离，无法解决："《红楼梦》底名字一大串，作者的姓名也一大串，这不知怎么一回事。依脂砚斋甲戌本之文，书名五个：石头记，情僧录，红楼梦，风月宝鉴，金陵十二钗；人名也是五个：空空道人改名为情僧……孔梅溪，吴玉峰，曹雪芹，脂砚斋。……一部书为什么要这许多名字：这些异名，谁大谁小，谁真谁假，谁先谁后，代表些什么意义。以作者论，这一串的名字都是雪芹的化身吗：还确实有其人？"如他在《红楼梦研究》自序中所说，他彷徨迟疑，不能断决，尽管他写了《红楼梦正名》一章，他还是作了保留。在《红楼梦简论》里，则竟然说："曹雪芹也没有说我作《红楼梦》呵"，提出了曹雪芹的著作权问题，并较肯定地说"事实""是还没有确定下来"，只"总得归给曹雪芹"罢了。对于脂砚斋到底是谁，则真是越来"越觉胡涂"，时刻幻变，一会儿是作者，一会儿是作者的兄弟，一会儿是史湘云，还有搞不清的梅溪、松斋、畸笏叟等名字，究竟是一个人呢，几个人呢？……对《红楼梦》的研究，特别是迷信、执着于"脂批"，用唯心的主观的见解在"脂批"中求假设，到了这种程度，这还能说"新红学"不是新的索隐派吗？他们不是占有材料，而是自己被材料所占有。……再顺便举个例子：我们会相信，《红楼梦》已有了八十回，并且还有了后三十回的残稿，而第二十二回还没有写完，曹雪芹却已经逝世的说法吗？俞先生既说现行的"八十回的回目是真，亦不多一回，多一回已八十一了，亦不少一回，少一回只七十九了"，却又说依"脂本""只有七十五个回目"，那不是自相矛盾吗？（以上两点，参阅《红楼梦研究》页一五、页一九五、页二〇一、页二〇三所论）从《红楼梦研究》中下两卷几篇改订的稿子和新作，从俞先生另一篇文章《辑录脂砚斋本〈红楼梦〉评注的经过》来观察，我们觉得它是没有条理，没有头绪，枝蔓横生，不能自圆其说的，真是所谓"不可知"的；除非是"新红学"的专家们，才能看得下去，并觉得有些道理。

这里不预备谈到"脂本"和"脂批"本身，但传抄本既然相当多，又互相歧异，这种东西，作为完全可靠的材料来使用的话，无论如何是值得考虑的。何况它也已有互相矛盾的地方被发现。它应该先经过一番科学的整理抉择的功夫，绝不能毫无区别地一律虔敬地当作研究《红楼梦》的圣经来看待，并枝节地随意引用。①

严敦易当然离不开当时历史条件的制约，所以他仍然相信，"'脂批'是研究《红楼梦》的有一定价值的材料"；新红学所造成的问题，不是"脂批"本身应该负责的，而是"因为被独占并神秘地以唯心的、非科学的方法去使用它，反不能够弄清楚它的真相"，并使得"有不少人便是这样被俘掳，敬佩拜服，或受了蒙混"的结果。但是，严敦易毕竟清醒地看出了脂批内在的矛盾和危机——"在掌握着'脂批'的材料的那个堡垒工事中，却已经有了要垮台的感觉了"，看出了脂批"这个法宝，使用不当，同样却也可以成为反戈一击的武器，使他们自己去'碰壁'"的窘态。

比如，对于脂砚斋究竟是谁，俞平伯"即兴的、对于评者、作者的错综关系的臆测"，真是越来"越觉胡涂"。"脂批"一面要人相信《红楼梦》已有了八十回，并且还有了后三十回的残稿，另一面又说第二十二回还没有写完，曹雪芹却已经逝世。诸如此类的矛盾，有力地证明了"迷信、执着于'脂批'，用唯心的主观的见解在'脂批'中求假设"的做法的彻底破产。从这种种现象生发开去，严敦易终于从根本上看到，"脂本"和"脂批"的"传钞本"相当地多，且又互相歧异，"这种东西，作为完全可靠的材料来使用的话，无论如何是值得考虑的"，并提出"它应该先经过一番科学的整理抉择的功夫，绝不能毫无区别地一律虔敬地当作研究《红楼梦》的圣经来看待，并枝节地随意引用"。这种识见，在当时说来，是极为高明的。然而最大的遗憾是，严敦易没有"谈到'脂本'和'脂批'的本身"，即追究脂本的真伪和年代，笔者认为这恰恰是"新红学"体系最为要害的所在。

对脂批提出不可尽信的还有王佩璋，她在《人民日报》1954 年 11 月 3 日刊出的《我代俞平伯先生写了哪几篇文章》中谈道：

> 不错，俞先生的这一说法是有"脂批"做依据的。但是，首先，脂批不可尽信，如第一回"好了歌"中"说什么粉正浓，脂正香，如何两鬓又成霜"，对这"如何两鬓又成霜"甲戌本脂批"黛玉晴雯一干人"，黛玉不论，晴雯却是在七十八回就死了的，何曾活到"两鬓成霜"，我们如果信了这条脂批来推后书，那岂不该说晴雯黛玉都活到六七十岁么。所以全据脂批来推八十回以后的事，是不可靠的。另外，推测一本未完的书的后来的结局最主要的是应该以所存的书的本文做依据，而不该抛开了本文去用不可尽信的批语。从前八十回看，宝钗确实是一个典型的封建主义的忠实的信徒，黛玉则是一个强烈的反封建的青年女子的代表，这样性格绝不相同的两个人，在前八十回中就已经表现了许多不可调和的矛盾和冲突，难道到了八十回后就会忽然"化干戈为玉帛"了么，这是不能想象的。
>
> 俞先生因为先有了一个主观唯心的"双美合一"的错误看法，并且引了"脂批"做为立论的根据，于是无视《红楼梦》八十回中所写的宝钗黛玉两个基本上不同的人物的矛盾和冲突，而一口认定在八十回后宝钗黛玉感情很好，"双美合一"，从而贬斥后四十回的宝黛悲剧的"不合作者原意"。①

---

① 作家出版社编辑部编：《红楼梦问题讨论集》第一集，作家出版社，1955，第 123—124 页。

王佩璋在《光明日报》1954 年 11 月 28 日刊出的《谈俞平伯先生在〈红楼梦研究〉工作中的错误态度》中，又对俞平伯的说法是"以脂批做论据的"提出了批评，说："脂批诚然是我们研究《红楼梦》的有用的材料，但若以脂批的说法作为我们分析批判《红楼梦》的论据却是不妥当的"。理由是："一、脂批不都是作者写的；二、脂批不可尽信。"[①] 这些观点，都是有理论勇气的。

总而言之，人们对于脂批，是有抵触和怀疑的，由这种情绪激发出来的议论，则多半是直觉的、表面的；有的不无道理，有的甚至接触到了事物的一定深度，但都没有击中痛处，甚至在究竟应该如何看待"脂评"的问题上，所有的论者都没有给出一个明确的答案。此无他，个中原因乃在：谁也不曾下功夫去对"脂评"做较为深入的了解和考证。更严重的是，脂砚斋及其评语从现象上看，似乎属于考证作者家世生平和《红楼梦》成书过程的史料的范畴，人们似乎忽略了这一点；但脂砚斋从来就没有单独存在过，它是附着于《脂砚斋重评石头记》抄本之上的。那突然于 1927 年出现的甲戌本《脂砚斋重评石头记》，是使胡适的红学体系的全部立论获得了版本上依据的奥秘。唯此之故，推究脂本的来历，鉴定脂本的真伪和年代，运用版本研究的程序来对它进行深入研究，才是解决这一问题的关键所在。若不能从这一根本点入手，只跟在别人后面空发议论，终究只能是在版本考证面前陷于茫然无措的窘境。

第四节　双方都进到了另一个房间

列宁说："历史喜欢作弄人，喜欢同人们开玩笑。本来要到这个房间，

---

① 作家出版社编辑部编：《红楼梦问题讨论集》第一集，作家出版社，1955，第 190 页。

结果却到了另一个房间。""批俞评红"的一个结果，是让红学变成了一个互动的怪圈，批判者与被批判者，都因为一定的条件，而各向着与自己相反的方向转化。

一

胡适 1955 年给沈怡写信，称俞平伯为"胡适的幽灵"，断言"胡适的幽灵，是搞不清、除不尽的"，[①]一时为许多人所称赞。历史已经证明，俞平伯不是"胡适的幽灵"而事实更加表明，在这场疾风骤雨里首当其冲的俞平伯，恰是"批俞评红"运动的真正受益者。运动何尝阻碍了俞平伯的自我更新、自我发展？他正是头一个与胡适的红学观划清界限，自我更新、自我发展了的红学家。

1954 年 10 月 24 日，在中国作家协会古典文学部召开的《红楼梦》研究座谈会上，在郑振铎致辞后俞平伯头一个发言，"以老老实实的态度"，对自己"从兴趣出发的，没有针对《红楼梦》的政治性和思想性，用历史唯物观点来研究，只注意些零碎的问题"作了自我批评，表示愿意学习一些新的东西，虚心地听取大家的意见。无论从哪一个角度考量，他的态度都算得上是端正的。他还表示："我自己承认思想上有很多毛病，为真理的斗争性不强，但却是倾向于要往前进的。今年春夏天，我还在各处作了几次关于《红楼梦》的讲演，这都可以说明我最近的思想情况。"[②]笔者认为这番话是真诚的，也是真实的。

1955 年 2 月，俞平伯写出《坚决与反动的胡适思想划清界限——关于有关个人〈红楼梦〉研究的初步检讨》，开头说："近四个月来，各方面通过对《红楼梦》研究的批判，热烈地展开了反资产阶级唯心论的斗争。我认

---

① 胡适:《胡适书信集》，北京大学出版社，1996，第 1240 页。
② 中国作家协会上海分会编:《红楼梦研究资料集刊》，上海古籍出版社，1954，第 365—366 页。

为这是必要的、及时的。"又诚恳地表示："这次的批评是从我的《红楼梦》研究而引出的：对我说来自不能不感到痛苦，因为我曾是错误思想的传播者，我应该对过去的坏影响负责。另一方面，由于错误得到渐次廓清的机会，个人的自我改造得到另一次新的发轫，我应当客观地检查在研究《红楼梦》思想上的种种错误。我有责任严格地做出公开的自我批评。"

从学术的角度着眼，他的检讨中最有价值的内容，是对自己研究《红楼梦》历程的回顾。他将自己过去的研究工作，分为前后两个段落，两者"有一贯的联系，后段是继续着前段发展的"：

第一段的作品是《红楼梦辨》和《红楼梦研究》："这两书共同的主要内容是'考证'，采用胡适的作者'自传说'加以发挥，抽掉了《红楼梦》应有的社会的和政治的思想意义，而以我主观的看法，如情场忏悔、怨而不怒等等来替代它。我不但不曾积极地发掘《红楼梦》内涵丰富的反封建的意义，相反的却明显地歪曲了这意义。"

第二段的作品是《红楼梦简论》《读红楼梦随笔》和 1954 年春夏间在各处的讲演稿："'自传说'的成分虽渐次减少了，却另外加上许多新的说法，所谓'真假''反正''微言大义'（应该说是微词曲笔）。这实际上是索隐派的精神，考证派的面貌。我也从早年的无褒贬的说法一变而为主张褒贬了。但旧的错误没改好，又发生了新的歪曲，这叫做'换汤不换药'。"说到这里，俞平伯重点提到了脂砚斋：

"脂评"当不失为研究《红楼梦》的材料之一，作为试探作者的主观意图（自然这是次要的）也还值得参考。但正因为我的观点本末倒置，局限于对作者主观意图的探求上，而不能从最根本的最主要的方面——作者的、作品的客观思想及其效果去考虑，这样便被"脂评"迷住了，反而更加重了旧的毛病。例如在《简论》里引"脂评"："盖作者实因鹡鸰之悲，棠棣之威，故撰此闺阁庭帏之传"，称为"《红楼梦》的作意不过如此"，迷信"脂评"即此可见一斑。我掌握了这些材料，因而产生好奇炫耀的心理，不仅在《简论》中，在《红楼梦随笔》琐细的校勘中，更加显著地流露出来了。

他再三说明："当《红楼梦辨》出版不久，我就怀疑胡适的作者自传说了，因为在《红楼梦》里有许多讲不通的所在。但却不能建立新的看法。""后段有些结论或跟胡适的不同，观点方法还是那一套。我在学术思想上并没有跟胡适划清界限。"特别是：

胡适本来是拿"脂评"当作宝贝来迷惑青年读者的。我的过信"脂评"无形中又做了胡适的俘虏，传播了他的"自传说"。说到我的封建趣味非但不妨碍资产阶级唯心论，两个杂糅在一起，反而帮助它发展了。至于结论的或此或彼，并不能因而推论我和胡适有什么不同，正可以用来说明实验主义的研究方法绝不可能认识客观的真理，只能得到一些主观的解释。所谓"大胆假设，小心求证"，事实上只是替自己先肯定了一个主观的假设，然后多方面地企图去说明它。"小心"二字是自欺欺人的话，"大胆"倒是实供。证据变成了奴役，呼之使来，呵之即去，岂能不服从主观的假设？"小心求证"事实上是任随自己惬意地"选择证据"。作为身受实验主义毒害的典型者之一，我愿意陈述。①

关于"脂评"，俞平伯还说："上述《简论》里引'脂评'明作者之意。《随笔》里引'脂评''芹为泪尽而逝'，以为曹雪芹可比林黛玉。脂砚斋至今不知何人，还不能定为作者，以'脂评'"来直接代替《红楼梦》，岂不

---

① 作家出版社编辑组编：《红楼梦问题讨论集》第二集，作家出版社，1955，第311—314页。

是以他人之意替代作者之意么？所以即就追求作者的意图来说，也是不严肃的。"①

俞平伯在检讨中所说的话，是诚恳的，也是发自内心的；运动结束之后他的全部言行，都是生动的证明。

对于脂本，俞平伯没有表现出特别的欣赏。他在 1953 年说，脂本的"文字并非都出脂砚斋手"，②"特别是脂砚斋庚辰本，到了七十回以后，几乎大半讹谬，不堪卒读"。到了 1956 年，他又说："所有的旧抄本，并草稿的资格也还不够"，"所谓乾隆甲戌本并不是一七五四的原本，己卯本也不是一七五九的，庚辰本也不是一七六〇的"。③1961 年又说，脂本"不但展转传抄，所谓'过录'，且可能有抄配，虽题作'某某本'，我们并不敢保证每回每页都是货真价实的'某某本'"。④

对于脂批，他说脂本的"批注每错得一团糟"，⑤似乎并无好感。对脂砚斋，他充满疑惑，说："人人谈讲脂砚斋，他是何人，我们首先就不知道"。⑥1973 年，他在致毛国瑶的信中写道："历来评'红'者甚多，百年以来不见'脂砚'之名，在戚本亦被埋没，及二十年代始喧传于世，此事亦甚可异。"⑦

1978 年，他对某学者说："你不要以为我是以'自传说'著名的学者。我根本就怀疑这个东西，糟糕的是'脂砚斋评'一出来，加强了这个说法，所以我也没办法。你看，二十年代以后，我根本就不写曹雪芹家世的文章。"⑧

---

① 作家出版社编辑组编：《红楼梦问题讨论集》第二集，作家出版社，1955，第 317 页。
② 俞平伯：《俞平伯论红楼梦》，上海古籍出版社，1988，第 919 页。
③ 俞平伯：《俞平伯论红楼梦》，上海古籍出版社，1988，第 884 页。
④ 俞平伯：《俞平伯论红楼梦》，上海古籍出版社，1988，第 941 页。
⑤ 俞平伯：《俞平伯论红楼梦》，上海古籍出版社，1988，第 925 页。
⑥ 俞平伯：《俞平伯论红楼梦》，上海古籍出版社，1988，第 926 页。
⑦ 俞平伯：《俞平伯致毛国瑶信函选辑》，《红楼梦学刊》1992 年第 2 期。
⑧ 胡文彬：《红学世界》，北京出版社，1984，第 50—51 页。

俞平伯对脂本脂批从“怀疑”“可异”到“失望”的过程，正是他对脂本脂批的认识不断深化的过程，到了最后，终于把这一切都归结到胡适头上了。他在 1979 年写道：“《红楼梦》行世以来从未见脂砚斋之名”，“百年以来影响毫无”，“现存的胡适藏本却非乾隆甲戌年所抄，其上的脂批多出于过录”（《甲戌本与脂砚斋》），重申“我最近重读了胡适所传的《脂砚斋评石头记》残本，很是失望。早在一九三一年，我就对此书价值有些怀疑”。① 1985 年，他在接受《文史知识》访谈时说：“我看‘红学’这东西始终是上了胡适的当。现在红学方向就是从‘科学的考证’上来的；‘科学的考证’往往就是繁琐的考证。《红楼梦》何须那样大考证？又考证出什么来了？”“我深中其（指胡适的‘自传说’）毒，又屡发为文章，推波助澜，迷误后人。这是我生平的悲愧之一。”②

俞平伯的检讨，唯独没有提到后四十回。因为直到那个时候，他仍然在坚持原有的观点，这也是检验俞平伯检讨的真诚度的标尺之一。论证后四十回为高鹗所续，是俞平伯红学观的精髓，他对此一直坚信不疑。然而就在批俞运动结束之后，“高续说”正被俨然定论的时候，俞平伯却开始了对它的质疑。他 1954 年指出，“乾隆末年相传《红楼梦》原本一百二十回”，“我从前以为这是程高二人的谎话，现在看来并非这样”，“可能是事实”，“这样便动摇了高鹗四十回的著作权，而高的妹夫张船山云云，不过为兰墅夸大其词耳”。③ 1956 年又说，后四十回“不很像程伟元高鹗做的”，“或系真像他们序上所说从鼓儿担上买来的也说不定”，“高鹗补书只见于张问陶诗注，所谓‘补’者，或指把后四十回排印出来，更加以修改罢了”。④ 1961

① 俞平伯：《俞平伯论红楼梦》，上海古籍出版社，1988，第 1137 页。

② 俞平伯：《漫谈“红学”》，载俞平伯《红楼梦研究》，上海古籍出版社，2006。

③ 俞平伯：《读红楼梦随笔》，载俞平伯《俞平伯论红楼梦》，上海古籍出版社，1988，第 768—769 页。

④ 俞平伯：《红楼梦八十回校本序言》，载俞平伯《俞平伯论红楼梦》，上海古籍出版社，1988，第 887、905 页。

年 12 月，俞平伯写了《影印〈脂砚斋重评石头记〉十六回后记》，文后"说明"对高鹗续书的问题提出疑问："程氏刊书以前，社会上已纷传有一百二十回本，不像出于高鹗的创作。高鹗在程甲本序里，不过说'遂襄其役'，并未明言写作。张问陶赠诗，意在归美，遂夸张言之耳。高鹗续书之说，今已盛传，其实根据不大可靠。"① 这些言论标志着俞平伯在版本问题上的觉醒。1963 年他又说："甲、乙两本皆非程高悬空的创作，只是他们对各本的整理加工的成绩而已。这样的说法本和他们的序文引言相符合的，无奈以前大家都不相信它，据了张船山的诗，一定要把这后四十回的著作权塞给高兰墅，而把程伟元撇开。现在看来，都不大合理。"②

由此可知，俞平伯对自己的"高续说"，不断进行自我怀疑和自我否定。他的临终留言，最终完成了红学观念的新突破：

> 胡适、俞平伯是腰斩《红楼梦》的，有罪。程伟元、高鹗是保全《红楼梦》的，有功。大是大非！
> 千秋功罪，难于辞达。③

经过长期痛苦的反思之后，俞平伯真正突破胡适红学模式的桎梏，完成了红学观念的更新。他从当年强迫"喜欢并家过日子"的曹雪芹、高鹗"分居"，到肯定"程伟元、高鹗是有保全《红楼梦》之功的"，唤醒人们挣脱胡适模式羁绊，构成了红学史上最为悲壮的一幕。

---

① 俞平伯：《俞平伯论红楼梦》，上海古籍出版社，1988，第 981 页。
② 俞平伯：《谈新刊〈乾隆抄本百二十回红楼梦稿〉》，载俞平伯《俞平伯论红楼梦》，上海古籍出版社，1988，第 1100 页。
③ 韦奈：《我的外祖父俞平伯》，上海书店出版社，1993，第 34 页。

二

作为过来人，暮年的俞平伯说过一句不无讽刺意味的话，大意是虽然人们批判胡适，但在红学研究上很多时候还沿用胡适的思维和方法。[①] 严重性岂止如此！可惜"冲击者"对俞平伯的深刻变异不曾有丝毫觉察，就更谈不上理会其深刻意义了。

1986 年 1 月，胡绳在庆贺俞平伯从事学术活动六十五周年会议上讲话，说："早在二十年代初，俞平伯先生已开始对《红楼梦》进行研究，他在这个领域里的研究具有开拓性的意义。对于他研究的方法和观点，其他研究者提出不同的意见或批评本来是正常的事情。但是 1954 年下半年因《红楼梦》研究而对他进行政治性的围攻是不正确的。这种做法不符合党对学术艺术所应采取的双百方针。《红楼梦》有多大程度的传记性成分，怎样估价高鹗续写的后四十回，怎样对《红楼梦》作艺术评价，这些都是学术领域内的问题。这类问题只能由学术界自由讨论。"[②] 胡绳称赞俞平伯在《红楼梦》领域里的研究"具有开拓性的意义"，是从总体上对俞平伯红学研究做出了历史评价。

胡绳在涉及红学研究的具体论题时，却不经意间肯定了俞平伯自我否定了的东西——所谓"《红楼梦》有多大程度的传记性成分"云云，前提就是确认《红楼梦》的"自传性"；"怎样估价高鹗续写的后四十回"云云，其前提就是确认后四十回为高鹗所续。从这个意义上，赞扬俞平伯的红学研究"具有开拓性的意义"，意味着对他的研究方法和学术观点（或者说被误认为他的"研究方法和观点"）的肯定。否定之否定的结果，导致了对俞平伯自身的正面努力和积极追求的肯定。

---

① 俞平伯：《宗师的掌心》，载俞平伯《红楼心解》，陕西师范大学出版社，2005。
② 胡绳：《胡绳全书》第 3 卷下，人民出版社，1998，第 724 页。

政治上的平反，使俞平伯的声誉更高了；但处身于此时此际，俞平伯的那些发自内心的反思，却被当作无奈的"自诬"被漠视了。在那场疾风骤雨般的批判运动中，一部分曾受胡适影响的学者，大抵只顾忙着从政治上与之"划清界限"，根本来不及认真清理学术上的是是非非；另外一部分人则显然缺乏必要的学术准备，只是仓促上阵，才临时浏览胡适的红学著作，不料潜移默化地接受了胡适的红学模式，甚至将它作为"合理内核"接承过来。于是，那些在"批俞"运动中受到正面冲击的东西，却又重新抬起头来。随着思想解放形势的发展，红学界由为俞平伯平反，转到了"重新评价"胡适的红学思想上来。

经过一番"重新评价"，红学界不仅肯定了胡适在红学发展上的历史贡献，而且承认当代的红学研究是与胡适开创的"新红学"一脉相承的；胡适的"大胆的假设，小心的求证"的"十字真言"，也被认为是"科学的方法"而受到高度赞扬。于是，历史便出现了如下的怪圈：空前规模的对胡适红学模式大批判的直接结果，却将本来并未在红学领域占据统治地位的胡适学派，批成了一个声名显赫的"新红学派"，并使胡适的红学模式得到更为巩固的确认，使整个红学研究实现了向胡适体系的全面回归。当年那些仓促上阵、临时浏览胡适的红学著作的人，潜移默化地接受了胡适的红学模式，重新聚集在胡适的旗帜下。不论是"曹寅家世"说、"雪芹自传"说，或是"高鹗续书"说、"脂本原本"说，都成了不容置疑的"科学定论"。如冯其庸《祝贺〈俞平伯全集〉的出版》中说：

俞老是新红学的代表人物，是本世纪红学的大家，有人问我对俞老有关红学的评价，我是后学，岂可妄评前辈。但新红学对旧红学是一次革命，是一次开创性的前进，这是人所共知的，这是历史的结论。要评价俞平老的红学，首先要承认这个基本事实。要不是胡适、俞平老的努力，红学还停止在索隐派的迷雾里，哪还可能有红学的今天？所以新红学派突破和粉碎旧红学索隐派的迷障，为后来的红学开辟新路，这是一大功绩。特别是新红学派在红学方面的主要学术成果，都是为当代的红学所接受的，如《红楼梦》的作者是曹雪芹以及曹雪芹的织造家世，如红学的版本学特别是对脂砚斋评本的重视，如对脂砚斋其人的研究，对脂砚斋评语的研究等等，所以今天的红学对以往的新红学是继承、选汰和发展，而不是绝对的批判和抛弃。①

冯其庸不是 20 世纪 50 年代运动的当事人。从红学的历史看，胡适、俞平伯起步于 20 世纪 20 年代，他们是新红学研究的第一代；周汝昌起步于 20 世纪 40 年代，是新红学研究的第二代；冯其庸的红学事业，则是起步于 20 世纪 70 年代：以"洪广思"的笔名在《北京日报》1973 年 11 月 2 日发表的《〈红楼梦〉是一部写阶级斗争的书》，署名"冯其庸"在《文物》杂志 1974 年第 9 期发表其第一篇学术性文章《曹雪芹的时代、家世和创作》，因此，他是新红学研究的第三代人物。在这篇纪念俞平伯的文章中，冯其庸没有提到他对 20 世纪 50 年代批判俞平伯的认识，也没有提到他 1981 年关于"自 1954 年以后，'红学'就进入了一个新的发展阶段：即用马列主义来研究《红楼梦》的阶段"的说法；他此时的命意很清楚的，就是要重新认识对俞平伯的批判。冯其庸称赞俞平伯是"新红学的代表人物，是本世纪红学的大家"，目的是为了引出自己对"新红学"的全新评价——"新红学对旧红学是一次革命，是一次开创性的前进，这是人所共知的，这是历史的结论"。

---

① 冯其庸：《祝贺〈俞平伯全集〉的出版》，《红楼梦学刊》1998 年第 2 期。

三

随着胡适模式的核心——"自传说"重新抬头,其两大支柱——作者考证和版本考证之受到青睐,就更是理所当然的了。除了部分学者将精力集中于曹雪芹祖籍考证之外,整个红学界的努力所向,就体现在将《红楼梦》的"事业"推向了绝顶,论家几乎一致肯定胡适关于"后四十回高鹗续书"的推断,是对《红楼梦》版本考证的"巨大贡献"。本来只是属于"大胆假设"的"高鹗续书"说,竟成为绝大多数红学家"美学"追求的立论前提和逻辑起点。据粗略的统计,《红楼梦学刊》从创刊号起,至第 50 辑止(即 1979 年第 1 辑到 1991 年第 4 辑),共发表有关思想艺术研究(不包括考证)方面的论文 640 篇。按其内容,可以大致归为五类:

第一类:只研究前八十回,而不涉及后四十回文本片言只语的,计 470 篇,占 73.44%。

第二类:只研究前八十回,并同时进行"探佚""推测"所谓"八十回后原著"的,计 36 篇,占 5.62%。

第三类:以前八十回为主要立论依据,同时兼及后四十回,确指其为"高鹗伪续"并给予批判和诋毁的,计 60 篇,占 9.37%。

第四类:以论前八十回为主,同时兼及后四十回,确认其为"高鹗续书",既适当肯定成绩又驳斥其"违背原意"的,计 47 篇,占 7.34%。

第五类:坚持整体立论,认定全书百二十回为曹氏一人所作,并给予高度评价的,计 27 篇,占 4.22%。

这 50 辑《红楼梦学刊》还发表过研究后四十回的专题 27 篇,其中指其为"高鹗伪续"的有 14 篇,占 51.85%;对所谓"高鹗续书"部分肯定的有 10 篇，占 37.04%；认定后四十回为曹氏原著的仅 2 篇，占 11.11%。可见许多红学研究者认可"曹著高续"，并且将这种模式贯彻到研究实践中。

回顾起来，红学界对脂本的评价一直不高。如吴世昌 20 世纪 60 年代发表《残本脂评〈石头记〉的底本及其年代》《论脂砚斋重评〈石头记〉（七十八回本）的构成、年代和评语》《〈红楼梦稿〉的成分及其年代》等（均收入《红楼梦探源外编》），认为甲戌本"并非世间最古写本"，其"凡例"及批语中都有"后人擅加"的成分；庚辰本则是"一个在不同时间内用若干底本拼凑起来的合抄本"，其所谓"四阅评过""某年某月定本"云云，"都是随意加上，以'昂其值'于'庙市'的花招"。[①]

从 20 世记 80 年代开始，红学领域掀起"版本热"。开启风气之先的，是 1978 年冯其庸的《论庚辰本》，将胡适关于脂本的基本假设，推向"定论"的高度。他断定："所谓'己卯冬月定本'和'庚辰秋月定本'，就是指己卯年（乾隆二十四年）的冬天改定的本子和庚辰年（乾隆二十五年）的秋天改定的本子"，因此，庚辰本"是曹雪芹生前的最后一个改定本，也是最接近完成和完整的本子"，"是仅次于作者手稿的一个抄本"；[②] 而甲戌本则"是现存曹雪芹留下来的《石头记》的最早的稿本"。[③] 冯其庸是迄今有幸"目验"三脂本"原件"的极少数权威之一。经他的"鉴定"，脂本被认为是《红楼梦》的"原本"和"真红楼"；脂砚斋成了直接参与《红楼梦》整个创作修改过程的"亲密合作者"和"指导者"，成了曹雪芹的"至爱亲朋"；而脂砚斋批语，则被认定为提供了作者生平事迹以及"原著"后半部具体情节的"极其珍贵的红学史料"。以庚辰本为底本校注的艺院本《红楼梦》于 1982 年问世，正式取代通行二百多年的程高本。

---

① 吴世昌：《红楼梦探源外编》，上海古籍出版社，1980。
② 冯其庸：《论庚辰本》，上海文艺出版社，1980。
③ 冯其庸：《梦边集》，陕西人民出版社，1982，第 355—356 页。

当 20 世纪 80 年代大陆红学家齐声欢呼的时候，对照 20 世纪 70 年代台湾学者对胡适所下的"一是《红楼梦》是曹雪芹的自传，不是什么政治性的社会小说；二是曹雪芹生前只写了八十回，后四十回是乾隆进士高鹗续作"两个论点，以及"俞平伯主要歧异之点有五"的论述，看看不是如出一辙吗？

刘绪源谈"义理之学"与"考据之学"时说："1954 年对俞的批判，断然排斥了这种考据的方法，如用传统文论的说法，也许可称为'义理之学'。这以后，在红学界，'考据之学'仍顽固存在，难以消除，但终究不成主流了，主流成了思想艺术批评，红学之为红学，是考据之学的贡献大，还是义理之学的贡献大呢？或者说，红学之趣，更多的是在前者，还是在后者呢？"胡适的"考据之学"，构建了以"自叙传"为核心，以"曹寅家世"说和"高鹗续书"说为支柱的"新红学"体系，扔给大家两个永远解不开的死结。自胡适之后，红学研究的两大异事是：第一，找不到两个观点完全相同的红学研究者；第二，争论让红学家陷在无休止的考证之中，无法解脱。

王国维早在 1904 年就发表了《红楼梦评论》，对"《红楼梦》之精神"和"《红楼梦》之美学上之价值"做了精到剖析，从哲学与美学的角度，开启了理论探讨和艺术研究的新生面。"回归《红楼梦》文本"，不是喊了多年了吗？为什么回归不了？因为要"知人论世"，不知作者身世行吗？回归文本，不知哪种版本是原本行吗？

第二章　论 1955 年的"胡适思想批判"

第一节　评专论"胡适思想批判"的台湾硕士论文

1983 年 5 月，台湾政治作战学校政治学研究所，通过了朱锡璋的硕士论文《中共批判胡适思想之研究》。海峡彼岸的这一学术成果，为解析 1955 年大陆开展的"胡适思想批判"，提供了极好的参照系。

一

《中共批判胡适思想之研究》，藏台北"国家图书馆"博士硕士论文室，大陆学者无人提及，实有介绍之价值。

论文分四章十四节，约十五万字。绪论对"研究方法"有所说明："本论文以文献分析法为主，兼采归纳、比较、综合的方法做为辅助。资料搜集，主要以台湾总政治作战部资料供应中心、台湾政治大学国际关系研究中心、台湾情报局资料室、大陆工作会图书室、文化大学大陆问题研究所资料室、本校敌情馆、本所资料室等所拥有的中共文件、书籍、期刊、报章杂志等为主。资料处理，按搜集、分类、鉴定、组织等程序。保证对资料使用的忠实与客观。"通读全文，感觉作者遵循了这一思路，大体能客观地使用材料，分析、归纳、比较、综合，大体也合乎情理，是一篇合乎规范的硕士论文。

作者自拟"内容介绍"云："本论文研究的目的，旨在探讨中共何以选择胡适思想作为批判的目标，中共如何进行这个批判运动，以及这个运动与改造知识分子的关系。"论文讲到的三个问题，第一、第二个相对客观，故可异议的东西不多；第三个源于立场不同，导致价值判断的差距较大。

第一章《中共批判的目标——胡适思想》，探讨中共何以选择胡适思想为批判目标。论文从"时代环境是思想萌育的条件"着眼，首论胡适思想形成的时代环境。在缕述鸦片战争的历史之后，着重提到 1909 年美国退还"庚子赔款"，"帮助中国派遣留学生赴美"，到 1915 年已超过一千二百人。论文就这一史实指出："英、美退还庚子赔款，指定留学使用，其主要动机之一，即所谓'文化投资'（cultural investment）。留学生归国后，在推动现代化运动的取向上，难免以留学国为典范。所以，知识分子不能汇集成一股团结的力量。"所云"不能汇集成一股团结的力量"，说得确实比较到位。屈辱的《辛丑条约》规定：中国赔款九亿八千万两白银，美国分到两千四百四十万美元。1906 年，美侨斯密士（Arthur H. Smith）向美总统老罗斯福（Theodore Roosevelt）建议，退还赔款以"培植"中国学生留美；伊里诺州大学校长詹姆士（E.J.James）致总统备忘录说："哪一个国家能做到教育这一代的年轻中国人，哪一个国家就将由于在这方面所支付的努力，而在精神的、商业的影响上取回最大可能的收获。如果美国在三十年前已经做到把中国学生的潮流引向这一个国家来，并能使这潮流继续扩大，那么，我们现在一定能够使用最圆满和最巧妙的方式促进中国的发展。"这位懂得"攻心为上"的校长强调："为了扩张精神上的影响而花一些钱，即使只从物质意义上说，也能够比别的方法收获得更多。商业追随精神上的支配，是比追随军旗更为可靠的。"庚款法案于 1907 年 4 月由美国国会通过，以其半数一千一百六十多万美元，支持中国学生赴美留学。1908 年两国草拟派遣留美学生规程，1909 年清政府设立"游美学务处"，专司选考留美学生。由"退款办学"建立的清华学堂，遂被称作"赔款学校"。清华学生称："清华不幸而产生于国耻之下，更不幸而生长于国耻之中……不幸之中，清华独幸而获受国耻之赐。既享特别权利，自当负特别义务。"①

胡适无疑是"退款办学"的受益者。当他兴冲冲地赶赴美国之际，是否有过"不幸而产生于国耻之下，更不幸而生长于国耻之中"的念头呢？是否有防范"用中国人的钱（实际上是掠夺得来的中国人的钱）收买中国人心"的念头呢？看一看他的日记就都明白了。1913 年 7 月 26 日日记，题"'是'与'非'"：

孔子曰："父为子隐，子为父隐，直在其中矣。"仁人之言也。故孔子去鲁，迟迟其行，曰："去父母之国之道也。"其作《春秋》，多为鲁讳，则失之私矣。然其心可谅也。吾亦未尝无私，吾所谓"执笔报国"之说，何尝不时时为宗国讳也。是非之心，人皆有之，然是非之心能胜爱国之心否，则另是一问题。吾国与外国开衅以来，大小若干战矣，吾每读史至鸦片之役，英法之役之类，恒谓中国直也；至庚子之役，则吾终不谓拳匪直也。

胡适将"是非之心"与"爱国之心"对立起来，丝毫没有正视自己所要面对的不是"吾国与外国开衅"，而是列强的侵略凌辱。在此种情势下，"执笔报国"是有识青年义不容辞的责任。胡适 1916 年 6 月 16 日日记有《麦荆尼逸事四则》，记美总统麦荆尼逸事四则。麦荆尼，即威廉·麦金莱（William Mckinley），美国第二十五任总统，1897 年 3 月 4 日就任，派兵参加"八国联军"掠夺中国，就是他的政绩。胡适对麦金莱的评价，和美国

---

① 金富军：《清华生于国耻：清华大学建校与美国庚子退款》，《清华人》2006 年第 2 期。

主流舆论完全一致。其三曰：

> 庚子之役，北京既破，和约未成。一日，美国内阁开会，议远东局势。麦氏问应否令北京之美军退回天津。阁员自海伊（John Hay）至威尔逊（此别一威尔逊，时为农部长）皆主张不撤兵。麦氏一一问毕，徐徐言曰："我乃宪政国的总统，该负责任。今日之事，我主张令吾军退出北京。盖我军之入北京，本为保护使馆及教士商人。今此志已达，岂可更留？且吾美虽不贪中国一寸之土地，然地势悬隔，军人在外，不易遥制；吾诚恐一夜为军书惊起，开书视之，则胃芬统制（Colonel Chaffin）自华来电，言已占领北地某省，已得土地几十万方英里，人民几百万矣。事到如此，便不易收束，不如早日退兵之为得计也。"遂决意令美国兵一律退出北京。①

庚子国变十六年之后，胡适郑重其事记下此类旧闻，将下令派兵参加"八国联军"的麦金莱，描绘成"不贪中国一寸之土地"的英主。既然如此，1955 年批判胡适思想，强调"美帝国主义者为了在精神上、思想上、征服中国民族的心，从 1909 年起用所谓退还的庚子赔款（本是中国人民的血汗），按照'美国方式'，来培养训练为美帝国主义忠实服务的人员，……来实现它'从知识上精神上支配中国领袖的方式'的'攻心'政策"②，就不是空穴来风。

硕士论文在谈到留学生得知日本提出"二十一条"要求时，表现出激昂的爱国情绪，表示"我们应该做对国家最有贡献的事，如果必要的话，甚至牺牲生命"时，特别点出胡适的反对意见："我们留学生，在这个时候，

---

① 胡适：《胡适留学日记》，安徽教育出版社，2006。
② 张沛：《"学者"——政治阴谋家》，载《胡适思想批判》第二辑，三联书店，1955，第 321—322 页。

在离中国这么远的地方，所应该做的是：让我们冷静下来，尽我们的责任，就是读书，不要被报章的喧嚣引导离开我们最重要的任务。让我们严肃地、冷静地、不顾骚扰、不被动摇去念我们的书。好好准备自己，等到我们的国家克服这个危机以后，——我们深信她必须克服这个危机——好去帮助她进步。或者，如果必要的话，去使她从死亡里复活过来。"①尽管作者表白说："知识分子在国难时期应有的态度，是见仁见智的"，但所刻画的胡适却是真实的；所概括出来的"由于强调个人独立的自由主义，因此他们大力提倡个人的解放，尤其着重于呼吁个人从传统思想文化的束缚中解脱出来，并宣扬西方民主政治制度和自由平等的价值与行为"，也是准确的。

二

胡适似没有"执笔报国"的意念，他向往的是"世界主义"。1916 年 10 月 26 日日记有《国家主义与世界主义》，"今之大患，在于一种狭义的国家主义，以为我之国须凌驾他人之国，我之种须凌驾他人之种"，高唱"不抵抗主义""不争不抗之惠"，说什么"卢森堡以不抵抗而全，比利时以抗拒而残破"。

在他七岁的时候，爱国人士谢缵泰（1871—1933）就绘制了"东亚时局图"，图中代表俄国的大黑熊雄踞东北，代表法国的青蛙匍匐西南，代表美国的老鹰盘踞菲律宾，代表英国的癞皮狗坐卧长江中下游，代表德国的肠子挂在山东半岛，代表日本的太阳余辉照耀台湾。画的两侧书写"不言而喻""一目了然"，以形象直观的画面警示国人：列强正掀起瓜分中国的狂潮，亡国灭种的危机就在眼前。时人题诗曰："沉沉酣睡我中华，哪知爱国即爱家。国人知醒宜今醒，莫待土分裂似瓜。"呼唤中华民族快快觉醒，

① 朱锡璋：《中共批判胡适思想之研究》，1983 年硕士论文，台湾政治作战学校政治学研究所，第 27 页。

一齐来挽救民族危机。既然如此，1955 年对胡适思想的如下批判："由于日本帝国主义对中国提出侵略的条款，留美学生纷纷集会反对，他却提出书面意见，这就更露骨地说出了他的学生不要参加爱国运动的主张，与当时国内的反动统治者正成了一唱一和，遥相呼应。"就不能说是强加于人。

论文还明白指出：

在启蒙运动初期，知识分子对于中国成为一个民主共和国理想国度，深具信心。但由于军阀、官僚玩弄民主政治，借"共和"之名，争权夺利。对外无法抵抗帝国主义的侵略，对内无法推动解决民生的经济建设。于是，知识分子对民主政治的信心渐失，而想追求一种快速解决社会、经济问题的方法。1920 年 3 月，梁启超欧游归来，发表其影响深远的《欧游心影录》，揭露战后欧洲资本主义社会的破产，预言社会革命是 20 世纪最主要的特色，叙述欧洲社会崇拜黄金、崇拜势力，盛行军国主义、帝国主义，人民逐渐物质化、机械化，道德日益沦丧的情况。他甚至曾提出，20 世纪社会主义将在世界广布的说法。[①]

论文不回避中国知识分子由资本主义转向社会主义，甚至共产主义的趋势，明确指出：对于五四运动与六三运动，胡适认为学生运动虽然有某些方面的好处，但学生运动用罢课做武器，会养成：(1) 依赖群众的心理；(2) 逃学的借口；(3) 无意识行为的坏习惯。是一种不经济的事情，所以不可以长期存在。而在"一二·九"学生运动之后，胡适重申他反对学生运动的理由：第一，青年学生应该认清他们的目标，这种抗议作用的直接行动，不是学生集会运动的目标。第二，青年学生应该认清他们的力量，

---

① 朱锡璋：《中共批判胡适思想之研究》，1983 年硕士论文，台湾政治作战学校政治学研究所，第 38 页。

一切少数人把持操纵，一切浅薄的煽惑，至多只能欺人于一时，终不能维时长久。第三，青年学生应该认清他们的方法，学生运动并须注意到培养能"自由独立"而又能"奉公守法"的个人人格，一群被人糊里糊涂牵着鼻子走的少年人，在学校时绝不会有真力量，出了校门，也只能配做"顺民"做"奴隶"而已。第四，青年学生要认清他们的时代，青年学生的基本责任，到底还在平时努力发展自己的知识与能力，社会的进步，只是"一点一滴"的进步，国家的力量，也只靠这个人的力量，只有拼命培养个人的知识与能力，才是"报国"的真正准备功夫。这些都讲得比较客观。

论文在谈到 1920 年 5 月 1 日，《新青年》七卷六号出版"劳动节纪念"特刊，使得新知识分子思想的联合阵线宣告分裂时，断言"以胡适为首的自由主义派分子，仍旧认为政治改革只能经由思想与文化的改造到达，因此他们努力于教育学术的工作，希望以一点一滴的方式改良中国"；而"以陈独秀为首的新知识分子派，逐渐走到工厂与农民中间，推动工人与农民运动"，主张采取社会、经济、政治之激烈变革。论文指出，在《新青年》杂志发行初期，胡适与陈独秀、李大钊原本皆为携手合作的朋友，但由于对"主义""共产主义"的看法迥异，终于不得不分道扬镳。

有趣的是，在谈到胡适思想的基本特质时，论文引用唐德刚说胡适是"新文化运动的开山宗师"的评价之后，又提示美国威斯康辛大学教授林毓生有不同的看法：

　　任何问题经胡适的肤浅的心灵接触以后，都会变得很肤浅……他的贡献与地位，从历史的观点来看，愈来愈与他生前所享有的大名成反比。我之所以特别把他对科学底庸俗的见解提出讨论，主要是因为他的这看法到今天仍然影响着许多人口。

尽管附加了"知识分子对问题的看法是难以完全一致的",但不随潮流任意拔高胡适,是值得称道的。而林毓生的老师殷海光也说:"胡适之流的学养和思想的根基太薄,以'终生崇拜美国文明'的人,怎能负起中国文艺复兴的领导责任?更何况他所崇拜的美国文明主要是五十年前的?他虽长住美国,其实是在新闻边缘和考据纸堆里过日子,跟美国近五十年来发展的学术没有相干。"①

<h2 style="text-align:center">四</h2>

至于胡适成为批判对象的原因,论文逐一分析胡适主张的自由主义、个人主义、实验主义、民主政治、科学人生观及文学革命,认为胡适思想具备了"成为批判目标所具备的基本条件",指出胡适一生"对政治抱有不感兴趣的兴趣"。他赞同美国罗斯福总统所说:"民主主义已独自创立一种无限制的文明,它在改善人类生活方面,具有无限进步的能力","我深信这几百年中逐渐发展的民主政治制度是最有包含性,可以推行到社会的一切阶层,最可以代表全民利益"。②

1919 年 7 月 20 日,胡适在《每周评论》挑起了"问题与主义"的论战。从字面上看,"多研究些问题,少谈些主义",似乎提倡的是"问题",而反对的是"主义"。胡适 1948 年对武昌公教人员讲《自由主义在中国》,甚至说自己从来不在"任何地方公开讲演过什么主义"。其实不然。胡适同样是"主义"论者,只不过他拥护的是"自由主义"而已。

关于"自由主义"与"社会主义",台湾学者朱高正曾有很好的论述。朱高正,1954 年出生于云林县,1980 年赴德国波昂大学深造,1985 年获哲学博士学位。1986 年为民主进步党创党首批党员之一,1987 年当选"立法

---

① 殷海光,林毓生:《殷海光林毓生书信录》,上海远东出版社,1996,第 156 页。
② 朱锡璋:《中共批判胡适思想之研究》,1983 年硕士论文,台湾政治作战学校政治学研究所,第 71 页。

委员"。1990 年退出民进党。2000 年 9 月，朱高正放弃上诉权，终结了与民进党十四年的刑事诉讼，入狱服刑一个月，出狱后出版《狱中自白：论台湾前途与两岸关系》，阐述反对台独理念，支持两岸和平统一，1998 年 9 月获聘为中国社会科学院研究生院特邀教授。

朱高正说："近两百年来的世界史，不管就政治、经济、社会或意识形态的角度来看，无非就是自由主义与社会主义这两大思想流派的发展史。要了解近、现代社会，首先就要了解这两大思想流派，以及它们彼此之间互动、辩证的关系。"[1]自由主义与社会主义都是工业革命的产物，既回应了新生的政治、经济、社会问题，彼此之间也一直进行着深刻的对话。朱高正相信，"自由主义"与"社会主义"两股思潮从西方思潮涌造后，身处变局的中国知识分子也被迫面对新形势，探求理论，相互辩难，思索中国发展的方向：

国民政府从清廷承袭下来的是一个千疮百孔的中国，内忧外患并未因改朝换代而获得缓解，西方列强各自割定势力范围。旧的权威已然瓦解，新的秩序迟迟未能建立，整个中国处于军阀割据的局面。1919 年，在第一次世界大战结束后的巴黎和会上，中国做为战胜国，竟然再度被出卖：和会决定把德国在山东的利权转让给日本。消息传回国内，举国哗然。知识青年集结上街抗争，风起云涌的五四运动于焉爆发。

"五四"时期是一个精神面貌极端复杂的年代。"五四青年"所面对的，正是一个革命之后国无宁日的混乱政局。在他们看来，自鸦片战争以来，洋务运动已积极学习西方的器物，维新运动则尝试过变法，辛亥革命也完成推翻帝制的目标，为何中国还是处于贫弱衰萎、任由列强欺凌的局面？透过从有形到无形的推衍，他们于是从最根本处对中国传统文化提出质疑，

---

① 朱高正：《狱中自白：论台湾前途与两岸关系》，学思出版社（台北），2000，第 123 页。

认为一切病因，皆因老旧传统在作祟。于是出现对内全面否定传统文化，对外抗拒帝国主义侵略的强烈诉求。①

朱高正告诉我们，"自由主义"也好，"社会主义"也好，两股思潮面对的是同一个现实的中国，要处理的是同一个现实的问题。这个问题是什么呢？就是"处于贫弱衰萎、任由列强欺凌的局面"的中国，因此，从历史的角度看，说自由主义与社会主义是当年知识分子寻求"振兴中华"的良方，犹如承认"实业救国""教育救国""科技救国"为"振兴中华"的良方，都是出于善良的愿望。但前提则是正视中国的现实，所以才需要有这种那种的"主义"来拯救。然而，大谈"问题"的胡适，却不是这样看的；在他的观念里，淡化了帝国主义对中国的侵略与凌辱。胡适非常强烈的政治、现实参与感，体现在对美国的政治、宗教、风俗人情的热情关注上。

论文还从学理上研究了中共批判胡适思想的缘由。作者先从《在延安文艺座谈会上的讲话》概括出中共的文艺思想的"立场问题""态度问题""对象问题""工作问题""学习问题"，认定："为艺术的艺术，超阶级的艺术，和政治并行或互相独立的艺术，实际上是不存在的。无产阶级的文学艺术是无产阶级整个革命事业的一部分，如同列宁所说，是整个革命机器中的齿轮和螺丝钉。因此，党的文艺工作，在党的整个革命工作中的位置，是确定了的，摆好了的；是服从党在一定革命时期内所规定的革命任务的。"而胡适思想中的自由主义、个人主义、实验主义等等，均一再否定文艺是政治的工具。

论文还发现了一个重要现象：在对哲学观点进行批判时，胡适都会提及实验主义。作者认为，实验主义确是胡适的思想基础与治学的方法，但

① 朱高正：《狱中自白：论台湾前途与两岸关系》，学思出版社（台北），2000，第184页。

"或许胡适未将杜威的哲学思想通盘承袭"，且举吴森之语为证：

> 本文作者（吴森）生得晚：未能亲受业于杜威之门。但在研究所修过五门杜威的哲学，还写了一篇有关杜威逻辑理论的博士论文，觉得杜威思想和我国传统思想有极相近的地方，而且可以补我国思想文化的不足。可惜的是，胡适先生对这一点完全忽略了。究竟是他不了解他老师的思想呢？还是急于成名标奇立异，而曲解他老师的学说呢？ [①]

这就提醒读者：胡适有简化实验主义，甚至打着"实验主义"招摇的情形。后文虽引唐德刚的不同意来纠驳，实际上还是坐实了这种提醒："胡适在他那个时代向中国介绍'实验主义'就和当时人介绍马克思主义一样——只能介绍些口号。口号以外的东西要深入浅出地写出来是不容易的，甚至不可能的。不深入浅出地写出来，在那个时代的中国（现在显然还如此），是没有人看的，也没有人印的。老实说，搞繁琐实验主义——甚至如胡秋原先生一再批判的繁琐行为科学——纵在今日美国也是个'文化污染'。搬回中国，尤其是六十年前的中国，去吓唬老几呢？"既然胡适只将实验主义做口号式的倡导，那就根本不值得与之正儿八经地论辩了。

第二节　对胡适文学观念的评论

六十年过去，斗转星移，相反的情形在大陆也出现了：只要一提 1955 年的"胡适思想批判"，就是"只批判而不研究，只立罪名而不求证据"，如稍稍表示不以为然，"只许声罪致讨而不许据实申辩"的架势便出现了，

---

① 吴森：《杜威思想与中国文化》，载汪荣祖编《五四研究论文集》，联经出版事业公司（台北），1978，第 126 页。

只不过矛头掉转了方向罢了。

1955 年"胡适思想批判"是个什么样子？重要的当然是虚心体察情况，勇于面对事实，而这都离不开对历史文献——《胡适思想批判》的把握和解析。有人对当年的作者群体进行考察，发现一百六十四位作者中，有一百四十二位可以查到相关信息，从总体上讲，能查到信息的一百四十二位作者，都是文史经哲界的专家，不少人后来还成为学术大家。其中有胡适当年的朋友、同事、学生，对胡适的情况比较了解，批判大致从自身专长出发，一般具有较高水准，不宜一笔抹杀。查不出信息的二十二位作者，可能是基层的业余作者，其中最出色的，当推末位的张绪荣的《清除胡适反动的文学思想》[1]，而张绪荣，就是大名鼎鼎的张国光。

一

张国光（1923—2008），原籍湖北大冶市灵乡镇，毕业于房县师范学校，以同等学力考入湖北师范学院史地系。1956 年下半年选拔到武汉师专（1958 年改制为武汉师院，1985 年改制为湖北大学）中文科任古典文学教员。

张国光有据可查的最早文章，是 1964 年第 4 期《新建设》署名张绪荣的《金圣叹是封建反动文人吗——与公盾同志商榷》，其基本观点及研究方法，与胡适基本对立，甚至是"反其道而行之"。至于《清除胡适反动的文学思想》一文，张国光本人从未提及，亦未收入他的文集。写作此文时张国光年方三十二岁，应该还在中学任教。经查《中国科学院院长郭沫若关于文化学术界应开展反对资产阶级错误思想的斗争对光明日报记者的谈话》，发表于 1954 年 11 月 8 日《光明日报》，《清除胡适反动的文学思想》一文发表于 1955 年 2 月 20 日《光明日报》，时隔两个半月。试想应该是读到郭沫若谈话之后，搜集资料，命笔成此万字长文，再投寄报社，见诸报

---

[1]　郭沫若：《胡适思想批判》第四辑，三联书店，1955，第 234—247 页。

端，速度不可谓不快，足以证明他的精神与学识，都处于极佳的状态。

拜读这篇文章，第一印象是文风大好，意态自如，泼辣犀利。运动刚刚开展，有些批判文章爱以议论始，大体是先讲一番正确理论，再以理论来"证明"被批对象是错的。如侯外庐（1903—1987）的《从对待哲学遗产的观点方法和立场批判胡适怎样涂抹和诬蔑中国哲学史》是这样开头的："依据马克思列宁主义的理论，哲学史是唯心论与唯物论斗争的历史，本质上是唯物论发展的历史，是一定的意识形态适应着一定的社会形态而发展的历史，是把各种阶级的利益和要求曲折地表现而为理论斗争的历史。"① 这样写，固然对普及革命理论有一定作用，但让人感到不深入、不贴切。

张国光却是这样开头的："胡适在他的《文存》的'序例'中，大言不惭地说：'回看我这十年来的文章，觉得我总算不会做过一篇潦草不用气力的文章，总算不会说过一句我自己不深信的话……'"读过胡适著作的人都知道，他常以"诚实和公开"相标榜，颇得读者的好感与信任。张国光旗帜鲜明地点出：既然"每一句话都代表了他的真实思想"，那"主要就根据这来分析他的文学观，自然是不会有任何不符合他的思想实质的了"，表明所进行的批判都是言之有据，绝不无中生有、石上栽花，更不会将没有讲过的话强加给人，这就使自己立于不败之地。

二

文章是从三个方面来批判胡适反动的文学思想的：

首先，批判"八不主义"的改良主义形式主义实质。胡适以"八不主义"的提倡者姿态出现于五四运动前夕，借此替自己在文学界学术界奠立了一座金玉其外的偶像，而后因此顾盼自豪，称自己为"前空千古，下开百世"的"文章革命"的"搴旗健儿"。其实，和陈独秀提倡的建设国民文

---

① 郭沫若：《胡适思想批判》第七辑，三联书店，1955，第59页。

学、写实文学和社会文学的三大主义相比，胡适的"八不主义"，实质上就是形式主义，是把大家的视线都引导到纯粹的用字用词的枝节方面。

　　然后，逐一揭破"八不主义"的荒诞不经。如胡适提倡"不作无病之呻吟"，公开表示"不愿其为贾生、王粲、屈原、谢翱也"，此言不免有把伟大的古典作家作品，贬低为"无病呻吟"之嫌。张国光反问道：贾谊是一个有宏大抱负的政治家和政论家，他论及时事敢于表示"可为长太息"，这是无病呻吟吗？王粲的"七哀"诗，描写汉末人民的痛苦，如"路有饥妇人，抱子弃草间。顾闻号泣声，挥泪独不还。未知身死处，何能两相完？"多么沉痛的控诉，难道这是无病呻吟吗？谢翱著有《晞发集》，是伟大的民族诗人，难道他的爱国主义作品是无病呻吟吗？难道世界文学史上不朽的诗篇——《离骚》《九歌》等，也可说是屈原的无病呻吟吗？

　　再如胡适提倡"不摹仿古人"，这只是比起三家村冬烘学究来才算是高见，古典批评家向来就提倡为文要独出机杼，不要依傍古人。陆机说："谢朝花于已披，启夕秀于未振。"韩愈说："惟陈言之务去。"欧阳修说："夫文章必自名一家，然后可以传不朽。"每一个优秀作家皆得此旨，胡适不过拾古人牙慧，自矜创获而已。张国光严正指出："他这个话另有一重恶毒的意思。要知道他的'不摹仿古人'，是和他的'中国文学实在不够给我们作模范'的说法相结合的。因此他所说的'不摹仿'，就是不要我们'借鉴古人'，不要我们吸收祖国文学遗产。但他却要我们做西欧文学的奴隶，他不是很清楚地说过'西洋（实应读作西欧——引者）的文学方法……不可不取例……可给我们作模范'吗？"[①]

　　再如胡适提倡"须言之有物"，说"'物'兼有情感思想二事"。这个"定义"过去很为一些人所倾倒。胡适虽承认"物"之中有思想，但声明"吾所谓'物'，非古人所谓'文以载道'之说也"。否认"文以载道"即是

---

① 张国光：《清除胡适反动的文学思想》，《光明日报》1955 年 2 月 20 日。

否认文学的倾向性。张国光引王安石"所谓'文'者务为有补于世而已矣，所谓'辞'者犹器之有刻镂绘画也"的话，指出所谓"有补于世"，所谓"适用"，正是胡适所要反对的，从而理直气壮地捍卫了"文以载道"这一条铁律，庄严地肯定了文学的神圣使命。

三

其次，指出胡适否认优秀文言作品的价值，否认古典作家的成就，否认后人的发明创造都是在继承了前代人民的辛勤劳动成果这一基础上产生的：

他的战术就是对古典作品本本批判、层层推翻、各个击破、全盘否定。具体地说就是脱离历史条件，庸俗地把中古的和上古的作品比较，又把近代的和中古比较，最后又拿近代的作品和他那一派的人的作品比较，这样用中古的作品打倒上古的作品，又用近代的作品打倒中古的作品，最后又打倒近代的作品，而把自己这一派的作品抬了起来。于是胡适派的"作家"，就高踞了文坛的首位。这就是胡适的极"巧妙"的然而也是极无耻的战术。[①]

然后分四个层次展开论证：

（一）推崇荒谬的白话作品、抹煞伟大的白话文作家。胡适提倡的不是饱含战斗的思想感情的白话文，如盛赞王褒《僮约》为"很滑稽的白话文学"。对于白话文学很发达的元代，胡适曾说："那时代的文学见解，意境技术，没有一样不是在草创的时期的，没有一样不是在幼稚时期的。"此意见未免有失偏颇。

---

① 张国光：《清除胡适反动的文学思想》，《光明日报》，1955 年 2 月 20 日。

（二）否认优秀的文言作品的价值。胡适又借提倡白话文的机会，宣传其西化思想，说柏拉图的"主客体"，赫胥黎等的科学文字，鲍斯威尔和莫烈的长篇传记，弥儿、佛林克命、吉朋等的"自传"，太恩和白克儿等的史论，"都是中国从不会梦见过的体裁"，"我们的古文家至多比得上英国的培根和法国的孟太恩（今译'蒙田'）"；又说："中国散文只有短篇，没有布置周密、论理精严、首尾不懈的长篇"。他又强调创造新文学需要"高明的文学方法"，但是"中国文学的方法实在不完备，不够作我们的模范"。"若从材料一方面看来，中国文学更没有做模范的价值。"那么怎么办呢？胡适指出："西洋的文学方法，比我们的文学，实在完备得多，高明得多。"当然，外国好的文学作品必须借鉴，但借鉴不是代替，更不能抛弃自己的文学遗产。而胡适要我们作为模范的又仅只限于英、法、美等国的作品，而对于俄国的古典作家和作品却闭口不谈。

（三）把白话作为评判优秀作品的唯一标准。胡适为什么对中国古典文学评价如此低呢？因为这些文章都是用文言写的，不管其思想性如何强，艺术性如何高，据胡适看都是死的、没有价值的。张国光针对胡适将《木兰辞》和《孔雀东南飞》、杜甫的《石壕吏》《兵车行》说成"都是用白话作的"，批驳道："说这些诗之所以受人民欢迎，首先不是由于它们的高度人民性和现实主义精神，而仅因为它们是用白话作的。这就是胡适庸俗的荒谬的形式主义的看法。"

（四）打击古典诗人。

第一步，打倒律诗。先说"律诗总不是好诗体"，再说"律诗更作不出好诗"，用"律诗究竟不配发议论"，取消诗人用这种体裁来表达自己的政见，且从最长于律诗的杜甫攻击起，认为他的《咏怀古迹》五首"不算得好诗"，其中有"极坏的句子"，是"凑的"，很"不通"，很"讨厌"，可发"一笑"，"实在不成话"；而《诸将》五首，"可算得完全失败"。至于"《秋兴》一类的诗"，简直是"文法不通，只有一点空架子"，结论是："五七言八句的律诗，决不能容丰富的材料"，因为它"束缚人之自由过甚之故"。可是在别的场合，胡适又偏要卖弄一番，说"后来偶然做了一些律诗，觉得原来是最容易作的玩意儿"。既然它"束缚人过甚"，为什么又"最容易作"呢？

第二步，打击绝句。认为"二十八字的绝句，决不能写精密的观察"；那么，五言绝句就更不必谈了。对于李白的绝句，他是看作"自郐以下"不足置评的东西；他之所以要"做一番研究杜甫的功夫"，是"因为要学时髦"。

第三步，注销五七书古诗。胡适初作诗时，"人都说"他"像白居易一派"，但胡适大力指摘"白居易的短处"，认为"他有点迂腐气，所以处处要把作诗的'本意'来做结尾"。结论说："长短一定的七言五言，决不能委婉表达出高深的理想与复杂的感情。"不仅否定了白居易的《秦中吟》，也否定了胡适自己称道过的《上山采蘼芜》和《石壕吏》了。

胡适认为周作人的《小河》是"新诗中的第一首杰作"，说："那样细密的观察，那样曲折的理想，决不是那旧式的诗体词调所能传达得出的。"甚至厚着脸皮问读者："单说'他也许爱我——也许还爱我'这十个字的几层意思，可是旧诗体能表得出的吗？"想起杜甫的两句诗："尔曹身与名俱灭，不废江河万古流！"把这些诗送给胡适，是很恰当的。

就这样，文章像一把犀利的尖刀，一层层剖析着胡适的"提倡白话文"。

四

文章的第三部分，是剖析胡适考证小说，尤能体现如炬的目光与超前的功力。

"胡适思想批判"二十多年之后，自1979年起，学术界开始"重提胡适",胡适渐渐地回到人们的视野。笔者的古代小说研究,也是这个时候起步的。1979 年 9 月,笔者尚在中学任教。初读胡适的《〈水浒传〉考证》,对他所说的"《水浒传》是一部奇书,在中国文学占的地位比《左传》《史记》还要重大得多"感到很新鲜;对"我也想努一努力,替将来的'《水浒》专门家'开辟一个新方向,打开一条新道路"感到很佩服,便写了一篇《重评胡适的〈水浒传〉考证》,居然被《学术月刊》刊登在 1980 年第 5 期,这是知网收录的 1980 年十三篇论胡适文章中,以古代小说为题的三篇之一(另两篇是薛瑞生的《给胡适在"红学"史上以应有的地位》,陆树仑、李庆甲的《试评胡适的小说考证》)。文章的开头说:"对胡适这个人,当然是应当持批判态度的;但这主要是针对他在政治上的表现而言。至于在学术研究领域中,胡适的作用则不宜一笔抹煞。"又说:"胡适是一个曾经对历史的发展起过正面作用的人物,他的'比他们的前辈提供了新的东西'的《水浒》考证,就对《水浒》研究和学术发展起过有益的作用。我们应以客观的态度,是其所当是,非其所当非,决不可因人废言,这样才有利于学术研究的发展与繁荣。"

笔者在文章中为胡适的《水浒》考证摆了三条功绩:一、提出了要以历史的观点去看待《水浒》的主张,从而为正确认识《水浒》的价值找到了一把钥匙;二、头一个以现代的"文学"的观点来看待《水浒》,从而把长期被湮没歪曲了的《水浒》的文学价值显露在人们的面前;三、明确提出了一条研究《水浒》的科学途径:即"让读书的人自己去直接研究《水浒传》的文学"。最后,笔者也谈到胡适思想的时代的局限:

我认为,胡适尽管在《水浒》考证中表露出他的唯物的精神和历史的观点,但是,就根本上讲,胡适的历史观还是唯心主义的。在《水浒》考证中,最为突出的是,他对于人民群众是创作《水浒》这一伟大作品的基本作者的作用估计不足，甚至视而不见，而又片面地夸大了文人作家在《水浒》成书过程中的作用。

其时，笔者对胡适并不了解，只以为将"不登大雅之堂"的白话小说变成一门正经学问，自有胡适的功劳，单凭一篇《〈水浒传〉考证》，就称他为"新兴的资产阶级思想家"，自以为体现了"解放思想，实事求是"，以至奢谈"无产阶级是历史上最伟大的阶级，它既有博大的胸襟，又有彻底的求实精神"。

《重评胡适的〈水浒传考证〉》刊出三个月之后，张国光在 1980 年 8 月写了一篇《需要从胡适水浒考证的桎梏中解放出来——读〈重评胡适的水浒传考证〉异议》，对笔者提出尖锐批评，指出：

胡适在我国文学史和学术史上是一个有影响的人物，毫无疑问，对他在这些方面所取得的某些成绩和起过的一定的积极作用，是应当予以肯定的。但我们却不能对他任意拔高、言过其实，甚至把他的缺点和错误也当作是什么"功绩"而称道备至，这样做就不是实事求是，就会弄得是非不分，使读者无所适从的。顷读欧阳健同志的《重评胡适的〈水浒〉考证》（《学术月刊》1980 年 5 期）一文，就觉得作者对胡适考证《水浒》的文章的评价，多是溢美之辞。作者不加分析地把胡适的《水浒》考证，捧为"'五四'新文学运动一个组成部分"，似乎批判了或不重视胡适的这一考证，就贬低了"五四"新文学运动。作者还说胡适考证《水浒》的"主导方面是好的，有唯物主义精神的"。而究其实际情况，却不是这样。作者盛称胡适"既对《水浒》的文学性有充分理解，也注意到对其思想性的正确阐发，这就使他确实开拓了一条研究《水浒》的新方向和新道路"，有"自己独特的贡献'，而且还在《水浒》考证上有三个"功绩"云云。但据拙见，胡适的《水浒》考证，尽管多至七万字，但其实没有什么科学价值，而且错误甚多，影响很不好。今欧阳同志却把它美化到这种程度，这是笔者所不敢苟同的。①

　　他还指出："《水浒》研究至今在我国还没有形成为一个科学的体系，其原因就是由于不少《水浒》研究者为胡适的唯心主义、形而上学的《水浒》考证所影响，积重难返。……尽管解放后一些人写文章也批判胡适，但究其实他们仍然没有能跳出胡适误说的窠臼。由此可见，胡适的《水浒》考证事实上不曾被否定过。既然如此，那现在煞有介事地提出'重评'的问题，就显得是无的放矢了。拙见以为摆在《水浒》研究工作者当前的任务，应该是：在马克思主义的指导下，分析批判胡适'考证'《水浒》的错误，从而使研究工作重新走上科学的轨道。如果今后仍然停留在胡适'开辟'的那条老路上，肯定是出现不了新成果的。"②

　　张国光是以"好辩"著称的。1981 年结集为《水浒与金圣叹研究》，把这篇对笔者提出异议的文章放置在首篇，与聂绀弩商榷的《鲁迅以来盛行的〈水浒〉简本"加工"为繁本说的再讨论》放在第二篇，与邓广铭、李培浩商榷的《〈历史上的宋江不是投降派〉一文质疑》与《再质疑》放在第五、六篇，与郑公盾商榷的《金圣叹是封建反动文人吗？》放在第八篇，可见他是多么地重视这个问题。可惜笔者当时读了，只是摇一摇头，叹为"僵化"，未予置评。直到 1990 年，因写《古代小说版本漫话》重新面对《红楼梦》版本，发现胡适开始"以为'重评'的《石头记》大概是没有价值的"，后来又改口说"原本的'标准'必定都题着'脂砚斋重评石头记'"；胡适起先说："我当时太疏忽，没有记下卖书人的姓名住址，没有和他通信，

---

①　张国光：《水浒与金圣叹研究》，中州古籍出版社，1981，第 1 页。
②　张国光：《水浒与金圣叹研究》，中州古籍出版社，1981，第 2 页。

所以我完全不知道这部书在那最近几十年里的历史。"胡星垣信的发现，证明胡适在"版本之学中不该忽略"的问题上有蹊跷，开始认同张国光"确实需要从胡适考证的桎梏中解放出来"的观点，于是写了《重评胡适的〈红楼梦〉版本考证》，刊于台湾《书目季刊》22 卷 2 期，也算是小小的补过。

<h2 style="text-align:center">五</h2>

随着时间的推移，学术界称胡适为"新文化运动的旗手""五四运动的精神领袖""历史学、文学、哲学等领域多有建树的大学者"，说胡适"高举文学革命旗帜、实践白话文、倡导民主与科学的历史功绩不容否定"等等。"胡适的思想魅力"，尤为信奉者所乐道。我这才发现，胡适研究已成为一门"显学"。经历了这番曲折，回头再来读张国光 1955 年的文章，就感到特别切题，原来那时他就已经尖锐地指出："胡适披着'考证'的外衣，对许多古典文学名著都来过一番'考证'。至于像反映农民起义的《水浒传》，他一连写过四篇'考证'性的文章。……说"好的只不过是三四部"，这其中不包括《三国演义》，因为胡适判决了它是"没有真正的小说价值"；又宣称《水浒》《西游》《儒林外史》《红楼梦》"这三四部之中，还有许多疵病"。他抽去了《西游记》所表现的反抗性和鼓舞读者的坚韧战斗的作用，却说"全书以诙谐滑稽为宗旨"，"全属无中生有"，是"玩世主义"的作品，作用在于使人"开口一笑"。至于《儒林外史》呢，只不过是"许多短篇凑拢来的"是"杂凑的短篇小说"。对伟大的现实主义巨著《红楼梦》，却说它的价值，"只在平淡无奇的自然主义上面"。

张国光还发现胡适运用一种形式主义的方法，试图降低这三四部"比较好的"但是有着"许多疵病"的小说在读者心目中的地位，胡适说什么"小说进化的规律"就是"由长趋短，由繁多趋简要"。这难道是要我们不必去读这些中国的长篇小说？但中国的短篇小说有没有值得学习的呢？胡适的答复也是否定的：

他用的仍是逐步推翻的方法。先肯定"唐朝的散文短篇小说很多"，但马上补一句"好的却实在不多"。虽说"宋朝是杂记小说极盛时代"，但马上又注明"杂记小说是东记一段西记一段如一盘散沙、如一篇零用账，全无局势结构的。"（《论短篇小说》）中古以前的短篇，既被丑诋，那么近代的短篇有无好的呢？被读者欢迎的《聊斋志异》，胡适的评价不过是"以文法论之，尚不得谓之'全篇不道'"，可是好处也仅止于此。胡适马上送他八个字的批："取材太滥，见识鄙陋。"（《再寄陈独秀答钱玄同》）除了这以外，胡适总结说：中国"更精彩的'短篇小说'更没有了。"（《论短篇小说》）于是中国短篇小说，也被一笔勾销。[1]

在胡适看来，只有西欧"至于近百年新创的'短篇小说'真如芥子里藏着大千世界；真如百炼的精金，曲折委婉，无所不可；真可说是开千古未有的创局，掘百世不竭的宝藏"。

文章最后说："胡适对待文学遗产的态度，和我们没有丝毫相同之处。正如高尔基称俄罗斯文学为'我们的骄傲'一样，我们也以祖国丰富的文学遗产而骄傲。……我们有伟大的人民诗人屈原、李白、杜甫、白居易、陆放翁，有伟大的散文家司马迁、韩愈、柳宗元、苏轼、王安石，有伟大的戏剧家马致远、关汉卿、王实甫、孔尚任、洪昇，更有伟大的小说家施耐庵、罗贯中、曹雪芹、吴敬梓。我们以此而自豪，正如苏联人民以有普希金、果戈里、车尔尼雪夫斯基、别林斯基、列夫·托尔斯泰、契诃夫而自豪，英国人民以有莎士比亚而自豪，法国人民以有巴尔扎克、莫泊桑等而自豪一样。我们反对那种国际资产阶级的世界主义和虚无主义的反动观

---

[1] 张国光：《清除胡适反动的文学思想》，《光明日报》1955 年 2 月 20 日。

点，这正如鲁迅先生所说：'这是并非中国复古的两派——遗老的神往唐虞、遗少的归心元代——所能引为口实的。'"

总之，此文观点新颖，目光犀利，抓住要害，由于张国光有撰写《中国古代作家十论》的积累，故而论据周详，论辩透辟，令人折服，至今读之，犹觉雄辩滔滔，虎虎有生气，不失其战斗的锋芒。

张国光是小说研究史上独一无二的人物。他最令人钦佩的是表里如一，贯彻始终，决不见风使舵，决不阳奉阴违。六十年前撰写这篇雄文时，还不过是一介"草莽下士"，然而大道不遗于卑陋，下学亦可以知言。这篇雄文，已足以使张国光光芒炽盛。

第三节　对胡适史学哲学观念的梳理

《光明日报》2017 年 5 月 18 日刊发《为当今所用，为后世续航——山东大学〈文史哲〉杂志的特色办刊之路》，回顾了这份"学报之王"六十六年的历程，郑重提到 1951 年 5 月 1 日创刊，由华岗任社长，杨向奎任主编，陆侃如、冯沅君、高亨、萧涤非、童书业、黄云眉、赵俪生组成阵容强大的编委会，该刊创刊伊始就主动引领学术潮流，20 世纪 50 年代史学界"五朵金花"，其中至少三朵（古史分期、农民起义、亚细亚生产方式）盛开在《文史哲》，至今犹为后人津津乐道。

唯回望其"推动当代中国学术之河向前奔流"的辉煌业绩时，独于1955 年胡适思想批判有相当保留。邹强《〈文史哲〉大事记（1951—2004）》写道："1955 年第 5 期，《文史哲》刊发五篇批判胡适的文章。在这一期和随后的第六期杂志上，郑鹤声、葛懋春、庞朴、童书业、高亨、赵俪生、孙思白、路遥等人纷纷撰文，对胡适进行批判。"虽然未下褒贬，倾向却流露于"编者按"中：

作为新中国成立后最早创办的人文社会科学学术期刊,《文史哲》已度过了半个世纪的沧桑岁月。这五十多年的历史,折射出中国人文社会科学发展的七彩虹霓。这其中,有经验,也有教训;有辉煌的顶峰,也有曲折的弯路。评说昔日的荣辱毁誉并不重要,重要的是我们可以通过历史的回顾与反思,为今后的期刊发展提供宝贵的参照,这有助于我国人文社会科学事业的进一步发展与繁荣。①

看得出,在现今《文史哲》编者观念里,批判胡适是归于"曲折的弯路",留有许多沉痛的教训,所以,"评说昔日的荣辱毁誉并不重要,重要的是我们可以通过历史来回顾与反思"。那么,要反思的是什么?"不为时风所动"也。王学典的博文《顾颉刚与童书业的师生恩怨》中说:"在解放后的'知识分子思想改造运动'中,童书业九次自我批判都没能通过,为求解脱他写了《〈古史辨派〉的阶级本质》,与老师顾颉刚划清界限";"在对胡适的大规模批判运动中,童书业不得不再一次走上了对'古史辨派'进行'过情之打击'以实现自我超度的道路";"顾的另一高足杨向奎此时也发表文章对'古史辨派'的学术思想进行批判。童、杨之举对顾的伤害之深,难以估量"。②这篇博文将《文史哲》的胡适思想批判,说成知识分子"为求解脱"的自保,甚至以师生情谴责对老师的伤害,而毫不提及学术上的是非曲直,以至将《文史哲》这一时期的作为、贡献,一笔勾销。

说来也不奇怪,对1955年那场运动,而今主流思潮已客观了许多。诸如"那些出自一流学者笔下的文字,在今天实在不堪卒读,随处流露的只是粗暴武断的气息";"读着这样的文字,作为一个后来人,我很难理解为

---

① 《编者按》,《文史哲》1955年第6期。
② http://blog.sina.com.cn/s/blog_4a0b9780010007b2.html.

什么几代学人精英，会这样地无谓地浪费时间与精力，践踏学问与知识"
云云。然而问题是：这些"一流学者""学人精英"笔下的文字，真的是
"践踏学问与知识"？真的"只是粗暴武断的气息"？

据《文史哲》1955年第2期刊出的《山东大学全面展开对胡适派资产
阶级唯心论思想的批判》报道：山东大学在1954年对俞平伯在《红楼梦》
研究中的资产阶级唯心论观点及其影响进行严肃批判的基础上，转向对胡
适派资产阶级唯心观点的全面批判。在山东大学科学研究委员会的组织领
导下，马列主义教研室和中文、外文、历史三系的许多教研组和教师，积
极准备写作这方面的论文，准备在3月份校庆科学讨论会上提出报告。马
列主义教研室和历史系的有关教师，已联合开会研究了这一问题，大家都
表示要进一步集中力量投入这一战斗，已大体确定了论文中心：马列主义
教研室蒋捷夫和历史系童书业等先生撰写《有关胡适派哲学思想批判》、历
史系孙思白和马列主义教研室朱作云等先生撰写《胡适三十年来政治主张
的批判》、马列主义教研室吴大琨先生撰写《批判胡适派改良主义的经济思
想》、历史系赵俪生先生等撰写《批判胡适派唯心论史学方法》、历史系徐
绪典先生撰写《第三次国内战争时期胡适的亲美面目》、历史系路遥先生撰
写《批判胡适派资产阶级唯心论史学观》。中心确定后，大家正多方面收集
和阅读材料，争取早日定稿，中文系的先生们亦积极进行准备，等等。可
见是上下齐动员，声势浩大。

为了还原历史，笔者发愿焕新眼目，细读了《文史哲》胡适批判的全
部旧文，对照郭沫若1954年12月8日《三点建议》提倡的"明辨是非，
分清敌友，与人为善，言之有物"，"在学术批评上，言之有物是值得特别
注意的。你总要有周到的研究，有确凿的证据，有坚实的内容，有正当的
道理，才能够说服人。没有研究就没有发言权。没有东西可说，最好就不

要说,等研究好了再说",[①] 结合当时的历史时空,觉得多数文章体现了"言之有物"精神,是摆事实讲道理的论范,也是《文史哲》"为当今所用,为后世续航"的办刊之路上出彩的一环。

一

话题既然是由"师生恩怨"引起,那就先来回顾童书业的学术道路,再及于他对胡适的批判。

《文史哲》创刊号刊文的作者,有杨向奎、华岗、孙昌熙、刘泮溪、赵俪生、卢南乔、吕荧、殷焕先、童书业、郑鹤声,都是杂志最初的骨干。从社论《〈实践论〉思想方法的最高准则》看,《文史哲》虽然是同人刊物,但创刊伊始就确立了马克思主义、毛泽东思想的指导地位。童书业的《论"对偶婚"》,是《家庭私有制和国家的起源》的读书札记,意在通过"对偶婚"误解的辨析,说明"学习马克思主义科学的不易"。

《文史哲》1951 年第 2 期,刊有童书业的《中国封建制的开端及其特征》,提出中国封建社会开始于西周的观点。邹强《〈文史哲〉大事记(1951—2004)》评述道:"随后 1952 年第 1 期,杨宽发表了《战国时代社会性质的讨论》一文,对中国古代社会性质与历史分期问题发表自己的观点,认为战国时代应该属于地方封建社会。同年第 5 期刊登了杨向奎的《关于西周的社会性质问题》一文,对郭沫若所主张的西周属于奴隶制社会的观点进行了批判,并阐明了自己关于西周社会属于封建社会的观点。紧接着,1953 年第 1 期他又发表了《中国历史分期问题》一文,详细论述了他对中国古史分期的见解。他首先对当时的两种观点——西周封建制、西周奴隶制进行了分析,接着提出自己的意见,认为西周已经转向了封建主义社会。同时他还指出中国社会历史发展有自己独特的地方,这也是研究中国古史

---

① 郭沫若:《胡适思想批判》第一辑,三联书店,1955,第 16—17 页。

分期问题需要特别注意的。杨向奎的这两篇论文引起了历史学界的广泛重视，众多学者纷纷撰文发表意见，形成了历史学界的一场大讨论。吴大琨、赵俪生、童书业、王亚南、王仲荦等学者纷纷在《文史哲》上发表论文参与讨论，就中国封建社会到底出现于西周还是春秋战国之交或是魏晋以后展开了长时间的争鸣。在 20 世纪 50 年代，《文史哲》共发表了相关论文数十篇。这是《文史哲》创刊后引发的首场全国性的学术大讨论。正因如此，新生的《文史哲》迅速获得了全国学人的广泛赞誉与学术认同。"史学界"五朵金花"的第一朵，就是童书业开出来的。

《文史哲》1951 年第 4 期，刊出童书业的《论"亚细亚生产方法"》，认为"亚细亚生产方法"就是"原始共产社会"，是为历史学界对"亚细亚生产方式"到底是属于原始公社阶段还是属于奴隶制的生产方式的热烈讨论之先声。《文史哲》1952 年第 2 期刊发日知先生的《与童书业先生讨论亚细亚生产方法问题》，认为童文所列举的"比较占优势的"四家说法，都是被苏联学者否定多年的旧说，并提出亚细亚生产方式应属于奴隶制生产方式。童书业在同期《答日知先生论亚细亚生产方法问题》中，强调"研究马克思主义的文献，其方法也得是马克思主义的，即要从发展方面看问题不可机械地看问题"，同样反映了学习马克思主义的认真态度。而"五朵金花"的第三朵，也是童书业开出来的。

值得关注的是 1951 年第 4 期童书业的《"古史辨派"的本质》。一人同期发表两篇文章，似乎是编委的"特权"；然细细分析，"答日知先生"由商榷引出来，而谈"古史辨派"却是原先就确定了的。从行文可以看出，是针对"有位疑古派大师"（从前面提到的"疑古派最著名的领袖顾颉刚"看，当指别一人）还说："胡适的实验主义与马克思主义的新方法并没有什么两样"的。作者其时正努力学习马克思主义，有感而发，方写了这篇文章。童书业明确指出，所谓"疑古派史学"是美国实验主义传到中国后的产物,它的首创者是胡适。文章分析道:"疑古派史学者所讲的'演变'正是实验主义的:尧舜从天神变成人帝,变成圣人孝子,禹从神变成人,变成水利工程师,即只是偶然的'演变'或'伪造',都只是少数人自由意志的安排。我们讲了几十年的古史,编著了厚厚的许多册书,除起了些消极的破坏作用外,对于古史的真相何尝摸着边际,我们曾强辩说:'破坏与建设只是一事的两面,不是根本的歧异',但是我们用我们的方法所建设出来的'真古史',又在哪里呢? '破坏伪古史就是建设真古史',这句话未免太不着实了罢,老实说,用实验主义的方法是永远建设不起真古史来的。"结论是:

> 疑古派史学的真实企图,……表现在摧毁封建的圣经贤传(辨伪经)和封建的道统偶像(辨伪史),同时否认原始共产社会。后来这派的史学家多数与封建阶级妥协,只坚决抵抗无产阶级了,这表现在"疑古"精神的降落,考据精神的加强,同时诋毁或不采唯物史观。

作者从正反两个方面评价"古史辨派",体现了辩证唯物论的精神。

其后,童书业又在《文史哲》发表了一系列文章:《学习〈矛盾论〉认识思想改造的真义》(1952 年第 4 期)、《批判"经济史观"学习〈论马克思主义在语言学中的问题〉》(1952 年第 5 期)、《从古代巴比伦社会形态认识古代"东方社会"的特性》(1953 年第 1 期)、《从历史上看婚姻法的伟大意义》(1953 年第 2 期)、《"行为主义"批判——学习辩证唯物论札记之一》(1953 年第 6 期)、《批判胡适的"实验主义"学术思想——学习辩证唯物论札记之二》(1954 年第 5 期)、《论考据方法在研究古典文学上的作用和限度——评俞平伯的〈红楼梦简论〉和〈红楼梦研究〉》(1955 年第 1 期)、《中国古史分期问题的讨论》(1955 年第 1 期)、《从中国开始用铁的时代问题评胡适派的史学方法》（1955年第3期）、《关于〈中国历史纲要〉先秦史及宋史部分的意见》（1955年第4期）、《批判胡适的实验主义"史学"方法》（1955年第5期）、《〈古代史研究中的几个问题〉的补充》（1956年第6期）、《与苏联约瑟夫维奇商榷中国古史分期等问题》（1957年第4期）、《略论古史分期讨论中理论结合史料问题》（1957年第5期）等。从这些成果可以看出：1.童书业的研究热情是高涨的；2.童书业是积极学习马克思主义的；3.童书业是乐意配合时政宣传的；4.童书业是敢于坚持自己的观点的。后一点从《与苏联约瑟夫维奇商榷中国古史分期等问题》体现出来。信中写道："亲爱的约瑟夫维奇同志，读到您的来信，真使我非常高兴。谢苗诺夫同志所提出的看法，有些地方是和我相同的，我愿意就他的看法提出我自己的意见，请您和谢苗诺夫同志指教！"第一条就是"亚细亚生产方式"的问题："我觉得这个名词是在五种生产方式之内，而不在五种生产方式之外的。要理解这个名词的含义，应当首先参考马克思本人的著作。"说明童书业没有以苏联专家的是非为是非，这在当时是需要勇气的。

　　第一篇点名的《批判胡适的"实验主义"学术思想》，是童书业"学习辩证唯物论札记"之二（"札记"之一是1953年写成的《"行为主义"批判》），于1954年2月13日改定。这离12月2日中国科学院、中国作协举行联席会议批判胡适思想，决定成立"胡适思想批判讨论工作委员会"还有十个月。文章开头写道：

　　年龄在三十以上的旧文史学工作者，许多人都或多或少地受过一些胡适的影响（不论是赞成或反对）。现在一般文史学工作者对于胡适的看法，当然与过去完全不同：……可是对于胡适的全部思想学说究竟应该怎样批判，似乎还没有一致的认识；尤其是对于胡适的"考据学"的认识，我们似乎还不很够。有些人的脑子里似乎还存在着这样的观念："胡适在政治上是反动的，但他在考据上还有些贡献。"这种看法，实在是很不正确的。胡适的"考据学"并不是真正的考据学，……我们必须认识这点，……我个人过去虽不曾正式宣传过"实验主义"，但我也是个喜欢弄钻牛角尖的"考据"的，所以我也是个"实验主义"的实践者，批判胡适，对我的思想上也会起改造的作用。

全文长达十五页，计分《"实验主义"批判》《从"实验主义"出发的政治理论》《从"实验主义"出发的文学改良论》《从"实验主义"出发的"考据学"历史学》四大部分，可以说"胡适批判运动"的主要方面都涉及了。由于是读书札记，论述的问题后来都有所深入，为节省篇幅这里暂不展开，只着重呈示其对胡适推行"实验主义"考据学意图的论断：

胡适把"汉帝国""考据"成"资本主义社会"，把王莽"考据"成"社会主义者"①；……他说："后世儒者尽管骂王莽，而对于社会经济，却大都是王莽的信徒。"他把司马迁的学说说成"替资本制度辩护的理论"，接着称赞之为："在中国史上最是不可多得的"。其用意的明显，可能无以复加了。

这一论断如何理解，就看站在什么立场。

童书业在1955年2月3日的《光明日报》上发表了《批判胡适的实验主义"考据学"》，这方是运动开始之后的第一篇文章。文章指出，胡适的实验主义"考据学"可以分作两类：一类是宣传他的实验主义哲学和他的政治理论的；一类是引导人脱离现实，钻牛角尖。童书业举"郎窑"为例，将自己摆了进去：

---

① 胡适：《王莽》，载胡适《胡适文存·二集》（卷一），黄山书社，1996。

我用"疑古"的眼光来研究这种瓷器，正同怀疑尧、舜、禹一样，怀疑到这种瓷器的历史真实性。我发观景德镇《陶录》和《陶说》等较早的瓷器书中，都不载"郎窑"；与传说中"郎窑"的创造者郎廷极很有关系的李穆堂，在他所作的《郎廷极碑传》等文字中，也不提郎廷极造窑的事，因此我就认为"郎窑"可能并无其物，只是后世鉴赏家和古董商所伪托的。像这样的结论，在"古史辨派"的史学家看来，理由已很充分，可以作为定论了。可是事实粉碎了我的"大胆的假设"，清初是确有"郎窑"其物的。因为与郎廷极同时而也在江西做官的，有一个刘廷玑，曾作《在园杂志》一书，其中就有"郎窑"的记事，说这种瓷器是郎廷极做江西巡抚时所"造"的，而且在当时已很名贵。这条坚强的证据，已足证明"郎窑"的历史真实性。同时我又发现，与郎廷极同时的许谨斋曾献给郎廷极一首诗，诗中说："'郎窑'本以中丞（指郎廷极）名"。后来我更发现清代中期人阮葵生所作的《茶馀客话》的抄本和某种刻本，也说"郎窑"是郎廷极所"造"的。①

该文观点与《"古史辨派"的本质》一脉相承，显示出自我批判的诚恳。他发表在《文史哲》的第一篇"批胡"论文，是1955年第3期的《从中国开始用铁的时代问题评胡适派的史学方法》。文章从杨宽重新估定中国用铁时代的论文谈起，说："我个人对于中国古史分期的看法是和杨先生不同的，但是我很赞同他所说的西周已经用铁的说法……然而我们知道：有没有铁器，并不是奴隶社会和封建社会的主要分野，因为奴隶社会也可以使用铁器。所以我赞同西周已有铁器的说法与我本人对于中国古史分期的说法，并不相冲突。"文章立论完全是从独立的学术论见生发的。

文章提到，《诗经·秦风》里已经把黑色的马叫做"铁"，可见铁在当时已经是常见的东西了。《左传》中记载晋国在春秋末叶已经用铁铸造刑鼎，

---

① 郭沫若：《胡适思想批判》第三辑，三联书店，1955，第251页。

如果说中国到春秋时才开始有铁，对于这些事实是很难解释的。文章甚至退一步设想：如果承认《诗经·秦风》和《左传》《史记》等记载是可靠的，而又主张中国开始用铁在春秋时代，那么只有假定中国的冶铁技术是从外国输入的。但是这样的假定，只有反面的证据。因此，中国的冶铁技术，应当是中国人自己发明的。中国开始用铁的时代，应当至迟是殷、周时代了。这就涉及一个尖锐的问题：为什么不敢大胆地说西周已有铁器呢？这样文章才能郑重提出他的思想方法论：

我们知道过去旧考据家们受了胡适"小心求证"的影响，往往是把硬证据看得比科学规律重要得多的，他们宁可不管科学规律，而只讲硬证据，这样一种思想方法，是形式逻辑的。我们知道：形式逻辑不能无限止地使用，无限止地使用形式逻辑，也就是使考据包办一切，那就变成形而上学的思想方法了。胡适的实验主义"考据学"就是这样一种形而上学的"考据学"，他动不动叫人"拿证据来"，他的所谓"证据"，实际上只是一种表面现象，并不是真正可靠的证据。

他进一步说：

这就是他的唯"证据"论的"考据"方法。他用这种"考据"方法否定了《红楼梦》的现实主义性和社会性，而把《红楼梦》说成只是曹雪芹的自传；他用这种"考据"方法否定了井田制，否定了古代有均产的时代；他用这种"考据"方法，否定了屈原其人。他又把这种"考据"方法传给古史辨派，使古史辨派否定了一切原始传说，否定了原始社会。古史辨派认为《周书》和《诗经》里已有禹，所以说禹是西周时才产生的；《论语》中有了尧舜，所以说尧舜是春秋时才产生的；战国诸子才提到黄帝，所以说黄帝是战国时才产生的。这就是胡适的唯"证据"论的"考据"方法的典型应用。现在许多考据家看见《左传》里开始提到铁器，就认为铁器是春秋时才有的，这是不是古史辨派的方法呢？这是不是胡适的实验主义的"考据"方法呢？

话说到这里，文章方才提到"古史辨派否定了一切原始传说，否定了原始社会"，且结合作者切身的体会说："只有通过这种具体的例子，才能证明马克思列宁主义的思想方法是正确的，才能批判胡适的实验主义的思想方法和旧考据学的错误。同时这也是对自己思想方法上的改造。"可见，童书业这时的批胡，是从探讨中国开始用铁的时代这一纯学术问题自然生发的，决不是"为求解脱"的自保。

1955年第5期发表的《批判胡适的实验主义"史学"方法》，是童书业的重头文章。针对现在一般人认为胡适的史学、尤其是"考据学"多少还有些成绩，对于他所提出的"考据"方法"多少有点留恋"的状况，文章指出实验主义者的"考据"方法的特点是：从少数的事例中幻想出一种"假设"来，然后"寻求证据"来证实它。胡适的毛病就在"寻求证据"中的"寻求"两个字和"一切史料都是证据"那句话上。因为证据而需要"寻求"，那就一定是先有一种主观成见；主观成见没有证据或缺乏证据，不能使人信服，所以才需要"寻求"。这样就不是实事求是的态度！真正的科学方法，是除去一切主观成见，从客观的事物中认识真理，真理是从客观事物中获得的。

于是涉及顾颉刚"讨论古史"的"见解"和"方法"，继承了胡适的见解和方法。这种见解和方法，是由一个根本的观点出发的，即认为历史事实是会演变的，甚至本来完全没有的历史事实，也可以由"神话"（他们所谓"神话"是没有社会根源的，只是人们随意所编造）演变而成，他们是把历史事实和"神话"混成一片，认为历史事实就是"神话"的发展，"神话"就是史事的根源。

然后，文章用具体的实例来证明，充分说明胡适的"考据"方法的不科学性，也说明其"史学"的不科学性。如列举《井田辨》《读楚辞》《说儒》，并逐一辩驳后，归结说：

我们只须一检查胡适的许多古史论文，就可知道他的所谓"证据"，事实上并不是证据，譬如他传给古史辨派的"疑古"方法：因为短短的几篇《商书》中没有禹，就说禹是西周时才有的；因为两篇《易经》、十几篇《周书》、三百篇《诗经》中没有尧舜，就说尧舜是春秋时才有的：这算什么证据！这就是赫胥黎的"怀疑"方法吗？这就是赫胥黎"拿证据来"的方法吗？像这样的"证据"，是科学家能承认的吗？又如胡适把原始史料里的"井田"制证据一笔抹煞，而武断说：井田制是孟子凭空虚造出来的。他有什么可靠的证据？又有什么"充分的证据"？又如他因为《史记·屈贾列传》有宣帝时人补作的嫌疑，就武断说没有屈原这个人。这是什么证据？此外如他说"儒是殷民族的教士"，"殷商民族亡国后，有一句'五百年必有王者兴'的预言，孔子在当时被人认为是应运而生的圣者"。又有什么可靠的证据？

最有趣的是下面一段话：

有人说：胡适所举的"证据"中，也有是真的证据的，例如胡适根据某些史料证明《红楼梦》的后四十回是高鹗续作的；又如他考定曹雪芹不是曹寅的儿子而是曹寅的孙子和曹雪芹死于哪一年之类，所根据的史料，不能不说是真的证据。是的，像这类的证据中，有的确是真证据，但他根据这类证据所考出来的结论，大多只是解决了些芝麻般的小问题（这些结论中还有许多不可靠，例如曹雪芹的死年，到现在还未成定论），或者是根据前人的成说（如高鹗续书和曹雪芹是曹寅的孙子），并不是他自己的发现。解决这类问题，只须有时间和书籍，是任何人都能做到的，值得那样大吹大擂吗？这类的"考据"，多不过是把以前的旧说从较为冷僻的书上找来，放在一块儿，这有什么了不得！而且他根据那些所谓"考据"又作出荒谬绝伦的结论。

承认胡适在《红楼梦》考证上有"极微小的贡献"，反映了"批俞评红"时有些学者盲从胡适的精神状态。这也是"新红学"后来推崇者众的基础。

童书业旗帜鲜明地指出：胡适的意图是：第一，他要人相信古代"没有均产的时代"，也就是没有原始共产社会。第二，他要人相信"均产的时代"也就是原始共产社会，只是学者们杜撰出来的。

至于童书业的批胡牵扯到了顾颉刚，顾颉刚 1954 年 6 月 11 日甚至说："此是渠等应付思想改造时之自我批判耳，以彼辈与《古史辨》之关系太深，故不得不作过情之打击。苟我之学术工作已不足存于今世，胡近来二君又为《文史哲》向我索稿乎？故其为否定之批判，是可以原谅者也。"① 所谓"应付思想改造时之自我批判"，所谓"不得不作过情之打击"，只能理解为顾颉刚当时的心态。而童书业、杨向奎作为《文史哲》编委，在 1954 年 6 月还向他索稿，恰恰表明他们虽然在学术上批判"古史辨派"，但仍然尊重老师的态度。"我爱我师，我更爱真理"，笔者认为童书业、杨向奎是不应该受到责备的。

① 顾潮：《顾颉刚年谱》，中国社会科学出版社，1993，第 352 页。

二

与对童书业略有微词不同,《文史哲》后人对同为山东大学"八大金刚"的赵俪生,却是无保留赞扬的。王学典《又为学界哭英灵——痛悼赵俪生先生》中第一句话便充满深情:"2007 年 11 月 27 日 10 时 20 分,一颗非凡的心脏停止了跳动,一个杰出的大脑停止了思维,一双闪烁着智慧的眼睛不再放射光芒!"

文章概括了赵俪生早期对史学的贡献:1. 为 20 世纪中国史学提供了一个崭新的学科——"中国农民战争史研究",被视为中国史学的"五朵金花"之一;2."中国土地制度史"虽非"中国封建土地所有制形式"的"开山",但精义滚滚,卓见纷呈,赵俪生是这一领域里最有影响力和代表性的大家之一。

文章称赵俪生是"这个平庸的世界"的"另类","先生的肉体在体制之内,先生的思想、境界和趣味却在体制之外。先生一生都在挣扎,都处在撕裂之中"。如果说,这个体制指的是科研体制,赵俪生与顶头上司有若干摩擦于是一系列厄运接踵而至,"高高者易折,皎皎者易污",尚可以接受;但前面已经说到,作为同人刊物,《文史哲》创刊时就确立了学习宣传马克思主义、毛泽东思想的方向,赵俪生自然也不例外。他先后发表了《学习〈矛盾论〉,联系史学工作的一点体会》(1952 年第 4 期)、《马克思怎样分析法国第二共和时期的历史?——为〈拿破仑第三政变记〉问世一百周年而作》(1952 年第 5 期)、《学习〈苏联社会主义经济问题〉,体认唯物辩证法的威力》(1953 年第 1 期)、《斯大林与民族问题》(1953 年第 4 期),都是生动的证明;即使是"留在当代学术史上的最绚丽的华章"——《武训当时鲁西北人民的大起义》(1951 年第 3 期)、《北宋末的方腊起义——"中国农民战争史"之一节》(1953 年第 2 期)、《明初的唐赛儿起义》(1953

年第3期）、《北魏末的人民大起义》（1953年第4期）、《南宋金元之际山东、淮海地区中的红袄忠义军——"中国农民战争史"之一节》（1953年第5期）、《论有关隋末农民大起义的几个问题》（1953年第6期），又何尝不是自觉运用马克思主义、毛泽东思想的产物？将赵俪生说成"'八马同槽'中最后、也是最为烈性的一匹骏马"则可，将赵俪生说成"边缘人"和"独行侠"则不可。

赵俪生的《批判胡适反动的考据方法和校勘方法》一文，发表于《文史哲》1955年第5期，同期还有郑鹤声的《胡适四十年来反动政治思想的批判》，葛懋春、庞朴的《批判胡适的庸俗进化论》，童书业的《批判胡适的实验主义"史学"方法》，高亨的《批判胡适的考据方法》，正是《文史哲》1955年第2期报道的"山东大学全面展开对胡适派资产阶级唯心论思想的批判"形成的高潮。该文引言说：

> 胡适的学问是浅薄的，胡适治学问的方法是错误的。但他又经常有意识地把这种错误的方法论伪装起来，夸大地向学界宣传，因而他的这种方法论的错误，就不仅仅是一个个人如何治学的问题，而是他对整个学界的影响。所以说，胡适的治学方法论是不科学的：它起过，并且假如不及时彻底批判、而且对之保持警惕的话，还将继续起着一种不好的作用。
>
> 胡适在治学方法论方面的不科学性，是跟他在哲学思想方面的不科学性，以及政治主张方面，相一致的。不过，当他宣传他自己的哲学思想和政治主张的时候，他不能不在狡诈之余，露骨地说出几句他自己的真实货色。在学术方面，这种情况就多少有些变异。为了更唬住青年，为了更少地遭到真正有点学问的老辈们的鄙弃，胡适在这一方面不能不多花费一些心机和气力，拼命装作自己并不浅薄，而且仿佛是很有学问、很有根基的样子，来贩卖他那思想方法论，使人感到他仿佛当真是"童叟无欺、少长

咸宜"似的。

直截了当，毫不拐弯抹角，指斥"胡适的学问是浅薄的，胡适治学问的方法是错误的"，这就是赵俪生的风格，也显示出他的底气。而揭露"为了更唬住青年，为了更少地遭到真正有点学问的老辈们的鄙弃，胡适在这一方面不能不多花费一些心机和气力，拼命装作自己并不浅薄，而且仿佛是很有学问、很有根基的样子"，尤以其对事物本质的洞察，为胡适画了一幅肖像。

赵俪生选取对《水经注》"考据"为例，"把胡适的学问底子翻开来，把他所经常标榜的考据学方法论和校勘学方法论的内幕拆穿开来，把他掩藏在这些花招里面的'醉翁之意不在酒'的真意挖掘出来，暴露在光天化日之下"，展现了摆事实讲道理的学术风范。

赵俪生说：《水经》是我国古代的一部地理书，郦道元依经作注，成为一部在研究我国上古和中古河道变迁、地理沿革诸问题上，极有用的书。假如把《水经注》的研究跟对《元和郡县志》《太平寰宇记》、明清的《一统志》等书的研究结合起来，再把这些研究跟历代所修各府州县的志书的研究结合起来，再配合近代许多地理调查的结果，这种研究的所得，无论对于中国历史的研究，还是对于当前实际的水利设施，都将有很大的贡献。——在批判对方之前，正面提出自己对《水经注》的学术见解，体现了高瞻远瞩的气势。

赵俪生指出：明末清初的学者，热爱祖国的山河，苦心调查研究，以求对于故国的恢复能有所裨益。顾炎武盛称《水经注》一书的价值；黄宗羲且有《今水经》之作；黄仪按卷绘制地图，以求对祖国水脉的认识更加明确；刘献廷也曾计划按照他自己南北游历的收获，去好好充实一下《水经注》，可惜未竟而卒。而乾、嘉、道、咸时候的学人，是把作为中国地理沿革学典籍之一的《水经注》研究，缩小为对《水经注》的版本与字句的校勘工作。再等而下之，再缩小并转化为对于戴震（东原）、赵一清（东潜）、全祖望（谢山）诸家校本的检查工作，看他们是否互相抄袭过，看是谁抄袭过谁。争论和研究的对象，不仅脱离了沿革地理学，脱离了《水经注》的实质内容和意义，而且也脱离了校勘学的范围。——在批判之前，清晰地勾勒出《水经注》的研究史，体现了通贯全局的眼光。

在此种历史背景下，赵俪生方点出：胡适"忖量的结果，还是从清朝乾、嘉时期的路数下手，因为那时候的学界，在清贵族统治者的羁縻和迫害之下，脱离实际而纸上谈兵的风气，和孤立观察事物的形而上学风气，已经在发育和孳长着了。"

进入具体问题的剖析，赵俪生问：在这些小考证中，"审查戴东原、赵东潜《水经注》疑案"，跟写中国思想通史有什么密切的关系呢？证明薛福成刻本《水经注》是一个宁波秀才王植材蹲在北京顾亭林祠堂里伪托全祖望的名字而写成的伪书，这对于《水经注》的研究和中国地理沿革的研究，究竟有什么了不起的贡献？对于整个中国历史学和文献学，究竟有什么推进？

针对胡适鼓吹《水经注》版本校勘的目的是"爱护乡贤"的说法，赵俪生认为他的目的更深远，这就是"把他自己许多不科学的中心思想，杂糅在许多似是而非的词句中，兜卖出来"：

我们站在人民立场上的史学工作者，是不是也应该注意感性的材料和比较细小的问题呢？自然，也应该的。有些个别对史料采取粗枝大叶的处理方法的人，只是一种幼稚的现象。再例如，我们站在人民立场上的史学工作者，是不是也应该在论证中贯彻形式逻辑里的充足理由律呢？自然，也应该的。极个别的不尊重充足理由律的人，是错误的。因此，假如胡适只是提出应该重视感性材料、应该重视逻辑论证的话，那么谁又去反对他呢？可是胡适所强调的，是要把历史科学的研究，只压缩到最低级和最琐碎的境地，不准许人们从感性基地上做出任何的上升和概括，不准许人们从其中得出任何指导性的原理原则来；假如谁那样做了，便嘲讽地呼之曰"高明的思想家"，呼其原理原则曰"大假设"。

　　第三部分指出，校勘学是文献考证学中的一个分枝，是一个比较冷僻、但却有一定价值的学问。如对于地下发掘出来的许多纪事竹简，对于敦煌石窟中所藏的许多书卷，若有人肯去配合历代传刻诸本做一些校勘工作，并且从其中剔罗出一些可供采择的新资料来的话，那么我们是欢迎的。胡适知道自己学问薄而且脆，担不动这样的重任；并且从商人买办的角度看来，这种"费力不讨好"的事，也是绝不肯做的。但胡适又不甘心于一点也不做，于是便从一些不很吃力的校勘下手。文章列举几个例证来揭示胡适的"校勘学"：

　　例一，做蒲松龄墓表的校勘，有人肯冒了风雪替他到淄川去挖土拓碑，他便校出蒲松龄"享年八十有六"乃"七十有六"之误，还替蒲松龄的朋友张笃庆多找出一个弟兄张履庆来。对于这个"发现"，胡适非常自负。但是试问：替蒲松龄的朋友张笃庆校勘出一个弟兄来，这对于蒲松龄的生平主要事迹，究竟有多大贡献？对于《聊斋志异》这部书的理解，会有什么推进？难道说，找出一个张履庆字视旋来，其价值也等于发现一颗恒星吗？

　　例二，趁替陈垣《元典章校补释例》作序的机会，大谈其校勘学方法论，在校勘学方面教人走两条路：第一，你先去进行对最古版本或原始稿本的搜求，"求之不得"，只好作罢；第二，假如幸而搜求到了，那么也只准许你一个字一个字地去对，而不准许你在这中间有所推求，无论是从具体事物去推求原理原则，或者根据原理原则去推论具体事物，这都是不准许的，因为那样就不是"极笨的死工夫"，因而也就不是"科学的道路"了。素以"巧笑倩兮"著名的胡适，在这里竟装出一副极为老实、不敢越雷池一步的样子，这不是很奇怪吗？胡适在这里似乎不是在提倡什么老老实实做学问的态度，而是有其他用意。

例三，胡适说："王念孙、段玉裁用他们过人的天才与功力，其最大成就只是一种推理的校勘学而已。推理之精者，往往也可以补版本之不足。但校雠的本义在于用本子互勘，离开本子的搜求而费精力于推敲，终不是校勘学的正轨。"赵俪生指出胡适先用什么"过人的天才与功力""推理之精者，也往往可以补版本之不足"来敷衍和迷乱读者的耳目，然后把他自己的本意拿了出来，说："改定一个文件的文字，必须在可能范围之内提出证实。……证实之法，最可靠的是根据最初的底本，其次是最古传本，其次是最古引用本文的书。"于是赵俪生结合《红楼梦》的版本，发表了极为重要的见解：

俞平伯先生在他的《红楼梦》研究中，对脂砚斋本做出一些极固执而又牵强的理解和解释，并因而发生许多错误，其根源正是从这里一脉传下来的。我们试问：无论在校勘古籍方面，或者在研究文学遗产方面，强调最初底本和最古传本的结果是什么呢？我们回答说，其结果是不断缩小研究的对象，杜绝和堵塞在研究中不断发现新认识的可能，并且拿这种情况作为基地，以使唯心论者们可以随心所欲地拿他们这样或是那样的主观臆测，去为所欲为。

可惜赵俪生不曾考察《红楼梦》的版本，否则一定会发觉所谓脂砚斋本是"最初底本和最古传本"是胡适强加给读者的，甚至连脂砚斋本是"最初底本和最古传本"的实物，都很可疑。但他毕竟看出了由于钻入"强调最初底本和最古传本"的牛角尖，不断"做出一些极固执而又牵强的理解和解释，并因而发生许多错误"，让红学研究"不断缩小研究的对象，杜绝和堵塞在研究中不断发现新认识的可能"！

王学典称赵俪生"不是通常意义上的专家"，因为他同时驳斥了于"主流史家"的两个最主要部分——考据派和正统唯物史观派：

获罪于前者，是因为先生公开表达了对他们的轻蔑："我从一接触史学近著起，就憎恨琐节考据"，"让那些琐节考证的史学家们去笑骂吧，我并不是你们那里的长驻客"。不仅如此，先生还挑战了他们"论从史出"和"竭泽而渔"的行规，认为"以论带史"的提法没有错，特别对那些习染于琐节考据而不能自拔的人来说，用理论带一带并没有什么坏处；对"竭泽而渔"式的材料搜集，先生明言"我不赞成"。原因：第一，鱼实际上是捞不完的；第二，舍弃那些小鱼羔不影响对历史的概括。"光考据不行还需要思辨"，是先生坚定的治学主张。这里事实上提出了这样一个认识论问题，即"史"与"论"在治学过程中的互动问题。"史"为基础，这无可怀疑，但承认这一点丝毫也不意味着"论"就始终是次要的、被动的、消极的，永远是第二位的——"论"也同时有可能处在更积极更主动更活跃的位置上。但不管怎么说，先生的上述言行长期以来都为考据学家们所无法容忍。撇开流行的教条和二手三手的马克思主义，独立地直接地从马克思那里寻求思想资源，先生又由此不见容于那些立身于教条的唯物史观派学人。高举"教条"很长时间以来早已成为许多人的利益所在，而先生却不仅未曾从对马克思主义思想的忠诚中得到过任何回报，相反，他甚至还因此受到某些海外汉学家的奚落。天不收地不留，先生遂长期漂泊于学界主流之外，忍受着难以承受的孤独与寂寞的折磨。[①]

---

① 王学典：《又为学界哭英灵——痛悼赵俪生先生》，《山东大学报》2007 年总第 1700 期。

读着这段铿锵的话语，深感作者对赵俪生的敬爱。既然承认赵俪生是"独立地直接地从马克思那里寻求思想资源"，"对马克思主义思想的忠诚"，便应该承认他这篇申讨胡适的力作，不但是杰出的，而且也是《文史哲》辉煌办刊之路的成果与见证。

三

高亨的《批判胡适的考据方法》发表于《文史哲》1955 年第 5 期，与同期郑鹤声、葛懋春、庞朴的文章，加上童书业的《批判胡适的实验主义"史学"方法》，赵俪生的《批判胡适反动的考据方法和校勘方法》，形成相互呼应之势，故高亨一开头就声明，本文的重点是说明胡适的考据方法本身的不科学性。在摧毁胡适不科学的"主观的假设，片面的求证"同时，提出合乎科学的"客观的假设，全面的求证"，论析透辟，有破有立。

文章列举了好多具体例子，以证明胡适"主观假设，片面求证，只会大胆，没有小心，玩弄事实，玩弄证据"的考据方法的不科学性：

例一，《周易》爻辞和爻象，传都是三百八十六条，而胡适《中国哲学史大纲》却说："《周易》是六十四条卦辞，三百八十四条爻辞"。原来他只知道《周易》有六十四卦，每卦有六爻，用六乘六十四，共得三百八十四爻，每爻都有爻辞和爻象；却不知道《周易》开头两卦，《乾卦》除"初九，九二，九三，九四，九五，上九"六条爻辞和爻象外，还有"用九"一条爻辞和爻象。《坤卦》除"初六，六二，六三，六四，六五，上六"六条爻辞和爻象外，还有"用六"一条爻辞和爻象，其余六十二卦才都是每卦六条爻辞和爻象传。可见他在写这个数字时，并没有翻一翻《周易》。

例二，胡适在《中国哲学史大纲》里引用《诗经》："中谷有蓷，暵其乾矣，有女仳离。啜其泣矣。啜其泣矣，何嗟及矣。"来说明"百姓流离失所痛苦不堪"的情况。不大熟悉《诗经》的读者，可能相信他引用得恰当。但如果把三章都看一遍，就发现他的错误了：

> 中谷有蓷，暵其乾矣。有女仳离，嘅其叹矣。嘅其叹矣，遇人之艰难矣！
>
> 中谷有蓷，暵其修矣。有女仳离，条其啸矣。条其啸矣，遇人之不淑矣！
>
> 中谷有蓷，暵其湿矣。有女仳离，啜其泣矣。啜其泣矣，何嗟及矣！

《中谷有蓷》是历来争论最少的《诗经》篇章，从《毛诗序》到现代学者，绝大多数论者都同意：这是一首被离弃妇女自哀自悼的怨歌。高亨指出：诗中的"有女"，因为"遇人之不淑"而"仳离"，因为仳离而"叹"、而"啸"、而"泣"。它是反映，在封建枷锁下的妇女，被丈夫遗弃的惨痛事实。这种现象，无论在战争时期，还是在太平时期，都时时有的，处处有的。胡适引用此诗来说明周代长期战争的影响，这是文不对题的严重错误。那么这样容易理解的一首诗，为什么胡适会弄错呢？高亨推测有下列四种可能：

第一种可能，他的主观要求是引用《诗经》来说明周代长期战争的影响。他只从主观要求出发，而不从客观事物考察，因而他的思想只贯注到他所需要的诗句，眼睛只注视他所需要的诗句，至于每篇诗的整个内容，根本不去想，不去看，所以造成这个错误。这就说明胡适考察问题，只要客观事物的一点，不管客观事物的全面。我们称它作"用管窥天"的考察方法。

第二种可能，他的《中国哲学史大纲》本是一本"急就章"，他在著述的时候，对于祖国哲学史料，并没有深入研究，大部分是临时翻阅一下。他写这一段时，只把《诗经》粗心大意地乱翻一遍，随便抄下他所需要的诗句，至于每篇诗的整个内容，简直地不加理会，所以造成这个错误。这就说明胡适考察问题，只凭借"大胆"地不怕错，不依靠"小心"地不弄错，我们称它作"走马观花"的考察方法。

第三种可能，他写这一段时，根本没有去翻阅《诗经》，只是在某种书里看到这么几句，因而把它抄下来。这首诗前两章讲的什么？全篇内容是什么？"有女"的"仳离嘬泣"是因为什么？他都没有看到，也不去追究，只在这几句的字面上去理解，所以造成这个错误。这种抛弃原始资料，展转抄袭，说明胡适运用史料是采取"移花接木"的粗暴手段。

第四种可能，他写这一段时，曾经细读过这篇诗，理解了它的全篇内容，知道它是抒写妇女被丈夫遗弃的痛苦，但是他为了充实自己的理论，为了夸示自己的博学，有意地阉割它的末章，而抹杀它的前两章，有意地隐藏它的全篇内容，因而造成这个错误。这就说明胡适运用史料是采取"指鹿为马"的欺骗手段。

胡适所以造成这个错误，出不了以上四种可能。这四种可能都是反科学的，都是属于唯心论的范畴，都是资产阶级所喜欢用的办法。[1]

不下绝对的断语，而设想了四种可能性，这就避免了形而上学，体现了辩证法。

例三，胡适在《中国哲学史大纲》里，假设"《韩非子》五十五篇，十分之中仅有一二分可靠，即《显学》《五蠹》《定法》《难势》《诡使》《六反》《问辩》诸篇"，但只举了两个证据，便否定了其余四十八篇。如第一个证据："《初见秦》乃是张仪说秦王的话，见《战国策》。"请看高亨的解剖刀

---

[1] 高亨：《批判胡适的考据方法》，《文史哲》1955 年第 5 期。

是如何运作的:

　　《初见秦篇》在《韩非子》中是韩非所作,在《战国策》中是张仪所作,这是一个矛盾现象。我们要解决这个矛盾,首先要考察它的可能性,然后考察哪个可能是历史事实。这篇作者的可能性有三个:一、是张仪所作;二、是韩非所作;三、是另外一人所作。究竟哪个是历史事实呢?我们必须从客观事物的实际出发,即是必须从《初见秦篇》的内容,张仪韩非的生平,和当时的历史去考察,据《史记·秦本纪》《六国表》,张仪死于公元前三〇九年,《初见秦》里讲到几件史实:一、乐毅破齐,在张仪死后二十六年;二、白起取郢,在张仪死后三十二年;三、华下之战,在张仪死后三十七年;四、长平之战,在张仪死后五十年;五、邯郸之战,在张仪死后五十三年;六、穰侯相秦,在张仪死后九年至四十三年之间。由此可见,此篇决不是张仪所作了。那末是否韩非所作呢?据《史记·秦始皇本纪》《六国表》,韩非到秦国去在秦始皇十四年,而《初见秦篇》有十个"大王"字样。"大王"是作者称当时在位的秦王,称他所上书的那个秦王,毫无疑问。这个"大王"是谁呢?据《初见秦篇》是发动"华下""长平""邯郸"三次战争的秦王。这三次战争都是秦昭王时事,那末,《初见秦篇》的"大王"是秦昭王,《初见秦》作者是上书给秦昭王,不是给秦始皇。由此可见,《初见秦篇》也决不是韩非所作了。(这一点我在前些年研究《韩非子篇》时也没看出。)三个可能,我们根据客观证据否定了两个,所以我们的结论是《韩非子·初见秦篇》既不是张仪所作,也不是韩非所作,而是当时另外一人所作,其人为谁,我们没有根据论定,有人说是蔡泽所作,就近于猜谜了。(关于《初见秦》作者问题,请参考《伪书通考》。)[1]

----

① 高亨:《批判胡适的考据方法》,《文史哲》1955 年第 5 期。

以充分的史料排除了三个可能中的两个，结论便自然出来了。那么为什么胡适硬一口咬定《初见秦》是张仪所作呢？是由于他存着"《韩非子》仅有十分之一二可靠"的主观成见，他的片面求证只是为了要证明他的主观假设。看见了《战国策》里这一篇开头是"张仪说秦王曰"一句，恰好符合他的要求，当然是"惊喜若狂""如获至宝"；对于《战国策》所记，不再怀疑；对于《初见秦》的内容，不再研究。如果他稍加深入，只要他看到篇中的故事，再翻翻《史记·六国表》等，查查各个故事和张仪死去的年代，就不会一口咬定此篇是张仪所作了。高亨再推开一步说：

　　而且《战国策》的错安排，早已有人揭发了，《战国策》鲍彪注已经说过这一篇"所说皆张仪死后事"。我敢断言胡适当日没有看过这本书。张文虎《舒艺室随笔》也曾举出这篇中几个故事的年代来证明不是张仪所作。我也敢断言胡适当日没有看过这本书。王先慎《韩非子集解》已经把张文虎的说法收在里面，这是当时最流行的极普通的一种读本，难道胡适都未看过吗？我想他是由于过于相信自己的主观，过于相信自己的假设，过于相信自己的片面考证，过于相信自己的表面观察，因而对于《韩非子集解》不肯细读……[1]

　　对于这个"过于相信自己的假设""过于相信自己的片面考证"，请问胡适本人、包括他的辩护者，能回答吗？不能。既然如此，我们就得同意高亨的概括："一、假设真是大胆，求证并不小心。二、假设是根据个人的主观成见，不是根据客观事物。三、求得他所需要的证据，也只看它的片面，而不看它的全面，只看它的表面，而不看它的内容。只看它的头一句，而不看它的下文，只停留在感性认识，而不进入理性认识。"

---

[1] 高亨：《批判胡适的考据方法》，《文史哲》1955年第5期。

例四，胡适《红楼梦考证》的主要结论是："《红楼梦》是曹雪芹的自叙传，是一部自然主义的杰作。"从考据方法的角度看，他所求到的正面证据只有五个：一、《红楼梦》开场白有"作者自云，曾历过一番梦幻之后，故将真事隐去，而借通灵说此石头记一书也……"等语。二、《红楼梦》开场白有"莫如我石头所记，只按自己的事体情理……"等语。三、《红楼梦》第十六回有凤姐赵嬷嬷谈论皇帝"南巡"，贾家四次"接驾"的一大段，而清康熙"南巡"六次，曹寅正是"接驾"四次。四、《红楼梦》第二回叙荣国府的世次和曹雪芹家的世次有某些相像的地方。五、红楼梦的贾家是由盛而衰，曹家也是这样；贾宝玉由富而贫，曹雪芹也是这样。高亨剖析道：

首先我们觉得胡适把《红楼梦》的开场白，把一个小说的开场白，看作真实记录，是何等荒谬！反过来看，开场白有"曹雪芹于悼红轩中，披阅十载，增删五次等语"，胡适为什么不根据这些话说《红楼梦》的初稿不是曹雪芹所作呢？其次胡适所举一切证据，只能证明一个事实，就是《红楼梦》里夹杂着一些曹雪芹个人及其家庭的故事和情况。而胡适竟拿来证明"《红楼梦》是曹雪芹的自叙传"又是何等荒谬！所有证据，只能证明曹雪芹以他熟悉的人物为基础，塑造一些人物形象；以他自家的故事为基础，反映一些社会生活；至于超出曹家人物故事以外的，就难于估计了。因为如此，《红楼梦》才是一部小说，而不是一部传记。因为如此，《红楼梦》才是现实主义的杰作，而不是自然主义的杰作。……所有证据，只能证明《红楼梦》有些成分是写曹家芹的个人与家庭，而胡适拿来证《红楼梦》的全部是写曹雪芹的个人与家庭。这种考据方法，还有一丝一毫的科学意味吗？①

---

① 高亨：《批判胡适的考据方法》，《文史哲》1955 年第 5 期。

高亨还指出，胡适考证《红楼梦》，千方百计地寻求正面证据，如找《四松堂集》、找脂砚斋本，都煞费力气；可是反面的证据，明明白白地摆在《红楼梦》里，各本都有，他却不拿它们做证据看待。如：

一、《红楼梦》里写元春做皇帝妃子，异常明确而详细，占了不少篇幅，有省亲别墅才有大观园。胡适说："我曾考清朝的后妃，深信康熙、雍正、乾隆三朝，没有姓曹的妃子，大概贾元春是虚构的人物。"（见《重印乾隆壬子本〈红楼梦〉序》）又说："曹妃本无其人，省亲也无其事，大观园也不过是雪芹的秦淮残梦的一境而已。"（见《考证〈红楼梦〉的新材料》）贾元春及其故事的有无，我们且不管它，但胡适既然认为是出于虚构，那末这正是胡适所作结论的反面证据，足以推翻"《红楼梦》是曹雪芹的自叙传"的荒谬说法，胡适把这一项提出来了，但是不做反面的证据而提出，乃是无意中提出，一经提出，就形成他考据上的矛盾，他既然说"《红楼梦》是曹雪芹的自叙传"，又不得不说"《红楼梦》某些部分是虚构"，自己打自己的嘴巴，有多么响呀！

二、据《江南通志》（胡适《红楼梦考证》引），及曹頫隋赫德奏折（李玄伯《曹雪芹家世新考》引），康熙五十一年，曹寅死于江宁织造任上。五十二年，曹颙继任。五十四年，曹颙死，曹頫继任。雍正六年，曹頫去职，家被抄，曹颙没有儿子，死的时候，他的妻马氏正怀着孕。胡适说"红楼梦中的贾政就是曹頫"（见《红楼梦考证》）。曹寅只有曹颙曹頫两个儿子，依照胡适的考据方法，贾赦就是曹颙，邢夫人就是马氏，曹珊就是曹颙的"遗腹孤"了。我们不去这样论断，而却从这里发现一件事实，即是《红楼梦》中关于贾赦及其故事（见第十四、十六、十八、二十四、四十六、六十四、七十九等回），都是曹雪芹所虚构。据敦诚四松堂集挽曹雪芹诗（胡适《红楼梦考证》引），《〈红楼梦〉脂砚斋本批语》（胡适《考证红楼梦的新材料》引），曹雪芹生于康熙五十八年左右，死于乾隆二十七年。曹雪芹下生的时候，曹頫已经死去。如果《红楼梦》是曹雪芹的自叙传，贾宝玉哪会有这样一个伯父！贾赦病了，宝玉去问候。宝玉病了，贾赦去"觅僧寻道"。贾赦要娶鸳鸯做小老婆，凤姐替邢夫人出主意。写得那么活现，明明是和宝玉凤姐生在同时的，那末只有曹頫枯骨还魂，才有可能了。由此可见，关于贾赦及其故事都是曹雪芹所虚构了。这也是胡适所作结论的反面证据，足以推翻"《红楼梦》是曹雪芹的自叙传"的荒谬说法。关于曹頫死在曹雪芹下生以前的资料，胡适写《红楼梦考证》等文时，还没有看到，因而我们在这一点上，不批判他参考疏漏，而只是根据这个反面证据，来说明他仅凭几个不尽可靠的正面证据，来肯定他的主观假设，是何等的反科学！

三、《红楼梦》第十六回"贾琏道：'当今（指当时的皇帝）自为日夜侍奉太上皇皇太后，尚不能略尽孝道，因见宫里嫔妃才人等，皆是入宫多年，抛弃父母音容，岂有不思想之理！……故启奏太上皇皇太后，每月逢二六日期，准其椒房眷属入宫请候看视，于是太上皇皇太后大喜……竟大开方便之恩，又下旨意说……椒房贵戚……不妨启请内廷銮舆，幸其私第……'"这也是曹雪芹虚构的一段话，作为贾元春回家省亲的来由。考清代康熙、雍正、乾隆三朝，并无所谓"太上皇"，只有乾隆晚年让位于嘉庆，才称太上皇。乾隆在位六十年。曹雪芹死于乾隆二十七年，看不见嘉庆初年的"太上皇"。而且《红楼梦》在乾隆时代已有抄本和印本。脂砚斋第一种本，是乾隆十九年（甲戌）抄的，第二种本是乾隆二十五年（庚辰）抄的。程伟元第一种本是乾隆五十六年（辛亥）印的，第二种本是乾隆五十七年（壬子）印的，据闻这些本子，都有这段话。（俞平伯先生曾写信告我脂砚斋本有这段话。）那末，"太上皇"三字不是嘉庆初年人所加，而是曹雪芹原作所有的了。那末，这段话是曹雪芹虚构的了。这也是胡适所作结论的反面证据，足以推翻"《红楼梦》是曹雪芹的自叙传"的荒谬说法。胡适不会看不见，然而在他的考证中，却绝不提出。①

为展示高亨摆事实讲道理的论辩风貌，不得不大段引述他的原文。即以《红楼梦》考证来说，所举三条反面证据，岂不让胡适本人避无可避！

《文史哲》在政治哲学方面批判胡适的文章，1955 年第 5 期还有汪毅的《论胡适派反动的资产阶级的哲学史观点和方法》，郑鹤声的《胡适四十年来反动政治思想的批判》，葛懋春、庞朴的《批判胡适的庸俗进化论》；1955 年第 6 期有孙思白、赵凌、徐绪典、朱作云、刘中华、朱玉湘、耿直的《清算胡适的反动政治思想》，路遥的《批判胡适派资产阶级唯心论历史观》。古典文学方面批判胡适的文章，有 1955 年第 1 期陆侃如的《胡适反动思想给予古典文学研究的毒害》，1955 年第 7 期冯沅君的《批判胡适的西游记考证》，1955 年第 9 期萧涤非的《批判胡适对杜甫诗的反动观点》，1955 第 11 期黄公渚的《批判胡适词选中错误观点》等。作者皆学有专长的大家，文章亦可圈可点，因篇幅限制，只好从略。通过对童书业、赵俪生、高亨这些一流学者文章的分析，我们看到，其研究是"有周到的研究，有确凿的证据，有坚实的内容，有正当的道理"的，决不是"无谓地浪费时间与精力，践踏学问与知识"。从这一点出发，我们亦可得出胡适确实是有严重问题的，对他进行批判也是正确的。对于知识分子来说，"为什么的问题"，是一个根本的问题，甚至命运攸关的问题。主动进行思想改造，投身于"胡适思想批判"运动，是正面的、积极的。这正是童书业、赵俪生、高亨和山东大学当年积极参与运动的学人精英的意图，也是《文史哲》杂志一以贯之的"为当今所用，为后世续航"的精神。

---

① 高亨：《批判胡适的考据方法》，《文史哲》1955 年第 5 期。

第四节　历史背景与事实细节的还原

北京大学中文系主任陈平原说:"翻阅 20 世纪 50 年代三联书店出版的八辑《胡适思想批判》,不难明白当年的批胡,重头戏多由北大人主唱。正因为胡适的根基在北大,批胡能否成功,很大程度取决于北大人是否愿意划清界限。可想而知,与胡适有过交往的学者,其承受压力之大。"①

此话一出,时人真以为北大成了"批胡的主力军"。然查《北京大学学报》(哲学社会科学版)1955 年创刊,第 1 期的批胡文章有:金岳霖、汪子嵩、张世英、黄枬森《批判胡适实用主义哲学——实用主义是反理性的盲目行动的主观唯心论哲学》,冯友兰、朱伯崑《批判胡适中国哲学史大纲底实用主义观点和方法》,王瑶《辟胡适的所谓"历史进化的文学观念"》,张俊彦、黄美复、余崇健、赵淡元《胡适的独立评论的剖析——批判从"九·一八"到"七·七"期间胡适的反动政治主张》;第 2 期批胡文章有:魏建功《胡适文学语言观点批判》,陈芳芝《美帝国主义在华盛顿会议中宰割中国的阴谋(附带驳斥胡适的"华盛顿会议挽救了中国"的谰言)》;1956 年第 1 期批胡文章有:荣天琳《批判胡适实用主义唯心史观——中国历史科学中唯物史观与唯心史观的对立和斗争》,总共刊发文章 7 篇(4 篇收入《胡适思想批判》),连同刊于其他报刊的,无论是数量质量,都不及"偏离北京这样的'文化中心',得以置身于一套与'胡适派'完全不同的文化秩序"②的山东大学。所谓"批胡能否成功很大程度取决于北大人是否愿意划清界限",言过其实。

通观北大学人的批胡文章,总的感觉是感性多于理性,陈述多于论辩。

---

① 陈平原:《"讲座"为何是"胡适"》,《中华读书报》,2010 年 5 月 19 日。
② 韩毓海:《1954 年〈红楼梦〉大讨论再回首》,《21 世纪经济报道》,2006 年 11 月 27 日。

然对应历史"是可以任意雕刻的大理石","是可以任意摆布的大钱","是可以任意涂脂抹粉的百依百顺的女孩子","是可以任意修改的一幅未完的草稿"的高论，北大人批胡确有他人不具的长处，那就是能在三言两语之间，揭发外人不知的事实细节，还原被匿迹的历史背景，构成一道批胡运动独特的风景线。

一

北大历史系 1955 年初召开教师座谈会，《光明日报》1955 年 1 月 6 日刊登发言摘要，题为《批判胡适主观唯心论的历史观与方法论》。发言者为向达、邓广铭、齐思和、邵循正、杨人楩、张政烺、翦伯赞，皆为当时的史学名家。虽是即兴发言，寥寥数语，却能击中要害，道出实情。如翦伯赞说："胡适以为历史的发展，是不受任何客观条件的限制，更没有任何规律可言，人想创造甚么历史就可以创造出甚么历史。因此，他强调个人在历史上的作用，他说日本明治维新是伊藤博文等几十个人的努力造成的，中国的军阀混战是由于无聊政客的挑拨，五四运动是因为他的一个女朋友掉到水里引起来的，甚至说一个人吐一口痰都可以引发起几十年的战争。这些说法，不但谈不上甚么科学，而且简直没有常识。然而他就企图用这样的谬论来攻击存在决定意识这一颠扑不破的真理。"[①] 张政烺说："胡适研究中国历史的办法，是把中国古代史和西洋史上几个眼前的名词瞎附会一阵，说商代是石器时代晚期，说西周是封建社会可以比中古的西欧，说东周可比神圣罗马帝国……这样便有意的歪曲了社会发展史。……胡适说中国的封建社会在二千年前已经崩溃了。所以他讲诗经'《葛覃》诗是描写女工人放假急忙要归的情景'，'《嘒彼小星》是写妓女送铺盖上店陪客人的

---

① 郭沫若：《胡适思想批判》第二辑，三联书店，1955，第 180 页。

情形'。按照胡适的意见，中国社会是长期停滞不发展的。"[1] 这些批评都是很有道理的。

在这班历史系顶尖教授的发言中，最丰富也最有深意的是齐思和。他劈头第一句便是：

胡适的历史知识是极其肤浅的，在他的"文存""近著"中，专门以中国历史为研究对象的论文只有《井田辨》《王莽》《读北史杂记》《司马迁替商人辩护》等寥寥数篇，而这几篇……虽然以"考据家"自居，其中所搜拾的一点材料，也是极为简陋的。[2]

齐思和所下的判词，是乱扣帽子，还是恰如其分？只有先了解他的经历与学问才会找到答案。

齐思和（1907—1980），山东宁津县人，1927 年考入南开大学历史系。1928 年插班考入燕京大学历史系二年级，听顾颉刚的《中国上古史研究》，写成《与顾颉刚师论〈易系传〉观象制器书》。1929 年历史系筹办《史学年报》，齐思和任主编三年，直至毕业。同学为其毕业照题词，曰："于学无所不窥，上自群经诸子，下至康、梁、胡、顾；每读一书必有新奇问题发现，尤精于考证学、史学方法、两汉历史。"1931 年燕京大学毕业后，被系主任洪业选为哈佛留学人选，齐思和的兴趣在中国史，说："四年的工夫在中国我可以做出很多成绩来，到美国我去做什么呢？做中国史？那里没有书，教授也不如中国。"洪业说："到美国去，看看他们的研究方法，可以开阔你的眼界。"还建议他学美国史，齐思和说："美国史那么短。"洪业说："虽然美国历史比较短，但是他们研究得比较深，你可以学习他们研究的方法，

---

[1]　郭沫若：《胡适思想批判》第二辑，三联书店，1955，第 178 页。
[2]　郭沫若：《胡适思想批判》第二辑，三联书店，1955，第 170 页。

回来之后用这种新方法研究中国史，对于中国史你就能有新的突破。"1935年7月，齐思和获哈佛大学历史科哲学博士，向以严格要求著称的施莱辛格教授，都给了他的论文以很高评价。①

行文至此，笔者不由想起《金岳霖回忆录》中的一句话："我反对留美学生在写博士论文时写中国题目，尤其不要用英文写古老的中国古文格式文章。"②金岳霖在《我不大懂胡适》一文中又说：

在国外留学，写中国题目论文的始作俑者很可能是胡适。他写的博士论文好像是《在中国的逻辑发展史》。在论文考试中，学校还请了一位懂中国历史的、不属于哲学系的学者参加。这位学者碰巧是懂天文的，他问胡适：

"中国历史记载是在什么时候开始准确的？"

胡适答不出来。

那位考官先生说：

"《诗经》上的记载'十月之交，率日辛卯，日有食之'，是正确的记载，从天文学上已经得到了证实。"

这个情节是我听来的，不是胡适告诉我的。虽然如此，我认为很可能是真的。③

就在这次教师座谈会上，邓广铭发言说："杜威不搞历史，没有写出一本实验主义的历史观，胡适把实验主义贩运到中国来之后，也并没有写成这样一本书，而却把实验主义的那套理论，分别应用在研究中国的哲学史、

---

① 陈远：《齐思和：燕园第一位哈佛博士》，《新京报》，2005年12月28日。
② 金岳霖著，刘培育整理：《金岳霖回忆录》，北京大学出版社，2011，第22页。
③ 金岳霖著，刘培育整理：《金岳霖回忆录》，北京大学出版社，2011，第184—185页。

文学史以及各时代的历史事件和历史现象上面。"[1]杜威不搞历史,也不懂中国古代哲学,他怎么能指导胡适撰写《中国古代哲学方法之进化史》?齐思和是中国第一位在美国学习美国史的哈佛博士,又是在中国开设美国史的第一人,所以有从学问上藐视胡适的底气。齐思和著有《封建制度与儒家思想》《西周地理考》《周代锡命礼考》《西周时代之政治思想》《战国制度考》《商鞅变法考》《战国宰相表》《毛诗谷名考》《牛耕之起源》《孟子井田说辨》《先秦农家学说考》《孙子兵法著作时代考》《〈战国策〉著作时代考》,法度谨严,论证坚实,集中国传统考证学功夫与西方现代历史学规范于一体,被誉为贯通古今中外的史学大家,所下"胡适的历史知识是极其肤浅的","所摭拾的一点材料也是极为简陋的"的结论,应该有一定依据。再看座谈会上邵循正说:"胡适是旧中国买办资产阶级思想的代表。尽管他本人在历史、文学、哲学各方面的成就,即使从资产阶级学者的眼光看来,也是平凡得很,但他的思想影响之广,却是一个明白的事实。"[2]张政烺说:"我在北大上学时,本来是瞧不起胡适的浅薄无聊、吹牛皮和政客作风,从来没上过他的课。"[3]这些发言都反映出学术界对胡适的看法。

齐思和在发言中又说:

现在四十岁以上的人们大概都还记得,在一九二〇年以后,胡适写的书与文章,风行一时,影响大极了。我是一九二一年考入天津南开中学的,我看见差不多每个同学的书架上都有一本胡适的《中国哲学史大纲》(一九一九年初版),我也买了一本。当时读起来也觉得津津有味,以后胡适的《尝试集》《文存》等书相继出现,也是畅销很广,当时的学生纷纷购

---

① 郭沫若:《胡适思想批判》第二辑,三联书店,1955,第 167 页。
② 郭沫若:《胡适思想批判》第二辑,三联书店,1955,第 173 页。
③ 郭沫若:《胡适思想批判》第二辑,三联书店,1955,第 177 页。

读。他的历史观通过这些专书与论文便灌输在思想正在形成中的青年一代，使他们先入为主，成了他思想上的俘虏。①

无独有偶，台湾徐子明的《胡适与国运》，也引了一位"胡迷"的回忆：

记得我十二三岁的时候，在广州泰东书局一折书摊以三个铜板，买了一本《尝试集》，如获异宝（那本书用草纸印成，以一页粗劣的绿色纸做皮，字迹模糊得很，大约因当时"落伍者"多，曲高和寡，才作一折零售），沿途朗诵，旁若无人。"车子！车子！车来如飞……""我本不要儿子，儿子却自己来了！……"其使我心花怒放！我马上觉得全球的人，没有更比胡先生值得我崇拜了！当时便有人笑我"胡迷"。他们说："集里的旧诗，除一首五绝外，还不够打油资格，新诗更不用说了。"他们更胆敢说胡先生的文章，并无特殊精采，盈千累万普普通通的人，都写得出来。我不禁愤火中烧：大骂他们是"顽固分子"。可是待我懂得欣赏文学，不觉火气全消！以后我看过胡先生的"短篇小说"，看过"胡适文存"，看过"胡适文选"，看过"胡适日记"，看过胡先生在中华"诗"志和各种书刊上所发表的一切，总没法提起童年的勇气来！（如果我不是"胡迷"，怎肯浪费有用时间，去找这些来读）我读过黄瑛的《西窗晚望》那首新诗（商务国语机片）。方知胡先生的新诗，确是名副其实的"尝试"！最令人头痛的，还是胡先生承认自己的文章不够"白"！（他引赵元任先生的批评）白话"发明"家的文章不够"白"，叫我怎有勇气攻击那些"开倒车"的文章太"文"呢？最近还有人拿胡先生的《丁文江留英纪实》来挖苦我这个"胡迷"，说那篇是死板板的账簿，我抗辩道：这才是"纪实"啦！他冷笑说：写得生动，难道就是"纪虚"？我看过许多英法德文的传记，都写得栩栩如生，又何尝

---

① 郭沫若：《胡适思想批判》第二辑，三联书店，1955，第170—171页。

损其为"纪实"！这叫我怎生争论下去？

　　讲到哲学，他们又说胡先生并没有独立的思想体系，而且讲来讲去，都是那套哲学常识！这大概是胡先生怕人低能和健忘罢？早在民国十一、十二年，当我胡迷最深并常常拿《中国哲学史大纲》上册去吓人时，就有人同我打赌，说先秦学术，是胡先生的家传；汉晋以后，参入佛老哲学时，胡先生就不易写下去了。我一直望他"幸而言不中"；可是令人失望的，却是他"不幸而言中"：以后日人的中国哲学史汉译了，冯某等等写的也出版了，而且都是从古代写到近代；还有许许多多的思想史，也极可观；一等等了三十年，怎不叫我"胡迷"扫兴？

　　齐思和说："胡适的'著作'所以能风行一时，深入人心，并不是因为它本身有任何价值。"进而归纳出以下几个原因，第一条是：

　　他利用进步的语言工具传播他的思想，使得大部分青年不能将他的表达形式和他的思想本质分别清楚，因而受到他的迷惑。自民国初年以来，章太炎先生在国学方面影响极大，我们中学的老师，有的让我们每人买一部《章氏丛书》，圈《左传正义》，和浙局版的《二十二子》。这些书对于中学生说来是很难懂的，尤其是章太炎先生的文章，非常艰深，内容以声韵小学为主，一个中学生读起来，真是"望洋兴叹"。这时胡适的"著作"出现了。这些书是用白话语言写成的，其中并没有难懂的句子，难认的字，使人有"豁然开朗"之感。自然受到欢迎。[1]

　　齐思和说的历史背景，是符合事实的。他解释为"利用进步的语言工具传播他的思想"，言下之意是白话这种"进步"的语言工具，"战胜"了

---

[1]　郭沫若：《胡适思想批判》第二辑，三联书店，1955，第171页。

艰深难懂的文言。其实从根本上讲，人之读书有三种境界，或曰三大目的：一曰求进身，二曰长学问，三曰寻乐趣。对于多数人来讲，"十年寒窗"的首要目标便是功名。在科举时代，命题的依据是四书五经，故有"读经味如稻粱，读史味如肴馔，读诸子百家味如醯醢"之说。1905 年废除科举制度之后，青年学子只能进新式学校，博得一纸文凭以为进身之阶。时人虽有以高中毕业比之举人，大学毕业比之进士者，却不知新旧教育实有本质的区别。出生于 1900 年的冰心，1989 年写了一篇《忆读书》，送给少年儿童"读书好，多读书，读好书"九个字。文章所说的读书，不是四岁时母亲给她的商务印书馆出版的《国文》教科书第一册的"天、地、日、月、山、水、土、木"，而是七岁时开始自己读的《三国演义》《水浒传》和《聊斋志异》，"我永远感到读书是我生命中最大的快乐"，不脱"寻乐趣"的范畴，与谋出身的读书大相径庭。

倒是生于 1910 年的萧乾，在回忆里道出问题的实质。他 1929 年考进燕京大学，面临着课程的选择："很快我就发现燕大这个专修班不合我的口味。金石学、音韵学、古代批评史等课程，都需要一定的国学根底，而我几乎没有。"于是乎：

> 这一年，我为现代文学所吸引，讲者是清华来的客座教授杨振声。上半年讲的是本国文学，下半年讲外国文学。这位老师本人是五四运动中的闯将，写过长篇小说《玉君》。他身材颀长，讲话慢而有条理。也许由于留学时专攻教育心理学的关系，他讲课娓娓动听，十分引人入胜。通过他的讲授，我对"五四"以后的文学创作获得了一个轮廓的印象。[1]

萧乾自幼即以聪慧著称，连他都因缺乏国学根底，畏惧金石学、音韵

---

① 萧乾：《萧乾回忆录》，中国工人出版社，2005，第 46—47 页。

学、古代批评史等课程，选择了比较浅易的"现代文学"，就更不要说比他水平更低的学生了。所谓"现代文学"，定位为 1919 年五四运动以后的文学。试想：从 1919 到 1929 短短十年，有多少"现代文学"值得讲授？据萧乾回忆，杨振声"从鲁迅讲起，接着就是茅盾、郭沫若、郁达夫、叶绍钧、田汉、王统照、蒋光慈和沈从文等早期作家，每位至少占一个下午，有的讲得更长一些"①，抛开三五千年辉煌的古代文学不学，只听短短十年的"现代文学"，培养出来的学生能有多大的学问呢？

与传统的皓首穷一经的终身学习不同，从外国搬来的"新型学校"，讲究的是学分。不管你读的什么，只需将学分挣满，就可拿到同值的文凭。社会上的人也只看你的博士学位，而不问你是什么学科的博士。谁都明白章太炎先生比胡适更有学问，但读"非常艰深"的《章氏丛书》，与读"豁然开朗"的《胡适文存》，都能拿到文凭；读用白话写成的书，还能博得"进步"之名，多数人自然乐得弃难而取易。

与此相应的，便是学术水准的变化。齐思和接着说：

胡适的"著作"所以能风行一时，和它的肤浅性是分不开的。用浅显的文字表深奥的道理是可能的，而且也是必要的。但是胡适的"著作"却只有浅出，并无深入。胡适的"著作"表面看来，好像方面很广，但他对于各门学问，只是略涉其藩，并没有深入的研究。譬如胡适好谈考据，自称有"考据癖"，又好谈清儒戴、钱、段、王等人的考据学，以能承先启后，博通中西自居。其实戴、钱、段、王的考据学是以声韵训诂为武器的。胡适在这方面并未下过功夫，他所谓考据不过是炫耀古本，追求笔画。他对于《红楼梦》《水浒传》等书的考证，都是侈谈古本，使得两部极富于现实意义的伟大著作，成了毫无生气的古董。列宁指出："中世纪的僧侣在亚里

---

① 萧乾：《关于死的反思》，陕西人民出版社，1995，第 41—42 页。

斯多德（今译亚里士多德）的学说中，绞杀了活的东西宣扬了死的东西。"胡适的"考据学"的恶劣影响，也是如此。这种"考据"当然是不难作的，清代戴、段、钱、王的学问，既须有师承，又须长时的勤苦努力，才能找到一点门径。而胡适派的"考据"只要对一对版本，数一数笔画，加上一些牵强附会的议论，便可成为"考据家"，于是写起模仿胡适的"著作"，遂风行一时。他的法宝，既然不过是几种古本，谁能看到这几种古本便可大做文章，成为名家，遂演成垄断材料，攘夺秘本的恶习。胡适好谈清儒，其实清代第一流的考据家如戴、段、二王，是不大讲究版本的。至于提倡宋版的黄丕烈、顾广圻等人，他们是以流传古本为职志的。若胡适的垄断古本，更是十足地表现着资产阶级损人利己的恶劣作风。①

冰心说："物怕比，人怕比，书也怕比，'不比不知道，一比吓一跳'。"因为缺乏可资比较的标尺，遂让胡适的"只有浅出，并无深入"，大行其道。齐思和更一针见血地指出：

胡适所以能名震一时，是和他的学阀地位分不开的。胡适通过中华文化教育基金会、中国科学社、协和医学院董事会等关系，在国民政府时期，把持着全国的教育事业，操纵着学术界的名誉地位。不明底细的人，以为既有大名，必有学问，遂对于他的"著作"加倍重视，这是他的"著作"所以风行一时的另一原因。②

讲得真是痛快淋漓。向达在发言中也谈道："大革命以后，美国退还庚子赔款，成立中华文化教育基金会，到1930年胡适正式当选为基金会董事，

① 郭沫若：《胡适思想批判》第二辑，三联书店，1955，第171—172页。
② 郭沫若：《胡适思想批判》第二辑，三联书店，1955，第172页。

兼名誉秘书,又做了北大文学院院长,……几十年中间,他的势力遍及于中国文化界和教育界的各方面。"[1]

至于胡适历史观点造成的影响,齐思和概括出两点:

第一,他将中国说成最落后的、最野蛮的国家,摧残了中国人的自尊心……譬如:中国历史的悠久,文物的丰富,这是中国人所引以自豪的,也是全世界所公认的。商代青铜器制造的精英,是世界所赞叹的,而他竟说商代还是石器时代(《古史辨》第二册第三七二)。中国的思想史是源远流长的,而他竟说老子、孔子以前无思想(《中国哲学史大纲》第一章)。中国古代大诗人屈原的优美诗歌,也是举世闻名的,他竟说屈原并无其人(《读楚辞》)。他是提倡"考据学"的,而又是好谈戴、段、二王的,对于他们在考据学上的贡献似乎应当肯定了,但是不然。他以为中国的校勘学非但不如西洋,并且不如日本,原因是中国印刷术发明得太早(《元典章校补释例序》)。……第二,他一方面抹杀中国人在历史上的伟大成就,光荣传统,想要使中国人都感觉到走投无路。一方面又引导着青年们脱离现实,从事于支离破碎的所谓考据。正确的历史观可以使人认识社会发展的规律,鼓舞革命斗争的情绪。但是胡适硬说中国近百年祸乱不是由于帝国主义的侵略(《欧游道中寄书》),不是由于封建势力的压迫(《我们走那条路》),而是由于自己"不争气"。他反对革命,他引导青年们去做支离破碎的"考据""发明一个字的古义与发现一颗恒星,都是一大功绩"(《庐山游记》)。

齐思和既了解中国史,也了解美国史,故能讲得入骨三分。继齐思和之后,1939 年入美国哈佛大学东亚语文系,1944 年获哈佛博士学位的周一良,虽然没有出席历史系教师座谈会,却在《光明日报》1954 年 12 月 9 日

---

① 郭沫若:《胡适思想批判》第二辑,三联书店,1955,第 166 页。

发表了一篇《批判胡适反动的历史观》，收录于《胡适思想批判》第一辑。

出生于 1913 年的周一良，虽比齐思和小了五岁，但同样生活在"有被瓜分恐惧的年代"（《金岳霖回忆录》语），也同样既了解中国史，也了解美国史，所以对于胡适史学观的买办性，也持有清楚的认识，明确指出胡适只看见中国的"鸦片、缠足、八股文"等等，却看不见伟大中华民族三千年的历史和文化。胡适对于自己在五四运动中的作用，只说是："如果我作过什么斗争，我打的是骈文律诗，是死的文字，是某种某种混沌的思想，是某些某些不科学的信仰，是某个某个不人道的制度。"

学术层面的问题，周一良指出，胡适并没有在历史科学范围内做工作，他心目中所想和他所从事的历史研究，基本上都是属于整理国故范围内的辨伪工作。周一良还通过几个典型例子加以剖析：

第一个例子是《陶弘景真诰考》。胡适只是指出了"真诰"某些部分抄袭了《四十二章经》："抄袭佛经在道经当中本是习见的事，胡适研究《真诰》，不从陶弘景本人和这部书在道学中的地位作用影响方面着眼，只停留在指出它有些部分的抄袭，显然是不够的。"

第二个例子是《易林断归崔篆的判决书》。胡适用了几万字来证明这部书是公元 1 世纪姓崔的作的，不是公元前 1 世纪姓焦的作的。周一良分析道：

其实我们关于姓崔的和姓焦的历史，同样地知道得极少，搞清这件事，对于了解易林这部书，并不起任何决定性的作用，并不使我们对于易林的看法有所改变。另一方面，读了这几万字长文以后，对于易林在哲学史文学史上的价值，还是茫然。而且，我可以附带提一下，这两篇文章所辨的伪，都是前人已经指出的。"真诰"抄"四十二章经"已被宋代朱熹道破，易林问题清代牟庭早已论列，胡适不过稍作补充论证而已。[①]

第三个例子是对于《水经注》的研究。胡适"把郦道元这部伟大的地理著作加以肢解割裂，每一道山脉，每一条河流，都不再成为地理书中活生生的有机构成部分，而是变成了僵死的、纸上谈兵的、考据的对象了"。

周一良通过三个个案来研究胡适，是要有相当学术功力的，也是经过深思熟虑的，决不是举举手、喊喊口号那样简单。文章最后，周一良还进行了自我批评："胡适的唯心论学术思想的影响，特别是他的提倡考据学，对于我们这一辈人的影响是很大的，我自己就是其中之一。"[②] 看来，他是真诚地投入运动的。

二

在北大历史系座谈会上，向达发言说："胡适于一九一七年回国，即在北大教英文。一九一九年五四运动发生，他先期出上海迎接美国的杜威，并替杜威当翻译。所以五四运动的发生与胡适并无关系，这是应该首先弄清楚的。不过在一九一六年左右，胡适就参加了《新青年》，加上一九一九年杜威来华讲学，这两点构成他在当时新文化运动中的一笔资本。"[③]

1916 年 6 月 8 日杜威在五四运动发源地北京登坛开讲，而由胡适担任翻译。杜威承认，五四运动对于他做讲演文稿时的观念很有影响；而《社会哲学与政治哲学》这个题目就是胡适提出的，他希望杜威"借这个机会做出一部代表实用主义的社会哲学与政治哲学"。杜威的讲词不是"无的放矢"的，而是包含了胡适所提出的意见和要求，同时又成了胡适言论的"话本"，其有关五四运动的是三、四两点：

①　郭沫若：《胡适思想批判》第一辑，三联书店，1955，第 171—172 页。
②　郭沫若：《胡适思想批判》第一辑，三联书店，1955，第 172 页。
③　郭沫若：《胡适思想批判》第二辑，三联书店，1955，第 166 页。

（三）凡是革新家去做革新运动，他要吃许多亏。社会与他为敌，他自己也觉得与社会为敌，社会上一切制度都是不好的，最后甚而至于暴动，用不正当的手段去根本解决、去笼统地改革，这是很危险的。

"改造""再造"不是笼和趸批的，乃是一点一点的零碎买来的。

（四）这个运动的起来，稍为有点观察的人都可以看出几点短处：（1）偶然的。因为源于偶然之事发生。（2）感情的。因为实在愤激了，忍不住了，遂起来的。（3）消极的。因为是阻挡禁止一件事体，不让他做去。

"五四"以来，学生很难专心读书，大半因为外交紧急，也因为学生感情用事。教育上受了莫大的损失，要是长此不改，损失恐怕还要大，教育一定要瓦解了。

诸君要知道，爱国是一事，排外又是一事。我奉劝诸君，不必感情用事，徒然排外，要有更远大的目的。

杜威还说："聪明的思想家、政治家，以容忍的态度提倡思想自由。如此，还可使人类大家本希望太平、爱护秩序的心理，淘汰十分危险思想的分子，而保存堪可采用的分子。"再以胡适的言行相对照：

1919 年 7 月，胡适发表"多研究些问题，少谈些主义"，提出"点滴改良主义"。1920 年 5 月 4 日，与蒋梦麟联名发表《我们对于学生的希望》，说："罢课于敌人无损，于自己却有大损失"。"用罢课作武器，还有精神上的很大的损失：（一）养成倚赖群众的恶习惯；（二）养成逃学的恶习惯；（三）养成无意识的行为的恶习惯。"他们希望学生不要过问政治。

以此看来，胡适、杜威的思想是一致的。

1948 年毕业于北京大学哲学系的王若水，他值得重视的文章是《五四运动中的胡适和杜威》，追溯了杜威五四运动中的行踪："杜威是在一九一九年

四月三十日到中国的。他一踏上中国的土地就碰上五四运动。他来迟一步
了。由无产阶级领导的反帝反封建的革命运动像火山一样爆发了，谁要想
把它扑灭下去是不可能的了。这时胡适已经赶到上海去迎杜威。北京的学
生既没有时间去听杜威这位'良师'的教导，也没有机会去接受胡适这面
'旗帜'的指引，就举行罢课游行了。"①

文章进一步分析杜威的表现道：

说到这里，我又想到贵国的学生运动。五四以来，学生很难专心读书，
大半因为外交紧急，也因为学生感情用事。教育上受了莫大的损失，要是
长此不改，损失恐怕还要大，教育一定要瓦解了。……诸君要知道，爱国
是一事，排外又是一事。排外是消极的……诸君应该努力去做积极的事
业……

王若水从五四运动前后的国际形势、舆论动向，还原了五四爱国运动
的部分情形，给不熟悉这一历史背景的人，上了生动的一课。

三

北京大学哲学系两位教授的批胡文章，颇有见地。

一位是生于 1902 年的贺麟。他于 1919 年考入清华学堂，1926 年赴美，
先在奥柏林大学获学士学位，又入哈佛大学获硕士学位，1930 年转赴柏林
大学专攻德国古典哲学，回国后任教于北大哲学系。

贺麟的《两点批判，一点反省》，刊于《人民日报》1955 年 1 月 19 日。
文章的第三段题《自己照一下镜子》："我若没有自我反省、自我批评的决
心，那一定会'姑息矛盾'（列宁语），提不起勇气来批判从前曾经从不同

---

① 郭沫若：《胡适思想批判》第一辑，三联书店，1955，第 48—49 页。

方面，在不同方式下影响过我的思想的胡适和梁漱溟先生了。换言之，批判别人的唯心论，也就是自己要和自己过去的唯心论思想划清界限的一个表现方式。"① 对自己的思想进行了揭露和批判，表现了深刻解剖、批判自己，并从根本上改变自己以前思想观点的勇气。

文章提道：在"九·一八"事变后，胡适曾说"哲学要关门"。

蔡元培曾经说过："大学者，囊括大典，网罗众家之学府也。……各国大学，哲学之唯心论与唯物论，文学美术之理想派与写实派……常樊然并峙于其中。此思想自由之通则，而大学之所以为大也。"而一贯宣扬实验主义哲学，自称"哲学成了我的职业，文学成了我的娱乐"的胡适，为什么会发出根本反对哲学的议论呢？

贺麟曾做过演讲，针对胡适的"哲学要关门"论，说："哲学永远不会关门，胡适倒会被关在哲学的大门之外。"贺麟分析道：首先表明胡适的实验主义哲学已不时髦了，不能作为号召的幌子了。换句话说，杜威派的哲学在青年群众中渐渐有失掉牵着鼻子走的效力的趋势。胡适预言哲学要关门，从思想来源来看，与他信奉实证主义之不可知论有关。他错误地认为各种实证科学逐渐从哲学中分化出来，独立起来，哲学的地盘愈来愈缩小，就狂妄大胆地宣布"哲学家没有饭吃"。殊不知科学愈发展，愈益丰富了哲学，使哲学可以总结和概括的材料愈增多，而"贯串一切自然科学和社会科学的方法"——马克思主义哲学，更可以发挥其作用。②

文章还提到：当时唯一用新观点讲授"左派王学"而大受学生欢迎的嵇文甫先生，离开了北京大学。

嵇文甫，河南汲县人，生于1895年，1910年入卫辉府官立学堂，1913年考入北京大学预科，因家境困难被迫辍学，回汲县小学教书。1915年考

---

① 郭沫若：《胡适思想批判》第二辑，三联书店，1955，第101页。
② 郭沫若：《胡适思想批判》第一辑，三联书店，1955，第91—92页。

入北京大学哲学系，与冯友兰、陈仲凡、孙本文等为同学。1918 年在北京大学毕业，1926 年赴莫斯科中山大学学习，1928 年回国后任教于清华大学、北京大学、燕京大学、中国大学、北平女子师范大学。《胡适思想批判》第二辑收有嵇文甫的文章，在批判"彻底的经验主义"时谈到，所谓经验，是从我们的主观和客观事物接触的过程中产生出来的。既有经验，总要有一个"经验者"和"被经验者"；如果离开了主观意识和客观存在，就很难设想经验是什么东西。然而——

　　这些"彻底的经验主义者"告诉我们：应当既不讲"物"（客观存在）也不讲"心"（主观意识），而是在超乎心与物之外，有一种经验——所谓"纯粹经验"。经验就是经验，既不是物，也不是心。至于经验从哪里来？怎么会有经验？谁在经验？谁在被经验？这个不许你问，因为据说这都是"不可知"的。反正就是经验；只有经验才是最可靠的！[①]

　　一位是生于 1895 年的金岳霖。他于 1981 年到 1983 年写了一百个回忆录片段，结成《金岳霖回忆录》出版，最后一篇是《我不大懂胡适》。为什么说"不大懂"呢？金岳霖用特有的有意趣的文字，摆出了几件往事："有一天他来找我，我们谈到 necessary 时，他说：'根本就没有什么必须的或必然的事要做。'我说：'这才怪，有事实上的必然，有心理上的必然，有理论上的必然……'还有一次，是在我写了那篇《论手术论》之后，谈到我的文章，他说他不懂抽象的东西。据梁漱溟回忆，一次一起在协和医院里开会，胡适跟金岳霖说：'我写过一篇文章，你看过没有啊？'金岳霖说：'看过，很好很好。'胡适很高兴。金岳霖接着说：'文章很好，可惜你少说一句话。'胡适赶紧问：'一句什么话呢？'金岳霖说：'你少说一句——我

―――――――――

　　① 郭沫若：《胡适思想批判》第二辑，三联书店，1955，第 155—156 页。

是哲学的外行。'"胡适这篇文章是怎么说的呢？他说："哲学是什么？哲学在我看来，就是坏的科学，或者说是不好的科学。"胡适文章的意思大概是这样的。因此金岳霖就笑他："你是哲学的外行，不能说哲学是坏的科学。"①

搞哲学的不承认必然，哲学史教授不懂抽象，确实一定有毛病，长于抽象理论的金岳霖剖析道：

> 哲学中本来是有世界观和人生观的。我回想起来，胡适是有人生观，可是，没有什么世界观的。看来对于宇宙、时空、无极、太极……这样一些问题，他根本不去想；看来，他头脑里也没有本体论和认识论或知识论方面的问题。他的哲学仅仅是人生哲学。②

1955 年的"胡适思想批判"，金岳霖和汪子嵩、张世英、黄枬森合作写过一篇《批判胡适实用主义哲学》，又独立写过一篇《批判实用主义者杜威的世界观》。前者着重分析批判实用主义对于"经验"的解释，指明尽管实用主义者标榜自己的哲学是"最新的""科学的"哲学，实质上却不过是最陈腐的主观唯心论哲学，与巴克莱主义、马赫主义等主观唯心论比较，没有任何新的东西。1956 年高教部一份报告提道："以金岳霖和哲学系青年讲师、助教汪子嵩同志等的互助合作为例：先是汪子嵩同志等集体写作了一篇批判胡适政治思想的文章。这篇文章在《人民日报》发表后，老教师反映：'年轻同志真有两下子！'当时金岳霖正在写批判实用主义的文章，苦于有些观点搞不清楚，希望年轻同志帮助。而汪子嵩同志等也感到对杜威、胡适等的著作读得不多，占有的材料有限，批判不易深入有力。针对这种情况，党推动他们进行互相合作。经过拟定提纲、收集材料、进行研究、

---

① 梁漱溟著，艾恺整理：《这个世界会好吗——梁漱溟晚年口述》，外语教学与研究出版社，2010。
② 金岳霖著，刘培育整理：《金岳霖回忆录》，北京大学出版社，2011，第 184 页。

集体讨论和反复多次修改,结果写出《实用主义所谓'经验'和'实践'是什么?》这篇论文。一般说老教师占有材料比较丰富,而新生力量观点比较先进。但新老之间的这种互相合作,绝不是材料和观点的简单结合,而是贯穿着一系列的思想斗争的。如金岳霖曾经把杜威的哲学,说成是美国人民的哲学,汪子嵩同志等做了一定的钻研和准备后和他进行了激烈的争辨,他才表示'恍然大悟',认为这是'没有用阶级观点看问题'。另一方面汪子嵩同志等从金岳霖那里也得到不少帮助,他们说:'金岳霖有时对问题看得比较深,能引用杜威的话来反证,打得很准!'又说:'和金岳霖合作写出的文章,我们感到更有把握。'这说明在互助合作中经过自由讨论和反复争辨,取得一致的观点,并且互以所长相补所短,彼此都有收获。"[1]

而在《金岳霖回忆录》中,他充满自豪地写道:

> 我写的文章比较得意的有三篇:一篇是解放前写的《论手术论》,写后有点担心,因为批判的对象好像是叶企荪先生的老师。后来知道他并不在乎。有两篇是解放后写的,一篇是对实用主义的批判,在什么刊物上发表的,忘记了(不是《新建设》,就是《人民日报》)。得意点是找到了杜威在他的论达尔文文集中某一页的页底注中,直截了当地反对物质存在的赤裸裸的表示。另一篇就是上面提到的那篇论思维规律的客观基础的文章。
>
> 有生之年已经到了八十八,比较得意的文章只有三篇,并且在这里也只是"老王卖瓜"。[2]

《批判实用主义者杜威的世界观》发表于《哲学研究》1955 年第 2 期,与《批判胡适实用主义哲学》一同收录在《胡适思想批判》第七辑,为第

---

① 中共中央办公厅机要室:《关于知识分子问题的会议参考资料》第二辑,第 36 页。转引自谢泳:《胡适思想批判与〈胡适思想批判参考资料〉》。爱思想网 http://www.aisixiang.com/data/20986—4.html.
② 金岳霖著,刘培育整理:《金岳霖回忆录》,北京大学出版社,2011,第 58 页。

一、二篇。对于参加胡适思想批判，金岳霖"接受了革命哲学"："在政治上，我追随毛主席接受了革命的哲学，实际上是接受了历史唯物主义。现在仍然如此。"[1]金岳霖的态度，应该说代表了北大学人的主流。

---

① 金岳霖著，刘培育整理：《金岳霖回忆录》，北京大学出版社，2011，第56页。

第三章　论台湾学术界对胡适的质疑

早就听说："在台湾胡适是一等一的英雄"。[①] 2015 年 11 月应汉学中心之邀，笔者赴台访问近四个月，留心读过几本有关著作，还参观了台北南港区胡适纪念馆，方知"应该"推崇胡适的台湾，批评之声反不绝如缕，质疑他的博士学位问题，就是典型的一例。

第一节　再提胡适的博士学位问题

早在 1952 年就有人察觉，1917 年胡适在美国并没有拿到博士学位。1977 年唐德刚在《传记文学》将这一发现披露于世，还引发了"疑胡派"与"卫胡派"的笔战。"疑胡派"的代表，是哥伦比亚大学博士潘维疆，1975 年在纽约《星岛日报》发文，称胡适是"冒称博士"；"卫胡派"的代表，是哥伦比亚大学东亚语文系教授夏志清，还拉来哥大汉学讲座教授旁证。三十年来，出出律律，纷纷攘攘，至今不曾平息。

---

① 李宗陶：《还原一个真胡适——专访台湾"中央研究院"胡适纪念馆主任黄克武》，《南方人物周刊》2007 年第 26 期。

一、台湾本土学者的声音

"胡适学"有关这一热门的缕述，大陆学界多不曾留意台湾本土学者——比如钱济鄂的声音。这一缺憾诚因两岸交流不畅，故需多费些笔墨。

钱济鄂（1930—2011），原籍苏州，号九夷先生，毕业于杭州美专，长期任教于台湾、新加坡，曾被张大千、于右任赞为"江南才子"。台湾翻译学会理事长苏正隆《中国文学纵横谈》"出版说明"说："钱济鄂先生乃不世出之奇才，博学多能，于中国传统文学之诗、词、歌、赋、骈、散、古文，无不精擅，直追古人，甚至有过之而无不及，惜以生不逢时，一身傲骨[①]，久隐山林、市廛，甚至海外。"撰有《师友题言录》（1963）、《墨馀随笔》（1966）、《榕斋杂谭》（1969）、《西畴琐言》（1975）、《梦馀晓语》（1977）、《旅泊诗存》（1984）、《吴越国武肃王纪事》（1993）、《骈文考》（1994）、《中国文学纵横谈：论雅俗、骈文及其他》（1995）、《欧文观止》（1997）、《吴越书》（2000）、《凤凰考》（2001）等，又有长篇小说《踽踽狼人》五百万言，第一册由问津堂2007年刊出，另有《〈踽踽狼人〉纪要》（2002）行世；辑有《济鄂书画辑》（1962），收录张大千、溥心畬、马绍文、梁寒超等人的书画作品。

笔者读到1995年11月书林公司出版的《中国文学纵横谈》，内有《析死胡同胡语》章，首列"胡适善伪冒学历"节，引《中国近代名人图鉴》，一一追究其"授受源流"，颇有精到之见。

《中国近代名人图鉴》又名《中华近代名人传》，美国人勃德编，1925年上海传记出版公司出版，8开本，真皮烫金包装，录有二百位近代名人，每人一页，配有正面半身照及中英文小传。据张謇序云，勃德"初游中国，因问而胪其听"，"辑我今代生存人事略，各为小传，以贻其国人"，不啻

---

① 小注："国民党党政要人曾慕名邀其入幕，钱氏或傲然以对，或推辞不就。"

"既往之圣贤豪杰、巨人长德"。其《胡适篇》云：

胡适，字适之，安徽绩溪县人，生于一八九一年十二月十七日，中国新文化运动之领袖也。现任北京大学教授。其父亦系名儒，曾往满州北部考察地理。君甫三岁，其父见背，赖母教养之。君尝谓友曰：吾母虽不谙文字，而余所得之学识，实多赖母教也。君与母居安徽，直至一九〇四年，君始来沪求学。君未三岁，即入其叔所办之学校习汉文，如是九岁，乃入上海梅溪书院、澄衷中学及国学馆求学六年。该馆系一九〇七年留日学生全体回国所办，以示反对日本也。其后君为经济所困，遂辍学执教鞭矣，及从事编辑革命旬报一次。一九一〇年，考得庚子赔款免费生赴美，入康南尔大学农科。一年半后，因不合君志，遂改入文科及理化科，专攻文学、政治学及哲学三门，在校著作颇多，迭受奖章。于一九一四年毕业，乃习哲学专科，旋因成绩佳，得免缴学费。一九一五年入哥伦比亚大学，学二年得博士学位，著有《中国古代伦理学之发展》一书，并蓄意根本改革中国文学，遂著中国文学改革之言，登载中西各报，为文字改革之先声。继又著《中国文字之推定改革》一书，内述改革后之利益及改革之奏效等言论，中国近日盛行之白话诗体，亦由君于一九一六年所倡者也，著有白话诗百余首为机范，迄今践行此体者实繁有徒。今君任北京大学哲学教授兼英文系主任，君尝喜曰："余生平嗜哲学，又以文学为最得意之作。"曾著《中国哲学史》，经上海商务印书馆印行，诸多书籍皆以语体成之。尝有人争辩君及君友之文字改革观，但至于君之毅力，必当有折服也。君对于社会及教育之热心，亦云备至矣。

钱济鄂引《名人图鉴》："甫三岁，其父见背。赖母教养之。君尝谓友曰：'吾母，虽不谙文字，而余所得之学识，实多赖母教也。'"评曰："学识，乃如此获得，诚妙人妙言妙事！"①

　　大陆学人，多谓胡适童年即打下"坚实的根基"②，不满三岁就认得七百多字，三岁零几个月就开始读书，依次诵读了《孝经》《小学》《论语》《孟子》《大学》《中庸》《诗经》《书经》《易经》《礼记》。胡适描绘自己童年："大人们鼓励我装先生的样子，我也没有嬉戏的能力和习惯，又因为我确是喜欢看书，所以我一生可算是不曾享过儿童游戏的生活。"③但石原皋说，胡适童年是很爱玩的，玩的花样很多，还指挥大家唱戏，自己总是扮女子。④耿云志《胡适年谱》著录：1901年十岁，"是年读《纲鉴易知录》和《资治通鉴》。"⑤根据大约是8月24日留学日记："吾十一二岁时读《通鉴》，见范缜此譬，以为精辟无伦，遂持无鬼之论。"却不曾问一问：《资治通鉴》全书近三百卷，涵盖十六朝一千三百年历史，小小年纪的胡适，到底读了多少？为前代文人立传，笔下要心中有数：得了这本书，不等于读了这本书；读了这本书，不等于读完了这本书；读完了这本书，不等于读通了这本书。古人皓首穷一经，尚不敢夸说通其秘义，何况十岁之胡适乎？

　　《名人图鉴》又云："九岁，乃入上海梅溪书院、澄衷中学及国学馆，求学六年。该馆系一九〇七年留日学生全体回国所办，以示反对日本也。"而据石原皋言，胡适入中国公学，是闹风潮的主将，且同一班鸳鸯蝴蝶派文人，涉足花丛，叫局吃花酒。⑥

　　《名人图鉴》又云："一九一〇年考得庚子赔款免费生赴美，入康南尔大学农科。一年半后，因不合君志，遂改入文科及理化科，专攻文学、政治学及哲学三门。在校著作颇多，迭受奖章。于一九一四年毕业，乃习哲学

① 钱济鄂：《中国文学纵横谈：论雅俗、骈文及其他》，书林公司（台北），1995，第161页。
② 李志：《胡适》，江苏文艺出版社，1999，第9页。
③ 胡适：《我的母亲》，载胡适《胡适自传》，黄山书社，1986。
④ 石原皋：《闲话胡适》，安徽人民出版社，1985，第19—21页。
⑤ 耿云志：《胡适研究论稿》，社会科学文献出版社，2007，第226页。
⑥ 石原皋：《闲话胡适》，安徽人民出版社，1985，第24页。

专科，旋因成绩佳，得免缴学费，一九一五年入哥伦比亚大学，学二年得博士学位，著有《中国古代伦理学之发展》一书。"钱济鄂评曰：

既是免费生，如何又要免缴学费？实令人不解。既"著作颇多"，其必非学生，乃教席乎？

为民初人言，农科不行，改入文科及理化科，又专攻文政哲，而习哲专科，必有人信其多才矣。然言诸今之留学生，有此等事，君信乎？

读农科，仅一年半，以农科学生被退，足见英语不行也。其英语如何？可知也。二年即能得博士，未知其只擅通俗之白话语文，能胜任否？况文政哲三系，除精英语外，兼及拉丁语等，焉能读农既不行，改读比学农益难之科系？诚不知如何能适应。欲骗自己乎？该校，仅以农学院闻名。①

《中国近代名人图鉴》出版于1925年，距胡适回国方八年，即厕身二百"近代名人"之列，且誉为"中国新文化运动之领袖"。然既云"君尝谓友曰"，则勃德当据胡适本人之所言。钱济鄂比对1953年版《自由中国名人实录》、1988年版《实用中国名人辞典》与《大英百科全书》，辨其史迹之出入曰："赴美，则有就学（读）、得博士之分；时间又有乃宣统元年、二年之别等。即此胡说，确实不知，乃误自谁之胡言？有是等不同，问题出在何处？又未记毕业于何年？何届？学位？由此推想，其必未获大学学位。有者，悉为赠送者，有如礼物，不值一提。"②对胡适博士学位问题提出严重质疑。我见胡适纪念馆所列年表，明载正式领取哥伦比亚大学哲学博士学位，是民国十六年（1927），证明钱济鄂之疑是对的："有云民国六年（1917），胡得哥伦比亚大学哲学博士。只有二年多或二年，以一语文平庸

① 钱济鄂：《中国文学纵横谈：论雅俗、骈文及其他》，书林公司（台北），1995，第161—162页。
② 钱济鄂：《中国文学纵横谈：论雅俗、骈文及其他》，书林公司（台北），1995，第161—163页。

者，可以连跳三级，夺得博士？通常硕士至博士，约五年半。胡为何独短？孰能相信之？"①

相比之下，大陆学人对"真假博士"问题，态度要宽容平和得多了。如石原皋认为："据哥大规定，必须呈交论文副本一百本。他急于回国任教，无法付印呈交，直到1927年，他才携带印好的论文到美国，补行手续，才了结'博士'的公案。"②言下之意，问题是出在"手续"上。易竹贤1987年初版的《胡适传》，则有《真博士还是假博士》一节，中说："从我们现在的和旁观的人看来，所谓'胡适的博士问题'，并不是什么'真假'的问题，只是晚了十年才拿到。不论1927年胡适取得学位，是'拍拍肩膀，握握手'，或由'杜威玉成'，总是由校方正式授予的博士，怎么假得了呢？在西方今日多如牛毛的博士队伍中，胡适的博士头衔难道比谁逊色吗？更何况他一生还获得那么多的名誉博士学位，他的学术成就是得到世界承认了的！"③

1994年胡明的《胡适传论·博士与事业》，更是宽容平和的集大成者，其观点是：第一，按哥大当时规定，只需积满学分，通过初试，获博士候选资格，便可撰写博士论文，论文通过（防卫口试通过）即可拿博士学位。事实上胡适已经完成了博士论文，并由哥大六位资深大主考进行了防卫口试，答辩口试确是通过的，只是需要做一些修改，交上一百册副本即可，这纯粹是"手续问题"。第二，胡适为什么没有按规定交出论文副本？原因是他"深信学术真理在他手里，六位大主考不是没有看懂他的论文，便是没有认真读"，"不排除洋教授们对中国先秦典籍了解浅薄"，修改的要求或许十分外行，又近乎苛刻甚至荒谬。胡适对口试结果的不满，理智地表现

① 钱济鄂：《中国文学纵横谈：论雅俗、骈文及其他》，书林公司（台北），1995，第164页。
② 石原皋：《闲话胡适》，安徽人民出版社，1985，第164页。
③ 易竹贤：《胡适传》，湖北人民出版社，2005，第86—87页。

为：不理——不改，一样册不交。博士论文毕竟是"通过"了，受衔仪式可以暂时拖着，这"也不排除他这时对包括杜威在内的六位大主考有一种不屑认真的心理态度"。结论是："学术史上的事实不仅证明胡适先用十年不仅合理合例，而且更证明了胡适的博士论文本来就不需要什么'修改'。他的扩充与延伸就是那册字数上翻了一倍、在中国思想学术界奠定基石的《中国哲学史大纲》（上卷）。"——照这种宽容平和的逻辑，胡适没拿到博士学位，是"程序"的不合理；他即便没拿到博士学位，但博士论文已经大大超过博士水平，根本不值得大惊小怪，庸人自扰。相反，应该看作是"胡适的高度的学术自信和执着的自尊意识的体面的胜利"！ ①

在 20 世纪 90 年代的同一个时段，对于同一个"真假博士"问题，海峡两岸竟有如此大的反差，原因到底是什么呢？一、从 20 世纪 80 年代起，大陆学术界开始了"重新发现胡适"的进程，尽量彰扬胡适的学术成就，乃是大势所趋。二、海外"真假博士"纷争初起时，大陆对"博士"还相当隔膜。

进入 20 世纪 90 年代中期，博士点热席卷全国。据网上资料显示，2013 年在校博士生已过 13 万。对于什么是好的博士，什么是好的博士论文，以及哪些是混世的博士，哪些是蒙人的博士论文，大致都有了切身的感受。如果用学术评审的眼光衡量，当年的胡适究竟是不是好的博士生，他写的论文究竟是不是好的博士论文，其实是不难弄清楚的。

二、胡适的博士生涯

孔子说："吾十有五而志于学，三十而立。"荀子说："蚓无爪牙之利，筋骨之强，上食埃土，下饮黄泉，用心一也。蟹六跪而二螯，非蛇蟮之穴无可寄托者，用心躁也。"讲的就是立志与专一。一个好的博士生，这两点

---

① 胡明：《胡适传论》，人民文学出版社，1997，第 308—314 页。

素质是应该必具的。

（一）

先看胡适的立志。

1910 年 6 月 30 日家书说："吾家声衰微极矣，振兴之责，惟在儿辈。而现在时势，科举既停，上进之阶，惟有出洋一途。且此次如果被取，则一切费用皆由国家出之。闻官费甚宽，每年可节省二三百金，则出洋一事，于学问既有益，于家用又可无忧，岂非一举两得乎？儿既决此策，遂将华童之事辞去，一面将各种科学温习，以为入京之计。"联想胡适 1912 年所作《非留学篇》，中曰："今之留学者，初不作媒介新旧文明之想。其来学也，以为今科举已废，进取仕禄之阶，惟留学为最捷。于是有钻营官费者矣，有借贷典质以为私费者矣。其来海外之初，已作速归之计。数年之后，一纸文凭，已入囊中，可以归矣。于是星夜而归，探囊出羊皮之纸，投刺作学士之衔，可以猎取功名富贵之荣，车马妻妾之奉矣。"他自己又何尝能置身局外？

自 1905 年废除科举制后，青年学子失去苦读的动力，只能接受西方教育，以从事新的社会职业。1908 年庚子赔款资助留美，恰为部分学生提供了上进之阶。据宣统元年五月二十三日（1909 年 7 月 10 日）《外交部学部会奏遣派学生赴美谨拟办法折》："择其学行优美、资性纯笃者随时送往美国肄业，以十分之八习农、工、商、矿等科，以十分之二习法政、理财、师范诸学。所有在美收支学费、稽查功课、约束生徒、照料起居事务极为繁重，拟专派监督办理。"专设驻美监督，"在美学生人数众多，安置学校、照料起居、稽察功课、收支学费等事，自必异常繁重，应设监督管理。选品学才望、足资矜式之员，派充驻美学生监督；准其调用汉洋文书记、支应员各一人，帮同办理。"① 所订培养目标，是与"新政"需要相适应的。胡适于 1910 年作为第二批留美学生，进康奈尔大学农学院，便是这个缘故。怎奈胡适对农学毫无兴趣，读点植物学、生物学、气象学，勉强应付考试而已。

辛亥革命爆发后，清廷被一举推翻，"专派监督"自然解体。失去管束的胡适，遂以志趣不合，"逆天而拂性，所得终希微"为由，于 1912 年初转康奈尔大学文学院，偏离了原定的留学方针。1914 年 6 月获康奈尔文学学士后，又于 1915 年 9 月贸然转入哥伦比亚大学哲学系，其原因 5 月 11 日家信写得明白："儿在此甚平安，秋间即可毕业。惟仍须留此一年，可得硕士学位，然迁至他校，再留二年，可得博士学位。"7 月 5 日日记《思迁居》又曰："此间不可以久居矣。……吾居此五年，大有买药女子皆识韩康伯之慨。酬应往来，费日力不少，颇思舍此他适，择一大城如纽约，如芝加哥，居民数百万，可以藏吾身矣。"胡适是精于算计的：在康奈尔再读一年，只能得硕士学位；转到他校再读二年，即可得博士学位，还能去大城市纽约，何乐而不为？ 1914 年 3 月 12 日日记曰："余前为《大共和日报》作文，以为养家之计，今久不作矣。此亦有二故：一则太忙，二则吾与《大共和日报》宗旨大相背驰，不乐为作文也。惟吾久不得钱寄家，每得家书，未尝不焦灼万状，然实无可为计。今图二策，一面借一款寄家而按月分还此款，一面向大学请一毕业生助学金（Scholarship）。二者皆非所乐为也，而以吾家之故不能不为之。"既知与《大共和日报》宗旨大相背驰，还是要为他们写稿；以其家之故，不能不申请助学金，这都是出于经济的考量，尽管"皆非所乐为也"。

再看胡适的专一。

"才高八斗""学富五车"，是形容才学高深、知识渊博的成语。"才高"

---

① 舒新城：《中国近代教育史资料》，人民出版社，1981，第 1095、1097 页。

纵是天赋，"五车"之书，还得一本本去读。读书需要时间，胡适自然是懂得这个道理的。1929年他在中国公学的毕业典礼上教导说："每天花一点钟看十页有用的书，每年可看三千六百多页书；三十年可读十一万页书。诸位，十一万页书可以使你成一个学者了。"①胡适是官费生，不必端盘洗碟以为生计，应该有充裕的读书时间。但所修专业"非所乐为"，兴趣自然就不会放在上头。网上有《胡适的"打牌日记"》，副题为"名人是怎样被恶搞的"，有人以为是欲制造"笑果"。然笔者阅《胡适留学日记》，共出现"打牌"三十多处，1911年4月29日、4月30日、5月14日、6月5日、7月3日、7月5日、7月6日、7月7日、7月8日、7月22日、7月24日、7月25日、8月4日、8月5日、8月11日、8月23日、8月24日、8月25日、8月26日、8月30日、9月4日、9月5日的日记，均有打牌记录。如4月29日："天时骤暖至八十度以上，不能读书，与沈、陈诸君打纸牌，又与刘、侯诸君打中国牌，以为消遣之计。"7月8日："无事，打牌。天稍稍凉矣。"8月4日："化学第四小考，极不称意；平生考试，此为最下，打牌。"天热打，天凉也打；白天打，夜里也打。二十一岁负笈美国的胡适，似未感觉光阴的紧迫。徐复观形容他是"学术界的游惰之民"，堪称传神之笔。

（二）

这些老旧细账，都不必算，我们只认一个死理：要撰写博士论文，就得钻研典籍，准备材料。不妨根据他的日记，看看1915年9月21日入哥伦比亚大学起，到1917年4月27日论文脱稿止，胡适把时间用到哪里去了。

1915年9月21日是"依韵和叔永戏赠诗"；9月28日是"有些汉字出

---

① 胡适：《中国公学十八年级毕业赠言》，载胡适《胡适全集》第三卷，安徽教育出版社，2003。

于梵文"；10 月 1 日是"调和之害"；10 月 13 日是"相思"；10 月 15 日是"文字符号杂记二则"，之后是"读 The Spirit of Japanese Poetry"（《日本诗歌的精神》）；10 月 30 日是"女子教育之最上目的""女子参政大游街"；11 月 25 日是"许肇南来书""杨杏佛《遣兴》诗""《晚邮报》论'将来之世界'"；1916 年 1 月 4 日是"西人对句读之重视""郑莱论领袖""国事坏在姑息苟安""录旧作诗两首"；1 月 5 日是"梅、任、杨、胡合影"；1 月 9 日是"《秋声》有序"；1 月 11 日是"Adler〔阿德勒〕先生语录""论'造新因'"；1 月 24 日是"读章太炎《驳中国用万国新语说》后"；1 月 25 日是"再论造因，寄许怡荪书"；1 月 26 日是"七绝之平仄"……1915 年就这样过去了，这哪像读哲学系的学生？

1916 年 8 月初，他开始撰写论文，题目定为《中国古代哲学方法之进化史》，这时总该集中精力了吧？但日记所记大事却是：8 月 2 日是"打油诗寄元任"；8 月 4 日是"不要以耳当目""死语与活语举例""再答叔永""答朱经农来书"；8 月 15 日是"萧伯纳之愤世语"；8 月 21 日是"根内特君之家庭""宋人白话诗""文学革命八条件"；8 月 21 日是"寄陈独秀书"；8 月 22 日是"作诗送叔永""打油诗戏柬经农、杏佛"；8 月 23 日是"窗上有所见口占""觐庄之文学革命四大纲"；8 月 30 日是"答江亢虎"；8 月 31 日是"赠朱经农"；9 月 1 日是"论'我吾'两字之用法"；9 月 3 日是"《尝试歌》有序""早起"；9 月 5 日是"王阳明之白话诗"；9 月 6 日是"他"；9 月 7 日是"英国反对强迫兵役之人"；9 月 12 日是"中秋夜月""《虞美人》戏朱经农"；9 月 15 日是"答经农"；9 月 16 日是"哑戏""改旧诗"；9 月 22 日是"到纽约后一年中来往信札总计"。自谓："此一年之中，往来书札如下：收入九百九十九封，寄出八百七十四封，甚矣，无谓酬应之多也！"……这哪像进入撰写博士论文的精神状态？

进入 1917 年，已是决战阶段了，总该全力一搏了吧？且看日记：元旦是"过年"；1月2日是"新年"；1月12日是"四言绝句"；1月13日是"诗词一束"；1月20日是"一月廿七日至斐城（Philadelpha）演说、湖南相传之打油诗"；2月5日是"记朋友会教派、小诗，寄经农、文伯，迎叔永"；2月11日是"王壬秋论作诗之法"；2月12日是"袁政府'洪宪元年'度预算追记"；2月17日是"落日""叔永柬胡适"；2月19日是"'赫贞旦'答叔永"；2月21日是"寄郑莱书"；2月22日是"记灯谜"；2月23日是"兰镜女士、哥伦比亚大学本年度之预算、威尔逊连任总统演说词要旨"；3月8日是"吾辈留学生的先锋旗"；3月20日是"读报有感"；3月20日是"赵元任辨音"；3月21日是"《沁园春》俄京革命"；3月27日是"读厄克登致媚利书信"；4月7日是"林琴南《论古文之不宜废》"；4月19夜是"《沁园春》新俄万岁"……

在这段时间里，真正接触到相关哲学原典的，有1916年8月31日"读《论语》二则"；9月2日"读《论语》一则"；9月3日"读《易》（一）"；9月4日"读《易》（二）"；9月12日"读《易》（三）"；9月14日"研读《易》（四）""读《易》（五）"。读《论语》与《易》，仅用了短短几天。其余与论文有涉的，多为读二手材料的札记，如"读《集说诠真》""欧阳修《易童子问》""《圣域述闻》中之《孟子年谱》""叶书山论《中庸》""姚际恒论《孝经》""九流出于王官之谬""记荀卿之时代""清庙之守"等。

此外，在自作《论诗杂诗》中，胡适亦有提到孟子、荀卿的："病又作，中夜不能睡，成四诗。""《诗》三百篇惟寺人孟子及家父两人姓名传耳，其他皆无名氏之作也。""最爱荀卿《天论赋》，可作倍根语诵之。"《艳歌三章》引《墨经》云："景不徙，说在改为。"《经说》云："景，光至景亡；若在，尽古息。"《列子》公子牟云："景不徙，说在改也。"《庄子·天下篇》曰："飞鸟之影未尝动也。"其意不在诸子，而在由诸子引发的诗兴。

胡适在四十一年后的1958年6月坦然承认："到哥伦比亚大学后，仍以哲学为主，以政治理论、英国文学为副科。我现在六十八岁了，人家问我学什么，我自己也不知道学些什么！"①这就是胡适"博"而"精"的博士生涯，是否也出乎你的意料？

三、博士论文如何写就

不远万里留学海外，目标就是洋学位；而要拿到一纸洋文凭，就必须写好论文。胡适 1917 年 4 月 19 日家信中说："连日因赶紧将论文抄完，故极忙，不能多作书矣。论文五日内可完成。"5 月 4 日日记《我之博士论文》说："吾之博士论文于四月廿七日写完。五月三日将打好之本校读一过，今日交去。此文计二百四十三页，约九万字。属稿始于去年八月之初，约九个月而成。"对于这桩大事，胡适似乎有点漫不经心，1916 年 8 月后的日记，没有撰写进度的记录，如某月日审议，某月日开笔，某月日成某篇，某月日杀青。九万字的皇皇大文，悄无痕迹地写完了，总是让人有点费解。

（一）

有人也许会想：胡适大约遇见了好导师——既一点点搜集材料，又一步步辅导成文。遗憾的是，胡适并没有这样的幸运。

都说"美洲第一哲学家"杜威（John Dewey）是他的导师，胡适的声名，因向杜威"受学"而增光；杜威在中国的影响，也因胡适的宣扬而益大。但在胡适日记中，只记了论文写成三天后的 1917 年 5 月 6 日他与杜威的见面，谈的是两则欧战记事：日政府曾愿以兵助战，而以在中国之自由行动权为索偿之条件；威尔逊总统曾亲语人云："若俄国革命未起，则吾之政策将止于'武装的中立'，或不致与协约国联合也。"其后便是 5 月 30 日《辞别杜威先生》，曰："先生言其关心于国际政局之问题乃过于他事。嘱适

---

① 胡适：《大学的生活》，《大学新闻》，1958 年 6 月 19 日。

有关于远东时局之言论，若寄彼处，当代为觅善地发表之。此言至可感念，故记之。"所谈之事，都与论文毫不相干。

可以肯定的是：杜威不懂中文，也不懂中国古代哲学，对胡适既谈不上开什么专业课，也谈不上对论文做了什么指导。正如唐德刚所说："汉学在当时的西方尚未达启蒙阶段，尤其那时排华之焰正炽，'中国文明'在一般美国教授的头脑里实在渺无踪影。胡适跟他们谈汉学，老实说，实在是对牛弹琴。"

杜威能教给胡适的，也许只有"实用主义"或"实验主义"，只有西方的观念和方法。胡适论文题曰《中国古代哲学方法之进化史》，实质就是"方法先行"，"方法"加"进化"，时髦极矣。所谓"特别方法"，什么明变、求因、评判，什么正确的手段、科学的方法、精密的心思，不过西方学术的常规，并无特别稀罕之处。

胡适的行文方式，先以大半篇幅讲什么是"新方法"（诸如叙事学、符号学、结构主义之类），再挑选若干中国文学的例子，便匆匆收束。20世纪90年代以后，有些博士生为拿学位不得不写文章，但既没有原创动力，又不肯苦读发现问题，只好求助于"新方法"：我来个"解构学"吧，我来个"互文性"吧……在笔者看来，与胡适的行文方式颇为相似。

（二）

胡适在《导言》中说："我的理想中，以为要做一部可靠的中国哲学史，必须要用这几条方法。第一步须搜集史料。第二步须审定史料的真假。第三步须把一切不可信的史料全行除去不用。第四步须把可靠的史料仔细整理一番：先把本子校勘完好，次把字句解释明白，最后又把各家的书贯串领会，使一家一家的学说，都成有条理有统系的哲学。"不管他将审定史料的方法讲得如何天花乱坠，但前提是必须搜集掌握史料。如果没有材料，所有的"科学方法"都是空谈。

材料从哪里来？要靠读书钻研，日积月累，持之以恒。研究先秦哲学史、儒学经典与二十二子，总得好好读一读吧？无奈心不专一，腹中空虚，只好临阵取巧。胡适自诩他的《哲学史》是"开山之作"，似乎是无所依傍的独立著作，其实他借鉴比他大七岁的谢无量颇多。

谢无量（1884—1964），四川乐至人，1901 年与李叔同、黄炎培等入南洋公学，与马一浮等创办翻译会社，编辑出版《翻译世界》杂志，又与章太炎、邹容、章士钊等结识，并为《苏报》撰稿。1903 年 6 月《苏报》案发，赴日本学习，次年 3 月回国。1906 年任《京报》主笔，1909 年被聘为四川存古学堂监督，同年 10 月四川成立谘议局，与张澜等一起参加立宪运动，受托撰《国会请愿书》，1911 年 6 月又与张澜等人参加保路运动。沈伯俊《〈国学大师谢无量〉序》评价说："谢无量先生是四川现代史上杰出的学者、诗人、书法家。他一生坚持正义，追求进步，学识渊博，著作宏富，影响广泛，堪称现代巴蜀文化大师。仅在中国古代文学和文学史研究领域，他就先后出版《中国大文学史》《中国六大文豪》《平民文学之两大文豪》《中国妇女文学史》《诗经研究》《楚辞新论》《诗学指南》《词学指南》《骈文指南》等著作，视野之开阔，眼光之卓越，在体例、方法上之开拓创新，均不愧为'五四'以来的一流大家。"[1]

胡适日记第一次出现谢无量的名字，是 1914 年 8 月 11 日：

在杏佛处得见君武先生所刊诗稿，读之如见故人。最爱其《偕谢无量游扬州》一诗云：

风云欲卷人才尽，时势不许江山闲。

---

[1]　沈伯俊：《〈国学大师谢无量〉序》，载刘长荣、何兴明著《国学大师谢无量》，中国文史出版社，2006。

涛声寂寞明月没，我自扬州吊古还。

《马君武诗稿》，1914 年 6 月由上海文明书局出版，不到两月就在杨杏佛处得见，可见在美国读到国内出版物，还是比较容易的。

胡适 1915 年 8 月 9 日日记，则详载读谢无量《老子哲学》的札记：

《大中华》第六号有谢无量著之《老子哲学》一文，（第五号载其上篇，吾未之见。此篇名《本论》，岂上篇为老子传述及其行实耶？）分《宇宙论》（一、本体论——Reality，二、现象论——Appearance）《修养论》《实践道德论》《人生观》《政治论》《战争论》《老子非主权诈论》《老子思想之传播与周秦诸子》诸篇。其《宇宙论》极含糊不明，所分两节，亦无理由。其下诸论，则老子之论理哲学耳，所分细目，破碎不完。其论"老子非主权诈"一章，颇有卓见，足资参考：

甲、误解之源

老子曰："将欲噏之，必固张之；将欲弱之，必固强之；将欲废之，必固兴之；将欲夺之，必固与之：是谓'微明'。柔弱胜刚强。鱼不可脱于渊。国之利器，不可以示人。"（三十六章）又曰："江海所以能为百谷王者，以其善下之，故能为百谷王。是以欲上民，必以言下之，欲先民，必以身后之。"（六十六章）

乙、攻击老子之言者

程子曰："与，夺，噏，张，理所有也；而老子之言非也。与之之意，乃在乎取之；张之之意，乃在乎噏之：权诈之术也。"（《性理大全》）又曰："老子语道德而杂权术，本末舛矣。申韩张苏，皆其流之弊也。"（《二程全书》四十一）朱子曰："程明道云：'老子之言窃弄阖辟也者，何也？'曰'将欲取之，必固与之'之类，是他亦窥得些道理，将来窃弄，如所谓代大

匠斫则伤手者，谓如人之恶者，不必自去治他，自有别人与他理会，只是占便宜，不肯自犯手做。"（林注《老子》引）

丙、老子之语同见他书

《管子·牧民篇》："知予之为取者，政之宝也。"韩非《说林》上引《周书》曰："将欲败之，必姑辅之；将欲取之，必姑与之。"

丁、古来注《老》之说

（一）韩非《喻老》以越之事吴喻"噏张""弱强"二语，以晋之赂虞喻"取与"。

（二）王弼云："将以除强梁，去暴乱，盖因物之性，令自即于刑戮。"

（三）河上公章句云："先开张之者，欲极其奢淫也。先强大之者，欲使遇祸患也。先兴之者，欲使其骄危也。先与之者，欲极其贪心也。"

大抵天之于人，将欲弱之，必固强之。得道之人，知其如此，则执其柔，退所以自固。列子《黄帝篇》引鬻子曰："欲刚必以柔守之，欲强必以弱保之。积于柔必刚，积于弱必强。"此之谓也。

老子曰："天之道其犹张弓欤？高者抑之，下者举之，有余者损之，不足者补之。天之道，损有余而补不足。"此亦言强者弱之，刚者柔之，乃天之道……已上所谓张噏强弱云云，盖天之循其自然以除去其害之道耳，毫无功利之心于其间也。

《易》云："天道亏盈而益谦，地道变盈而流谦，鬼神害盈而福谦，人道恶盈而好谦。"

《中庸》云："天之生物，必因其材而笃焉，故栽者培之，倾者覆之。"皆同此理。

〔适按〕右所论足备一说而已，亦不尽然。谓老子非主权诈是也，而其说则非也。王弼所谓"因物之性，令自即于刑戮"，亦是阴险权诈之说。

1913 年谢无量赴上海中华书局编书，梁启超主撰的《大中华》杂志亦由中华书局出版，分政治、经济、教育、欧战、学术等栏目，资料充实，印刷精美，时人谓可与《东方杂志》媲美。谢无量常为杂志撰文，故《老子哲学》能为胡适所读。但谢无量 1916 年出版的《中国哲学史》，胡适的日记却从来没有提到。胡适在 1927 年 2 月《整理国故与打鬼》中说："我自信，中国治哲学史，我是开山的人，这一件事要算是中国一件大幸事。这一部书的功用能使中国哲学史变色。以后无论国内国外研究这一门学问的人，都躲不了这一部书的影响。凡不能用这种方法和态度的，我可以断言，休想站得住。"志得意满，跃然纸上，然而有充分证据表明，胡适不仅读了谢无量的《中国哲学史》，而且在论文中借鉴了它的体系与材料。

（三）

中国之哲学自来无史；非但如此，中国古代连"哲学"这个词也没有，故谢无量《中国哲学史·绪言》指出："今世学术之大别，曰哲学，曰科学。哲学之名，旧籍所无，盖西土之成名，东邦之译语，而近日承学之士所沿用者也。虽然，道一而已。"又曰："哲学之名，实自拉丁文之 philosophia 转译，本意为爱智之义。故苏革拉第（今译苏格拉底）曰：'我非智者，而爱智者。'智与哲义本相通，《尚书》'知人则哲'，《史记》作'知人则智'，《尔雅·释言》'智，哲也'。孔子为中国哲学之宗，尝自居好学，又曰'好学近乎智'，是即以爱智者自居矣。智者，致知之事，或生而知之，或学而知之，或困而知之，及其知之一也。"[1]

"哲学之名，旧籍所无，盖西土之成名，东邦之译语"的道理，游学西土的胡适自然是懂得的，但在《中国哲学史大纲》导言中，却避开了这题中应有之义，为哲学"暂下一个定义"曰："凡研究人生切要的问题，从根

---

[1] 谢无量：《中国哲学史》，中华书局，1916，第 1 页。

本上着想，要寻一个根本的解决，这种学问，叫做哲学。"① 焉知不是为了避借鉴谢无量之嫌？

　　给"哲学"下过定义之后，作为"史"的体例，"渊源"乃必要之项目。谢无量《中国哲学史》第一章即为《哲学之渊源》，首曰："天地恶从而生乎？万物恶从而生乎？人居其间，又恶从而生乎？知乎此者，是之谓哲。不知乎此而欲求所以知之，是哲学之所由起也。故哲学必起于宇宙之观察。人与万物并生，以吾心为主，以外物为客。见夫营营挤挤者日接乎吾体，耀乎吾目，而不得其解，乃强名其有始无始，穷其有际无际。更以推之心量之范围，人事之法则，孰主持是？孰纲维是？前人说之，后人传之；前人传之，后人非之。其是且非至今未有已也。就其是且非者并存而载之，是哲学史所为作也。"② 将古代中国文化观念与现代思维融合起来，命意意识是很突出的。胡适并没有"前人说之，后人传之；前人传之，后人非之"的自觉命意，他强调的是"方法之进化"，却不曾想一想：孔、老、墨、庄、孟、荀、韩非，他们之间的不同，只是"方法"的差异吗？他们之间的关系，只是历史的"进化"吗？

　　为了划清与谢无量的界限，胡适《中国哲学史大纲》劈头一章，便是"中国哲学结胎的时代"，丢开唐、虞、夏、商，径从周宣王以后讲起，连累"哲学之渊源"也不要讲了，但他偏偏又说：

　　我的意思要人知道哲学思想不是悬空发生的。有些人说，哲学起于人类惊疑之念，以为人类目睹宇宙间万物的变化生灭，惊欢疑怪，要想寻出一个满意的解释，故产生哲学。这话未必尽然。人类的惊疑心可以产生迷信与宗教，但未必能产生哲学。人类见日月运行，雷电风雨，自然生惊疑

---

　　① 胡适：《中国哲学史大纲》（影印本），商务印书馆，1987，第1页。
　　② 谢无量：《中国哲学史》，中华书局，1916，第3—4页。

心。但他一转念，便说日有日神，月有月神；雷有雷公，电有电母；天有天帝，病有病魔；于是他的惊疑心，便有了满意的解释，用不着哲学思想了。①

这里所说的"有些人"，指的应该就是谢无量。

《中国哲学史大纲》结尾第十二篇《古代哲学的终局》，第三章题"古代哲学之中绝"，首云："本章所述，乃系中国古代哲学忽然中道销灭的历史。平常的人都把古学中绝的罪归到秦始皇焚书坑儒两件事。其实这两件事虽有几分关系，但都不是古代哲学消灭的真原因。"②在分述焚书、坑儒两事以反证之后，胡适写道："中国古代哲学的中道断绝究竟是为了什么缘故呢？依我的愚见看来，约有四种真原因：（一）是怀疑主义的名学；（二）是狭义的功用主义；（三）是专制的一尊主义；（四）是方士派的迷信。"③这一套议论，也是针对谢无量《中国哲学史》第一篇（下）第六章《秦灭古学》"秦始皇以雄桀之才，李斯为辅，遂并六国，于是焚诗书，坑儒士，古学几灭尽，然皆出李斯之手"④的观点的。

谢无量《中国哲学史》分上古、中古、近世三编：第一编（上）《上古哲学史》第一章"哲学之渊源"，分远古哲学之起源、唐虞哲学、夏商哲学三节；第二章"六艺哲学"，分总论、易教、五学三节；第三章"儒家"，分孔子、子思、孟子、荀卿四节。第一编（下）《上古哲学史》第一章"道家"，分总论、老子、杨朱、列子、庄子五节；第二章"墨家"；第三章"法家"，分管仲、申不害、商鞅、慎到、韩非五节；第四章"名家"，分名家之渊源、尹文、惠施、公孙龙四节；第五章"杂家"；第六章"秦灭古

①　胡适：《中国哲学史大纲》（影印本），商务印书馆，1987，第53页。
②　胡适：《中国哲学史大纲》（影印本），商务印书馆，1987，第384页。
③　胡适：《中国哲学史大纲》（影印本），商务印书馆，1987，第388页。
④　谢无量：《中国哲学史》，中华书局，1916，第215—216页。

学"。又第二编（上）《中古哲学史（两汉）》、第二编（下）《中古哲学史（魏晋六朝唐）》。第三编（上）《近世哲学史（宋元）》、第三编（下）《近世哲学史（明代）》，至汤潜庵、陆稼书、颜习斋、戴东原、彭尺木而结束。

胡适的做法，先是从"儒家"叙起。1921 年 8 月胡适在《研究国故的方法》中说："在东周以前的历史，是没有一字可以相信的。以后呢，大部分也是不可靠的。如《禹贡》这一章节，一般学者都承认是可靠的。据我用历史的眼光看来，也是不可靠的，我敢断定它是伪的。在夏禹时，中国难道有这般大的土地么？四部书里边的经、史、子三种，大多是不可靠的。"[①] 胡适动辄就说"无征不信"，动辄就说"拿证据来"，问题是"在东周以前的历史，是没有一字可以相信的"，应该由谁"拿证据来"？是主张"在东周以前的历史是可以相信的"的人拿证据，还是主张"在东周以前的历史是没有一字可以相信的"拿证据？胡适讲这番话时，根本没对东周以前的历史下过研究的功夫，他的论断不过是"大胆假设"罢了，至于如何"小心求证"，就完全撇开不管了。

胡适借"疑古"之名抹杀上古历史，徐子明《〈读楚辞〉证谬》一文有极为精辟的剖析。徐子明（1888—1973），原名徐佩铣，字子明，生于宜兴徐氏望族，叔父是参与戊戌变法的徐致靖。宜兴"神童"徐子明，十一岁已能持笔作文，十四岁就读于上海南洋公学、复旦公学，毕业后北上清华参加留美甄试，以第一名入选。1908 年入美国威斯康辛（今译威斯康星）大学，专攻欧洲近代史及德国文学。1911 年毕业后赴德国海德堡大学，1913 年获哲学博士学位，回国后任上海复旦大学德文教师。1915 年应国立北京大学之聘，北上执教，讲授希腊罗马文学史及英国、德国文学。1929 年应中央大学之聘，任西方史教授。抗战爆发，举家迁云南、四川，历任中央军官学校德文教官、东北大学教授。日本投降后，回中央大学。1948 年渡

---

① 胡适：《研究国故的方法》，《东方杂志》1921 年第 18 卷 16 期。

海到台湾，在台湾大学主讲西方史，后又兼任东吴大学教授，主讲《左传》《史记》。1971 年退休，受聘为中国文化学院教授。徐子明逝世后，中国文化学院特建"子明堂"以资纪念。遗稿由其子女徐弃疾、徐令音（台湾著名画家、徐悲鸿学生）辑成《宜兴徐子明先生遗稿》，分中文、外文两类，1975 年由台湾华冈出版部出版。

"屈原存在的不可靠"，是胡适最为心醉的"发明"。《读楚辞》是他1921 年 6 月的一次讲演，发表于《努力周刊》1922 年 9 月增刊《读书杂志》第一期。他提出了"五大疑点"，说："我现在不但要问屈原是什么人，并且要问屈原这个人究竟有没有"。手法与"在东周以前的历史，是没有一字可以相信的"如出一辙。徐子明的《〈读楚辞〉证谬》，层层剥笋，将其驳得体无完肤。他先针对"《史记》本来不很可靠，而《屈原贾生列传》尤其不可靠"，分析道：

现在我们要谈到胡博士的《读楚辞》了。这篇大文，十足表示他疑古的精神。据他说："屈原存在的不可靠与黄帝周公同类，因为《史记》本不可靠，而《屈原贾生列传》尤其不可靠。"他遂举传末"及孝文崩，孝武皇帝立，举贾生之孙二人至郡守，而贾嘉最好学，世其家，与余通书，至孝昭时列为九卿"这几句话。因说"孝文之后为景帝，而司马迁亦不能知孝昭的谥法。"骤然一看，好像这是他的心得。其实不过袭梁玉绳、徐孚远的成语。按《史记》本未撰完，而后人如褚少孙等随意增改者亦不一，但与屈原之存在何干。譬如《司马相如传赞》引扬雄"靡丽之赋劝百讽一"之语，司马迁何缘能知杨扬，明是后人乱羼无疑。然岂可说"司马相如这人本不存在，亦是一班无名的小百姓发明的"吗？

批驳胡适恃"谥法"漏洞否定屈原的存在，是他不明白《史记》原未撰完，而后人随意增改，所谓"《史记》抄袭《汉书》"是也。继而文章又针对胡适抓住《史记》各篇中存在时间和史实的矛盾，说：

博士又引《史记》"屈平既疏，不复在位，使于齐，顾反谏怀王曰，何不杀张仪，王悔追张仪不及"，以为既"不复在位"了，又"使于齐"，又"谏"重大的事，一大可疑。殊不知"不复在位"是不在左徒亲近之位，但并不妨出使他国。而返国进谏，亦是人臣应尽之责。虽不见宠，不肯默然坐视。此正是同姓宗臣的行为，有何可疑。其实《屈原传》可疑之点不在屈原有无其人，而在屈原生卒年代。据朱子与梁玉绳的考证：屈原放流自沉，在楚怀王入秦以前，而不当顷襄王既立之后。史文所以违戾，或系传闻之误。胡博士对于时事的先后置而不谈，仅说"何不杀张仪"一段，《张仪传》无此语文，又说"秦虎狼之国不可信"八个字是依楚世家昭睢谏的话。

文章指出"不复在位"与"谏重大的事"，并无矛盾之处，"虽不见宠，不肯默然坐视。此正是同姓宗臣的行为，有何可疑"。最后又针对所谓"屈原的形象是一个理想化的忠臣，这种君臣观念不会出现在战国时代"，批驳道：

至于楚国究竟有屈原这个人吗？那末我们的博士就大胆的断定是没有。他的理由是"战国时代不会有这种奇怪的君臣观念"。所以"传说的屈原，明明是汉朝笨陋的学究，根据儒教化所造出来的理想忠臣。"换句话说，汉朝以前历史上的人物无非是乱臣贼子。倘有所谓忠臣孝子，如虞国的宫之奇，楚国的沈诸梁，鲁国的曾参、闵损等人，那就全是后世笨人受了儒教的毒凭空捏造出来的。①

如果真像1923年蔡元培《五十年来中国之哲学》所述："这五十年中，没有人翻译过一部西洋哲学史，也没有人用新的眼光来著一部中国哲学史，这就是这时期中哲学还没有发展的征候。直到距今四年前，绩溪胡适把他在北京大学所讲的《中国哲学史大纲》上卷，刊布出来，算是第一部新的哲学史。胡氏用他实验哲学的眼光，来叙述批评秦以前的哲学家，最注重的是各家的辩证法，这正是以前读先秦哲学书者所最不注意的。而且他那全卷有系统的叙述，也是从前所没有的。"试想，这样的"第一部新的哲学史"，哪会有那么多需要教训纠正的"谬误"呢？

数学考试，看重的是计算过程，而不只是最终的答案；答案对了，缺少一步步的计算过程，同样不能及格。司法侦破，也须还原作案过程，没有细节的过程，不能最后定案。有人赞美《中国哲学史大纲》是一部精心构架、惨淡经营九个月才完工的，思路完整、逻辑缜密、体气清爽、充满真知灼见的佳作，却不追问胡适的日记为何没有撰写进度。胡适向称文章快手，落笔成章，倚马可待，根本不需"披阅十载，增删五次"。1917年4月19日家信却用了一个"抄"字："连日因赶紧将论文抄完"——抄的是什么？

（四）

当年曾有"《中国哲学史》是家族前辈某经学家的遗著，经胡适整理而成，非胡适的本领"的说法。② 蔡元培序中也说："适之先生生于世传'汉学'的绩溪胡氏，禀有'汉学'的遗传性。"害得胡适在《口述自传》中特

---

① 徐子明：《宜兴徐子明先生遗稿》，华冈出版社（台北），1975，第153页。
② 石原皋：《闲话胡适》，安徽人民出版社，1985，第109—110页。

地更正："蔡先生指出绩溪胡氏（金紫胡）是有家学渊源的，尤其是十八、十九世纪之间清乾嘉之际，学者如胡培翚及其先人们都是知名的学者。但是这个世居绩溪城内的胡家与我家并非同宗。"唐德刚一面赞扬"无先人可以剽窃的青年胡适"，一面又说："在《中国哲学史大纲》第一版蔡元培的序文中居然把徽州学的'解经三胡'说成胡适的老祖宗。因而人们觉得胡适对中国哲学之所以有如此透彻的了解，实在家学渊源，箕裘有自！"[①]

胡适最爱宣扬"兔子的天才"。1936年10月底他给吴健雄写信道："昨夜我们乱谈的话，其中实有经验之谈，值得留意。凡治学问，功力之外，还需要天才。龟兔之喻，是勉励中人以下之语，也是警惕天才之语：有兔子的天才，加上乌龟的功力，定可无敌于一世；仅有功力，可无大过，而未必有大成功。"1958年12月又对陈诚说："凡是历史上有大成就的人，都是有兔子的天才加上乌龟的功夫的，能够如此，无论是做什么学问，做什么事业，就都可以无敌于天下。我曾告诉我的学生们，如果没有兔子的天才，就应该学习乌龟的功夫，万不得已学乌龟的功夫，总比学睡觉的兔子好得多。绝顶聪明的人，多数都是走乌龟的路。"胡适纵有"兔子的天才"，是否下过"乌龟的功夫"，尚未可知。

四、胡适声名日盛之谜

《中国近代思想史上的胡适》第一节，题"胡适的出现及其思想史的背景"，开头说：

胡适的《文学改良刍议》发表在1917年1月号的《新青年》上，同年9月他开始在北京大学任教。他的《中国哲学史大纲》卷上是在1919年2月出版的，5月初便印行了第二版。同时，他的朋友陈独秀等在1918年12

① 唐德刚：《胡适杂忆》，广西师范大学出版社，2019，第44页。

月创办了《每周评论》，他的学生傅斯年、罗家伦等也在 1919 年 1 月创办了《新潮》。这两个白话刊物自然是《新青年》的最有力的盟友，以胡适为主将的"新文化运动"便从此全面展开了。

胡适以一个二十六七岁的青年，回国不到两年便一跃而成为新学术、新思想的领导人物，这样"暴得大名"的例子在中国近代史上除了梁启超之外，我们再也找不到第二个了。[①]

书中还进一步发挥说，梁启超最初是追随康有为，从事变法运动而成名的；胡适则是"全无凭借"，真是史无前例的天纵英才。但只要将史料稍作梳理，这个神话就一点也不奇怪了。

（一）

荀子说："登高而招，臂非加长也，而见者远；顺风而呼，声非加疾也，而闻者彰。假舆马者，非利足也，而致千里；假舟楫者，非能水也，而绝江河。君子性非异也，善假于物也。"胡适的大名，不是从天上掉下来的，也不是公众自发奉献的，而是"善假于物"谋干出来的。其所假之物有三：一曰北大，二曰媒体，三曰洋人，加之官府（北洋政府、南京政府）皖籍人士与留美海归的人脉，构成了不可复制的"暴得大名"的轨迹。

先说北大。荣登中国最高学府，是胡适一生关键的一着。但要跨进北大之门，就得"善假于物"——美国的博士头衔。唐德刚说得好："当年的北京大学——这个挤满了全国鸿儒硕彦的大学，岂可随便插足？以一个乳臭未干的小伙子，标新立异，傲视仕林，胡适多少有点胆怯。'夜行吹口哨'，壮胆吓鬼，所以在《中国哲学史大纲》的封面上，也印上个'博士著'

---

① 余英时：《现代学人与学术》，广西师范大学出版社，2006，第 243 页。

字样。"①

世上第一位大学教授，肯定不是大学毕业生；第一位博士生导师，不一定是博士出身。怎奈中国还没有新式大学的时候，外国已经有了；中国还没有新式博士的时候，外国也已经有了——那些在外国得到学位的人，便占了便宜。而所得外国学位，又有欧美日本之分，拥有美国哥伦比亚大学的金字招牌，胡适自然更占了优势。非怪钱济鄂嘲讽道："吾真艳羡民初之留学生，赴国外居几天，外情一概不知。回国，即可视为专家，鱼跃龙门，身价百倍。"②

纵然进了北大的门，立住脚跟却大不易。严重的挑战，固在"鸿儒硕彦"的竞争，更在赢得好挑剔学生的认可。1918 年 2 月 18 日，胡适第一次上西洋哲学史课，开场白是："一个哲学家的学说，来源不一，有师承旧说；有对于前人学说的反动；有受人攻击产生的，如我写白话诗；有自己的怪僻才性的结果；有受当时的学术限制，所以看得差了；还有是眼光太远，当时不能适用后世却可实行的；也有针对时弊下猛药，只可施于一定的时代。总之，研究哲学史，须要有历史的眼光。"③ 以教学来衡量教授，约可分为几类：一是学问好、口才也好；一是学问好、口才不好；一是学问不好、口才好；一是学问不好、口才也不好。从胡适开课情形看，可归于口才不错的一类。他的高明处，在以"历史的眼光"吸引学生的眼球。学问有大小，有深浅，有厚薄；在胡适那个时代，又有了新旧。张之洞说："四书、五经、中国史事、政书、地图为旧学，西政、西艺、西史为新学。"④ 中国传统的经史子集，怎么又分了新旧？原来，胡适们将擅长的"新方法"标榜为"新学"，那些不会或不屑于"新方法"的，便归到"旧"的营垒了。顾

---

① 钱济鄂：《中国文学纵横谈：论雅俗、骈文及其他》，书林公司（台北），1995，第 171 页。
② 钱济鄂：《中国文学纵横谈：论雅俗、骈文及其他》，书林公司（台北），1995，第 171 页。
③ 朱洪：《胡适与北大文友》，湖北人民出版社，2007，第 309 页。
④ [战国] 荀子：《荀子·劝学篇·设学第三》。

颉刚《古史辨·自序》回忆他听北大哲学史课的情形道：

　　哲学系中讲中国哲学史一课的，第一年是陈伯弢先生（汉章）。他是一个极博洽的学者，供给我们无数材料，使得我们的眼光日益开拓，知道研究一种学问应该参考的书是多至不可计的。他从伏羲讲起，讲了一年，只到得商朝的"洪范"。我虽是早受了《孔子改制考》的暗示，知道这些材料大都是靠不住的，但到底爱敬他的渊博，不忍有所非议。

　　第二年，改请胡适之先生来教。"他是一个美国新回来的留学生，如何能到北京大学里来讲中国的东西？"许多同学都这样怀疑，我也未能免俗。他来了，他不管以前的课业，重编讲义，辟头一章是《中国哲学结胎的时代》，用《诗经》做时代的说明，丢开唐虞夏商，径从周宣王以后讲起。这一改把我们一班人充满着三皇五帝的脑筋骤然做一个重大的打击，骇得一堂中舌挢而不能下。许多同学都不以为然：只因班中没有激烈分子，还没有闹风潮。我听了几堂，听出一个道理来了，对同学说："他虽没有伯弢先生读书多，但在裁断上，是足以自立的。"那时傅孟真先生（斯年）正和我同住在一间屋内，他是最敢放言高论的，从他的言论中常常增加我批评的勇气，我对他说："胡先生讲得的确不差，他有眼光、有胆量、有断制，确是一个有能力的历史家。他的议论处处合于我的理性，都是我想说而不知道怎么说才好的。你虽不是哲学系，何妨去听一听呢？"他去旁听了，也是满意，从此以后，我们对于适之先生非常信服。

　　顾颉刚建议傅斯年去听胡适的课，身为学生领袖的傅斯年听了几次以后，告诉伙伴们："这个人，书虽然读得不多，但他走的这一条路是对的。"

　　《三字经》云："教不严，师之惰。"学问好的教授，对学生要求往往甚严；学问差的教授，就尤其注重对学生的态度。胡适得到了学生的认可，留在了北大哲学系。但学问不多，总是一大心病。沈尹默回忆说："胡适的专长，被人一学会，他就不足为奇了，便要打击别人一下，才能显出他别具神通，还是一种出风头的技能。"①

京师大学堂创办于 1898 年，1912 年更名为北京大学。但有关"百年北大"的叙述，大都从 1917 年蔡元培出任校长讲起。

徐子明曾在著作中说：

徐先生子明，少耽国故，稍长，值清廷变法，始治外文。年甫及冠，即笃志远游。涉历美、德两国黉序，因得博究西方文史。计乔居异域，凡七载而返国。民国四年，先生始任教于北京大学。时同事诸公如刘师培、黄晦闻、辜汤生（鸿铭）、黄季刚之伦，齿皆长于先生，而过从无迕。自国府定都金陵，先生乃移教于中央大学。旋因东夷猾夏，先生流寓蜀中累年。……感怀往事，遂与李君焕桑刊行《胡适与国运》一书。当时众议纷纭，与敛不一。岁月徂征，兹事几同陈迹。然而踵门问讯，求知事故之源者，未尝无人也。先生为释疑起见，特依问作答。问者随时笔录，或长或短，计凡十篇……窃按此书指陈学术之弊，可谓慨当以慷。若夫见仁见智，则阅者自决焉可也。

生于 1888 年的徐子明，比胡适大三岁；1908 年入美国威斯康辛大学，比胡适早一年；1915 年执教北京大学，比胡适早两年。在北大期间，与辜鸿铭、刘师培、黄侃有所交往，据说黄侃欲请徐子明教儿子英文，先要考考老师，抓起一把头皮问这玩意英文叫什么，徐应声曰"dandruff"，黄侃查过字典，笑称"你在英文小学上，下过工夫"，始放心让儿子就学。徐子明的书中讲了不少有关胡适初进北大时的情形：

---

① 沈尹默：《胡适这个人》，《大公报》（香港），1952 年 1 月 5 日。

以西洋学术而论，有精通希腊拉丁和美德法意文字的辜鸿铭，他对这几种文字里的有名作品，头头是道，当时在北大的外国教员见他都恭敬异常。以中国学术而论，那就更多：就中如福州的陈衍，桐城的姚永朴、姚永概兄弟，瑞安的陈介石、林次公、林公铎，象山的陈汉章以外，还有仪征的刘师培和章炳麟的高弟蕲春黄侃等。这些人对中国的学术文章，多是研究极深，很少匹敌。……因为有实学的人总有些傲脾气，对学生不会敷衍。胡氏就迎合学生的心理，和他们称兄道弟，来讨论各位先生的长短。有时亦很恭维他们，但结论总可惜他们的见解太旧，又不会用科学方法研究。且说读些死书对二十世纪亦无用处。故辜鸿铭先生的博学虽被外人推崇，而从胡适看起来不过是一个西式的古董，不足钦佩。至于那些国学名师，他又笑他们抱残守缺，喜在故纸堆里做活计，从未到新大陆去学科学方法，又没有听过杜威的高论，实在可怜得很。所以他言必称杜威哲学，弄得当时的学生七颠八倒，对美国有可望而不可即的浩叹。因为四十多年以前有力量出国的人究竟不多，总以为美国是仙人所居，只须一到，虽鸡犬亦可升天。但既不能往美国，就不妨先听杜威入室弟子的伟论，亦胜于于屠门而大嚼。在这种情形之下，第一个吃亏的就是辜老先生。因为他……教训学生又太切，加上他身穿马褂长袍，背后拖一条花白的小辫子，实足表现为胡适所叫的古董，而不是二十世纪美式的应时货。所以他讲堂上的主顾就慢慢的向杜威的高足一面倒，听讲的人日渐见少了。

辜鸿铭（1857—1928），字汤生，号立诚，自称慵人、东西南北人，别署汉滨读易者、冬烘先生，英文名 Tomson。祖籍福建同安，生于马来西亚槟榔屿，学博中西，精通英、法、德、拉丁、希腊、马来亚等语言，英译有《论语》《中庸》和《大学》，著有《中国的牛津运动》（原名《清流传》）、

《中国人的精神》（原名《春秋大义》）等，向西方人宣传东方的文化和精神，产生了重大的影响。龚鹏程说，辜鸿铭在民国初年，乃是少数拥有国际声望的大学者，当时中国学者有此地位者不会有第二人。有德国人写了一本《辜鸿铭》，中言："若有人诋毁辜鸿铭，愿和他决斗"。

　关于辜鸿铭，时下流传的"仍是奇人、怪杰、轶事、趣闻那一套"（龚鹏程语）。胡适与辜鸿铭的矛盾，从 1917 年胡适刚到北大时就开始了。据说胡适做演讲，用英文念了一句荷马的诗，辜鸿铭在下面用英文评论道："胡适所学的是美国中下阶级的俚语而不是英文。至于胡适所识的法德文，尚不及中国蒙童读过三字经所识的国文。"辜鸿铭又写了《反对中国文学革命》一文，先将莎士比亚的诗用通俗英语写一遍，再与原文比较，证明用通俗英语来描述莎士比亚的诗歌，诗意全无。结论是："任何一个不懂汉语的人，如果将我的白话英语和莎士比亚高雅的语言加以比较，他就会明白中国的文言和白话，或者像胡适博士以及他的归国留学生英语称之为的通俗汉语之间，有什么不同。"胡适回应了一文，大意是：通俗英语比莎士比亚的高雅英语更能为大众所接受，而中国之所以 90% 的人不识字，是因为中国语言太难学（指文言文太难学）。辜鸿铭又回了一文，大意是：你们这群留学生之所以有这么高的地位，得感谢那 90% 的文盲，因为要是他们都识字，就要和你们这些人抢饭碗了。可见辜鸿铭要反对的，不是什么中国文学革命，而是废除中国高雅的文言文。

　龚鹏程站在世界文化的高度，指出辜鸿铭主要是一位西方现代文明的批判者。西方人看辜鸿铭，认为他的观点对西方人是一面镜子。如《中国人的精神》德译本奥斯卡.A.H.施密茨《序》，只就辜氏对欧洲近代社会思想的言论来发挥，辜鸿铭认为早期源于理性的自由主义思想，现在已变成"讲究实际的，没有思想的英国人的实利主义"，以致"十八世纪欧洲的自由主义有文化教养，今天的自由主义丧失了文化教养。上世纪的自由主义为公理和正义而奋斗，现代的假自由主义则为了法权和贸易特权而战。过去的自由主义为人性而斗争，今天的自由主义只卖力地促进资本家与金融商人之既得利益"，这种堕落的文明，未来必将走上唯物主义和军国主义。各报评论也呼应其说，认为该书有作为现代西方文明药石之价值，而"辜氏批判西方社会、赞扬中国精神文化之言论，恰好跟尔后新文化运动所倡扬的态度相反，故其人颇遭'妖怪化''小丑化'"，遂使这位在西方有很高声誉的传奇人物，成为五四运动时的反动典型。①

这位自信"中国文明即欧洲未来之方向"的前辈学者，终因与新文化运动的矛盾而离开了北大。北京大学档案馆发现卷号为 BD1919031 的罗家伦的两封信，揭露出不为世人所知的隐情。1919 年 5 月 3 日，罗家伦写了《就当前课业问题给教务长及英文主任的信》，矛头直指辜鸿铭；8 月 8 日又补写了对英文课和哲学课的两条意见，一并寄给教务长马寅初和英文门主任胡适。5 月 3 日的信是：

教务长／英文主任先生：

先生就职以来，对于功课极力整顿，学生是很佩服的。今学生对于英文门英诗一项功课，有点意见，请先生采纳。学生是英文门二年级的学生，上辜鸿铭先生的课已经一年了。今将一年内辜先生教授的成绩，为先生述之：

（一）每次上课，教不到十分钟的书，甚至于一分钟不教，次次总是鼓吹"君师主义"。他说："西洋有律师同警察，所以贫民不服，要起 Bolshevism；中国历来有君主持各人外面的操行，有师管束内里的动机，所以平安。若是要中国平安，非实行'君师主义'不可。"每次上课都有这番话，为人人所听得的。其余鄙俚骂人的话，更不消说了。请问这是本校所

---

① 龚鹏程：《论辜鸿铭：以中国救西方》，http://www.sohu.com/a/163721969_702188.

要教学生的吗？这是英诗吗？

（二）上课一年，所教的诗只有六首另十几行，课本抄本具在，可以覆按。因为时间被他骂人骂掉了。这是本校节省学生光阴的办法吗？

（三）西洋诗在近代大放异彩，我们学英国文学的人，自然想知道一点，我们有时问他，他总大骂新诗，以为胡闹。这是本校想我们有健全英文知识的初心吗？

（四）他上课教的时候，只是按字解释，对英诗的精神，一点不说，而且说不出来。总是说：这是"外国大雅"，这是"外国小雅"，这是"外国国风"，这是"外国离骚"，这是"官衣而兼朝衣"的一类话。请问这是教英诗的正道吗？

有以上种种成绩，不但有误学生的时光，并且有误学生的精力。我们起初想他改良，说过两次，无赖他"老气横秋"，不但不听，而且慢骂。所以不能不请先生代我们作主，设法调动，方不负我们有这英诗的本旨。

校长优容辜先生的缘故，无非因为他所教的是英诗，教得好，而且与政治无涉，那知道内幕中这个情形。不但贻误学生，设若有一个参观的人听得了，岂不更贻大学羞吗？学生也知道辜先生在校，可以为本校分谤，但是如青年的时光精力何呢？质直的话，请先生原谅！

8 月 8 日补写的信是：

这封信是五月三日上午写好的，次日就有五四运动发生，所以不曾送上。到今日学校基础已定，乃检书呈阅。还有两件事要附带说明：

（一）本年学校将不便更动教授，但英文门三年级的英诗功课，只有二点钟，可否将辜先生这两点钟减去，让他便宜点儿。这两点钟我和我的同班，渴望主任先生担任。

（二）听说杜威先生下半年在本校教"哲学"同"教育原理"两课。这两课都是对于英文门很有关系的东西，可否请先生将他改成英文门的选科，让我们多得一点世界大哲学家的教训，那我们更感激不尽了。[①]

罗家伦的信，借提英诗一课的意见，向学校提出意见，其第一条是辜鸿铭鼓吹"君师主义"，龚鹏程对此有很好的阐述：

辜氏理论最好的说明，就是《论语》"君正，孰与不正？"一语。君主是做为典范、号召的存在，他并不治民，只使民自治。情况犹如我们为什么需要圣人呢？依儒家理论，人只要发挥本心良知即可，那么事实上也根本不必要有圣人。可是圣人的存在，可让我们有榜样，使我们也能被唤起，要令自己成就为像他那样有道德的人。所以圣人或君主并不驾驭人。"君正"，他们显现着正直高贵的道德人格；"孰与不正"，民众自然就都端正了。

辜鸿铭依据的是孔子所说的"克己复礼""导之以政，齐之以刑，民免而无耻。导之以德，齐之以礼，有耻且格"等。礼，在这儿，均不依俗说，解为外在的礼制规范，而是内心的道德律，义则是道德义务。（所以辜氏说：在外国，人们需用警察这类物质力量来保护自身利益，在中国则不用。因每个人都能得到他人出诸道德义务感而自发自愿的保护。）

罗家伦或者不感兴趣，自然是嫌怨的。

其第四条意见：上课只是按字解释，对英诗的精神一点不说，总是说这是"外国大雅"，这是"外国小雅"，这是"外国国风"，这是"外国离骚"，这是"官衣而兼朝衣"的一类话。其实，这恰是辜鸿铭的高明处，能引起听讲的兴趣，倒是罗家伦英文底子不扎实，被辜鸿铭用问题难倒。罗

---

① 《光明日报》2008年6月8日。

家伦晚年回忆辜鸿铭，赞许"辫子先生"是"无疑义的""有天才的文学家"，自承每每读其长于讽刺的英文，必拍案叫绝。这种"迟到的佩服"，正表明当年之举是出于少年意气。

至于第二、三条意见，"上课一年，所教的诗只有六首另十几行"，"总大骂新诗，以为胡闹"，但这却是符合北大包容、自由、思想独立、兼收并蓄的办学方针的。

对课堂教学有意见，自然是可以提的，但一开口就要改换老师，甚至将英诗课减去，换成杜威的"哲学""教育原理"，未免过激。信是写给英文主任胡适的，虽不能再见当时情形，但辜鸿铭最后还是离开了北大。

徐子明又说：

原来当时的中文门（即现在的国文系）含有派别：一派是桐城的散文家；一派是章门的弟子。散文家行文主张义法，由方姚而上溯唐宋西汉。章门弟子所研究的是许郑之学，重在小学（文字学）经典，而行文转宗魏晋。这两派虽同讲国学，实未免各是其是。但他们见胡适讲中国哲学史，就多笑他以盲引盲，胡适并不因此生气，只管做他的工作。他开始先捧章太炎的学问，渐渐得章门弟子的欢心。再帮章门在学生面前讥评桐城派的空疏，使学生对他们失掉信仰。从此以后听陈石遗和二姚（仲贤、叔节兄弟）等课程的学生日见稀少，末了就门可罗雀，这几位先生……相继离校了。……当时章门弟子在北大的有黄季刚、钱玄同、朱遏先和自称章门的三马三沈等。就中以黄季刚的学问为最优，所以他态度亦略带兀傲，不被同门所亲，况他对学生常加责备，又激起反感。胡适……就先和钱朱沈马一批人拉拢，来孤黄季刚的势。再和不满意于黄季刚的学生交好朋友，说美国的教员绝无像黄季刚的傲慢态度，为的是要尊重学生的人格，所以美国学生对任何有脾气的教员决不容忍。况且在二十世纪新时代不肯研究新学问，还要在几千年以前的破书中讨生活，究竟有什么用处？学生们听了这番议论，就又惊又喜，好像受了空前解放。从此以后听黄先生课的人就一天少于一天，到了最后还余几个晨星似的学生，……国学淹通的黄先生……只有南下到武昌师范设教。……辜黄一去，就没有人批评他的长短，胡适就可放胆讲他的中国哲学，而痛骂孔子所主张的伦常道德，又可放胆的把《红楼》《水浒》和《金瓶梅》《醒世因缘》等小说列为正式课程，来代替经史以做新文学（白话）的模型。那时的学生在大解放之下，除掉少数以外，都喜极欲狂。①

陈衍（1856—1937），字叔伊，号石遗老人，曾入台湾巡抚刘铭传幕。政变后，湖广总督张之洞邀往武昌，任官报局总编纂，1907年为学部主事、京师大学堂教习，著有《石遗室丛书》，收书18种，116卷。姚永朴（1861—1939），字仲实，宣统元年（1909），被荐为清廷学部谘议官，受聘京师政法学堂国文教授，著《蜕私轩读经记》6卷、《国文学》4卷。1914年，应聘为北京大学文科教授，著《文学研究法》4卷、《史学研究法》1卷、《蜕私轩集》5卷、《史事举要》7卷。姚永概（1866—1923），字叔节，民国成立之初，严复任北京大学校长，邀姚永概任北大文科学长，与马其昶、林纾等以桐城派古文相号召。黄侃（1886—1935），字季刚，原名乔馨，字梅君，后改名侃，又字季子，号量守居士，湖北蕲春人。所治文字、声韵、训诂之学，远绍汉唐，近承乾嘉，多有创见，自成一家，著有《音略》《说文略说》《尔雅略说》《集韵声类表》《文心雕龙札记》《日知录校记》《黄侃论学杂著》等数十种。

蔡元培1917年1月10日初掌北京大学，1月13日就派令陈独秀为文科学长，又据陈独秀推荐聘胡适为教授。蔡元培刚从德国留学回来，引进

---

① 徐子明：《胡祸丛谈》，民主出版社，1964，第5—6页。

了一批留美洋翰林。

胡适后来说，如果没有蔡元培提携，他的一生很可能会在一家二三流的报刊编辑生涯中度过。但他到北大之后，建议"从校长、学长独裁制变为'教授治校'制"，美其名曰"不但增加全体教务人员对于学校的兴趣与情谊，而且还可以利用多方面的才智，同时还使学校的基础更加稳固"①。实际效用恐未必如此。

胡适在到校一年多，就以最多票数当选新一届北大评议会评议员，且是评议会、主任会成员会议的书记，又先后出任哲学研究室主任、北大编译会评议员、英文部教授会主任等职务。1920 年 10 月 18 日，《北京大学日刊》第 719 号报道八个委员会的成立：组织、预算、审计、聘任、图书、庶务、仪器、出版，胡适一人身兼预算、聘任与出版三个委员会委。②《申报》1919 年刊"世界丛书"之广告，审查委员标"蔡孑民、蒋梦麟、陶孟和、胡适之"，下栏之"注意"明标：稿件"寄交北京大学第一院胡适之先生"，可见当时其在北大地位已举足轻重。

1917—1919 年，是胡适起飞且最辉煌的阶段，但没有留下日记。然从其后日记中，仍可见其意欲方向。如 1921 年 9 月 23 日日记：

　　下午三时，到中央公园，赴孟馀谈话会。开会情形真可怜。有人不配出锋头，偏要出锋头！

　　六时，大学选举教务长，孟馀当选。前夜蔡宅商议时，孟馀力辞连任，故他们要我干此事。我也知道有些人的推我未必出于诚意，但我也不曾力辞。我也要看看他们的把戏。今日举我的票数少于那夜的人数；这是我意

① 胡适：《回顾与反省》，中国城市出版社，2013。
② 江勇振：《舍我其谁：胡适》第二部《日正当中：1917—1927》，浙江人民出版社，2013，第48 页。

料之中的。孟馀是熟手，自然最适宜。举出后，他推辞不肯连任，但他的理由不能成立，故我驳他，劝他不要辞了。

（二）

再说媒体。"不胫而走"，形容声名远播，靠的是媒体传播之力。胡适历来重视出版社与报纸刊物。

胡适于 1918 年完成《中国哲学史大纲》，要求列入"北京大学丛书"。有人不予认可；后经蔡元培力荐，商务印书馆方勉强接受，以三十元低价买下。蔡元培为序曰："现在治过'汉学'的人虽还不少，但总是没有治过西洋哲学史的。留学西洋的学生，治哲学的，本没有几人。这几人中，能兼治'汉学'的更少了。适之先生生于世传'汉学'的绩溪胡氏，禀有'汉学'的遗传性；虽自幼进新式的学校，还能自修'汉学'，至今不辍；又在美国留学的时候兼治文学哲学，于西洋哲学史是很有心得的。所以编中国古代哲学史的难处，一到先生手里，就比较的容易多了。"且盛赞《大纲》的"四大长处"：证明的方法，扼要的手段，平等的眼光，系统的研究。该书于 1919 年 2 月出版，三年之内重印七次，遂让胡适颂声四起，誉满天下。

借此东风，胡适便在 1921 年 12 月出版《胡适文存》四卷，1924 年出版《胡适文存二集》四卷。古有"别集"一类，其自制书名者，始于南齐张融《玉海集》，大凡题《××集》；而书作者姓名者，多为后人追题，如《扬子云集》《蔡中郎集》《孔北海集》《曹子建集》《嵇中散集》等。1921 年胡适年方三十，就敢以己名命名文集，且加"文存"二字，自诩其文必存。亚东图书馆操作圆熟，经营得法，双方都大获其利。胡适 1928 年 12 月日记有亚东图书馆的对账单，所列《胡适文存》账目为：

《胡适文存》初集，十一版共印 43000 册，定价 2.20 圆（平装本），版税 15%，计 14190 圆。

《胡适文存》二集，五版共印 18000 册，定价 2.40 圆，版税 15%，计 6480 圆。

胡适还善于给自己做广告。1927 年 2 月《整理国故与打鬼》中写道："西滢先生批评我的作品，单取我的《文存》，不取我的《哲学史》。西滢究竟是一个文人；以文章论，《文存》自然远胜《哲学史》。但我自信，中国治哲学史，我是开山的人，这一件事要算是中国一件大幸事。这一部书的功用能使中国哲学史变色。以后无论国内国外研究这一门学问的人，都躲不了这一部书的影响。凡不能用这种方法和态度的，我可以断言，休想站得住。"

为推销自己的书，胡适还真打了广告。新月书店出版《国语文学史》后，打出广告道：

胡适之先生的著作还用得着广告吗？这是《国语文学史》的上卷，曾经钱玄同先生在北京印行过一千部，现在胡先生又重加修订，由本店出版。

要研究文学史的，

要研究国语文学的，

不可不读这本书。

"胡适之先生的著作还用得着广告吗？"堪称古往今来最绝妙的广告词。更为有趣的是，这部 1921 年冬第三届国语讲习所"国语文学史"的讲稿，后由北京文化学社排印，封面上有"疑古玄同"题写的书名，书前有黎锦熙的"代序"。由于广告说"钱玄同先生在北京印行过一千部"，与事实不符，让钱玄同有了意见。胡适连忙写信解释，说出版商也无恶意，本意无非借重"大名"登广告，况且北京文化书社翻印此书做学生的参考讲义，不是为牟利，自己也不好责备，但作为新月书店董事长，有不可推卸的责任，表示"代为负责"，向钱玄同请罪云云。经过这一番折腾，无意中扩大了《国语文学史》的影响。

胡适与报刊记者关系也不一般。1921 年 7 月 17 日日记："晚间到《申报》馆看史良才，《时事新报》馆看张东荪，《商报》馆看 Sokolsky（索克思），《时报》馆看狄楚青，《神州日报》馆看张丹斧，皆不遇。"就中与张丹斧的交往，更为耐人寻味。1921 年 7 月 20 日日记："今天的《商报》有张丹斧和我开玩笑的一篇文章。"中贴一份剪报，题《胡老板登台记》，作者署名"丽天"，文章说：

北京大学赫赫有名的哲学教员、新文学的泰斗胡适之，应商务印书馆高所长的特聘来沪主撰，言明每月薪金五千元（比大总统舒服）。高所长亲至北京迎来，所有川资膳宿，悉自该馆担任。今日为到馆第一天。该馆扫径结彩，总理以次，均迎自门首。会客室编辑所均油漆一新。另辟一室，器具悉为红木，左图右史，明晶却尘。所长部长及各科主任，趋侍恐后。方之省长接任，有过之无不及。所内著名的编辑，均由胡博士一一延见，分班叙谭，宛如下属，实为我秃笔文人扬眉吐气。其薪金优遇，诚开我国文学家未有之奇局，可谓勿负十年窗下矣。（十年海外不算吗）然胡博士是创新文化的人，其批评为重要职任。今被收买，将来对于该馆出版应如何评判呢，恐怕要失于公允了。再闭目一想，其阶级不是比政界更利害么？那里是什么文学家就职，简直同剧界大王梅兰芳（何不说谭叫天）受天蟾舞台的聘第一日登台一样。将来商务印书馆一定大书特书本馆特由北京礼聘超等名角求沪，即日登台了。

张丹斧（1868—1937），本名宸，又名延礼，上海"四大金刚"之首的著名小报《晶报》主笔，为人玩世不恭，善作打油诗与小品文。他虽与胡适观点不同，关系却不失亲昵。这篇开玩笑的文章，中有许多夸大的事，如商务印书馆给的月薪五千元，著名编辑均由胡博士一一延见，只要稍加澄清，便可化为乌有。但这种玩世文所传递出来的"北京大学赫赫有名的哲学教员""新文学的泰斗"的夸张效果正好让胡适声名更盛。

《申报》1928 年 3 月 18 日载无畏庵主《许杨联欢宴中之谈片》，文末云："车中忆席间胡博士极称本日《上海画报》张丹斧所作之白话诗，内有'其实何尝绑肉票，分明正是出堂差'二句，一再激赏，愚遂驱车至南京路购阅。"1929 年 3 月 19 日胡适自作《答丹翁诗》，跋云："丹翁忽然疑我怪他，不敢不答。"诗曰：

> 庆祥老友多零落，只有丹翁大不同。
> 唤作圣人成典故，收来干女画玲珑。
> 顽皮文字人人笑，惫赖声名日日红。
> 多谢年年相捧意，老胡怎敢怪丹翁。

（三）

再说洋人。在胡适留学日记中，只记了 1917 年 5 月 6 日与 5 月 30 日和杜威两次见面，但 1937 年 7 月 20 日写于太平洋船里的《〈留学日记〉自序》，忽然自说自话地写道：

在这里我要指出，札记里从不提到我受杜威先生的实验主义的哲学的绝大影响。这个大遗漏是有理由的。我在一九一五年的暑假中，发愤尽读杜威先生的著作，做有详细的英文提要，都不曾收在札记里。从此以后，实验主义成了我的生活和思想的一个向导，成了我自己的哲学基础。但一九一五年夏季以后，文学革命的讨论成了我们几个朋友之间一个最热闹的题目，札记都被这个具体问题占去了，所以就没有余力记载那个我自己受用而不发生争论的实验主义了。其实我写《先秦名学史》《中国哲学史》都是受那一派思想的指导。我的文学革命主张也是实验主义的一种表现；《尝试集》的题名就是一个证据。札记的体例最适宜于记载具体事件，但不是记载整个哲学体系的地方，所以札记里不记载我那时用全力做的《先秦名学史》论文，也不记载杜威先生的思想。

在这种情况下，胡适是诚实的，挟洋人之揄扬为己造势，为他的发展铺下道路。

1919 年，胡适以学术交流为名，促蔡元培邀杜威来华讲学。杜威的中国之行，是无薪俸的假，所有开销都由邀请方支付。五四运动爆发之后，蔡元培辞职离京，北大的承诺不能兑现，杜威的薪水没有着落，胡适对蔡元培生绝大意见，最后由私人组织尚志学会、新学会和清华学校分担。杜威在中国停留一年零三个月，看到胡适居然有炙手可热的权势，大为意外，在给女儿的信中引陶孟和、郭秉文的话，说胡适"方面太广了，以至于没有太多的时间作哲学，不过他的《中国哲学史》已经付梓。他从事文字、戏剧的改革，翻译易卜生、莫泊桑之外，还是用白话而非文言写诗的第一人。总之，他是中国新文学运动的领袖"。[①]1927 年胡适再到纽约，终于拿到博士学位。胡适借用杜威之名，也扩大了自己的声望。杜威于 1919 年 4 月 30 日抵达上海，胡适以北大代表名义到码头欢迎，送其入沧州别墅。各家媒体预告："五月二三两日星期五星期六午后 3 时（暂时）在省教育厅开

---

① 江勇振：《舍我其谁：胡适》第二部《日正当中：1917—1927》，浙江人民出版社，2013，第78 页。

演讲大会，已分送入场券。"到了 5 月 2 日，各报又发出声明更正："杜威博士演说改期"，而由杜威博士的学生——北京大学胡适博士于 5 月 2 日（星期五）晚上 7 时，"在西门外林荫路该会会所演说实验主义，以为星期六星期日杜威博士演说之导言"。5 月 3 日《申报》对此即有详细报道。可见杜威的到来，遂成就了胡适的热身。5 月 3 日和 4 日杜威正式登场，作了《平民主义的教育》演讲，百余青年冒雨赶来，"座为之满，后来者咸环立两旁"。演讲由胡适为之翻译，人们普遍的评价是：杜威的口才并不好，反倒是胡适的翻译，声声入耳，给听众留下难忘印象。胡适还将讲演发于报纸杂志，又汇编成书交北京晨报社出版，在杜威离华前重版十次，每版印数都是一万册。1921 年，胡适在北大开设"杜威著作选读"，成为最权威的杜威专家。胡适的声名，因向杜威"受学"而增光；杜威在中国的影响，也因胡适的宣扬而益大。

到了 1922 年，上海《密勒氏评论报》发起评选"当今中国十二大人物"，胡适得以入选。江勇振《舍我其谁：胡适》第二部《日正当中》，对此有极好的剖析：他在自己所编《努力周报》上发表评论，"抗议"评选标准过于偏颇，"批评"那是"在华外国人的把戏，不能代表多数中国人的立场"，且拟出了自己心目中的"当今中国十二大人物"。这一举动，起到一定作用。评选结果揭晓，分"正榜""副榜"各十二名：

"正榜"的名次与得分是：1. 孙中山 1315 分；2. 冯玉祥 1217 分；3. 顾维钧 1211 分；4. 王宠惠 1117 分；5. 吴佩孚 995 分；6. 蔡元培 965 分；7. 王正廷 925 分；8. 张謇 915 分；9. 阎锡山 724 分；10. 余日章 703 分；11. 黎元洪 671 分；12. 胡适 613。

"副榜"的名次得分是：13. 颜惠庆 513 分；14. 梁启超 474 分；15. 陈炯明 378 分；16. 段祺瑞 356 分；17. 章太炎 328 分；18. 施肇基 278 分；

19. 聂云台 252 分；20. 李烈钧 237 分；21. 唐绍仪 222 分；22. 郭秉文 181 分；23. 黄炎培 178 分；24. 康有为 155 分。

　　胡适恰在"正榜"之末，不仅凌铄政界风云人物陈炯明、段祺瑞，且压过学界元老梁启超（多 139 票）、章太炎（多 285 票）。胡适入选之后，立刻"忘却"此前对评选的批评。

　　胡适 1928 年的日记，附有英文剪报三则 [①]，第一则主要内容是：

　　胡适已重返美国。大约十年前，他离开美国——当时，他还是个谦逊的中国留学生，因其荣获学生论文奖、编辑中国留学生杂志而崭露头角。两年后，从中国传来消息说，某杂志通过投票推选他为十二位在世的最伟大的中国人之一，当选者中有的年龄是他的两三倍。他勇敢地推进了中国的白话文（一种为人们所不齿的口语）运动，他对中国的贡献可以与意大利的但丁和彼特拉克相媲美：他为数以百万计的中国人打开了文化教育的大门，而这些人在过去是永远不可能掌握复杂的古汉语的。他号召国人用他们的口头语言来写作，认为用白话文创作的著作具有不容置疑的价值和生命力。白话又是为旧文人所不齿的一种大众语。数百年来，汉语书面语言脱离了生话，而文学却不能将生活拒之于门外。中国的学者鄙薄小说，而胡适从近两百年印刷质量低劣的白话小说中找出了数十部，发现这些作品完美、忠实地反映了中国的市井生活，它们不留斧凿之痕，没有传统学者的酸气与迂腐。他重版了这些作品，并附以研究介绍——虽然市面上有仅花几分钱即可购得的廉价版本，而这些价格昂贵的版本却被抢购一空。他的《中国哲学史》（卷上）连续两年名列中国畅销书之首。他用大众的语言创造了许多诗歌、戏剧、随笔：正是这次文学革命才推动了中国的"平

---

　　① 均选自 "*Nation*", Vol.124, N0 3212.（《国家》，第 124 卷，第 3212 号）。

民教育"运动。有幸聆听这位哲学家讲座的国立北京大学的学生会发现，他还是一位具有灵性的艺术家、和蔼可亲的哲学家，他对平民运动具有一种直觉的领悟力。

报道说："两年后，从中国传来消息说，某杂志通过投票推选他为十二位在世的最伟大的中国人之一，当选者中有的年龄是他的两三倍。"可见《密勒氏评论报》评选影响之巨。

到了 1925 年，美国人勃德的《中国近代名人图鉴》中，胡适厕身二百"中国近代名人"之列，且被誉为"中国新文化运动之领袖"。《中国近代名人图鉴》目录首页，从 A 到 H，计有：

第 13 页：冯国璋；第 37 页：赵尔巽；第 41 页：张勋；第 49 页：张誉；第 53 页：朱葆三；第 57 页：何东；第 81 页：周自齐；第 89 页：靳云鹏；第 97 页：周树模；第 113 页：张作霖；第 121 页：冯玉祥；第 169 页：陈锦涛；第 189 页：张志潭；第 205 页：范源濂；第 217 页：张弧；第 241 页：张謇；第 277 页：傅筱菴；第 293 页：钱永铭；第 297 页：陈廉伯；第 317 页：周长龄；第 325 页：周少岐；第 333 页：陈廉仲；第 381 页：余东旋；第 409 页：狄梁孙；第 421 页：冯伟成；第 425 页：周星堂；第 453 页：区康泉；第 477 页：区克明；第 481 页：程天斗；第 493 页：吴克愚；第 520 页：朱榜生；第 532 页：陈纪邦；第 564 页：韩国钧；第 568 页：赵恒惕；第 576 页：齐燮元；第 580 页：褚耀南；第 592 页：张锡元；第 596 页：张福来；第 616 页：蒋尊簋；第 620 页：傅良佐；第 632 页：张载扬；第 668 页：朱兆莘；第 672 页：薛笃弼；第 700 页：陈介；第 712 页：邹鲁；第 716 页：何丰林；第 720 页：陈世光；第 728 页：陈其瑗；第 740 页：程潜；第 743 页：傅秉常；第 767 页：张开儒；第 775 页：张宗昌；第 790 页：张

培荣；第794页：范石生。（胡适在本书第351页）

1925年，北伐战争尚未胜利，入《图鉴》的"中国近代名人"，有不少是地方军阀，故有许多后人不熟知的名字，而胡适竟然跻身其间，可见他之不同凡响了。

1933年7月7日日记，附有英文剪报一则，题为《胡适博士在夏威夷大学演讲人生哲学》，作者埃德娜·H·劳森。报道说："昨晚，夏威夷大学演讲厅挤满了兴致盎然的听众，他们聆听胡适的演讲'人生哲学'。胡适是中国第一位用白话文写作的诗人。他是白话文运动的领袖。白话文由此成为一种书面语言。他被誉为'中国文艺复兴之父'，这位杰出的绅士也是太平洋关系学会计划委员会主席，北平艺术和科学学院院长……胡适博士说，中国的文学革命是很偶然的事，起因是一批大学生关于诗歌语言的一场争论。语言的变换在学校已成为一个事实，文言文被译成白话文。胡适博士在演讲结尾时说：'我的哲学是，要对你所说的和所想的负责，记得佛教有句话：功不唐捐。将来，我们要保持我们的信念：要对自己担干系，并且要记着，每一件事情都会产生不朽的影响。'"

1954年美国出版的《基本每日百科辞典》第257页，有胡适的词条，中曰："胡适（1891— ），中国学者和外交家，学于美国，发明白话。"评论说：

　　吓！"发明白话"？这在稍有常识的人看来，简直以为编者在"发明笑话"了！自有人类以来，即有白话，最原始的文字，便是白话文，《诗经》便是最好的白话诗，而且"孔老二"也把它删选过。（大约因为"孔老二"手快眼快，想争"发明"权，胡先生才与他结下血海深仇，务要把他打倒）后世的语录、词曲、传奇、鼓词、弹词……等等，多用白话写成。在几千年前，便有白话文，以后还不断在各方面流行着。讲到文字进化的程序，一定是先有白话，后有文言，那么，即使不说提倡白话文是"开倒车"，至少也应说白话文是最古老的，最原始的文字，提倡这种文字，不过复古而已。如果说"复古"，谁肯跟随？胡先生是聪明绝顶的"假语村言"专家，明白这点，于是把白话文套上一顶"新文学"的帽子，便马上取得了胡记的"发明"权，真是妙手空空儿的本领！多少中国青年入其彀中，怎能怪外国人受他欺骗呢！①

最为人津津乐道的，是胡适获得 36 个博士头衔，是中国获得博士学位最多的人，"证明国际文化界学术界对胡适的尊重和认可"云云。殊不知荣誉博士的授受，取决于双方的需要。

1939 年，哥伦比亚大学、芝加哥大学授予名誉法学博士。

1940 年，韦斯尔阳大学、杜克大学、克拉大学、卜隆大学、耶鲁大学、联合学院、柏令马学院、宾夕法尼亚大学，授予名誉法学博士。

1941 年，美国加利福尼亚大学、森林湖学院、狄克森学院、密特勃雷大学、密达伯瑞学院授予名誉法学博士；加拿大麦吉尔大学授予名誉文学博士，多伦多大学授予名誉法学博士。

1942 年，达特茅斯学院、纽约州立大学授予名誉文学博士；俄亥俄州州立大学、罗切斯特大学、奥白林学院、威斯康辛大学、妥尔陀大学、东北大学、普林斯顿大学、第纳逊大学授予名誉法学博士。

四

林语堂译温源宁《胡适之》中说："适之为人好交，又善尽主谊。近来他米粮库的住宅，在星期日早上，总算公开的了。无论谁，学生、共产青

---

① 徐子明：《宜兴徐子明先生遗稿》，华冈出版社（台北），1975。

年，安福余孽，同乡商客，强盗乞丐都进得去，也都可满意归来。穷窘者，他肯解囊相助；狂狷者，他肯当面教训；求差者，他肯修书介绍；向学者，他肯指导门径；无聊不自量者，他也能随口谈谈几句俗话。到了夜阑人静时，才执笔做他的考证或写他的日记。但是因此，他遂善做上卷书。"胡适此时忙于社交应酬，可能根本没有时间读书治学。

沈尹默则回忆了两件事：一件是陈仲恕震于胡适大名，有一次在北大公开讲演，他也去听讲。听了好一阵，觉得有点耳熟，仔细想一下，记得是在颜习斋书里看见过，回去一查，果然不差。后来得知胡博士过于忙碌，讲演期到了，讲稿还没有准备好，就到琉璃厂书店去顺便买了一本颜习斋的著作，在洋车上翻了一翻，便把这一场公开讲演对付过去了。另外一件，因事到胡适家里去，见书房里有一张大得少有的书桌，桌子中间，一本一本的翻开来覆着的书堆得像一座小山一样。乍一看不免有点惊讶，慢慢地想了一想，才明白胡博士大约实在没有时间细细读书，大概是用剪报的方式去采集他所要的材料。沈尹默评论道：

因此之故，才晓得一九二四年以后，北大学生对胡博士的信仰减低不少，是有正当的理由的。但是中学生们还是欢喜读他的东西，这是什么缘故呢：一则是因为他的文章写得清楚，容易了解，再则他往往单凭他的主观愿望去处理每一个问题，轻易下断语、作结论。中学生读书少，不能够发现他的轻率武断的毛病，反而佩服他说得那么简而明。其实，不是用简单化的手段就可以了解一切学问的，凡稍微多读几本书的人，就很容易看出他文章中的漏洞。所以我以为他对于一般人的影响，是一时的，不会是永久的。他自己曾经说过：但开风气不为师。所以开风气这一点，一般人都认为是他的功劳，其实新文学运动的发起人是陈独秀，打倒孔家店的主张者是吴又陵，他不过跟着尽一些宣传力量。

　　有位"胡迷"与人的争论，道是："胡先生是鼎鼎大名的考古家，不料讲到考古，人家总推尊李济，董作宾，陈垣，罗振玉，王国维……（他们念了三十多个名字我记不清了）；再问下去，他们又提到顾炎武，戴震，段玉裁，王念孙父子，孙星衍，毕沅，阮元……（又念了五六十个），我听得不耐烦，便大声反问：'五千来年，对于《红楼梦》《醒世姻缘》《水浒传》……的考证，有谁敢与胡先生较量？'幸亏有这一手，才把他们吓退。"① 也真实反映了"对胡博士的信仰减低不少"。

　　荀子《劝学》云："无冥冥之志者，无昭昭之明；无惛惛之事者，无赫赫之功。行衢道者不至，事两君者不容。目不能两视而明，耳不能两听而聪。螣蛇无足而飞，鼫鼠五技而穷。"蔡邕《劝学》云："鼫鼠五能，不成一伎。"王注曰："能飞不能过屋，能缘不能穷木，能游不能渡谷，能穴不能掩身，能走不能先人。"唐德刚说："胡氏博学多才，兴趣广泛，生性又好凑热闹，一个题目未完，又赶着去搞另外一个热门。一个接一个，结果一个也搞不完。"② 有人说胡适兴趣广泛，著述丰富，在文学、哲学、史学、考据学、教育学、伦理学、红学等领域都有深入的研究。这种印象，实源于名为"札记"的日记。

　　唐德刚以《三分洋货，七分传统》为题，概括胡适治学的方向。按理而论，胡适是应该大搞西方文学翻译，以为中国"树立榜样"的，但他只在年轻时译过几个短篇；按理而论，胡适是应该大写一点白话诗，以为新型诗人"树立榜样"的，但是他只在年轻时"尝试"了一阵；按理而论，胡适是不应该对中国的"死文学"感兴趣的，但他还没有迈出年轻阶段，就开始"整理国故"了。当然，他说是为了推行杜威的实验主义，教给青

　　① 徐子明：《宜兴徐子明先生遗稿》，华冈出版社（台北），1975。
　　② 唐德刚：《胡适杂忆》，广西师范大学出版社，2019，第39—40页。

年人做学问的方法。

钱穆说，胡适"是个社会名流式的人物，骨子里不是个读书人"，"世俗之名既大，世俗之事亦困扰之无穷"，"以言以人，两无可取"。尤为可笑的是，胡适让自己也上了"大胆假设，小心求证"的当。他一生不曾读过《水经注》，偶尔翻检则有之。1937年，胡适相信孟心史的话，认为戴东原"作伪实可恶"；及读王国维《戴校水经注跋》，对"赵东潜作《水经注释》全部为戴东原所窃"公案提出大胆怀疑，因为戴震是自己安徽同乡，"我审这个案子，实在是打抱不平，替我同乡东原申冤"，于是上下求证，用了将近二十年，论证戴东原"无窃书之事"，可惜徒增纠纷，无补于事。这事正犯了王国维所说的毛病："宜由细心苦读以发现问题，不宜悬问题以觅材料。"细心苦读原典，融会贯通，从中发现问题，解决问题，方是治学的正当门径。

第二节　还原"提倡白话文"的真相

胡适最受时人推崇的，不是"第一部中国哲学史"，而是"提倡白话文"。女作家陈若曦的七十自述《坚持·无悔》，叙十来位"新诗人"1962年大聚会，就胡适去世后"要不要到灵堂表示一下"展开讨论。

当场立即对胡适的功过展开评论，一致佩服他提倡白话文和"五四"运动，又参与《自由中国》杂志；尤其一九五八年来台主持中央研究院，虽短短四年却为在座诸君津津乐道。

我是第一次听到胡适来台的内幕。……胡适原不想老年移居台湾，后来传说党工张其昀有意接手，这才勉强接下聘书。

"他坚持学术自由，"诗人们同意，"维系了北京大学的自由主义精神，有功国家和人民！"

　　大家决议："我们都去灵堂，向胡适三鞠躬！"①

　　之后，诗人们到灵堂一字排开，三鞠躬尚未完毕，忽然爆出裂帛也似的哭号，原来是感情丰富的楚戈，一时悲从中来，当场痛哭失声了，步出灵堂时，大家都是眼眶红红的。——想想也是，不亏了胡适提倡"白话文"，文坛哪有"白话新诗""现代散文"的位置？新型诗人与散文家一致认为胡适对文学革命居功甚伟，是他首先发出了"文学革命发难的信号"，在《新青年》上发表《文学改良刍议》一文，提出了有名的"八不主义"；也是他最先在《建设的文学革命论》中提出，"要在三五十年内替中国创造出一派新中国的活文学"。

一、台湾文化界的问难

　　但长于冷静思维的钱济鄂，却对"提倡白话文"表达了截然相反的看法。《中国文学纵横谈》有"新文学笔战始末"一节，梳理了倡导新文化的史实，指出：

　　吾人皆知，所谓之中国新文化或新文学，乃起于民初。首创者为黄远庸，乃鉴于对袁氏失望，遂写此文，欲改变国人思想。随之，民三、四年，陈独秀于新青年刊物，提倡新文化、新思想，乃基于上说。②

　　将几被湮没的黄远庸，推为新文学的首创者，以陈独秀的《新青年》是"基于上说"，可谓发人之未发。

---

① 陈若曦：《坚持·无悔》，九歌出版社（台北），2011年10月增订版，第90页。
② 钱济鄂：《中国文学纵横谈：论雅俗、骈文及其他》，书林公司（台北），1995，第167页。

黄远庸（1884—1915），江西德化人，原名为基，字远生，光绪三十年（1904）进士，留学日本中央大学，1909 年回国，授邮传部员外郎兼参议厅行走、编译局纂修官。1912 年创办《少年中国》周刊，后又编辑《庸言》杂志，任《时报》《申报》《东方日报》驻北京特约记者，他的通俗易懂的"远生通讯"，以"人心""民气"为出发点，在社会上产生广泛影响。黄远庸在 1914 年《庸言》第二卷发表《本报之新生命》，提出："吾国号称文字之国，而文学之物，其义云何，或多未喻，自今以往，将纂述西洋文学之概要，天才伟著，所以影响于思想文化者何如，冀以筚路蓝缕，开此先路，此在吾曹实为创举，虽自知其驽钝，而不敢丧其驰骋之志也。"1915 年致章士钊信中又说："至根本救济，远意当从提倡新文学入手。综之，当使吾辈思潮，如何能与现代思潮相接触，而促其猛省。"①首次郑重提出"新文学"的主张。陈独秀主编的《新青年》，提到黄远生的文章，不下三十篇。

钱济鄂认为，与宣称新闻"第一义在大胆，第二义在诚实不欺"的黄远庸相比，"仅留美，未取得学位"之胡适，所提出的"文体叛变"论，开始以为须从"八事"入手，未几又修正为"八不主义"，后又归纳为"四条"，皆是从皮毛着眼的肤浅之说。钱济鄂对"四条"逐条反驳道：

一、"要有话说，方才说话。"——废话！那有人之所云，是出之不欲言者？

二、"有什么话，说什么话。想怎么说，就怎么说。"——一半意义同一；一半意思又不同。此语，似教幼儿园小、中班学童？

三、"要说我自己的话，别说别人的话。"——最难。其言，谁能皆自己发明？谁不说自己之话？然应防：致变成一言堂，则坏事也！胡所写之考证文，为何皆是他人之谈？

① 《甲寅》第 1 卷第 10 号。

四、"是什么时代的人，说什么时代的话。"——胡可以如此。是中国人，未必如此？何以今华人，犹能心仪三四千年前人之作？ ①

钱济鄂指出胡适所言"我们的工具就是白话，我们有志做国语文学的人，应该赶紧筹备这个万不可少的工具"之误，实源于对英文所知不深："英、美之语文，向分为写、说二类。写者，谓之文；说者，谓之话。分别甚清楚。仅初启蒙之课本，可以相通。非如胡所倡者，已是成人、中学生，犹写说一致，手口不分。"②

《中国文学纵横谈》提道："冰山见不得日出，迟早必消失无形。其欲仍长行之于中国，信难矣！终有人识破其伪，揭发其奸。"③徐子明从另一角度批驳"八不主义"，更显得高屋建瓴，不同凡响：

依照他民国七年所发表的《建设的文学革命论》，任何人要想做新文学，在消极方面须先守他所谓"八不主义"：（一）不做"言之无物"的文字；（二）不做"无病呻吟"的文字；（三）不用典；（四）不用陈语滥调；（五）不重对偶——文须废骈，诗须废律；（六）不做不合文法的文字；（七）不摹仿古人；（八）不避俗话俗字。我们对他所提的"八不主义"，觉得（一）（二）（三）（四）（五）这几条，颇为合理。可惜他所最看不起的"桐城谬种"早已把这五个主义悬为厉禁，凡做散文的人均所知道，并非革命家之心得。若论骈文律诗，他们原是艺术，不能者本不必勉强。能者即用典更工，此亦各人之自由。……论到第（六）条骤看似乎有理，细想却极其可笑。试问古今中外的名作家，谁曾先读文法而后动笔？④

① 钱济鄂：《中国文学纵横谈：论雅俗、骈文及其他》，书林公司（台北），1995，第169页。
② 钱济鄂：《中国文学纵横谈：论雅俗、骈文及其他》，书林公司（台北），1995，第163页。
③ 钱济鄂：《中国文学纵横谈：论雅俗、骈文及其他》，书林公司（台北），1995，第183页。
④ 徐子明：《宜兴徐子明先生遗稿》，华冈出版社（台北），1975，第18页。

徐子明指出"八不主义"中的（一）（二）（三）（四）（五）这几条，乍看似颇为合理，但皆是胡适看不起的"桐城谬种"的律条禁令，谈不上什么新意；用典、对偶原是艺术，不能者本不必勉强，此亦各人之自由；然后说："不做不合文法的文字"，因为古今中外的著名作家，谁都不曾先读文法而后动笔。轻轻一拨，就将其宏论化为乌有了。

徐子明留洋多年，学贯中西，曾在台湾大学主讲西方史，在东吴大学教授《左传》《史记》，对中西方文化比较研究多有建树，故能对胡适的"死文字""活文字"之说，进行持之有故的驳斥：

夫文字死活，何常之有。死之活之，在人而已。村夫野老，目不知书，虽视俚语犹死也。华夏之民，未习欧文，则视欧土各国之文字皆死也，而况乱民所资为口实者。厥惟英德法诸文所称之 dead language, tote sprache, langue morte 耳，夫 dead, tot, morte 三字，可训为死，亦可训为废。所谓 dead language 者，谓往者希腊罗马两民族已成陈迹，而其文字遂见废于近世诸民族耳，岂得训为死活之死哉？然而近世诸民族，原本北狄，坏罗马长城之防而入其地。虽各割据建国，然其初有语言而无文字。是故自第五世纪至十五世纪，全欧教育宗教之权，操于罗马教廷，而当时流行之文字仍为拉丁文。及十五世纪之末，宗教之力稍减而学术渐苏。（文艺复兴）然后列国士人研习希罗遗籍者始众。则以新造之国本无文化，若非借助希罗则终为夷狄，虽欲论道经邦而无由矣。是故十六、十七、十八三世纪之间，希腊拉丁两文为各国学生所必习。而通人撰述自书牍与剧本、小说而外，虽至十八世纪犹用拉丁文焉。及十八世纪中叶之后，欧洲各国盛倡所谓民族主义。以拉丁文非己国之文，而后政令公文、学人撰述，悉用其本国之文书而成，希腊拉丁为已废之文字，亦即不达外文者所谬译为死文字者也。

　　若夫华夏则不然。自庖羲画卦，文字始兴，迄乎仓颉，演成六书，遵以制字，则文化日高而文字随之而茂。及唐虞之世，则文字灿然无缺，绵历夏商及姬周而极盛。孔子因之，删订六经，以为万世治平之准。秦虽焚书，而天下同文。汉氏矫秦之失，上承周室，武力文治，冠于后世。三国以后，外族割据者，若十六国，若拓跋魏，若辽金，而其统一者，若元清，皆用夏变夷，遵行雅书，未尝各以其方言代之也。然则中国雅言，自太古以至清末，一线相承，滋长繁荣。何得拟不与伦，强附诸希腊拉丁之列，而谬称为死文字乎？向使中国为外族所割裂，而炎黄之子孙亦如希腊罗马民族绝灭无余，其新起之国皆采用华夏圣哲之典章学术，但各用其新造之文字，则称仓籀以来之雅言为已废文字可也。何则？非新兴列国所用之文字也。今则炎黄之胤胄，犹繁昌于天壤之间，非若罗马希腊之民已为陈迹也。历世外族陶铸于吾华，非若欧洲北狄裂罗马之州郡而各造新邦也。徒以乱民不达雅言，耻为通人所鄙，遂不惜裂冠毁冕以异种自居，谬欲效西人所施于希罗文字之称，而斥祖宗之雅言为死文字，以提倡鄙倍难堪之俚语，为赤化导夫前路，而卒亦求为戎酋之董贤而不可得。天乎天乎，吾民何辜而命神州产此妖孽乎？

　　且惟初民朴质，则有语书而无文字。若其进于文明，典章学术随之以起，则非文字不足以周用，而语文之分途亦由此起。今之乱民动曰：欧美各国书文一致。夫岂知英美德法，其政令公牍及学人著述所用之文字，与寻常之语言绝殊。伦敦、纽约、柏林、巴黎，其贩夫走卒孰不能各操其国语？然而授之以通人之撰述，则茫然不解。何则？著述之文字，简洁精覈，不似口语之俗俚猥琐，故未加研习则不能解，其势则然也。若依乱民之意，则诸国之雅言皆死文字。存其方言，而雅言则举国无二。故经史百家之书，无问东西南北，皆学人所通晓，而文化之绵延光昌，虽经外族入主，亦不同于希罗文化之变为陈迹不复。则以华夏文字根于六书，非若欧洲之以字母拼音，易于流动。故罗马既亡，北狄即就其字母而各拼其方言以成为今日列邦之文字也。

夫东西文化各有短长。西人之殚精于科学，信有殊诣，而为吾侪所宜急起直追，不徒坐享其成者矣。然而中国之特长，所以见重于欧美人者，则别有所在。夫其文字艺术超乎全球，固有称为惠礼贤偏袒中国之论，至如凯绍林（Keyserling 德人）之服膺学庸，沙房（Chovonne 法人，译《史记》）之推崇中国史学，戛儿斯父子（Giles）之译庄列，马古烈之诵文选，（Morconlier 白俄）迪肯生（Dickinson 英人）之称吾国名胜扁榜皆超绝尘埃，非西方诗人所能想象。叶斯剖生（Jespersen 丹麦人，文字学专家）之以中国文字之简明适用远轶欧洲各国之文字，而中国文化之高亦因达意之具独优云。而惠礼贤且深惜欧洲未有孔子其人，是以古今哲学家著述虽富，终未梦见王道。又以世界无科学，人类不至泯灭。若有科学而不能自克，则科学适为杀人之利器。而贝希何（Peillot 法人）闻刘半农称中国雅言为死文字，则抚掌大笑而诘之曰："君之国人，何时死尽？"盖笑其不达法字 longue morte 之义而妄说也。①

徐子明对胡适的批判，具有相当的说服力。如首先明白指出："夫文字死活，何常之有？死之活之，在人而已。"对于目不知书的村夫野老来说，即使是通俗的俚语白话，也同死的一样；在未习欧文的华夏之民眼中，欧土各国之文字，也都是死的。然后拈出英德法诸文所称之"dead language""tote sprache""langue morte"，其中的"dead""tot""morte"三词，可训为"死"，亦可训为"废"。所谓"dead language"，说的是以往希腊罗马两民族已成陈迹，其文字遂见废于近世诸民族，是不能解释为"死活"之"死"的。又举北大公费到法国留学的刘半农，称中国雅言为死

---

① 徐子明：《宜兴徐子明先生遗稿》，华冈出版社（台北），1975，第3—6页。

文字，法人诘之曰："君之国人，何时死尽？"盖笑其不达法字"longue morte"之义而妄说也。

徐子明曾说："殊不知希腊罗马的文学，虽有佳作，然并无小说一门(fiCtion)。至于近代西方文字之形成，其历史不过五百余年。当中国文化如日中天的时代（唐朝当西方六、七世纪），现在的西方各民族脱离森林生活尚不过两三百年，他们新成立的国家（如英德法等国）并无自己的文字。凡推行政令，全靠少数通拉丁文的人（受过教会训练的）起草。至于贵族或平民只能各操土语，识字通文的极少。因为拉丁文虽美，普通人不肯耐烦去学。须待十四、十五世纪西欧各国的民族主义日渐发达，耻用罗马遗文（拉丁文），才想把自己的土语拼成文字以表示独立。倘不够达意，亦不妨采用希腊拉丁的术语（科学术语希腊居多，政法术语拉丁居多），以完成达意的工具。近代各国文字之由来如此，但他们多是由粗僻而变成精致。所以十八、十九两世纪英国著名小说家除了对话不能不用当时的口语以外，他们书中叙事纯用至美之文言，而无半点粗俗的白话。这又是西方的小说家和中国的小说家不同之特点。从二十世纪开始，世事日繁，寻常人不暇看长篇厚册的小说，于是短篇小说就盛行于世。其实论到短篇小说，我国从汉魏六朝以至隋唐，便美不胜收。西方人真懂中国文的人极少。倘有懂中国文而享过这种福的，我敢说他没有不佩服到五体投地而承认我们文人的天才是不易及的。"[1]

徐子明引经据典，论述中国雅言，自太古以至清末，一线相承，滋长繁荣，绝不能拟不与伦，强附诸希腊拉丁之列，而谬称为死文字，强调："中国文化为世界长治久安惟一之至宝"，"中国的精神永远是统一的。精神是什么？就是中国的文化文字而已。"

---

[1] 徐子明：《胡祸丛谈》，民主出版社（台北），1964，148—149。

二、钩稽"提倡白话文"的历史陈迹

与徐子明、钱济鄂的冷峻质疑相比，有人至今还懵然以为，"民国以前国人写文章用的是文言文，民国后开始方推广白话文"①。由此看来，十分必要钩稽"提倡白话文"的历史陈迹，让大众明白一个事实：提倡白话文并付诸新闻与文学之实践，早在黄远庸以前的 19 世纪末就开始了。

（一）

人类的进化，总是先有语言，后有文字。言的意思，原本就是话，说话；把话用符号记下来，就是字，也就是文。而所谓"文言"，古代指的是华美之言，《易·系辞下》："物相杂，故曰文。"《礼记·乐记》："五色成文而不乱。"王夫之《读四书大全说·论语·泰伯篇十二》："异色成彩之谓文，一色昭著之谓章。"而所谓"白话"，在古代是空话的意思。《红楼梦》第五七回："紫鹃道：'你妹妹回苏州家去。'宝玉笑道：'你又说白话。苏州虽是原籍，因没了姑父姑母，无人照管，才就了来的。明年回去找谁？可见是扯谎。'"将"文言"作为概念，专指古汉语书面语，与专指日常口语的"白话"对立起来，实起于清末民初。如裘廷梁《论白话为维新之本》说：

有文字为智国，无文字为愚国；识字为智民，不认字为愚民；地球万国之所同也。独吾中国有文字而不得为智国，民识字而不得为智民，何哉？裘廷梁曰：此文言之为害矣。人类初生，匪直无文字，亦且无话，咿咿哑哑，唧唧啾啾，与鸟兽等，而其音较鸟兽为繁。于是因音生话，因话生文字。文字者，天下人公用之留声器也。文字之始，白话而已矣。于何证之？一证之五帝时，有作衣服，有作宫室，有作舟车，有作耒耜，有作弓矢，

---

① 王若谷：《驳李敖之否定鲁迅论》，《江南时报》，2005 年 8 月 9 日。

有教民医药，有教民稼穑，有教民人伦之道，悟一新理，创一新法，制一新器，一手一足，一口一舌，必不能胥天下之民而尽教之。故凡精通制造之圣人必著书，著书必白话。呜呼！使皆如今之文言，虽有良法，奚能遍传于天下矣？再证之三王时，誓师有辞，迁都有诰，朝廷一二非常举动，不惮反复演说，大声疾呼，彼其意惟恐不大白于天下，故文告皆白话。而后人以为佶屈难解者，年代绵邈，文字不变而语变也。三证之春秋时，《三坟》《五典》《八索》《九邱》，在尔时为文言矣，不闻人人诵习。《诗》《春秋》《论语》《孝经》皆杂用方言，汉时山东诸大师去古来远，犹各以方音读之，转相授受。老聃楚人也，孔子用楚语，翻十二经以示聃，土话译书，始于是矣。故曰"辞达而已矣"。后人不明斯义，必取古人言语与今人不相肖者而摹仿之，于是文与言判然为二，一人之身，而手口异国，实为二千年来文字一大厄。

第一份以"白话"命名的《演义白话报》（又名《白话演义报》），早在1897 年11 月7 日就创刊，此前曾在《申报》刊出广告："本报当用白话，务使人人易晓。约分时事、新闻两门，时事以感发人心为主，新闻以增广见识为主。"第一号《白话报小引》，更明白道出办报之宗旨："中国人要想发奋立志，不吃人亏，必须讲求外洋形式、天下大势，必须看报。想要看报，必须从白话起头，方才明明白白。"《谝报》连载长篇演义小说《通商原委演义》（后改名《罂粟花》出版单行本），讲述康熙二十二年台湾归附，至甲午割让台湾的历史；还有题为《官场中情形》《生意场中情形》的白话消息，以一两句话报道政治和经济信息；还有社会新闻、各地名胜和海外风情等。

半年之后的1898 年5 月11 日，裘廷梁主编的《无锡白话报》创刊。裘廷梁（1857—1943），又名可桴，字葆良，无锡人，1885 年乡试中举，入京会试，两次不中，逐绝意科举，致力于开通民智和变革维新的宣传，著有《可桴文存》。光绪廿三年（1897），裴廷梁到上海，力请汪康年增设"浅报"，遭到拒绝，便下决心自办《无锡白话报》，由侄女裴毓芳（1871—1904）主持编务。裴毓芳于1898年7月还与康有为女儿康同薇、梁启超夫人李蕙仙创办中国历史上第一份妇女报纸《女学报》，有《海国妙喻》遗世。戈公振于《中国报学史》谓："我国报界之有女子，当以裴毓芳女士为第一人矣。"

《无锡白话报》第一期首页，裴廷梁在《序言》中阐明办报方针，说："无古今中外，变法必自空谈始。故今日中国将变未变之际，以扩张报务为第一义。"又说："谋国大计，要当尽天下之民而智之，使号为士者、农者、工者，各竭其才，人自为战，而后能与泰西诸雄国争胜于无形耳……欲民智大开，必自广兴学校始。不得以而求其次，必自阅报始。报安得人人而阅之，必自白话文始。"《无锡白话报》的任务有三："一演古，曰经、曰子、曰史，取其足以扶翼孔教者，取其与西事相发明者。二演今，取中外名人撰述之已译已刻者，取泰西小说之有隽理者。三演报，取中外近事，取西政西艺，取外人论说之足以药石我者。谈新述故，务撷其精，间涉诙谐，以博其趣。"设有五大洲邮电杂录、中外纪闻、无锡新闻、海国丛谈、洋报药言、海国抄喻、史地知识等栏目，内容浅显，语言通俗，有故事性，引人入胜，受到读者的欢迎，也遭到一些文人的反对。其时，裴廷梁、邓濂、华蘅芳、杨横、杨楷、秦泰圻、秦宝珉并称为"梁溪七子"，然邓濂首先发难，另有秦坚、华子才等也群起而攻之，钱基博的批评尤烈，道是："白话兴，文言废，文学必亡。"裴廷梁在《新无锡报》发表致钱基博公开信，给予驳斥。

《无锡白话报》第5、6期合为一期，改名为《中国官音白话报》，为的是说明该报所指"白话"，不是无锡的土白（吴语），且不专为无锡而办，而是要"以号召全国"。此期刊出裴廷梁纲领性之文件《论白话为维新之本》，提出"崇白话而废文言"的主张，认为"白话之益"有八：

日省目力：读文言日尽一卷者，白话十之，少亦五之三之，博极群书，夫人而能。二曰除骄气：文人陋习，尊己轻人，流毒天下。夺其所恃，人人气沮，必将进求实学。三曰免枉读：善读书者，略糟粕而取菁英；不善读书者，昧菁英而矜糟粕。买椟还珠，虽多奚益？改用白话，决无此病。四曰保圣教：《学》《庸》《论》《孟》，皆二千年前古书，语简理丰，非卓识高才，未易领悟。译以白话，间附今义，发明精奥，庶人人知圣教之大略。五曰便幼学：一切学堂功课书，皆用白话编辑，逐日讲解，积三四年之力，必能通知中外古今及环球各种学问之崖略，视今日魁儒耆宿，殆将过之。六曰炼心力：华人读书，偏重记性。今用白话，不特熟读，而特精思，脑力愈瀹愈灵，奇异之才，将必迭出，为天下用。七曰少弃才：圆颅方趾，才性不齐；优于艺者或短于文，违性施教，决无成就。今改用白话，庶几种精一艺，游惰可免。八曰便贫民：农书商书工艺书，用白话辑译，乡僻童子，各就其业，受读一二年，终身受用不尽。然此八益，第虚言其理，人或未信也。

结论是："由其言之，愚天下之具，莫文言若；智天下之具，莫白话若。吾中国而不欲智天下之斯已矣，苟欲智之；而犹以文言树天下之的，则吾前所云八益者，以反比例求之，其败坏天下才智之民亦已甚矣。吾今为一言以蔽之曰：文言兴而后实学废，白话行而后实学兴；实学不兴，是谓无民。"

裴廷梁之"白话之益"有八，不仅比胡适早了十八年，而且表述得更为精当。

（二）

到了20世纪发端，白话报更如雨后春笋般涌现，计有1901年的《杭州白话报》，1902年的《苏州白话报》，1903年的《智群白话报》《宁波白话报》《绍兴白话报》《湖南时务白话报》《新白话报》《潮州白话报》《江西白话报》《中国白话报》，1904年的《吴郡白话报》《福建白话报》《初学白话报》《湖州白话报》《扬子江白话报》，1905年的《直隶白话报》《兵学白话报》《开智白话报》《山东白话报》《通俗白话报》（北京），1906年的《贵州白话报》《发明白话报》《晋阳白话报》《地方白话报》《河南白话演说报》《地方白话报》，1907年的《丽江白话报》《通俗白话报》《新中国白话报》《广东白话报》《吉林白话报》《安徽白话报》《竹园白话报》《白话日报》《通俗白话报》（沈阳），1908的《国民白话报》《京都白话日报》《岭南白话报》《绍兴白话报》《奉天醒时白话报》《安徽白话报》《锡金白话报》，1909年的《武昌白话报》《浙江白话报》《永昌白话报》《醒时白话报》，1910年的《天津白话报》《浙江白话新报》《桂林白话报》《湖南地方自治白话报》《湖北地方自治白话报》《长沙地方自治白话报》《宁乡地方自治白话报》《衡山白话自治报》《蒙古白话报》《上海白话报》《大江白话报》，1911年的《虞阳白话报》《江西新白话报》《爱国白话报》《晨钟白话报》《京津白话报》《黑河白话醒时日报》《四川白话报》《大同白话报》《兵学白话报》《开智白话报》《初学白话报》《白话开通报》《共和白话报》《西北白话报》《蒙古白话报》《智群白话报》等。①一些未标举"白话"的报刊，如《新小说》（1902年创刊）、《绣像小说》（1903年创刊）、《月月小说》（1906年创刊）、《小说林》（1907年创刊）等，登的也多是白话作品。可以毫不夸张地说，晚清确实掀起了一场席卷全国的白话文运动。

---

① 史和：《中国近代报刊名录》，福建人民出版社，1991。

要大书特书的人物还有林白水（1874—1926）。林白水，原名獬，字少泉，笔名有白水、宣樊子、白话道人等，闽县（今闽侯）青圃村人。林白水幼承家学，拜名士高啸桐为师，文名重榕城。光绪十九年（1893），执教于石门知县林伯颖家塾，林长民、林肇民、林尹民、林觉民都受其教益。光绪二十四年（1898），应杭州知府林启邀，参与创办求是书院（浙江大学前身）、养正书塾、东城讲舍、蚕学馆等，任求是书院总教习。光绪二十七年（1901）六月，任《杭州白话报》主笔，提倡创办学校，普及教育。后与蔡元培、章炳麟等在上海创立中国教育会、爱国女学社和爱国学社，出版《学生世界》杂志。光绪二十九年（1903），赴日本留学，参加拒俄排满活动，同年夏返沪，参与蔡元培创办《俄事警闻》，并自办《中国白话报》。《警钟日报》1904年4月26日发表评论《论白话报与中国前途之关系》："溯白话报之出现，始于常州（无锡），未久而辍。及《杭州白话报》出，大受欢迎，而继出者遂多。若苏州、若安徽、若绍兴，皆有所谓白话报，而江西有《新白话报》，上海有《中国白话报》，又若天津之《大公报》，香港之《中国日报》，亦时参用白话，此皆白话之势力与中国文化相随而发达之证也。"陈独秀创办《安徽俗话报》，受到《杭州白话报》的直接影响。

林白水提倡白话最力，认为："看白话的人越来越多，即新风俗、新学问、新知识必将出现在所处的老大中国了。"《杭州白话报》创刊启事中说："因为我是一个平民，所以我说白话，是一般老百姓的语言，而不是一般士大夫阶级的咬文嚼字或八股文的文章，我不满风花雪月，也不像别的报纸一样，捧戏子或歌颂妓女的美丽风骚。我只是把国内外发生的大事小事报告给一般老百姓。"《中国白话报发刊词》说："要使种田的、做手艺的、做买卖的、当兵的，以及孩子们、妇女们，个个明白，个个增进学问，增进识见，那中国自强就着实有希望了。"林白水有意放下文言文，改用浅显易懂的白话，表明办白话报刊就是为了启蒙民众。

林白水身体力行，在《杭州白话报》发表了《美利坚自立记》《俄土战记》《菲律宾民党起义记》《檀香山华人受虐记》等小说，在《中国白话报》发表了《做百姓的身份》《论做百姓的责任》《做百姓的事业》《儿童教育谈》《国民意见书》《告诉大众》《变俗篇》《大禹治水的功德及其治冰》等文章，与《玫瑰花》《娘子军》《新儒林外史》等小说，以通俗易懂的白话来启迪民众，唤起百姓与黑暗邪恶势力作斗争的信念。《中国白话报》还登了一篇来稿，反映了其与读者的亲密交流：

我这白话报，本来设有来稿一门，预备各位老板先生，以及闺阁的女英雄，少年和好朋友，有什么高见，随便做一两篇白话寄来，登在我这白话报上面，好教我这本白话报，增加光彩。刚刚出了第二期，果然是有一位先生，自称平陆氏，拿了一篇白话稿子，送到我们报馆来。听说这位先生，从前是个做绸缎生意的，所以他这篇议论，也是专门论那绸缎的事情。我白话道人，读了一遍，实在佩服得很，赶紧登出来，好给列位看看，你看这位平陆氏，也是做生意的，他明白到这样，说的话多少大方，你们各位老板先生们，想来像这位平陆氏的也很多，请你就各人所做的那一门，生意里头的情形，都详详细细的做出白话来教我一期一期不断的登下去，那就大大叨你列位的光了。

——白话道人附记

林白水还对国文教学发表了精彩的意见。他在《小孩子的教育》中说：

我们中国有中国的文字，你不把中国文弄好了，肚子里一点书味都没有，写几个字，狗屁不通，到先要去学甚么英文法文，近来又新出花样，大家一去读日本文，这真是可笑得很哩！这中国的文字就叫做国文，我们从前教小孩子做文章是拿什么古文析义、东莱博议去叫他念，念了三五年，还是连一张卖牛契都写不出，为什么呢？我们古人的文章，他并不是做给小孩子念的，他说他的话，你硬要把他来当做课本以那作文的方法，用字的规矩，一榻胡涂的，都没有细细讲解，怪不得你念了三五年，还写不出卖牛契，这不是古人的文章不好，是你不该把他来教小孩子。如今要学国文，要想个定的法子去教他。你道这国文一定的法子怎样？第一要讲解字义，大凡一字都有一字讲法，实字是实字的讲法，虚字是虚字的讲法，一点儿不能觳差错的。小孩子先认实字，实字认熟了，再认半虚实的字，半虚实的字认熟了，再认虚字。认一个字，要叫他懂这一个字意义，又要叫他懂这一个字的用法，小孩子听下去，自然可以明白。第二要讲解文法，一篇文章，是拿几个字合成的，先把几个字合成一句，然后再把几句合成一段，又把几段合成一篇，这就叫做文法。但是文法一层很难讲的，教小孩子的时候，先把几个字教他去拼，拼成句以后，再拿几句教他接连起来，往后练惯了，那文法就渐渐的懂起来了。但是教国文好课本少得很，《澄衷蒙学堂字课图说》《南洋公学蒙学课本》，倒将就可用，还有一种名做《国文教授进阶》，讲解文法倒还清楚，又有一种叫做《国民读本》，八九岁至十二三的小孩子，用这几种的课本教他，也就不怕他不懂国文了。还有一种叫做《马氏文通》顶浅的讲到顶深，这一部书算得中国讲文法独一无二的好书了，但是小孩子不会看，你们教小孩子的，却不可不看。仿他那个法子，改为顶浅顶浅的话，叫小孩子们说一句懂一句，不上两年，包管国文清通，比古文析义、东莱博议，快得多哩！

所议不仅比胡适的深刻，而且使用的即是纯正的白话。相比之下，鼓吹白话的《新青年》开始使用的也是文言，连胡适的《文学改良刍议》也是地道的文言文。1918年1月，《新青年》第四卷第一号方改用白话，那已是《文学改良刍议》发表一年之后了。

（三）

尤为重要的是，20世纪第一个十年兴起的白话文运动，不仅比第二个十年胡适的鼓吹要热闹得多，而且与他的"正宗"论有着本质区别：前者有崇高的目标和正当的宗旨，但并不排斥文言文，不否定传统文学形式；后者执拗地排斥文言文，否定传统文学形式。

"清朝在它的最后的十年中，可能是1949年前一百五十年或二百年内中国出现的最有力的政府和最有生气的社会。"①这十年中，清廷倡导了一场"取外国之长"以"去中国之短"，"法积则敝，法敝则更，惟归于强国利民"的改革维新。1901年10月梁启超在《维新图说》中说，维新之语其时已"弥漫磅礴于国中，无论为帝，为后，为吏，为士，为绅，为商"，均以维新为时尚；"吾昔见中国言维新者之少也而惊，吾今见中国言维新者之多而益惊"。与之相呼应的，便是白话文的勃兴，宗旨是"以发起国民政治思想，激励其爱国精神"②，以实现中国的民主和富强。宣传爱国救亡，鼓吹开民智兴民权，呼吁发展教育，振兴实业，传播科学知识，反对迷信，抨击三从四德，提倡妇女解放，介绍西学，批评时政等，白话便是最好的工具。

晚清白话文运动既以"发起国民政治思想，激励其爱国精神"为基本宗旨，自要兼顾不同的读者对象，"文言俗语参用，其俗语之中，官话与粤语参用"，③就是语言方面的必然选择。《新小说》的内容有论说、历史小说、政治小说、哲理科学小说、军事小说、冒险小说、探侦小说、写情小说、语怪小说、札记体小说、传奇体小说（戏剧）、世界名人逸事、新乐府、粤讴及广东戏本等，文言文与白话文参用，故而丰富多姿，相得益彰。晚清

---

① [美]费正清：《剑桥中国晚清史》下卷，中国社会科学出版社，1985，第566页。
② 梁启超：《中国唯一之文学报〈新小说〉》，《新民丛报》十四号，1902年8月18日。
③ 梁启超：《中国唯一之文学报〈新小说〉》，《新民丛报》十四号，1902年8月18日。

新闻家、小说家虽积极提倡白话文，却不排斥文言文，因为一切取决于最终的目标——实现中国的民主与富强。

三、加盟《新青年》始末

百年之前的"新文化运动"，已经远离了我们。"史家的叙述"，逐渐将胡适描绘成那场运动的"主帅""划时代的文化大师""二十世纪影响力最大的学者""莫与伦比的人伦楷模"。李敖的《播种者胡适》，更将他写成北大群雄昂首期待的"东风"：

中国现代史上有一件大事。在民国六年的一月里，一个貌不惊人的老头儿到了北京大学，这个老头儿就是蔡元培。他当时要物色一个文科学长，他的朋友北京医专校长汤尔和推荐了一个人，这个人就是正在上海办杂志的陈独秀，杂志的名字叫《新青年》，那时候刚出了十五个月。

陈独秀一到北大，立刻跟一些有新头脑的教授合了流，最有名的是沈尹默和沈兼士，还有那要排斥四十岁以上老家伙的钱玄同。这些年轻的教授们颇有"万事俱备"的条件，他们想施展，可是找不到真的方向、主要的方向。在摸索中，他们忽然感到清凉了、爽快了、豁然开朗了，他们兴奋得互相告诉，他们每个人都感到有阵风来了。——那是东风！

东风来了，来自美国的哥伦比亚大学。民国六年的九月里，北京大学来了一个二十六岁的新教授。蔡校长仔细看了看他，然后露出高兴的表情——他找到了，他找到他最需要的酵素，他立刻喜欢了这个"旧学邃密""新知深沉"的年轻人。

北京大学热闹起来了！梁山泊上又添了几条好汉，他们是：胡适之、刘半农（复）、周豫才（鲁迅）、周岂明（作人）……

北大添进了新血轮，北大开始蓬勃了！①

有人把留美七年看作是胡适的"精神准备"时期，说："在这七年之内，中国学术思想界正处在低潮时期，不少人都在重新探索出路。陈独秀的《青年杂志》和章士钊的《甲寅杂志》都代表了这种探索的努力。胡适个人的'精神准备'和中国思想界的'新探索'恰好发生在同一时期，这才造成了他'闭门造车'而竟能'出门合辙'的巧遇。"②

（一）

如果独立地去"回访历史"，就会发现"史家叙述"竟存在三大问题：一曰材料取舍的任意，那真相的揭示便是扭曲的；二曰事件次第的含糊，那因果的对接便是错位的；三曰价值标准的双重，那是非的判断便是颠倒的。再将相关资料梳理一番，笔者发现"史家叙述"的源头，竟然就是胡适本人，铁证就是写于 1933 年 12 月 3 日的《逼上梁山》。

《逼上梁山》记述他留美七年的经历，副标题为"文学革命的开始"，其目的就是制造一种"历史事实"——这场伟大的"新文学运动"，酝酿于远在万里之外的美国，领袖人物就是二十四岁的留学生胡适。他登高而招，顺风而呼，破千年之积弊，开文学革命之先河，创造了现代文学的奇迹。

历史的吊诡在于："新文化运动"的三员大将，其实都与晚清的"白话文运动"密切相关。蔡元培 1903 年创办了白话的《俄事警闻》，在上面发表了自己的白话小说《新年梦》；陈独秀 1904 年创办了《安徽俗话报》，在上面发表了自己的白话小说《黑天国》；胡适 1906 年也在上海《竞业旬报》担任编辑，1908 年 8 月至第二十四期担任主编。1906 年 10 月 28 日《竞业

---

① 李敖：《胡适研究》，中国友谊出版公司，2006，第 10—11 页。
② 余英时：《重寻胡适历程——胡适生平与思想再认识》，广西师范大学出版社，2004。

旬报》创刊号刊有大武的《论学官话的好处》，中说："诸位呀！要救中国，先要联合中国的人心。要联合中国的人心，先要统一中国的言语，这才是变弱为强的下手第一着。"胡适在第三期发表了自己的白话小说《真如岛》。第一回回目是："虞善仁疑心致疾，孙绍武正论祛迷。"开场白写道："话说江西广信府贵溪县城外，有一个热闹的市镇叫做神权镇，镇上有一条街叫福儿街，这街尽头的地方有一所高大的房子。有一天下午的时候，这屋的楼上有二人在那里说话。一个是一位老人，年纪大约五十以外光景，鬓发已经有些花白了，躺在一张床上，把头靠近床沿，身上盖了一条厚被，面上甚是消瘦，好像是重病的模样。一个是一位十八九岁的后生，生得仪容端整，气概轩昂，坐在床前一只椅子上，听那老人说话……"第二回回目是："议婚事问道盲人，求神签决心土偶。"说虞善仁看中自己的外甥，想把爱女许配于他，于是请算命先生将他二人的时辰排一排，结果是八字不合，因此作罢。虞善仁疑惑不解，于是又去观音庙求了一支签，乃是一支下下签。只见上面写道："念尔诚心一瓣香，机关略示细端详，木星却被金星克，后甲先庚不久长。"回末评点道："瞎子算命，土偶示签，夫妇造端，几同儿戏，以致造成多少专制婚姻，颠倒婚姻，苦恼婚姻，而实收此愚国愚民之恶果，咳！迷信的罪恶。"

可见，《竞业旬报》也是一份典型的白话报，而胡适早在八九年前，就已经涉足白话文学领域了。那么，他为什么不肯宣扬自己早年的功绩？

（二）

值得玩味的是，最是反对用典的胡适，他的《逼上梁山》偏偏用了《水浒》林冲的典故；凡事主张和平与改良的胡适，这时仿佛是万般无奈被逼得铤而走险，走上了革命乃至造反的道路。那么，问题来了：谁是把他逼反了的高俅呢？

第一位候选人，是清华学生监督处的钟文鳌：

　　提起我们当时讨论"文学革命"的起因，我不能不想到那时清华学生
监督处的一个怪人。这个人叫做钟文鳌，他是一个基督教徒，受了传教士
和青年会的很大的影响。他在华盛顿的清华学生监督处做书记，他的职务
是每月寄发各地学生应得的月费。他想利用他发支票的机会来做一点社会
改革的宣传。他印了一些宣传品，和每月的支票夹在一个信封里寄给我们。
他的小传单有种种花样，大致是这样的口气：
　　"不满二十五岁不娶妻。"
　　"废除汉字，取用字母。"
　　"多种树，种树有益。"
　　支票是我们每月渴望的，可是钟文鳌先生的小传单未必都受我们的欢
迎。我们拆开信，把支票抽出来，就把这个好人的传单抛在字纸篓里去。
　　可是，钟先生的热心真可厌！他不管你看不看，每月总照样夹带一两
张小传单给你。我们平时厌恶这种青年会宣传方法的，总觉得他这样滥用
职权是不应该的。有一天，我又接到了他的一张传单，说中国应该改用字
母拼音，说欲求教育普及，非有字母不可。我一时动了气，就写了一封短
信去骂他，信上的大意是说："你们这种不通汉文的人，不配谈改良中国文
字的问题。你要谈这个问题，必须先费几年功夫，把汉文弄通了，那时你
才有资格谈汉字是不是应该废除。"
　　这封信寄出去之后，我就有点懊悔了。等了几天，钟文鳌先生没有回
信来，我更觉得我不应该这样"盛气凌人"。我想，这个问题不是一骂就可
完事的。我既然说钟先生不够资格讨论此事，我们够资格的人就应该用点
心思才力去研究这个问题。不然，我们就应该受钟先生训斥了。

　　清华学生监督处，是管理留学生的机构，负责留学生学校安置，照料起居，稽查功课，收支学费等。监督处书记钟文鳌，每月寄发月费的同时，在信封里夹进了一些小传单，内容大致是"不满 25 岁不娶妻""废除汉字，取用字母""多种树，种树有益"。提倡"不满 25 岁不娶妻""多种树，种树有益"，不是很好吗？"废除汉字，取用字母"，"中国应该改用字母拼音，说欲求教育普及，非有字母不可"，更可以说是胡适"文学革命"的先声，他和赵元任的讨论，不正是由此而生发的吗？

　　第二位候选人，是同在美国留学的梅光迪：

　　那个夏天，任叔永（鸿隽），梅觐庄（光迪），杨杏佛（铨），唐擘黄（钺）都在绮色佳（今美国纽约的伊萨卡城）过夏，我们常常讨论中国文学的问题。从中国文字问题转到中国文学问题，这是一个大转变。这一班人中，最守旧的是梅觐庄，他绝对不承认中国古文是半死或垂死的文字。因为他的反驳，我不能不细细想过我自己的立场。他越驳越守旧，我倒渐渐变得更激烈了。我那时常提到中国文学必须经过一场革命："文学革命"的口号，就是那个夏天我们乱谈出来的。

　　胡适将他笔下的"守旧者"，说成是多年的"他山之错"，"若没有那一班朋友和我讨论，若没有那一日一邮片、三日一长函的朋友切磋的乐趣，我自己的文学主张决不会经过那几层大变化，决不会渐渐结晶成一个有系统的方案，决不会慢慢的寻出一条光明的大路来"。

　　透过《逼上梁山》，胡适向世人表明："文学革命"的口号，"是 1915 年夏天我们乱谈出来的"（这比 1917 年 1 月发表在《新青年》的《文学改良刍议》要早一年半），这大概是他给自己的历史定位。他在《口述自传》中说："这一个转变简直与西洋思想史上，把地球中心说转向太阳中心说的哥白尼的思想革命一样。"

不过，"乱谈出来"四个字，倒无意间体现出他好辩的思维特点。胡适承认自己在留美时期，"爱管闲事，爱参加课外活动，爱观察美国的社会政治制度，到处演讲、到处同人辩论"[①]。他最大的爱好是演说，受到的真正训练也是演说。在《留学日记》中，演说（演讲）一词出现了二百四十一次。胡适总结演说之道："一、先要知道'演说术'（Oratory）已不合时宜了；二、先把你要说的话一一想好；三、把事实陈述完了，就坐下来；四、不要插入不相干的笑话；五、不要管手势、声音等等；六、个个字要清楚；七、演说之前不要吃太饱，最好喝杯茶，或小睡；八、小有成功，不可自满，当时时更求进步。"演说讲究的是技巧而不是思想，如 1915 年 1 月 30 日，哥伦布商会以汽车招诸代表周游全市，旁午商会设席 VirginiaHotel，"席后演说，余亦与焉。题为"The Influence of theU.S.A. in China"（《美国对中国之影响》）。余至席上始知此题，略一构思，即以睡美人喻中国，论中美关系，以邓耐生诗作结，首尾完具，俨然佳文，几欲自许为'席后演说之专门家矣'，一笑。"

演说与辩论设正方反方，看重的不是真理在谁手里，而是谁看问题没有漏洞，不犯逻辑错误。如 1914 年 1 月 27 日，"数日前余演说吾国婚制之得失，余为吾国旧俗辩护"，无非是强词夺理。1912 年是美国的选举年，老师要求学生订阅《纽约时报》《纽约论坛报》《纽约晚报》三份报纸，以威尔逊、塔夫脱和罗斯福三个总统候选人，分别作为自己的支持对象，胡适选定罗斯福为支持对象，佩戴着一枚大角野牛像的徽章跑来跑去，都与演说的是非毫无关系。

至于文言与白话的优劣，胡适也是从演说中体会出来的：

---

① 胡适：《胡适留学日记》，安徽教育出版社，2006。

文言的文字可读而听不懂；白话的文字既可读，又听得懂。凡演说，讲学，笔记，文言决不能应用。今日所需，乃是一种可读，可听，可歌，可讲，可记的言语。要读书不须口译，演说不须笔译；要施诸讲坛舞台而皆可，诵之村妪妇孺而皆懂。不如此者，非活的言语也，决不能成为吾国之国语也，决不能产生第一流的文学也。

此一席话亦未尝无效果。叔永后告我，谓将以白话作科学社年会演说稿。叔永乃留学界中第一古文家，今亦决然作此实地试验，可喜也。

所谓"白话文言之优劣比较"，胡适与叔永、杏佛、擘黄谈文学改良之法，不过各自扮演正方反方，徒逞口舌耳。

（三）

胡适留学美国时写的《文学改良刍议》，居然会在国内带起一个社会思潮，汇成一个社会运动，靠的是什么？——李敖《播种者胡适》给出了答案："以《新青年》为源头"，说的是对的。因为此文已在美国《留学生季报》发表，"反响风平浪静，泡沫都没起一个"；而后"一稿两投"抄寄陈独秀，刊于1917年1月1日《青年杂志》，竟然一炮打响，走红全国。

李敖颁给的头衔是"播种者"，胡适则自称"逼上梁山"。播种，先得有园地可耕；上梁山，也得有寨主可投。1915年9月创办的《青年杂志》，就是这块园地；创立刊物的陈独秀，就是这位寨主。

早在1904年初，陈独秀就在芜湖创办《安徽俗话报》，章程第一条是："这报的主义，是要用顶浅俗的话，告诉我们安徽人，教大家好通达学问，明白时事，并不是说些无味的白话，大家别要当作怪物，也别要当作儿戏，才不负做报人的苦心。"报中文章分十三门：论说、要紧的新闻、本省的新闻、历史、地理、教育、实业、小说、诗词、闲谈、行情、来文，比起胡适 1915 年夏天关于白话的"乱谈"，要早上十一年。

1913 年陈独秀参加"二次革命"被捕，1914 年出狱后到日本，帮助章士钊创办《甲寅杂志》，逐渐悟到改造中国的重任，应由有新思想的新世代承担，于是着手创办《青年杂志》。《社告》宣称："国势陵夷，道衰学弊。后来责任，端在青年。本志之作，益欲与青年诸君商榷将来所以修身治国之道。"杂志分政治、思想、戏剧、小说、传记、文艺思潮、青年妇女问题、国内外大事述评、世界说苑、通讯各栏，陈独秀自任"国内外大事"与"通讯栏"的编撰。其时之形势可套用《水浒》名句："有分教：大闹中原，纵横海内，直教农夫背上添心号，渔父舟中插认旗。"

"插起招军旗，自有吃粮人。"林冲夜奔梁山，携有柴大官人的书信；名不见经传的胡适，从美国向《青年杂志》投稿，亦少不了引荐之人，这个人就是汪孟邹。汪孟邹（1878—1954），字炼，亦名梦舟，安徽绩溪城内人，1903 年在芜湖创立科学图书社，1904 年支持陈独秀出版《安徽俗话报》（共 23 期）。汪孟邹 1913 年来到上海，创立了亚东图书馆。陈独秀 1915 年来沪办《青年杂志》，自栩可轰动一时，汪孟邹介绍与群益书社陈子佩、子寿兄弟洽谈，答应每期编辑费银圆二百元。

胡适本不认识汪孟邹，更不认识陈独秀，牵线搭桥人是许怡荪。许怡荪（1888—1919），安徽绩溪十五都磺头村人，与胡适是地道的同乡，又是上海中国公学同学，交谊甚密。胡适考留美官费生的旅费与养母之费，都由许怡荪设法筹措。胡适留学美国后，与许怡荪通信频繁，还寄去自己的日记，以汇报学习生活。许怡荪愧悔自己学无所成，故乐为胡适处理家乡事务。他与汪孟邹都是教育家胡子承的学生，便常向章士钊、陈独秀说项，为胡适的日后进取创造条件，同时解决他经济上的困难。

1915 年 10 月 6 日，汪孟邹致信胡适，中云："今日邮呈群益出版《青年杂志》一册，乃炼友人皖城陈独秀君主撰，与秋桐（章士钊）亦是深交，曾为文载于《甲寅》者也，拟请吾兄于校课之暇，担任《青年》撰述，或论文，或小说戏曲，均所欢迎。每期多固更佳，至少亦有一种。炼亦知兄校课甚忙，但陈君之意甚诚，务希拨冗为之，是所感幸。"12 月 13 日，汪孟邹再次写信，中云："陈君望吾兄来文，甚于望岁，见面时即问吾兄有文来否，故不得不为再三转达。"可知《青年杂志》甫一出版，汪孟邹即寄给胡适。而许怡荪 1916 年 3 月 13 日给胡适信中说："尊译裴伦诗稿，去岁过沪，本拟属其登入《甲寅》，后以其志尚未刊载英文，于例微格，以是搁置。近屡得孟邹来函，乞将此稿借与《青年杂志》（陈仲甫号独秀所办，皖人也）一登，属向足下言之。"①信中所说译裴伦诗稿，见于胡适 1914 年 2 月 3 日日记：

　　裴伦（Byron）之《哀希腊歌》，吾国译者，吾所知已有数人：最初为梁任公，所译见《新中国未来记》；马君武次之，见《新文学》；去年吾友张奚若来美，携有苏曼殊之译本，故得尽读之。兹三本者，梁译仅全诗十六章之二；君武所译多讹误，有全章尽失原意者；曼殊所译，似大谬之处尚少。而两家于诗中故实似皆不甚晓，故词旨幽晦，读者不能了然。吾尝许张君为重译此歌。昨夜自他处归，已夜深矣，执笔译之，不忍释手，至漏四下始竣事。门外风方怒号，窗棂兀兀动摇，尔时群动都寂，独吾歌诗之声与风声相对答耳。

　　胡适看到张奚若带来的苏曼殊译本《哀希腊》，"得尽读之"，有感于"梁译仅全诗十六章之二"，马译"多讹误""有全章尽失原意"，苏译虽"大谬之处尚少"，然"词旨幽晦，读者不能了然"，决定重译此歌。许怡荪推荐给章士钊，因《甲寅》无刊载英文之例，以是搁置；又由汪孟邹"借与

---

　　①　胡适著，梁勤峰、杨永平整理：《胡适许怡荪通信集》，上海人民出版社，2017，第 135 页。

《青年杂志》"，仍然未得发表，此为胡适投稿之一挫。1916 年 8 月 14 日，许怡荪信中又说："前过沪上，陈君独秀属为致书足下，每月为文一篇，以冠《青年》之首，并邀请国内耆宿为文以相辅助，而推足下主盟，其意甚盛。告以'适之方伏案著书，功在垂成，日力有限，恐难分心耳；然必将尊意为道达'。陈之为人性情偏急，难与长久……鄙意思将寄示札记另录简编……即颜曰《藏晖室札记节钞》，寄登陈独秀君所办《青年》，以塞海内知交之望，未审尊旨如何？能允所请否耶？"[①] 但《藏晖室札记节钞》的刊发，仍然毫无音信，此为胡适投稿之二挫。

林冲雪夜上梁山，王伦说："你若真心入伙，把一个'投名状'来。"什么是"投名状"？用朱贵的话说，"是教你下山去杀得一个人，将头献纳，他便无疑心，这个便谓之'投名状'。"胡适自幼熟读《水浒》，这个典故自然是知道的。他察觉虽有汪孟邹、许怡荪的引荐，还得自己把一个"投名状"来。不过，他递上的"投名状"却有两份，它们是 1916 年 2 月 3 日与 1916 年 8 月 21 日写给陈独秀的两封信。

时年三十六岁的陈独秀，是声名远播的老革命家，更是决定外稿取舍的大主编；二十四岁的胡适，不过是飘泊异国的留学生，渴望赢得赏识的投稿人。一般说来，主编当然希望广辟稿源，但约稿信的客气话，原是当不得真的；投稿人当然希望文章能予录用，大致诉说一己的专长与抱负，以便能中主编者的青眼。但胡适却不按常理出牌，写给陈独秀的信，一没道仰慕之意，二没道求学之志，三没道提携之恩，而是对所刊诗文提出了近于苛刻的批评。

1916 年 2 月 3 日的第一封信原件不存，摘要见于此日的《留学日记》：

……今日欲为祖国造新文学，宜从输入欧西名著入手，使国中人士有

---

① 胡适著，梁勤峰、杨永平整理：《胡适许怡荪通信集》，上海人民出版社，2017，第144—145页。

所取法，有所观摩，然后乃有自己创造之新文学可言也……

译事正未易言。倘不经意为之，将令奇文瑰宝化为粪壤，岂徒唐突西施而已乎？与其译而失真，不如不译。此适所以自律，而亦颇欲以律人者也。……

译书须择其与国人心理接近者先译之，未容躐等也。贵报（《青年杂志》）所载王尔德之《意中人》虽佳，然似非吾国今日士夫所能领会也。以适观之，即译此书者尚未能领会是书佳处，况其他乎？而遽译之，岂非冤枉王尔德耶？……

此信开宗明义提出："今日欲为祖国造新文学，宜从输入欧西名著入手"，用以呼应陈独秀翻译外国文学的意愿；"译事正未易言，倘不经意为之，将令奇文瑰宝化为粪壤"，则是表白对翻译的严谨态度。接着，郑重其事地指出：《青年杂志》所刊薛琪瑛译王尔德《意中人》存在两大问题：一是选材不当，该剧虽佳，"然似非吾国今日士夫所能领会也"；二是译笔不称，"以适观之，即译此书者尚未能领会是书佳处"。信发不久，就给汪孟邹寄去了《决斗》的译稿，1916 年 5 月 19 日汪孟邹回信："《决斗》一首炼与群益交谊极深，定无异词。"但由于《上海青年杂志》与《青年杂志》打侵权官司，在 1916 年 3 月一卷六期出版后宣告停刊。半年后的 8 月 13 日，陈独秀给胡适回复一信，中说：

奉读惠书，久未作复，罪甚罪甚。

《青年》以战事延刊多日，兹已拟仍续刊。依发行者之意，拟改名《新青年》，本月内可以出版。大作《决斗》，迟至今始登出，甚愧甚愧。尊论改造新文学意见，甚佩甚佩。足下功课之暇，尚求为青年直译短篇名著若《决斗》者，以为改良文学之先导。弟意此时华人之著述宜直译，不宜创作，文学且如此，他何待言，日本人兴学四十余年，其国人自著之书，尚不足观也。译文学本极难，况中西文并录。此举乃弟之大错，薛女士之译本，弟未曾校阅即行付印，嗣经秋桐通知，细读之，始见其误译处甚多。足下指斥之外，尚有多处，诚大糊涂。弟仰望足下甚殷，不审何日始克返国相见？马君武君顷应为《青年》撰文，第八号当可录出。足下所译摆伦诗，拟载之《青年》，文学语有侵焉处，可稍改之乎？中国万病，根在社会太坏。足下能有暇就所见闻，论述美国各种社会现象，登之《青年》以告国人耶！卒复不庄。

陈独秀的复信，没有回应王尔德《意中人》是否选材不当；大约是出于对胡适"仰望足下甚殷"，全盘接受了对翻译的批评："译文学本极难，况中西文并录。此举乃弟之大错，薛女士之译本，弟未曾校阅即行付印，嗣经秋桐通知，细读之，始见其误译处甚多。足下指斥之外，尚有多处，诚大糊涂。"而胡适翻译的《决斗》，顺利地在9月15日复刊改名《新青年》二卷一号刊出。

胡适的批评，实有许多可斟酌之处。首先，《青年杂志》自1915年创办以来，每期封面均有名人画像，第一卷为卡内基，第二卷为屠格涅夫，第三卷即为王尔德。一卷二号开始连载王尔德的剧本《意中人》，篇首有薛琪瑛的"译者识"：

此剧描写英人政治上及社会上之生活与特性，风行欧陆。每幕均为二人对谈，表情极真切可味。作者王尔德，晚近欧洲著名之自然派文学大家也。此篇为其生平得意之作。曲中之义，乃指陈吾人对于他人德行的缺点，谓吾人须存仁爱宽恕之心，不可只知憎恶他人之过，尤当因人过失而生怜爱心，谋扶掖之。夫妇之间，亦应尔也。特译之以飨吾青年男女同胞，民国四年秋。

又有陈独秀执笔的"记者识"：

此剧作者王尔德，生于一八五四年，卒于一九〇〇年。爱尔兰都城 Dublin 之人也。幼秉母教，体弱耽美，时作女装，衣冠都丽。十一岁学于 Emnikillen 学校，文学之才，崭然出众，数学功谋，绝无能力。十八岁入 Oxford 大学，氏生性富于美感，游 Oxford，闻 Jhon Ruskin 之美术讲义，益 成其志。当时服装之美，文思之奇，世之评者，毁誉各半。生平抱负，以 阐明美学真理为宗。一八九五年，以事入狱，禁锢二载，旋以贫困客死巴 黎，年仅四十有六。所著随笔、小说、剧本，已出版者凡十余种，文章巧 丽天成，身殁而名益彰。剧本流传，视小说加盛，所作喜剧，曰《温达米 尔夫人之扇》(*Lady Wendermere's Fan*)，曰《无用之妇人》(*A Woman of No Importancs*)，曰《热情之重要》(*The Importance of Being Earnest*)，并此剧 而为四，悲剧一，即有名之《萨乐美》(*Salome*) 是也。世之崇拜王氏者， 以是五剧故，此剧译者无锡薛女士，庸盦先生之女孙，母夫人桐城吴挚父 先生女也。女士幼承家学，蜚声乡里，及长毕业于苏州景海女学英文高等 科，兼通拉丁。兹译此篇，光宠本志，吾国文艺复兴之嚆矢，女流作者之 先河，其在斯乎？

两人一致以为，这部"爱情喜剧"体现了健全的人格理想，具有较高 的社会意义。薛琪瑛特别指出："曲中之义，乃指陈吾人对于他人德行的缺 点，谓吾人须存仁爱宽恕之心，不可只知憎恶他人之过，尤当因人过失而 生怜爱心，谋扶掖之。夫妇之间，亦应尔也。"可见译文完全契合时代之精 神。相比之下，倒是俄国泰来夏甫的《决斗》，讲西方男人动辄拔剑相向的决斗风习，与"容忍""仁恕"毫不相干，更谈不上"与国人心理接近者"。胡适 1916 年 5 月 10 日给母亲写信，中说："上海有友人办一报，欲适为寄稿，适已允之，尚未与言定每月付笔资若干。如有所得，即令由瑞生和转寄来家为家用。该处系友人主持，虽力不能多酬笔资，然亦不致令我白作文字也。俟后有定局，再写信通知吾母及瑞生和号。"① 可见寄稿的出发点是谋取稿酬，若是如此选择优良原本的心思是否会减弱？

至于薛琪瑛的译笔，陈独秀开初是给了极高评价的，郑重介绍道："此剧译者无锡薛女士，庸盦先生之女孙，母夫人桐城吴挚父先生女也。女士幼承家学，蜚声乡里，及长，毕业于苏州景海女学英文高等科，兼通拉丁。兹译此篇，光宠本志，吾国文艺复兴之嚆矢，女流作者之先河，其在斯乎？"薛琪瑛是薛福成的孙女，吴汝伦的外孙女，家学渊源深厚。毕业于苏州景海女学英文高等学科，后出国留学，通晓英语、法语，兼通拉丁语，后嫁湖南沅陵朱文长，成为诗人朱湘的二嫂。婚后不久，朱文长因病去世，薛琪瑛带着女儿寡居南京。无锡薛福成故居陈列的薛福成世系简表，显示薛琪瑛是薛福成长子薛南溟的四女。薛琪瑛是第一位在《新青年》发表文章的女作家，而且是第一位在《新青年》发表白话文的作家。为给读者以直观印象，兹将《意中人》开场马孟德夫人与裴锡敦夫人二位的对话抄录于后：

马：你今晚赴哈脱洛克夜会吗？

裴：我想要去的，你呢？

马：要去的，你看这些会不是怪麻烦吗？

裴：实在是麻烦，究竟不知道我为什么要到那里去，我无论到何处都是这样。

---

① 胡适：《胡适家书》，安徽人民出版社，1996，第 57 页。

马：我到此地来受教训。

裴：呀，我最厌受人家的教训。

马：我也是这样，这件事几乎叫人和生意买卖人一般，岂不是吗？那亲爱的纪尔泰夫人辨屈路特时常告诉我，人生当有高尚的志向，所以我来此地看看有什么高尚的人。

裴：（用千里镜四面一望介）我今晚还没看见一个人，可叫做有高尚主义的，领我进餐室用饭的那个人，对我讲的无非是他妻子的事。

马：这人何等鄙俗。

裴：真是鄙俗不堪，你的丈夫常讲的是些什么呢？

马：大概是我的事。

裴：（作困倦状）你可喜欢呢？

马：（摇头介）一点也不喜欢。

裴：亲爱的马葛来脱，我们是何等道学？

马：（起身介）这种称呼，和我们最合试。

诸君鉴赏鉴赏，是不是"二人对谈，表情极真切有味"的纯粹白话文？须知，当薛琪瑛于民国四年（1915）用语体白话翻译剧本时，远在美国的胡适还不曾"逼上梁山"；当胡适用文言所写的《文学改良刍议》1917 年 1 月 1 日在《青年杂志》刊发时，薛琪瑛翻译的《意中人》已在《青年杂志》第一卷 2、3、4、6 号和第二卷 2 号连续刊发完毕。操着被赵元任认定"你的白话不够白"的胡适，面对薛琪瑛明快流畅的白话，不知将何以自处？

谁都明白如下逻辑不能成立：岂有白话文"播种者"播种于后，而白话文佳作结果于前的道理？

有人也许会想：胡适敢对薛琪瑛的译笔提出批评，想必自己的翻译水平一定很高。只是《青年杂志》刊出的《意中人》，有译文和原文逐句对照，自可看出问题；而胡适的《决斗》，则无原文比对，无从断其优劣。好在他于 1914 年 2 月 3 日所译拜伦《哀希腊歌》，提供了探其译笔的好材料。三十多年来，评论《哀希腊歌》翻译者甚多，对胡适的"定稿"皆赞美有加。徐子明的《胡适与国运》，收有王爱维《拜伦哀希腊诗的汉译》，说在朋友家中吃晚饭，偶然谈起这首诗，有人说："马、苏、胡的译稿，各有短长；胡译并非空前绝后。其实三人中，苏译格律谨严，最为难得；胡氏不讲格律，最易取巧。因为马氏用的是七言古风，苏的是五言古风，胡的却是骚体。骚体译诗，是最容易不过的：句的长短，句的多少，韵的转换，都极度自由。何况胡译有许多句，还根本不押韵，与散文仅差一间，可说占尽便宜！即使如此，胡译也还未占上风。"他们还拿马、苏、胡及物理学家李焕乐博士的译稿与原诗对照，发现胡译有许多遗漏和衍文，有许多地方和原诗大有出入。

如第四节的"有名王尝踞坐其巅兮"，王爱维指出：拜伦原诗的"King"，是指波斯王 Xerxes，公元前 480 年率数十万铁骑攻向希腊，乃是侵略希腊的首领，称他做"名王"，这恐怕希腊人不会甘心吧！（"名王"，指古代少数民族声名显赫的王。）《汉书·宣帝纪》："匈奴单于遣名王奉献，贺正月，始和亲。"颜师古注："名王者，谓有大名，以别诸小王也。"潘岳《闲居赋》："故髦士投绂，名王怀玺。"杨师道《咏马》："徒令汉将连年去，宛城今已献名王。"王爱维认为这是胡适蹈着曼殊"名王踞巖石，雄视沙逻滨"的覆辙，而李焕乐译为："沙辣米滨石崖崎，元凶踞坐朝阳里。"称之为"元凶"，似更为妥帖。

又如第五节，王爱维指出：胡适的"往烈兮难追"，也犯同样的毛病。胡先生自称是学历史的，专考据的，谁敢说他连希腊史都没读过？可是，如果说他读过 Salamis 战史，还用"名王""往烈"的字眼，岂不是"认贼作父"？"往烈"，指往昔的功业，先前的功绩。钟嵘《诗品》卷中："若乃经国文符，应资博古，撰德驳奏，宜穷往烈。"顾炎武《同族兄存愉拜黄门公墓》诗："眷言怀往烈，感慨意无穷。"李焕乐译为："今安在哉黩武军？今安在哉故国魂？"苏曼殊译为："故国不可求，荒凉问水濒。"马君武译为："希腊之民不可遇，希腊之国在何处？"都比胡译为佳。

又如第七节原诗："Earth! render back from out thy breast A remnant of our Spartan dead!"胡译："吾欲诉天阍兮！还我斯巴达之三百英魂兮！"王爱维指出：以"天阍"来译 Earth（地），便不止"谬以千里"了！而李焕乐译为："作彼九原呼'后土！斯巴烈士许生还！'"完全直译，一点也不增减，但却是地道中国诗。第七节末行"Thermopylae"一字，胡先生译作"瘦马披离之关"。这是一个希腊字，"Thermo"是"热"，"Pylae"是"门"，本来很简单，很典雅；胡先生却用六个字译它，而且译得这样不文（苏译作"披丽谷"）！

承河海大学沈琦教授见示，Thermopylae 是易守难攻的狭窄通道，一边是大海，另外一边是陡峭的山壁，村庄附近有热涌泉，因而得名温泉关（Thermopylae）。公元前 480 年温泉关之战，是第一次波希战争马拉松战役十年之后，是波斯帝国和古希腊的又一次具有历史意义的交锋，也是第二次波希战争中的一次著名战役。希腊军队在这个狭小的关隘依托地形优势，抵抗了三天，阻挡了在数量上几十倍于自己的波斯军队，但由于波斯军队人数众多，在杀了近两万的波斯军队后，三百名斯巴达勇士全部牺牲。胡适译作"瘦马披离"，容易引起误导和歧义。

王爱维还指出：第一节"Where Delos rose"一句，马、苏、胡三人都未译出，真不可解！他分析道：

原来这里有一段艳史。根据希腊搜神记：Delos 是一个漂流的小岛。希腊的"神王"Zeus，和神女 Leto 热恋，妻子 Hera 大生妒心。神女怀了孕，他的妻便派巨蟒咬她，又要她发誓，不许她在地面居留。神女漂泊无依，后来发见这浮岛，便投那里栖止。"神王"便在爱琴海底，用大石链把它固定下来，并令八风不动，使她安然产下孪生男女 Phoebus（Apollo）和 Artemis（Diana）来。李君用"仙山浮海"来译，典赡风华，可谓尽"信达雅"之能事！"我的朋友胡适之博士"，如果虚心的话，也应甘拜下风了！

他热情肯定李焕乐所译，译文有些则一歌三叹，悱恻缠绵；有些则感慨悲凉，声情激越；气象万千，无愧原作。论神韵、风格、音节、气魄，胡译都绝非敌手！评论既涉及话语分析、文本对照，实证求真，又涉及历史背景、文化转向，入情入理，让不通外文的人也能明白。

（四）

下面再说第二份"投名状"。1916 年 8 月 21 日，胡适又给陈独秀写了一封信，开篇询问：上信"附《决斗》一稿，想已达览。久未见《青年》，不知尚继续出版否？"可见陈独秀 8 月 13 日的复信，胡适此时尚未收读，故又写了第二封信。信中说：

今日偶翻阅旧寄之贵报，重读足下所论文学变迁之说，颇有鄙见，欲就大雅质正之。足下之言曰："吾国文艺犹在古典主义、理想主义时代，今后当趋向写实主义。"此言是也。然贵报三号登某君长律一首，附有记者按语，推为"希世之音"。又曰："子云相如而后，仅见斯篇；虽工部亦只有此工力，无此佳丽……吾国人伟大精神，犹未丧失也欤？于此征之。"细检某君此诗，至少凡用古典套语一百事……中如"温瞩延犀烁（此句若无误字，即为不通），刘招杳桂英"，"不堪追素孔，只是怯黔羸"（下句更不通），"义皆攀尾柱，泣为下苏坑"，"陈气豪湖海，邹谈必神瀛"，在律诗中，皆为下下之句。又如"下催桑海变，四接杞天倾"，上句用典已不当，下句本言高与天接之意，而用杞人忧天坠一典，不但不切，在文法上亦不通也。至于"阮籍曾埋照，长沮亦耦耕"，则更不通矣。夫《论语》记长沮、桀溺同耕故曰"耦耕"。今一人岂可谓之"耦"耶？此种诗在排律中，但可称下驷。稍读元白柳刘（禹锡）之长律者，皆将谓贵报案语之为厚诬工部而过誉某君也。适所以不能已于言者，正以足下论文学已知古典主义之当废，而独啧啧称誉此古典主义之诗，窃谓足下难免自相矛盾之诮矣。适尝谓凡人用典或用陈套语者，大抵皆因自己无才力，不能自铸新辞，故用古典套语，转一湾子，含糊过去，其避难趋易，最可鄙薄！在古大家集中，其最可传之作，皆其最不用典者也。老杜《北征》何等工力！然全篇不用一典（其"不闻殷周衰，中自诛褒妲"二语乃比拟非用典也）。其《石壕》《羌村》诸诗亦然。韩退之诗亦不用典。白香山《琵琶行》全篇不用一典。《长恨歌》更长矣，仅用"倾国""小玉""双成"三典而已。律诗之佳者亦不用典。堂皇莫如"云移雉尾开宫扇，日映鳞龙识圣颜"；宛约莫如"岂谓尽烦回纥马，翻然远救朔方兵"；纤丽莫如"梦为远别啼难唤，书被催成墨未浓"；悲壮莫如"永夜角声悲自语，中天月色好谁看"。然其好处，岂在用典哉？（又如老杜《闻官军收河南河北》一首，更可玩味。）总之，以用典见长之诗，决无可传之价值。虽工亦不值钱，况其不工，但求押韵者乎？

"某君"云云，即指谢无量。谢无量祖籍四川梓潼，生于四川乐至，四岁随在安徽任知县的父亲迁居芜湖，在安徽公学任教时，就与陈独秀建立起密切关系，与高一涵、易白沙、刘叔雅、高语罕、李亦民，都是《新青年》最早的热心撰稿人。胡适批评的长律，指的是第一卷第三号谢无量五言排律《寄会稽山人八十四韵》。从主编意图着想，增设旧体诗词栏目，为的是丰富版面，以吸引更多的读者，故陈独秀"记者识"曰："文学者，国民最高精神之表现也。国人此种精神委顿久矣。谢君此作，深文余味，希世之音也。子云相如而后，仅见斯篇，虽工部亦只有此工力，无此佳丽。谢君自谓天下文章尽在蜀中，非夸矣。吾国人伟大精神，犹未丧失也欤，于此征之。"胡适抓住陈独秀一面否定古典主义，一面又称赞此诗为"希世之音"，"难免自相矛盾之诮"；再发挥"最可传之作，皆其最不用典者也"的理论，大引特引唐人名句以证之，确有一定道理。陈独秀大为叹服，将信刊于《新青年》第一卷第二号"通信"栏，并检讨说："以提倡写实主义之杂志，而录古典主义之诗，一经足下指斥，曷胜惭感。惟今之文艺界，写实作品，以仆寡闻，实未尝获觌。本志文艺栏，罕录国人自作之诗文，即职此故。"

那么，谢无量《寄会稽山人八十四韵》到底写得如何？不妨来品鉴一番。诗前有小序，曰："己酉（1909）岁未尽，七日自芜湖溯江还蜀，入春淹泊峡中，观物叙怀，辄露鄙音，略不诠理，奉寄会稽山人，冀资喁噱。"查陈玉堂《中国近现代人物名号大辞典》，号"会稽山人"者有二，一为蔡元培，一为陶成章。安徽旅湘公学于1904年迁至芜湖，改名安徽公学，刘申叔、陈独秀、苏曼殊、柏文蔚、陶成章、谢无量、江彤候等咸集斯校讲学，宣传革命。此处则以陶成章为是。全诗为：

故国三千里，长江日夜声。扬舲鱼服远，隐几鹖冠轻。驿路春光入，风涛夕数惊。实经巫峡险，真念圣湖清。泥渚焦公草，沧浪孺子缨。浮生仍不击，君子直无营。管席陪书幔，扬亭别酒罂。昔时同载魄，此日黯消精。温瞩延犀烬，刘招杏桂英。离群频子夏，浪迹类罗横。未就持竿去，徒为荷锸行。不堪追素孔，只是怯黔赢。阮籍曾埋照，长沮亦耦耕。东皋淹旅食，南郭竟狂酲。先世承炎帝，于今忆老彭。蜀峰元赴楚，淮岸复通荆。辟地随尸佼，乘流异别今。薄赍缠药里，费日更楸枰。窄濑迟移棹，悬崖逆挂怪。山驱下笏立，江蹴一门成。岛屿参差出，虹蜺咫尺生。屈骚心自苦，汉曲听如喤。凤饲神祠乌，兼供禹庙牲。受符坛缥缈，刊木岁峥嵘。斑竹泉分泪，幽花冷独荣。瑶姬云不定，杜宇血犹萦。久已无丹凤，虚传画白鹦。仙桥临井路，妖气聚材枪。往往思三户，稍稍骇五丁。猿猱开辟有，斤斧鬼神并。估客皆沾笛，丛霄恍梦笙。滩留高象卧，波倒定龙擎。叹逝嗟何及，观虚道乃莹。下催桑海变，西接杞天倾。复嶂行看尽，环洲远更迎。石钱缘水叠，萝刺倚空撑。镜象明前浦，霞阴转碧泓。平川一帆影，绝壁几茅楹。饥鹊窥人诉，健鸡上屋鸣。峻畦怜菜摘，喧浪得鱼烹。细树澄潭月，香醪小驿筝。人烟通夕步，渔火驻微明。昧爽占风角，萧疏信水程。阵图荒择柳，舟市贱柑橙。鸟道犹宾洞，鹑襟立野氓。一钱宁易死，百丈每先争。沙濯溪金粲，盐烧碛雾平。噫嘘桡户喜，呼咤太公狞。飘泊曾无已，修晨况屡更。莫应添客思，强复记王正。爆竹殷山郭，张灯沸市伧。宫讴严汉朔，台址实巴贞。混混聊同浊，苍苍不易名。薄游从曼衍，疾首念鲦莹。舵佞谁能学，麟伤内暗婴。北辰星隐见，黄道日光晶，多士趋朱黻，明堂仰玉衡。盘盂宣鲁甲，誓令过商庚。海上罗时髦，云台象国桢。季心仍大侠，犀首自名卿。陈气豪湖海，邹谈必裨瀛。义皆攀尾柱，泣为下苏坑。长短经争奏，中和乐漫赓。笑工依狒狒，语好乱牲牲。锻柳甘疏放，敧冠忘裸裎。伊川飘短发，广汉逐青盲。他日瓢终弃，闲行剑懒绷。纵横闻虎豹，细黠玩鼯鼪。鼎重恒虞折，邻强慎莫撄。裂眦虚见劫，高鼻动要盟。马上诗书废，人间战伐盈。黄龙知已没，鲁卫孰为兄。柱史空修礼，兰陵但议兵。问频忧国戚，望极何衢亨。尚武兹成俗，依仁意倍诚。若为传道德，敢冀报瑶琼。岷岭断疲役，崆峒早系萌。艺瓜秦垅晚，吹籁越溪哨。杜甫先留宅，王郎未见情。此间丰蚼酱，别味胜莼羹。豆叶齐初绿，桃跗启半颓。（此间春旱桃已擎萼）。云封伯益井，苔冷季长莹。松菊应追忆，山川旧徂征。何时回紫气，重得过青城。

沈伯俊《〈国学大师谢无量〉序》谓："谢无量先生是四川现代史上杰出的学者、诗人、书法家。他一生坚持正义，追求进步，学识渊博，著作宏富，影响广泛，堪称现代巴蜀文化大师。仅在中国古代文学和文学史研究领域，他就先后出版《中国大文学史》《中国六大文豪》《平民文学之两大文豪》《中国妇女文学史》《诗经研究》《楚辞新论》《诗学指南》《词学指南》《骈文指南》等著作，视野之开阔，眼光之卓越，在体例、方法上之开拓创新，均不愧为'五四'以来的一流大家。"① 此诗记1909岁未尽，自芜湖溯江还蜀，入春淹泊峡中，观物叙怀，熔蜀中壮丽景物与历代名人于一炉，全诗大气磅礴，颇可吟咏，不能一笔抹杀。胡适指摘的错误如"耦耕"，长沮桀溺耦而耕，都知道两人并耕，诗中省略不算错。所下断语，如"此句若无误字，即为不通"，"下句更不通"，"在律诗中，皆为下下之句"，"不但不切，在文法上亦不通也"，"此种诗在排律中，但可称下驷"，皆为信口武断，殊不及王爱维指其译诗之有根有据。姑不论古典诗歌造诣不及谢无量远甚的胡适所言是否有当，只要注意他1915年8月9日日记，记载读谢无量《老子哲学》札记，1916年8月始撰博士论文《中国古代哲学方法之进化史》，又借鉴了谢无量1916年出版的《中国哲学史》。② 相比鲁迅《中国小说史略》后记，注明曾参考谢无量《平民文学之两大文豪》，《汉文学史纲要》则将他的《中国大文学史》《诗经研究》《楚辞新论》列入参考书目，真不可同日而语。

陈独秀1916年10月5日推心置腹地给胡适写了一信，中说：

---

① 沈伯俊：《〈国学大师谢无量〉序》，载刘长荣、何兴明著《国学大师谢无量》，中国文史出版社，2006。
② 欧阳健：《再提胡适的博士学位问题》，《文学与文化》2017年第1期。

奉读惠书，略答之《青年》，匆匆未尽欲言，乞足下恳切赐教是幸！

改革为吾国目前切要之事，此非戏言，更非空言如何如何。《青年》文艺栏，意在改革文艺，而实无办法。吾国无写实诗文以应模范，译西文又未能直接唤起国人写实主义之观念。此事务求足下赐以所作写实文字或切实作一改良文学论文寄登《青年》，均所至盼。仆拟作《国文教授私议》一文，登之下期《青年》；然所论皆应用文字，非言文学之文也。鄙意文学之文应用之文区而为二。应用之文但求朴实、说理、记事，其道甚简；而文学之文尚须有斟酌处，尊兄谓何？美洲出版书报乞足下选择若干种，详其作者、购处及价目，登之《青年》，介绍于学生社会，此为输入文明之要策；倘欲购者多，即由孟邹处备资运售，亦其书店营业之一助，足下以为如何？

胡适深知办刊之大忌，一怕选稿不精，二怕审稿不严，故甘犯"交浅言深"之险，揭出杂志的质量问题，陈独秀果然刮目相看，视为"神交颇契"的"可与共事之人"了。

十六年后，胡适在北大国文系讲演《陈独秀与文学革命》，说："《新青年》第三号上，有一篇谢无量的律诗《寄会稽山人八十四韵》，后面有陈先生一个跋：'文学者，国民最高精神之表现也，国民此种精神委顿久矣，谢君此作，深文余味，希世之音也。子云相如而后，仅见斯篇，虽工部亦只有此工力，无此佳丽。谢君自谓天下文章尽在蜀中，非夸矣。吾国人伟大精神，犹未丧失也欤？于此征之。'他这样恭维他，但他平日的主张又是那样，岂不是大相矛盾？我写了封信质问他，他也承认他矛盾，我当时提出了'八不主义'，就是《文学改良刍议》，登在《新青年》上，陈先生写了一个跋。"

陈独秀不及细察，认定胡适敢说真话，有真学问，乐以引为同道。及至那篇《刍议》寄来，陈独秀也曾指出第五条讲文法之结构、第八条讲言之有物"不太好理解"，但还是毫不犹豫在 1917 年 1 月二卷五号发表了，紧接着就在 1917 年 2 月二卷六号，发表了自己的力作《文学革命论》。以大气磅礴的笔法写道：

> 文学革命之气运，酝酿已非一日，其首举义旗之急先锋，则为吾友胡适。余甘冒全国学究之敌，高张"文学革命军"大旗，以为吾友之声援。旗上大书特书吾革命军三大主义：曰，推倒雕琢的阿谀的贵族文学，建设平易的抒情的国民文学；曰，推倒陈腐的铺张的古典文学，建设新鲜的立诚的写实文学；曰，推倒迂晦的艰涩的山林文学，建设明了的通俗的社会文学。

一些人只看到字面上的"首举义旗之急先锋，则为吾友胡适"，与"余甘冒全国学究之敌"，"以为吾友之声援"，认定陈独秀承认"吾友胡适"是"首举义旗之急先锋"。纵然有人补充说：陈独秀、胡适是新文化运动的"双子星座"或"双发动机"；却仍然强调"播种者"是胡适，陈独秀不过"步其后尘"，比胡适"火药味"更猛而已；况且胡适又写了《建设的文学革命论》，标题中加了"建设"两字缓冲，又比陈独秀高明了。其实，胡适不过是观敌料阵的马前张保，陈独秀才是大纛旗下威风凛凛的元帅岳武穆。

命蹇时乖的林冲，幸得杨志到来，方免了"投名状"的差使；而胡适的两份"投名状"，却产生了"杀人"般的后果。自从收到胡适来信，薛琪瑛译著《意中人》在《新青年》二卷二号（1916 年 10 月）连载毕、谢无量在《新青年》一卷四号（1915 年 12 月）刊出《春日寄怀马一浮》之后，两人姓名从此就在《新青年》上消失。被誉为"中国现代第一位女作家"的陈衡哲的《老夫妻》，刊于《新青年》第五卷第四期（1918 年 10 月），而早她三年的薛琪瑛从此默默无闻。在她的故乡无锡，有其祖父薛福成故居，又有父亲薛南溟故居，居然几乎无人知道这位本该列入文化名人的薛琪瑛。

（五）

陈独秀与胡适素未谋面，只不过读过几篇来稿，通过几封书信，在蔡元培 1916 年 12 月接任北京大学总长，约自己为文科学长之初，即力荐胡适以自代；又曰若不愿任学长，亦可担任哲学、文学教授。胡适 1917 年 9 月 10 日来北京大学，二人的关系已从主编与投稿人，变而为同事与伙伴。随着《新青年》编辑部随之迁至北京，标志着胡适上了真正的"梁山"。陈独秀后来将胡适引入《新青年》，引入北京大学，让他获得两个最可珍贵的平台。

许怡荪于 1917 年 8 月 27 日（农历七月初十日）曾给胡适写过一封重要的信，中说："常谓以足下今日之地位与声誉，正不下于某君，以后但求察时观变，不走错路，必能斡旋大势，以挽劫运，此愿足下勉之也。再足下久留海外，今当返国之初，国人诚伪或未尽知，举措之宜，不可不慎，否则代人受过，诚不值耳。"信中所指的"某君"，无疑是陈独秀。"二十七岁的留美博士""年轻的北大教授""新文化运动领军人物"等头衔，让胡适声名鹊起，构成足以和陈独秀抗衡的社会地位。许怡荪敏锐地觉察到，他与陈独秀走的完全不是一条路，提醒他"但求察时观变，不走错路，必能斡旋大势，以挽劫运"。

胡适心领神会，后来便偏离了梁山固有路线：他既反对打家劫舍，劫富济贫；也反对攻城略地，夺了鸟位。他主张实行"健全的个人主义"——陶忠旺只顾种好自己的地，乐和只顾吹好自己的铁叫子，"争你们自己的人格，便是为国家争人格"；他还呼唤"好人政府"，以为赵官家不一定坏，接受招安，梁山就有救了。

陈独秀与胡适之间的矛盾，是不可调和的路线的矛盾。徐子明指出：

"哪知道胡适是不肯以第二人自居的。因为陈胡两人所走的路程虽是相同，而目的并不一致。"最后闹得分道扬镳。1920年底，胡适给陈独秀写信，谈改变《新青年》性质的三个办法。1921年1月11日，钱玄同给鲁迅、周作人写信说："初不料陈、胡二公已到短兵相接的时候！……我对于此事，绝不愿为左右袒。若问我的良心，则以为适之所主张者较为近是。但适之反对谈'宝雪维几'，这层我不敢以为然。"（"宝雪维几"，即布尔什维克。）其结果是最后的分裂，迫使陈独秀把《新青年》收回，宣传马克思主义，遂酿成了陈独秀的困厄与幽囚。陈独秀曾发豪言壮语："世界文明的发源地有二：一是科学研究室，一是监狱。我们青年要立志出了研究室就入监狱，出了监狱就入研究室，这才是人生最高尚的生活。"这种精神固然名留青史，但毕竟淡出了政治与学术的舞台。

1932年10月15日晚上，陈独秀在上海法租界被捕，被判有期徒刑十三年，后经上诉改判为八年。1932年12月1日，陈独秀在狱中致书胡适：

适之先生：

此次累及许多老朋友奔走焦虑，甚为歉然。梦麟先生北返，当已详达鄙状。日来贱躯比梦麟先生到此时更好一点，已能稍稍吃饭与肉了，已能照常写字读书了，特此告慰故人。审判约在本月底，计尚有月余逍遥。判决后，以弟老病之躯，即久徒亦等于大辟，因正式监狱乃终日禁闭斗室中，牛兰现在即是这样的生活，不像此时在看守所中尚有随时在室外散步及与看守者谈话的自由。狱中购买药品和食物当然更不方便，所以我以为也许还是大辟爽快一点。如果是徒刑，只有终日闲坐读书，以待最后。如果能得着纸笔，或者会做点东西。现在也需要书看以销磨光阴。梦麟先生送来几部小说，惟弟近来对于小说实无丝毫兴趣，先生能找几本书给我一读否？

英文《原富》，亚当斯密的；

英文李嘉图的《经济学与赋税之原理》；

英文马可波罗《东方游记》；

崔适先生的《史记探源》。

关于甲骨文的著作，也希望能找几种寄给我。先生要责我要求太多了吧！

存尊处的拼音文字稿，我想现在商务可以放心出版了。倘商务还不敢出版，能改由孟真先生在研究所出版否？弟颇欲此书早日出版，能够引起国人批评和注意。坑人的中国字，实是教育普及的大障碍，注音字母这一工具又太不适用，新制拼音文字，实为当务之急，甚望先生能够拿出当年提倡白话文的勇气，登高一呼。拙著至浅陋，只是上龙出水的意思而已。

先生著述之才远优于从政，"王杨卢骆当时体，不废江河万古流。"近闻有一种传言，故为先生诵之，以报故人垂念之谊。此祝健康！

梦麟、孟真、叔雅、启明、兼士及其他旧好，均请代为道念。

弟仲白 十二月一日

回信望寄书贻兄转下，他常来此探视。叔雅兄所著《淮南集解》，望他能觅一部送我。

又白

处于此情此境，陈独秀唯有以"已能稍稍吃饭与肉了，已能照常写字读书了"来告慰故人，对于以往业绩的历史缕述，"老病之躯"的陈独秀已绝不介怀。

胡适的积极营救，好评如潮。在陈独秀被捕半月之后的10月30日，他在北京大学演讲《陈独秀与文学革命》，成为"文学革命领袖"。

演讲先引民国十二年《科学与人生观论集》陈独秀序中说："常有人说白话文的局面是胡适之陈独秀一班人闹出来的，其实这是我们的不虞之誉，中国近来产业发达，人口集中，白话文完全是应这个需要而发生而存在的；适之等若在十三年前提倡白话文，只需章行严一篇文章便驳得烟消灰灭，此时章行严的崇论宏议有谁肯听？"借陈独秀的序，将"胡适之"置于"陈独秀"之前。强调陈先生与新文学运动三点背景：一、他有充分的文学训练；二、他受法国文化的影响很大；三、陈先生是一位革命家，回顾民国四年章士钊说文学革命须从政治下手，但陈先生却恭维自然主义，逗引出"有一个张永言写一封信给他，引起他对文学兴味，引起我与陈先生通讯的兴味"的细节。

（六）

1933 年 12 月 3 日，胡适写成《逼上梁上——文学革命的开始》，收进他的《四十自述》。他是这样写的：

那年十月中，我写信给陈独秀先生，就提出这八个"文学革命"的条件，次序也是这样的。不到一个月，我写了一篇《文学改良刍议》，用复写纸抄了两份，一份给留美学生季报发表，一份寄给独秀在《新青年》上发表。

陈独秀先生是一个老革命党，他起初对于我的八条还有点怀疑（《新青年》二卷二号）。其时国内好学深思的少年，如常乃德君，也说"说理纪事之文，必当以白话行之，但不可施于美术文耳。"（见《新青年》二卷四号）但独秀见了我的"文学改良刍议"之后，就完全赞成我的主张；他接着写了一篇"文学革命论"（《新青年》二卷五号），正式在国内提出"文学革命"的旗帜。他说：

文学革命之气运，酝酿已非一日。其首举义旗之急先锋，则为吾友胡适。余甘冒全国学究之敌，高张"文学革命"之大旗，以为吾友之声援。

旗上大书特书吾革命三大主义：

日：推倒雕琢的，阿谀的贵族文学；建设平易的，抒情的国民文学。

日：推倒陈腐的，铺张的古典文学；建设新鲜的，立诚的写实文学。

日：推倒迂晦的，艰涩的山林文学；建设明了的，通俗的社会文学。

独秀之外，最初赞成我的主张的，有北京大学教授钱玄同先生（《新青年》二卷六号通信，又三卷一号通信）。此后文学革命的运动就从美国几个留学生的课余讨论，变成国内文人学者的讨论了。

《文学改良刍议》是一九一七年一月出版的，我在一九一七年四月九日还写了一封长信给陈独秀先生，信内说：

此事之是非，非一朝一夕所能定，亦非一二人所能定。甚愿国中人能平心静气与吾辈同力研究此问题。讨论既熟，是非自明。吾辈已张革命之旗，虽不容退缩，然亦不敢以吾辈所主张为必是，而不容他人之匡正也。……

独秀在《新青年》（第三卷三号）上答我道：

鄙意容纳异议，自由讨论，固为学术发达之原则，独至改良中国文学当以白话为正宗之说，其是非甚明，必不容反对者有讨论之余地；必以吾辈所主张者为绝对之是，而不容他人之匡正也。盖以吾国文化倘已至文言一致地步，则以国语为文，达意状物，岂非天经地义？尚有何种疑义必待讨论乎？其必摈弃国语文学，而悍然以古文为正宗者，犹之清初历家排斥西法，乾嘉畴人非难地球绕日之说，吾辈实无余闲与之作此无谓之讨论也。

这样武断的态度，真是一个老革命党的口气。我们一年多的文学讨论的结果，得着了这样一个坚强的革命家做宣传者，做推行者，不久就成为一个有力的大运动了。

胡适为"文学革命"所描述的次序是：

1. 那年十月中，我写信给陈独秀先生，就提出这八个"文学革命"的条件。

2. 陈独秀起初对于我的八条还有点怀疑。

3. 但独秀见了我的"文学改良刍议"之后，就完全赞成我的主张。

4. 他接着写了一篇"文学革命论"，说：文学革命之气运，酝酿已非一日。其首举义旗之急先锋则为吾友胡适。

5. 独秀之外，最初赞成我的主张的，有北京大学教授钱玄同先生。

6. 此后文学革命的运动就从美国几个留学生的课馀讨论，变成国内文人学者的讨论了。

7. 我们一年多的文学讨论的结果，得着了这样一个坚强的革命家做宣传者，做推行者，不久就成为一个有力的大运动了。

胡适就这样，一步步得了"倡导新文学"的头功。

1936 年亚东图书馆重印《新青年》，胡适的题辞是："《新青年》是中国文学史和思想史上划分一个时代的刊物。最近二十年中的文学运动和思想改革，差不多都是从这个刊物出发的。我们当日编辑作文的一班朋友，往往已不容易收存全份，所以我们欢迎这回《新青年》的重印。《新青年》六年九卷五十四期，前三卷皆标明"陈独秀先生主撰"；迁往北大后虽由诸人分期编辑，但陈独秀仍是主编；第七卷以后，又确定由陈独秀一人编辑。亚东图书馆《重印〈新青年〉杂志通启》所开列的一大串作者名单中，却不知何故以第二卷方才刊文的胡适打头，将陈独秀置于胡适、周作人、吴稚晖、鲁迅、钱玄同之后，名列第六位；轮流主编的六君子中，又遗漏了在第一期就出场的高一涵与李大钊，也没有了薛琪瑛与谢无量。

四、"废除文言"是如何实现的？

（一）

胡适说白话为"活文学"，说文言为"死文学"，最终目标就是废除文言文。他在 1918 年 4 月 15 日发表的《建设的文学革命论》中说："中国这二千年何以没有真有价值、真有生命的'文言的文学'？我自己回答：'这都是因为这二千年的文人所作的文学都是死的，都是用已经死了的语言文字做的。死文字决不能产出活文学。所以中国这二千年只有些死文学，只有些没有价值的死文学。'"用了两个"都是"，两个"只有"，就蛮横地把文言划到"国语"范围之外了。不仅如此，胡适还要否定中国传统文学形式。在谈到怎样实行"国语的文学，文学的国语"时，他提出了"工具""方法""创造"三个步骤。关于第一步，胡适说："我们的工具就是白话，我们有志作国语文学的人，应该赶紧筹备这个万不可少的工具。"他指出的预备方法有两种，一是"多读模范的白话文学"，二是"用白话作各种文学"。关于第二步，在拉拉杂杂说了一通"文学的方法"之后，强调要"赶紧多多的翻译西洋的文学名著做我们的模范"，实际上又否定了"多读模范的白话文学"的主张。他说：

第一，中国文学的方法实在不完备，不够做我们的模范。即以体裁而论，散文只有短篇，没有布置周密、论理精严、首尾不懈的长篇；韵文只有抒情诗，绝少纪事诗，长篇诗更不曾有过，戏本更在幼稚时代，但略能纪事掉文，全不懂结构；小说好的，只不过三四部，这三四部之中，还有许多疵病；至于最精彩之"短篇小说""独幕戏"，更没有了。若从材料一方面看来，中国文学更没有做模范的价值。才子佳人、封王挂帅的小说，风花雪月、涂脂抹粉的诗；不能说理、不能言情的"古文"；学这个、学那个的一切文学，这些文字，简直无一毫材料可说。至于布局一方面，除了几首实在好的诗之外，几乎没有一篇东西当得"布局"两个字！——所以我说，从文学方法一方面看去，中国的文学实在不够给我们作模范。

第二，西洋的文学方法，比我们的文学，实在完备得多，高明得多，不可不取例。即以散文而论，我们的古文家至多比得上英国的 Bacon和法国的 Montaiene，至于像 Plato 的"主客体"，Huxley 等的科学文字，Boswell 和 Morley 等的长篇传记，Min、Franklin、Giddon 等的"自传"，Taine 和 Bukle 等的史论，……都是中国从不曾梦见过的体裁。更以戏剧而论，二千五百年前的希腊戏曲，一切结构的功夫，描写的功夫，高出元曲何止十倍。近代的 Shakespcare 和 Moliere，更不用说了，最近六十年来，欧洲的散文戏本，千变万化，远胜古代，体裁也更发达了，最重要的，如"问题戏"专研究社会的种种重要问题；"寄托戏"（Symbolio Drama）专以美术的手段作的"意在言外"的戏本，"心理戏"，专描写种种复杂的心境，作极精密的解剖；"讽刺戏"，用嬉笑怒骂的文章，达愤世救世的苦心……更以小说而论，那材料之精确，体裁之完备，命意之高超，描写之工切，心理解剖之细密，社会问题讨论之透彻……真是美不胜收。至于近百年新创的"短篇小说"，真如芥子里面藏着大千世界；真如百炼的精金，曲折委婉，无所不可；真可说是开千古未有的创局，掘百世不竭的宝藏。

关于第三步，胡适则轻描淡写地说："至于创造新文学是怎样一回事，我可不配开口了。我以为现在的中国，还没有做到实行预备创造新文学的地步，原可不必谈创造的方法和创造的手段，我们现在且先努力做那第一、第二两步预备的功夫罢！"便匆匆结束全文，所以重点仍在"赶紧多多的翻译西洋的文学名著做我们的模范"上。胡适夸大了西方文学的优势，颠覆了中国文学的传统。既然"中国文学的方法实在不完备",中国小说"好的只不过三四部,这三四部之中还有许多疵病","才子佳人、封王挂帅的小说……简直无一毫材料可说",加之又要"不讲对仗",驯致被胡适奉为"正宗"的"足与世界'第一流'文学比较而无愧色者"的章回小说,彻底没落了。章回体小说讲究回目对仗的工稳,还有那回前、回中、回后诗词骈俪的精工,这些都需要下功夫学习,当时的白话小说家做不来,只好向"比我们的文学实在完备得多、高明得多"的"西洋的文学方法"讨生活,使被胡适难得颂扬的我佛山人、南亭亭长、洪都百炼生的章回小说,在"新文学家"手中都成了绝响。

胡适的《文学改良刍议》,是在军阀混战背景下发表的。皇帝虽被推翻,但实现民主的起点降得更低了,比皇帝臣工素质更差的大小军阀,开始追逐自己的皇帝梦。1915 年 12 月,袁世凯宣布恢复帝制,改国号为"中华帝国",蔡锷旋即通电全国,宣布云南独立,组织讨袁护国军,孙中山发表《讨袁檄文》;1916 年 3 月 22 日,袁世凯被迫撤消帝制,恢复民国,6 月 6 日死于北京,黎元洪继任大总统;1917 年 5 月,黎元洪的总统府与段祺瑞的国务院矛盾激化,免去段祺瑞国务总理职;1917 年 6 月 12 日,黎元洪解散国会,召张勋进京共商国事;7 月 1 日,张勋、康有为等拥清废帝宣统复辟,段祺瑞组"讨逆军"驱逐张勋,复任国务总理,拒绝恢复《临时约法》;黎元洪通电去职,冯国璋代理大总统;孙中山由上海至广州,倡议召开国会,组织护法军政府:南北对峙的局面,业已形成。面对混乱已极的政治局面,全国上下的心态是普遍绝望的。赴美留学七年甫回祖国的胡适,除了发表这篇《文学改良刍议》,不闻有任何关于时局的评论。须知,光绪二十六年十二月丁未(1901 年 1 月 29 日)的改革谕旨,尚且批评"晚近之学西法者,语言文字、制造器械而已,此西法之皮毛,而非西学之本源也……舍其本源而不学，学其皮毛而又不精，天下安得而富强耶？"① 此时的胡适，其认识水准实在没有多高。

（二）

《文学改良刍议》发表一个月后，比胡适年长三十九岁的林纾，便在上海《民国日报》发表《论古文之不宜废》，迅速作出了回应。而胡适 1917 年 4 月 7 日日记也摘抄了林琴南《论古文之不宜废》，注："此文见上海《民国日报》（六年二月八日）"，还加了三个"不通！"的夹批，末后又批："此文中'而方、姚卒不之踣'一句，'之'字不通。"其实"踣"前的"之"是印工误加。

这些都是小节。作为晚清启蒙文学家，林纾此举不是偶然而发的。早在 1904 年，他就在《〈英国诗人吟边燕语〉序》中说过："欧人之倾我也，必曰识见局，思想旧，好言神怪，因之日就沦弱，渐即颓运；而吾国少年强济之士，遂一力求新，丑诋其故老，放弃其前载，维新之从。"且举"英人固以新为政者也，而不废莎士之诗"为例，证明"政教两事，与文章无属"，实现现代化并不需要抛弃传统，这些见解完全适用于反驳十二年后胡适的高论。

文章题为"论古文之不宜废"，鲜明地亮出虽赞成白话，但不应以废古文为前提的观点。首句"文无所谓古也"，堪称深谙文学真谛之慧言。文无古今，唯有优劣，故"汉唐之《艺文志》及《崇文总目》中文家林立"，而"马、班、韩、柳独有"；优秀的古文，具有恒久的魅力。胡适之所谓"八事"，不构成文言必废的理由；用白话作文章，谁能保证篇篇"言之有物""讲求文法""不作无病之呻吟""务去滥调套语"呢？

《文学改良刍议》在"可传世不朽之作，当以元代为最多，此可无疑也。

---

① 朱寿朋编纂：《光绪朝东华录》，中华书局，1965，总 4601—4602 页。

当是时，中国之文学最近言文合一，白话几成文学的语言矣。使此趋势不受阻遏，则中国几有一'活文学出现'，而但丁、路得之伟业，几发生于神州"一段，忽从中加了一条长注：

欧洲中古时，各国皆有俚语，而以拉丁文为文言，凡著作书籍皆用之，如吾国之以文言著书也。其后意大利有但丁（Dante）诸文豪，始以其国俚语著作。诸国踵兴，国语亦代起。路得（Lutber）创新教，始以德文译《旧约》《新约》，遂开德文学之先。英法诸国亦复如是。今世通用之英文新旧约，乃一六一一年译本，距今才三百年耳。故今日欧洲诸国之文学，在当日皆为俚语。迨诸文豪兴，始以"活文学"代拉丁之死文学。有活文学而后有言文合一之国语也。

胡适本意乃在宣扬拉丁是"死文学"、1611年后之俚语方为"活文学"的高论，以为废除文言文张目；有过外国小说翻译经验、了解西方文化史的林纾，则予以轻轻一拨："呜呼，有清往矣，论文者独数方、姚，而攻踬之者麻起，而方、姚卒不之踬。或其文固有其是者存耶？方今新学始昌，即文如方、姚，亦复何济于用？然而天下讲艺术者仍留古文一门，凡所谓载道者皆属空言，亦特如欧人之不废腊丁耳。知腊丁之不可废，则马、班、韩、柳亦自有其不宜废者。吾识其理，乃不能道其所以然，此则嗜古者之痼也。"尹雪曼《中国现代文学史话》评论道："我们揣测林氏之意，乃说拉丁文虽然早已不再被普遍使用，但是，西洋人并没有把拉丁文完全废弃。既然西洋人尚且如此，我们中国人又怎能把古文完全丢掉呢？这两句话虽然说得十分有理，但因后边两句话说得太坦白了，结果被胡适与陈独秀抓住小辫子，就'吾识其理，乃不能道其所以然'，大肆抨击，弄得林琴南颇有点招架不住。"① "吾识其理，乃不能道其所以然，此则嗜古者之痼也"，不能从字面上理解。林纾也许是谦虚，也许是不想在短文中铺得太开，胡适回避其提出的关键，抓住一两句话嘲讽一通，便"得胜"而去了。

作为对民族有责任心的老成人，林纾忧心忡忡地说：

民国新立，士皆剽窃新学，行文亦泽之以新名词。夫学不新，而唯词之新，匪特不得新，且举其故者而尽亡之，吾甚虞古系之绝也。向在杭州，日本斋藤少将谓余曰："敝国非新，盖复古也。"时中国古籍如皕宋楼之藏书，日人则尽括而有之。呜呼，彼人求新而惟旧之宝，吾则不得新而先殒其旧。意者后此求文字之师，将以厚币聘东人乎？夫马、班、韩、柳之文虽不协于时用，固文字之祖也；嗜者学之，用其浅者以课人，转转相承，必有一二钜子出肩其统，则中国之元气尚有存者。若弃掷践唾而不之惜，吾恐国未亡而文字已先之，几何不为东人之所笑也。

《论古文之不宜废》发表时，将"意者后此求文字之师，将以厚币聘东人乎"与"国未亡而文字已先之，几何不为东人之所笑也"二句，用特大号字体排印，尤突现了林纾的殷忧。日本的维新比中国早，却不一味图新而废旧，故斋藤（斋藤少将，时为日本公使武官）有言："敝国非新，盖复古也。"林纾道："彼人求新而惟旧之宝，吾则不得新而先殒其旧。"当时中国古籍如皕宋楼之藏书，为什么会为日人尽括而有之？恐与时人鼓吹尽废古书、尽废文言不无关系吧？"意者后此求文字之师，将以厚币聘东人乎？"后来的事实，皆不幸为林纾所言中。林纾还指出，"马、班、韩、柳之文虽不协于时用，固文字之祖也"，虽不一定要所有的人都去学习，但嗜者学之，转转相承，必有一二钜子出肩其统，则中国之元气尚有存者；相

① 尹雪曼：《中国现代文学史话》，《国魂》1977 年 4 月号。

反，"若弃掷践唾而不之惜，吾恐国未亡而文字已先之"，可谓语重而心长。

1919年4月，林纾又在《文艺丛报》创刊号发表《论古文白话之相消长》，进一步就"白话正宗"论与胡适商榷。文章说："至白话一兴，则喧天之闹，人人争撤古文之席而代以白话，其但始行白话报。忆庚子客杭州，林万里、汪叔明创为《白话日报》，余为作《白话道情》，颇风行一时。已而予匆匆入都，此报遂停。沪上亦闻有为白话为诗，难者从未闻尽弃古文行以白话者。"又说："近人创为白话一门，自衒其持见，不知林万里、汪叔明固已先汝而为矣。"庚子即1901年，林万里即林獬（1874—1926），其时主持《杭州白话报》笔政，作《论看报的好处》，并以"宣樊""宣樊子"笔名作白话文鼓吹新政；五十岁的林纾时客居杭州，为之撰《白话道情》，很受欢迎。行文本意十分清楚：即便是"倡导白话"的话题，"不知林万里、汪叔明固已先汝而为矣"，自己亦比胡适有更多的发言权。

在立定有足够资格议论白话的前提下，林纾以高明的古文家身分，畅论古文的性质和功用：它有时"似无关于政治，然有时国家之险夷系彼一言"；有时又似"无涉于伦纪，然有时足以动人忠孝之思"。他品鉴唐文、宋文、元文、明文的优劣短长，洋洋洒洒，仿佛是信手拈来，挥斥皆成警句。其论明人之学汉，喻之为"《品花宝鉴》学《红楼梦》者也"："《红楼梦》多贵族手笔，而曹雪芹又司江南织造，上用之物，靡不周悉。作《品花宝鉴》者，特一秀才，虽极写华公子之富，观其令厨娘煮粥，亲行命令如某某之粉宜多宜寡，斟酌久之，如在《红楼梦》中则一婢之口吻耳。"特意引白话小说为例以喻之，不惟十分得体，亦为题中应有之义。即便是《红楼梦》的赏鉴，早在1907年，林纾译《孝女耐儿传》即曰："中国说部，登峰造极者无若《石头记》……（其）用笔缜密，着色繁丽，制局精严，观止矣。"与三年之后撰《红楼梦考证》、言"《红楼梦》的真正价值在这平淡无奇的自然主义上面"的胡适相比，林纾此文谓"《红楼》一书，口吻之犀利，闻之俨然，而近人学之，所作之文字，乃又癃憊欲死，何也？须知贾母之言趣而得要，凤姊之言辣而有权，宝钗之言驯而含伪，黛玉之言酸而带刻，探春之言言简而理当，袭人之言贴而藏奸，晴雯之言憨而无理，赵姨娘之言言贱而多怨，唯宝玉所言，纯出天真。作者守住定盘针，四面八方眼力都到，才能随地熨贴。"无疑要内行老到多了。

林纾也看到了古文与时代不相适应的一面。1913 年春秋之交，作《送大学文科毕业诸学士序》，勉诸生云："呜呼，古文之敝久矣。大老之自信而不惑者，立格树表，俾学者望表赴格，而求合其度，往往病拘挛而瘘于盛年。其尚恢富者，则又矜多务博，舍意境，废义法，其去古乃愈远……意所谓中华数千年文字之光气，得不黯然而瓒者，所恃其在诸君子乎？世变日滋，文字固无济于实用。苟天心厌乱，终有清平之一日。则诸君力延古文之一线，使不至于颠坠，未始非吾华之幸也。"1915 年，为国学扶轮社《文科大辞典》作序云："综言之，新学即昌，旧学日就淹没，孰于故纸堆中觅取生活？让名为中国人，断无抛弃其国故而仍称国民者。仆承乏大学文科讲习，犹兢兢然日取左、国、庄、骚、史、汉八家之文，条分缕析，与同学言之。明知其不适于用，然亦所以存国故耳。""世变日滋，文字固无济于实用"，"新学即昌，旧学日就淹没"，但为了使"中华数千年文字之光气，得不黯然而瓒"，"明知其不适于用，然亦所以存国故耳"，这些意见是十分通达的。《论古文白话之相消长》亦坦然承认，随着时代的变迁，古文已退居次要之地位："今官文书及往来函札，何尝尽用古文。一读古文，则人人瞠目，此古文一道已厉消烬灭之秋，何必再用革除之力？"但这并不意味着一定要废除古文，甚至将古文斩尽杀绝，林纾深刻地指出："其曰废古文用白话者，亦正不知所谓古文也。"这是为什么呢？林纾巧妙地借《水浒》艺术而言之曰：

白话至《水浒》《红楼》二书，选者亦不为错。然其绘影绘声之笔，真得一肖字之诀。但以武松之鸳鸯楼言之，先置朴刀于厨次，此第一路安顿法也。其次登楼，所谓撜开五指，向前右手执刀，即防楼上知状将物下掷，撜指正所以备之也，此第二路之写真。登楼后见两三枝灯烛三数处月光，则窗开月入，人倦酒阑，专候二人之捷音，此三路写法也。既杀三人，洒血书壁，踩扁酒器，然后下楼，于帘影模糊中杀人，刀钝莫入，写向月而视，凛凛有鬼气，及疾趋厨次，取朴刀时，则倏忽骇怪，神态如生，此非《史记》而何？试问不读《史记》而作《水浒》，能状出尔许神情耶？《史记·窦皇后传》叙窦广国兄弟家常琐语，处处入情；而《隋书·独孤氏传》曰"苦桃姑"云云，何尝非欲跨过《史记》，然不类矣。故冬烘先生言字须有根柢，即谓古文者，白话之根柢；无古文，安有白话？

"《史记·窦皇后传》叙窦广国兄弟家常琐语"，见《史记·外戚世家》：窦皇后弟窦广国，四五岁时为人掠卖至宜阳，为其主入山作炭，闻窦皇后新立，上书自陈。窦皇后召见，复问何以为验？对曰："姊去我西时，与我决于传舍中，丐沐沐我，请食饭我，乃去。"于是窦后持之而泣，泣涕交横下，故曰"处处入情"。而"《隋书·独孤氏传》曰'苦桃姑'云云"，见《隋书·外戚传》：高祖外家吕氏，其族盖微，平齐之后，求访不知所在。开皇初，有男子吕永吉，自称有姑字苦桃，为杨忠妻。勘验知是舅子，留在京师。永吉从父道贵，性尤顽騃，言词鄙陋。初自乡里征入长安，上见之悲泣。道贵略无戚容，但连呼高祖名，云："种末定不可偷，大似苦桃姊。"是后数犯忌讳，动致违忤，故曰"何尝非欲跨过《史记》，然不类矣"。林纾借此说明"古文者，白话之根柢"，"无古文，安有白话"，"能读书阅世，方能为文，如以虚枵之身，不特不能为古文，亦并不能为白话"的道理，是令人信服的，也是符合文学演进规律的。胡适以"言文之背驰"与否，奉辽、金、元通俗文学为中国文学之正宗，无疑是错误的。中国文化源头在先秦，没有证据表明其时一定"言文背驰"，而以《诗经》《楚辞》为代表的先秦诗歌，以《春秋》《左传》《国语》《战国策》为代表的先秦史书，以《论语》《墨子》《孟子》《庄子》《荀子》《韩非子》为代表的先秦诸子，莫不以其深厚的思想底蕴，成为后世取之不尽的思维源泉。胡适说"与其作不能行远不能普及之秦汉六朝文字，不如作家喻户晓之《水浒》《西游》文字"，表面上指"作文"，实际上是指"读文"，既不作矣，又何读焉？

1919 年 3 月 18 日，林纾在《公言报》发表《致蔡鹤卿书》，进一步申述他对"正宗"论的看法："若《水浒》《红楼》，皆白话之圣，并足为教科之书，不知《水浒》中辞吻，多采岳珂之《金陀萃篇》，《红楼》亦不止为一人手笔，作者均博极群书之人。总之，非读破万卷，不能为古文，亦并不能为白话。若化古子之言为白话，演说亦未尝不是。按《说文》：演，长流也，亦有延之、广之之义，法当以短演长，不能以古子之长，演为白话之短。且使人读古子者，须读其原书耶？抑凭讲师之一二语，即算为古子？若读原书，则又不能全废古文矣。矧于古子之外，尚以《说文》讲授，《说文》之学，非俗书也。当参以古籀，证以钟鼎之文，试思用籀篆可化为白话耶？果以篆籀之文，杂之白话之中，是引汉唐之环燕与村妇谈心，陈商周之俎豆为野老聚饮，类乎不类？"讲得十分中肯，可谓语重心长。

"若尽废古书，行用土语为文字，则都下引车卖浆之徒所操之语，按之皆有文法，不类闽广人为无文法之啁啾，据此则凡京津之稗贩，均可用为教授矣"数语，颇为时人与后人痛恨，以为是"对劳动人民的极大污蔑"。其实，林纾说的是由口语提炼为书面语言，属语言的继承和发展的范畴。"非读破万卷，不能为古文，亦并不能为白话"，实为颠扑不破的至理名言。

（三）

纵观林纾"论文言不可废"诸文，说理辩难，皆是心平气和的。他最为史家诟病的是作了《荆生》《妖梦》两篇小说，竟然诋毁新文化运动是"禽兽之言"。

借小说以影射之事，史上早已有之。唐代李德裕与牛僧孺交恶，命其门人韦瓘以牛僧孺名义撰《周秦行记》以诬陷之，就是最著名的例子。小说叙牛僧孺贞元中落第，归途误宿古墓，会到了汉代的薄太后，又召请戚夫人、王昭君、潘淑妃、杨贵妃、绿珠等饮酒赋诗。薄太后问："今天子为谁？"牛僧孺答云："今皇帝乃先帝长子。"太真笑曰："沈婆儿作天子也，大奇！"（"沈婆"指代宗的沈后，安史之乱两度被胡人掳去，"沈婆儿"则指当时的皇帝德宗。）李德裕又亲自作《〈周秦行记〉论》，攻击牛僧孺"以身与帝王后妃冥遇，欲证其身非人臣相也，将有意于狂颠；及至戏德宗为'沈婆儿'，以代宗皇后为'沈婆'，令人骨战，可谓无礼于其君甚矣！"张泊《贾氏谈录》云："开成中，曾为宪司所劾，文宗览之，笑曰：'此必假名，僧孺是贞元中进士，岂敢呼德宗为沈婆儿也。'事遂寝。"与李德裕之从政治上诬陷对手，欲置人于死地的鬼蜮伎俩相比，林纾所作不过是游戏文章。

《荆生》载 1919 年 2 月 17—18 日《新申报·蠡叟丛谈（十三—十四）》。小说勾画出林纾心目中"新文人"的尊容。文曰：一日，三人来至陶然亭，温酒陈肴，坐而笑语：

田生中坐，叹曰："中国亡矣，误者均孔氏之学，何由坚言伦纪，且何谓伦纪者，外国且妻其从妹，何以能强？天下有人种，即有父母，父母于我又何恩者？"狄莫大笑曰："惟文字误人，所以至此。"田生以手抵几曰："死文字，安能生活学术，吾非去孔子灭伦常不可！"狄莫曰："吾意宜先废文字，以白话行之，俾天下通晓，亦可使人人咸窥深奥之学术，不为艰深文字所梗。唯金君何以默守《说文》，良不可解。"金生笑曰："君知吾何姓，吾姓金耳。姓金者性亦嗜金，吾性但欲得金，其讲《说文》者，愚不识字之人耳，正欲阐扬白话以佐君。"于是三人大欢，坚约为兄弟，力捂孔子。

虽是玩笑之作，却颇有唐人小说之意趣。其后，忽有"伟丈夫"荆生破壁指三人曰："尔乃敢以禽兽之言，乱吾清听！"于是按田生首，以足践狄莫，取金生眼镜掷之，三人只得敛具下山，"回顾危阑之上，丈夫尚拊简而俯视，作狞笑也"。篇末蠡叟曰："如此混浊世界，亦但有田生狄生足以自豪耳，安有荆生？"小说因势阐释"孔子圣之时"论道："孔子何以为圣之时？时乎春秋，即重俎豆；时乎今日，亦重科学。譬叔梁纥病笃于山东，孔子适在江南，闻耗，将以电报问疾，火车视疾耶？或仍以书附邮者，按站而行，抵山东且经月，俾不与死父相见，孔子肯如是耶？"该文驳斥了时人对孔子的曲解。

《妖梦》载 1919 年 3 月 18—22 日《新申报·蠡叟丛谈（四十四—四十六）》，荒唐色彩更为浓郁。小说叙郑思康梦中为长髯人所邀，往游阴曹，遂并辔至白话学堂，见门外大书一联云："白话通神，红楼梦水浒真不可思议；古文讨厌，欧阳修韩愈是甚么东西。"入第二门，见圖上大书"毙孔堂"，又一联云："禽兽真自由，要这伦常何用；仁义太坏事，须从根本打消。"谈次问名未竟，二世曰："足下思康，思郑康成耶？孔丘尚是废物，何况郑玄！"田恒曰："郑玄作死文字，决不及活文字，非我辈出面提倡，则中华将被此腐儒弄坏矣。而五伦五常，尤属可恨，束缚至于无转旋地步。"结末谓罗睺罗阿修罗王至，直扑白话学堂，攫人而食。食已大下，积粪如丘，臭不可近。笔墨未免刻薄，非怪"新人"要勃然大怒了。

撇开小说的诡诞色彩，对"正宗"论的批评同样深刻酣畅。结末蠡叟曰："'死文字'三字，非田恒独出之言也。英国大师迭更先生（今译狄更斯），已曾言之，指腊丁罗马希腊古文也。夫以迭更之才力，不能灭腊丁，讵一田恒之力，能灭古文耶？即彼所尊崇之《水浒》《红楼》，非从古书出耶？《水浒》中所用，多岳珂《金陀萃编》中之辞语，而《红楼》一书，尤经无数博雅名公，窜改而成。譬之珠宝肆中，陈设之物，欲得其物，须入其肆检之；若但取其商标，以为即珠宝也，人亦将许之乎？作白话须先读书明理，说得通透，方能动人。若但以白话教白话，不知理之所从出，则骡马市引东洋车之人亦知白话，何用教耶？此辈不能上人，特作反面文字，务以惊众，明理者初不为动。所患者后生小子，小学堂既无名师，而中学堂又寡书籍，一味枵腹，闻以白话提倡，乌能不喜。此风一扇，人人目不知书，又引掖以背叛伦常为自由，何人不逐流而逝，争趋禽兽一路。善乎西哲毕困腓士特之言曰，智者愚者俱无害，唯半智半愚之人最为危险。何者？谓彼为愚，则出洋留学，又稍知中国文字，不名为愚；若指为智，则哲学仅通皮毛，中文又仅知大略，便自以为中外兼通。说到快意，便骂詈孔孟，指斥韩欧，以为伦常文字，均足陷人，且害新学。须知古文无害于科学，科学亦不用乎古文，两不相涉，尽人知之。唯懒惰不学之少年，则适为称心之语可以欺瞒父母，靡不低首下拜其言。矧更有家庭革命之说，则无知者，欢声雷动矣。吾恨郑生之梦不实，若果有瞰月之罗睺罗王，吾将请其将此辈先尝一脔也。"讲这番话的时候，林纾心中在流血。

1919 年 4 月 5 日《公言报》刊出林纾的《腐解》，袒露了自己"性既迂腐"的性格："予乞食长安，蛰伏二十年，而忍其饥寒，无孟韩之道力，而甘为其难。名曰卫道，若蚊蚋之负泰山，固知其事之不我干也，憾吾者将争起而吾弹也。然万户皆鼾，而吾独嘐嘐作晨鸡焉；万夫皆屏，吾独悠悠当虎蹊焉！七十之年，去死已近。为牛则羸，胡角之砺？为马则弩，胡蹄之铁？然而哀哀父母，吾不尝为之子耶？巍巍圣言，吾不尝为之徒耶？苟能俯而听之，存此一线伦纪于宇宙之间，吾甘断吾头，而付诸樊于期之函；裂吾胸，为安金藏之剖其心肝。黄天后土，是临是监！子之掖我，岂我之惭？"1924 年，林纾逝世前一月为擅长古文辞的四子林琮所写的遗训曰："琮子古文，万不可释手，将来必为世所宝。"其弥留之际，仍以手指在林琮手上写道："古文万无灭亡之理，其勿怠尔修。"当废文言文的潮流滚滚而来，顺之者昌，逆之者亡，能挺立潮头，甘为其难，卫护中国传统文化之道，非林纾而谁何？

（四）

1923 年，胡适在给韦莲司的信中说："至于我作为成员之一的中国文学革命，我很欣慰地说，已经是大致大功告成了。我们在 1917 年开始推展这个运动的时候，大家预计需要十年的论辩、二十年的努力才能竟功。然而，拜这一千年来许许多多无名的白话作家的默默耕耘之赐，真可说是瓜熟蒂落！才一年多一点的时间，我们就把反对派打得溃不成军，五年不到，我们这个仗就大获全胜了。"[1] 那么，这样的奇迹是如何创造的？看看 1917—1919 年的《申报》，就会明白"白话战胜文言"究竟是怎么一回事了。

1917 年 1 月 1 日，《申报》刊登"丁巳年正月初五，国文周刊出版"的广告；1917 年 1 月 3 日，又刊登"中国文学研究会成立兼收学员，主任陈石遗"的广告。两年后的 1919 年 5 月 1 日，《申报》有《林纾主幹函授部招生》的广告，内容包括组织介绍：本函授部为海内文人所组织创设，自民国四年，于今已有四载。宗旨：专门函授中国旧文学，旨在普及国文而维坠绪。分科：内部分文学选科、文科简易国文科；教员：林琴南、陈石遗、易实甫、天虚我生、王钝根、许指严、李涵秋、刘哲庐、李定夷、吴

---

① 江勇振：《舍我其谁：胡适》第二部《日正当中：1917—1927》，浙江人民出版社，2013，第 209 页。

东园、潘兰史、蒋箸超诸先生；教法：讲义，改课，批答，观座等。

同日，又有《文艺丛报》的广告：

▲预约宽限半月

▲廉价赠品照旧

▲反对文学革命者

▲不可不读

文学革命之声浪，喧传已非一日，至今益烈。本报旨在保存国粹，不能不竭力扶持，爰请文学名家林琴南先生及本报主任陈石遗先生，各著论说，以辟其谬。大凡事理，愈辩愈明，爰护国学者，诚不可不读本报，以明其旨也。

可见，林纾、陈衍等一直在坚持自己的观点，并且通过办丛报、开函授班的方式，聚集了一批文人学者，获得社会相当程度的响应。然而，1919 年 5 月 4 日，北洋政府残酷镇压了青年爱国运动，1920 年 1 月 2 日，颁布了废除文言文的法令："定本年秋季起，凡国民学校一二年级，先改国文为语体文。"4 月再发通告，分批废止旧国文教科书，逐步采用经审定的语体文教科书，其他各科教科书也"参改语体文"，使白话文运动取得"迅速彻底的成功"。

耿云志在《胡适与五四时期的新文化运动》中说："在北洋军阀反动黑暗的统治下，白话文居然凯歌行进，无可抵御。这是因为它适应历史发展的需要有着深广的社会基础。"① 胡适于 1920 年 5 月 17 日说："这个命令是几十年来第一件大事。它的影响和结果，我们现在很难预先计算。但我们

_____

① 耿云志：《胡适研究论稿》，社会科学文献出版社，2007，第 5 页。

可以说，这一道命令把中国教育的革新，至少提早了二十年。"①

胡适 1920 年 5 月的日记是表格式的，分预算与实行二项，其中：

20 日，下午三点，预算：国语会；实行：空白。

22 日，下午三到四点，预算：国语；实行：只讲了一点，国语统一筹备会主席。

23 日，上午九到十点，预算：国语；实行：√。下午三点，预算：空白；实行：国语统一筹备会主席。

25 日，下午四到六点，通栏：国语统一筹备会主席。是日大会，前日之委员会议案都通过。大会闭会。共开了五天会。

国语统一筹备会是北洋政府教育部的附设机构，成立于 1919 年 4 月 21 日。会长张一麐，1915 年任教育总长，1916 年因不满袁世凯称帝辞职南归，其时挂名而已。副会长袁希涛，1917 年以教育部次长代理部务，1919 年代理教育总长，不久辞职，第一次世界大战结束之后，出洋考察。真正理事的副会长是吴敬恒，会员有由教育部指派的黎锦熙、陈懋治、沈颐、李步青、陆基、朱文熊、钱稻孙等，还包括由部辖学校推选的胡适、钱玄同、刘复、周作人、马裕藻等，与胡适关系都不错，遂让他主宰了国语统一筹备会的会务。

1921 年 12 月 23 日，中华教育改进社成立，推举孟禄、梁启超、严修、张仲仁、李石曾为名誉董事，蔡元培、范源濂、郭秉文、黄炎培、汪精卫、熊希龄、张伯苓、李湘辰、袁希涛为董事，陶行知为总干事，主要成员包括胡适、陈鹤琴、张彭春等，主导权又落入胡适手中。1922 年 7 月 5 日胡

---

① 胡适：《〈国语讲习所同学录〉序》，载胡适《胡适文存》，黄山书社，1996。

适日记："二时，分组会议，内中一项是我修正的，文在下页。"①

与此同时，胡适又进入出版界。科举废除之后的新型学校，本来就需要新的教材，国文课本最是厚利之源。商务印书馆出版教科书，得教育部批准，规定为各学校通用，就此大发其财。1917 年的《申报》就登有此类似广告，如 1 月 1 日有商务印书馆"通俗教学用书"的广告；1 月 5 日有中华书局沈恩孚"国文自修书辑要"的广告、商务印书馆"普及教育之利器，教育部审定单级教科授书"的广告；1 月 14 日有中华书局"国文教授之革新"的广告……随着"新精神"的贯彻，出版界必定会调整对策，也成了参与运动的积极分子。

1921 年 11 月 14 日，胡适参与了商务编译所政策的策划，日记中说：

外人（如我们）对于商务的期望，是望商务能利用他的势力做社会先导，替社会开新路，引社会到新的兴趣、新的嗜好上去。替商务辩护的人对于这个冀望总是说，商务是一个营业机关，只能供现成的需求，也不能造新的需求。其实这两种说法，都只是片面的见解。天下没有完全天然现成的需求，也没有完全"无中生有"的新需求，天然的需求若没有人力去谋充分的满足，不久就会苟且敷衍的将就过去了。譬如行路的困难自然发生"引重致远"需求，但人们几千年来觉得轿子、帆船、小车、骡马等物已很可供应这个需求了；火车、电车、汽船、飞机等物的发明，表面上看来是供一种固有的需求，骨子里是同时造出许多新的需求。故我们可以说，供应固有的需求与创造新的需求，并不是两件不可并立的事，其实只是一

① "手稿本"附有中华教育改进社汇编的该"议案"的剪报。"议案主文"原为："现制高小国文科讲读作文均应以国语文为主；中等各校讲读应以文言文为主，作文仍应以国语文为主；新学制国文课程依此类推。"胡适修改为："现制高小国文科讲读作文均应以国语文为主；当小学未能完全实行七年国语教育之时，中等各校国文科讲读作文亦应以国语文为主；要于国语文通畅之后，方可添授文言文；将来小学七年实行国语教育之后，中等各校虽应讲授文言文，但作文仍应以国语文为主。新学制国文课程依此类推。"

件事。固有的需求如果他能继续存在，也可说是一种新需求，新的需求如果是可以提倡出来的，其实也是一个固有的需求，不过从前不大现罢了。故提倡白话并非完全造新的需求，只是供应一种显而未大现的旧需求。故市面上许多极不堪的小书——如男女合欢、新编牛皮大王趣史等——并非真能供应一种天然的需求，其实只可算是社会上本有一种看新书的新需求，而不幸遇着一种不满意的供应罢了。提倡新的需求（只要是真的需求）并不很难，也许极容易；供应固有的需求（若求供应的满意）并不容易，有时也许极易（难）做到。故提倡白话并不甚难，而编一部应用的字典反觉不易。

这番对于需求以及创造需求的剖析，比 20 世纪 80 年代以后的经济学家还来得高明。在胡适看来，提倡白话本身，就是在创造对于教科书的需求。他还直截了当地说：

商务是一个营业公司，不应该牺牲营业的利益来应酬学者，学者也没有权利可以要求商务牺牲股东的资本来应酬他们。商务不印此书也罢，既印了一部书，就应该使这部书尽量畅销，使这部书尽量赚钱（即如我的《中国哲学史》，若每一版有一个引人注意的广告，决不止销售一万三千部）。故我以为编译所对于这一类书的政策应该是：凡认为值得提倡的书，应该用全力提倡，使他尽量销售，决不可错认准备为提倡。换一句话说：要拿营业的精神与手段来做提倡的事业。

胡适所提的最有创意的是设立教科书试验学校的建议，所提和方法又极为具体，如择定若干良好学校，小学中学皆有，不限于一地，但取成绩良好、有试验的精神与人才的（例如江苏第一师范的附小，如南京高师的附小），并捐助经费以为奖励，试验后再行推广之类。可见，掌握市场规律、运用商业手段来推行白话教科书，既为出版商觅到赚钱的新渠道，也为彻底废除文言文找到最有效的手段。1921 年 8 月 5 日的日记，终于将他的战略目标挑明了：

国语文学的运动：以前皆以国语为他们小百姓的方便法门，但我们士大夫用不着的，至此始倡以国语作文学，打破他们与我们的区别。以前尚无人正式攻击古文，至此始明白宣言推翻古文。

在这新形势下，出版社纷纷跟进。1919 年中，《申报》刊出了中华书局出版新教材《国语读本》的广告，打出了醒目的标题："教科书大革新，又进步了"，广告词不啻一篇文章：

中华书局出版的教科书，是进步的，不是守旧的。自从有了中华书局以来，教科书的进步革新，和从前迥不相同。

国民学校国文科改为国语科，是我们向来主张的。教育部最近通令，从今年秋季始业起，第一二年一律改用语体文。

这部国语读本，是用最进步的方法编的。第一册开首是注音字母，编制的方法和次序，都是最合于教授的。注音字母完了，接着是极短的语体文。第二册到第四册，由篇短语体文慢慢的加长，第五册到第八册，由国语进步到国文，生字一律用注音字母注音，总期四年毕业，语体文可以看，可以写，普通的国文，也可以大略明白。

这部国语读本，还适合儿童心理的教材，适合现在世界和我国大势的教材，活泼有用的教材，切实有用的教材，总期儿童易于了解，四年上可以具完全做人做国民的知识。

这部书编订的人，有国语大家王朴先生，国语学大家黎锦熙先生，研究各省方言的陆费逵先生，研究语法的沈颐先生，和学识经验很丰富的黎均荃、陆衣言、张相、戴克敦、刘传厚几位先生。

这部书共八册，每册定价银一角，对折实售五分。第一二册已经出版，第三四册即可出版，全书于暑假中出全。

面对由官方与商界联合组成的攻势，林琴南、陈石遗辈即便是满腹经纶、笔生莲花，编再多的《文艺丛报》，办再多的函授讲习班，统统无济于事，只能让文言教育淹没在《国语读本》的汪洋大海之中。耿云志描绘其时形势道："胡适等人登高一呼，奋力提倡，遂演成了一场轰轰烈烈的白话文运动，其势如暴风骤雨，顺之者昌，逆之者亡。不但几个旧文人不能阻遏，就是军阀政府的当权者们也无可奈何。1925年，当上司法总长的章士钊，想利用权势来剿杀白话文运动。他点名嘲骂白话文的首倡者胡适。胡适则直指章士钊是'反动激'，是'落伍者的首领'。以致那时本已分裂的新文学各派人物一致对章实行反击。章士钊招架不住，失败而止。"① 章士钊根本没有想到，教育体制已经起了质的变化，木已成舟，生米早已做成熟饭。

五、难以预估的影响

（一）

应否废除文言文，作为学术问题，讨论一二百年都无伤大局；但一旦成为政府的行政决策，情势就不可逆转了。且不论废除文言文是否正确可行，尚需认真论证；单是文言废除后如何使用白话文，就是亟需严肃对待

---

① 耿云志：《胡适研究论稿》，社会科学文献出版社，2007，第5页。

的科学问题。胡适 1918 年 4 月还在说："我以为现在的中国，还没有做到实行预备创造新文学的地步，原可不必谈创造的方法和创造的手段，我们现在且先努力做那第一、第二两步预备的功夫罢！"然而 1920 年的北洋政府，却越过了那第一、二步的预备功夫，将他们"审定"的语体文教科书正式推出了。1920 年 1 月教育部的训令说："查吾国以文言纷歧，影响所及，学校教育固感受进步迟滞之痛苦，即人事社会亦欠具统一精神之利器。若不急使言文一致，欲图文化之发展，其道无由。本部年来对于筹备统一国语一事，既积极进行，现在全国教育届舆论趋向，又咸以国民学校国文科宜改授国语为言；体察情形，提倡国语教育实难再缓。兹定自本年秋季起，凡国民学校一二年级，先改国文为语体文，以期收言文一致之效。合亟令行该厅局校转令所属各校，遵照办理可也。"训令之理论依据，诸如"文言纷歧""言文一致"，都是源于胡适的；而"实难再缓""合亟令行该厅局校转令所属各校遵照办理"，甚至比胡适还要着急。

史家为此道："从那时开始，中国儿童的启蒙教育不再是他们似懂非懂的'天地玄黄，宇宙洪荒'和'上大人孔乙己'，而是他们生活的这个世界上最适合于他们的东西。"那么，北洋政府究竟拿出什么代替"天地玄黄，宇宙洪荒"来做启蒙教材呢？且让我们请出几位世纪老人来作见证。

第一位是贾植芳。他在《狱里狱外》中写道：

我生性冥顽不灵，从孩提时代就在家里闹事，外面闯祸。家里为了图个清静，从五岁时起，就由哥哥带我，到同村一个不第的老秀才家里读私塾，每天围在一张圆桌边，跟上同学们嚎叫："人之初，性本善，性相近，习相远"，但字却不识一个。念了半年，老秀才死了。我家住在山脚下的一个小山村，没有小学，家里把我送到邻村小学读书。这次是读《共和国语文》，我又跟上同学吆喝："人、手、足、刀、尺、山、水、牛、羊。"我跟着没嚷多久，又换了《语文教科书》，第一课课文是："大狗跳，小狗叫，大狗跳一跳，小狗叫三叫，汪、汪、汪！"我老子虽然每七天赶一集都给我买一本新的《语文教科书》，但我把它拴在裤带上，买一次，丢一次，又买一次。虽然只是跟着嚷叫，却觉得这些话说得很好玩，引出兴趣来了。但字还是不识。老师让我背课文，我背得倒很流利："大狗跳，小狗叫，大狗跳一跳，小狗叫三叫，汪汪汪汪汪……"明明是叫三叫，我却一股劲儿地叫下去，不是老师拍桌子，我还会"汪汪"下去，叫得特别积极卖力。……老师制住了我"汪汪汪"，叫我转过身来，随便指一个字要我念出，指一个我摇头，指另一个我又摇头，指了好几个，我不好意思再摇头，便报以沉默的微笑——照例每个字都不认识。[1]

贾植芳生于 1916 年，他正赶上读 1920 年 4 月北洋政府《语文教科书》第一版的荣幸。

第二位是舒芜。《舒芜口述自传》中写道：

……在府右街北口路西，有一所培根小学。大约在我五周岁时，被母亲送到这所小学读一年级。如今回忆起来，别的课有些什么内容，都记不大清了，只有语文课还有印象。第一课的课文好像是"狗，大狗、小狗，大狗叫，小狗跳……"[2]

舒芜生于 1922 年，他入小学一年级应在 1928 年。"还没有做到实行预备创造新文学的地步"的"白话文学家"，其时所用教材不免过于浅白。

有一位民国时期的老先生曾记述：

① 贾植芳：《狱里狱外》，上海远东出版社，1995，第 119—120 页。
② 舒芜：《舒芜口述自传》，中国社会科学出版社，2002，第 11 页。

　　我是生在民国九年，恰在五四运动后一年。我还记得我五岁的时候，父亲开始让我识字。半年以后，又教我什么《三字经》《李氏蒙求》等书。到了七岁进小学，所读的国文教科书和家中所学的全不一样，因为除掉几个单字我早已认识以外，其余的句子，便是"狗叫""猫跳""爸爸做工""妈妈看家"等等。初小如此，高小亦差不多。待进了中学，国文教科书的性质又不同。因为他里面文白夹杂，有屈原的《离骚》，亦有陈独秀胡适的白话。那些国文老师是十有七八不懂文言的，所以他们尽用陈胡一类的白话来敷衍上课。总算有少数老师能了解教科书中整篇文言的，但他们恐受排挤，亦只得卷舌不讲。结果学生从初中经高中一混六年，他们的国文程度和高小毕业生仍旧不相上下。出了中学，多数学生当然要进大学。他们倘志在学理工等科目，国文自可随便。他们倘对文艺有兴趣，尤其是想研究本国文学，那就有出乎他们意外的课程：如散文、骈文、六朝诗、唐诗、楚辞、文选等等。这些东西都是他们从未听见过的，其艰难可想而知。这种课程，他们以为非天人不能担任。等到开课以后上了几堂课，聚精会神的听，简直莫明其妙。但青年人的求知欲很强，既然不懂，就不肯不问。那知道学生们发问，教授便局促不安，倘继续要问，教授就会恼羞成怒，说学生们思想成问题；否则用拉拢手段来驯服他们，给他们以希望，只求他们不发生麻烦。一个教授如此，其他教授亦差不多。这些情形是某大学国文系的学生说的，原来这些教授大多是五四以后出世，和我受同样小学中学大学的教育的。他们的国文就是白话，现在为谋生起见，担任《楚辞》《文选》等课，岂不等于伦敦街上的路人到伦敦大学里去教莎士比亚、密而顿吗？

　　唐德刚注意到只教白话文的严重后果："学龄儿童在十二三岁的时候，

实是他们本能上记忆力最强的时期，真是所谓出口成诵。要一个受教育的青年能接受一点中西文学和文化遗产，这个时候实在是他们的黄金时代——尤其对中国古典文学的学习与研读，这时如果能熟读一点古典文学名著，实在是很容易的事——至少一大部分儿童是可以接受的；这也是他们一生将来受用不尽的训练。这个黄金时代一过去，便再也学不好了。如果我们把一些智力上能够接受这些宝贵文化遗产的学龄儿童们的黄金时代，给'喔喔喔'或'叮当叮'，叮当去了，岂不是太可惜了吗？胡适之先生他们当年搞'革命'，非过正，不能矫枉，原是可以理解的。……一个政策——尤其是教育政策——的成效如何，它只有在长期实践之中，才能找出真正的答案。办教育的人一定要实事求是，去研究出受教育儿童的真正需要才好。"[①]

1911 年 1 月 30 日初入康乃耳大学农学院的胡适，尚且有小诗一首：

永夜寒如故，朝来岁已更。层冰埋大道，积雪压孤城。

往事潮心上，奇书照眼明。可怜逢令节，辛苦尚争名。

1 月 31 日保民有母丧，胡以一诗寄之：

雪压孤城寒澈骨，天涯新得故人书。

惊闻孙绰新庐墓，欲令温郎悔绝裾。

秋草残阳何限憾，升堂拜母已成虚。

埋忧幸有逃名策，柘涧山头筑隐居。

诗中就有对仗与用典，尽管不那么高明；而 1920 年教"大狗跳，小狗叫"的老师，尚懂得文言文；到只读"大狗跳，小狗叫"的学生变成老师，

---

① 唐德刚：《胡适口述自传》，华东师范大学出版社，1993，第 178 页。

就不懂文言文了；他的学生再变成老师，又当如何？年轻人缺少的不是智慧，而是时间。十岁前该读的书，二十岁前该读的书，到了二十岁上大学、二十五岁上研究生以后才来读，还来得及么？那么，时间到哪里去了？

曹丕说："文章者，经国之大业，不朽之盛事。"他把文学提到与事功并立的地位。近代以来，由于受西方文学观念的影响，文章的地位一落千丈。西方的纯文学观认为，文学是形象的、有感情的，向以小说、戏曲为正宗。至于文章，如欲归入文学范畴，就必须是写景的、抒情的，才被承认是"文学创作"，方有写进文学史的资格。在这套观念影响下，大量公认的千古名篇，如《原毁》《师道》都不被认为是文学，被排斥在文学史之外。人们不去研究论说、杂记、奏折、碑铭、祭文、传记、书信、序跋，将关注点放在写景状物的小品，使读者离传统越来越远，离中华文化的精髓也越来越远。如欧阳修的文章，最精彩的除了《醉翁亭记》《秋声赋》，还有《论修河第二状》《论救赈江淮饥民札子》，关心国家，关心民族，不是"创作"出来的，而是用心、用血甚至用生命写出来的，是千古不朽的最好文章。连胡适 1911 年 8 月 29 日日记也说："晨起读王介甫《上仁宗皇帝言事书》，极爱其议论之深切著明，以为《临川集》之冠。"而自从提倡白话文之后，"白话新诗""现代散文"一跃而成了正宗，文言的境况不禁令人不胜惋惜。

（二）

即便从古代小说研究角度看，"白话正宗"论亦有负面影响，姑从三方面约略言之：

一、使小说研究失却厚实根基。知文学而不知非文学，知小说而不知非小说，知名著而不知非名著，眼界变窄，底气不足。

二、漠视文言小说，使小说研究长期处于"跛足状态"。研究者只强调宋元"平话"为"小说史上的一大变迁"，却不正视文言小说实际上滋养了它，正如罗烨《醉翁谈录》"小说开辟"所云："幼习《太平广记》，长攻历代史书……《夷坚志》无有不览，《琇莹集》所载皆通。动哨、中哨，莫非《东山笑林》；引倬、底倬，须还《绿窗新话》。"这些古文书都是勾栏瓦舍"说话人"（即说书人）所必读的，是他们所取材所学习的典范。今之人但知文言小说的名著如《聊斋志异》，进入研究视野的文言小说寥寥无几；不曾读几本文言小说，就摇头说"没有价值"，皆为"正宗"论在小说研究领域的翻版。

三、过分拔高一二名著，尤以《红楼梦》为甚。"红学世界"人是越聚越多，《红楼梦》也越说越玄。除"封建社会百科全书"说之外，至高，至大，至佳，至妙，"比《诗经》《楚辞》《史记》《杜诗》等等深厚得多，博大得多"，仿佛整个中国有一部《红楼梦》足矣。俞平伯说："一切红学都是反《红楼梦》的，即讲的愈多，《红楼梦》愈显其坏。"

最是严重的问题在于，主张废除文言者说："文言束缚思想，不适合表达新时代新内容"，所以要加以废除。但文言不单是工具，中国几千年传统文化都是以文言为载体而代代承传的。在教育体系中废除文言文教学，不仅使青年学生从此丧失阅读古代文献的能力，而且从根本上破坏中国文化的生态环境。正如钱穆所说："近人为慕西化，竞倡白话文，不知白话与文言不同。果一依白话为主，则几千年来之书籍为民族文化精神之所寄存者，皆将尽失其正解，书不焚而自焚，其为祸之烈，殆有难言。"[①] 人文教育是培养人格的基本途径，关系到立国之本。中华文化立人的精髓，一是修齐治平。《礼记·大学》："古之欲明明德于天下者，先治其国；欲治其国者，先齐其家；欲齐其家者，先修其身。"《孟子·离娄下》："天下之本在于国，国之本在于家，家之本在于身。"二是义利之辨。《论语·述而》："不义而富且贵，于我如浮云。"《孟子·告子下》："居天下之广居，立天下之正位，

---

① 钱穆：《文化中之语言与文字》，《中国文学论丛》，三联书店，2002，第23页。

行天下之大道，得志，与民由之；不得志，独行其道。富贵不能淫，贫贱不能移，威武不能屈，此之谓大丈夫。"以"小狗""大狗"为启蒙教材（后来又改为"公鸡大，麻雀小，公鸡走，麻雀跳"或"叮当叮，上午八点钟了"），既未确立"修齐治平"的信念，也未确立"义利之辨"的准则，而这才是最难以预估的负面影响。

第三节　对胡适学术观念的质疑

至于 1958 年胡适在台主持"中央研究院"，"维系北京大学的自由主义精神"，台湾学术界也有不同的看法。不仅批评了他宣扬的"全盘西化"论；以"《红楼梦》原作者是曹雪芹，全书是曹雪芹的自叙传"为核心的"新红学"，也被台湾红坛"堪称为一大家"潘重规否定。

一

《胡适研究通讯》2009 年第 3 期（总第 7 期）刊出智效民《1950 年代台湾"批判胡适"事件》，一开头就将"批判胡适运动"与徐子明的"批判胡适事件"相提并论，说："1954 年，大陆发生了一场大规模批判胡适的运动。对于这段历史，大家早已耳熟能详。相比之下，对于随后在台湾发生的批判胡适事件，却很少有人知道。前不久，我去台湾参加关于'五四'与胡适的学术研讨会，在台北旧香居书店淘到民国四十七年即 1958 年出版的两本小册子，才对这个事件略知一二。"

据智效民文章介绍，1958 年 4 月，胡适由美国返回台湾，出任"中央研究院"院长。就在这个时候，台湾"行政院"收到一批名为《胡适与国运》的小册子。有关方面审查后，认为这些小册子有三个问题：第一，其中刊有大量攻击"中央研究院"院长胡适的文字；第二，由于没有出版的时间、地点和发行人名字，因此触犯了出版法的有关规定；第三，发行这些小册子的目的，是想达到"挑拨离间的阴谋"。为此，台湾"行政院"秘书处于 4 月 4 日致函台湾"内政部"和台湾"保安司令部"，要求立即"查明该出版品之发行人，并依法处理"此案。台湾《中央日报》4 月 5 日刊登一则短讯曰："台北今日各机关多接到从邮局寄到之《胡适与国运》一书，刊载攻击胡适之先生的文字。台湾'行政院'秘书处业已函请治安机关从速予以查究。甚望各界人士，勿受其愚。"

二

1961 年 11 月美国国际开发总署主办"亚东区教育科学会议"，胡适用英文演讲《科学发展所需要的社会改革》，竟然说："我们应当去掉一个深深生了根的偏见，那就是以为西方的物质的、唯物的文明虽然无疑占了先，我们东方人还可以凭我们的优越的精神文明自傲。我们也许必须丢掉这种没有理由的自傲，必须学习承认东方文明中所含的精神成分实在很少。"徐复观（1903—1982）读后，撰文将其痛斥一通。

韦政通（1929—2018）是曾与徐复观联名发表《为中国文化敬告世界人士宣言》的牟宗三的杰出弟子，所著《思想的贫困》第二篇《胡适思想纲要》，引其早年《我们对于西洋近代文明的态度》，批评胡适"对西方近代文明的态度，近乎诗人式的讴歌，在这种心态下，对自己的传统，有时候就难免要落于'丑化'了"。其文又就"亚东区教育科学会议"演讲旧案发挥道："三十五年后，也就是在他去世前几个月，以《科学发展所需要的社会改革》为题的讲演中，对西方近代文明的看法，没有多大改变。可是在这三十五年中，西方的文化和社会，已经历过大幅度的变迁，西方人 19 世纪的乐观态度，在第一次世界大战以后，就已逐渐消失，存在主义的风行，自斯宾格勒、汤因比，到索罗金对西方文明危机的警告，在在都说明近代西方文明业已陷入严重的困境中。"他一针见血地说：

　　如果这些话是真的，那么中国要站起来似乎只有一条路可走——"全盘西化"。但这些话并不是真的，因胡先生无法证明中国人的道德、文学、艺术全不如人。至少到目前为止，我们还没有建立起来这些方面可资比较的客观标准。那些夸大中国文化价值的人，胡先生斥之为"妄人""愚人"，相反地，说中国"百事不如人"的人，在心态上和那些愚妄之人又能相差几何！享有盛名的人，无法避免被人批评，但如果在这些地方授人以口实，诚属不智之甚！假如年轻的一代，真要相信了胡先生的话，我相信他不会去认错，也绝激不起"希望这个民族在世界上占一个地位"的雄心，这些话只能助长年轻人的崇洋媚外的心理而已！胡先生说，一个现代的国家，绝不是一班奴才能建造起来的。我们也同样可以说，一个对自己完全失去信心的民族，也无法建造一个新的国家。①

　　针对胡适所说的"二千年的文人所做的文学都是死的，都是用已经死了的语言文字做的"，韦政通评论道："判定二千年来的古文是死文字，这种话如果只是作为提倡白话的宣传口号，是不必多所计较的；假如真以为是如此，那是极端的武断，因为写出的文学作品究竟是死的还是活的，与文体并没有必然的关系。"②

　　胡适学说既缺少思想穿透力，更没有独出机杼的优势，韦政通以"思想的贫困"名其书，总结说："胡适中年以后学术上几乎没有任何新的成就"。笔者认为论断下得是很有分寸的。

---

① 韦政通：《思想的贫困》，东大图书公司（台北），1985，第30页。
② 韦政通：《思想的贫困》，东大图书公司（台北），1985，第63—64页。

三

　　台湾学界如何评价胡适的《红楼梦》研究，也是大陆读者所关心的事。潘重规是台湾红坛上继胡适之后，"堪称为一大家"的人物。三民书局连续出版了他的《红楼梦新辨》（1990 年）、《红楼梦新解》（1990 年）、《红学六十年》（1991 年）、《红学论集》（1992 年）。他 1951 年就著文提出："《红楼梦》原作者不是曹雪芹，全书不是曹雪芹的自叙传，后四十回也不是高鹗续作。这是胡先生考证《红楼梦》三十年后，第一次有人否定他全部的学说。"①

　　胡适 1921 年作《红楼梦考证》，"大胆假设，小心求证"的八字箴言，十分为后人所推崇。胡适的假设"大胆"在哪里？——当他刚拿到《红楼梦》，还没有对《红楼梦》作深入研究，还没有搞清《红楼梦》作者是谁的时候，就假定《红楼梦》是曹雪芹的自传了。那么，胡适是怎么证明的呢？他采用的是类比法：曹寅有个亲生儿子曹颙，又有个过继儿子曹頫。曹颙无子（有人说曹雪芹是他的遗腹子），曹頫有没有儿子？不清楚。胡适却说有，并且就是曹雪芹。曹頫算是曹寅的次子（严格说来他是抱来的），做过员外郎；对照《红楼梦》里的贾政，也是次子，也是员外郎。——所以，贾政即是曹頫；贾宝玉即是曹雪芹，即是曹頫之子。曹雪芹"生于极富贵之家，身经极繁华绮丽的生活"，"但后来家渐衰败，大概因亏空得罪被抄没"，"《红楼梦》一书是曹雪芹破产倾家之后，在贫困之中作的"。所以，"《红楼梦》是一部隐去真事的自叙：里面的甄、贾两宝玉，即是曹雪芹自己的化身；甄贾两府则是当日曹家的影子。"——他的"小心求证"，就是如此的简单！潘重规批评"贾政也是次子，也是员外郎"，从而推定贾政即影曹頫、贾宝玉即是曹雪芹的逻辑时说：贾政还任过学差，主管一省科举，

---

　　① 潘重规：《红楼梦新解》，三民书局（台北），1990，第 7 页。

而员外郎的官职远不及学政之高贵清华，但遍查清代史料，从无曹頫任学差之事，自传说岂不是一个大漏洞了吗？

潘重规认为"红楼"是"朱楼"，《红楼梦》就是《朱楼梦》，有没有根据呢？第五十二回有真真国女子"昨夜朱楼梦，今宵水国吟""汉南春历历，焉得不关心"的诗，可见，《红楼梦》就是《朱楼梦》的观点不是潘重规杜撰的。他的研究方法，是将《红楼梦》看作运用"隐语"抒写亡国"隐痛"的"隐书"，认为它是民族血泪铸成的。这一意见立刻遭到胡适的强烈反驳，指责其"还是索隐式的看法"。"索隐派"在红学界是很大的帽子，给你戴上这顶帽子，就意味着你是谬论，你是不科学。他把这个帽子抛出来，以为潘重规接不住。其实，索隐是传统文化的正宗，司马贞有《史记索隐》，与裴骃《史记集解》、张守节《史记正义》合称"三家注"，有极高的学术价值。所以索隐是科学的，不是荒谬的。对于《红楼梦》来说，作者明确宣示"真事隐去"，而将隐去的事相"钩索"出来，不是很对头吗？考证派也好，索隐派也好，探研的都是小说"本事"，即素材来源。作家、版本、本事，是小说文献考证的三大支。由本事考证的歧义，方派生出作家考证与版本考证的歧义。胡适研究《红楼梦》作家与版本，就是为了证明它是作者的自传；潘重规研究《红楼梦》作家与版本，就是为了证明它是"朱楼梦"。作家考证与版本考证，是为本事考证服务的，而小说研究的最后指向就是文本，只有把本事搞清楚，明白从本事到文本之间的飞跃是怎么完成的，对我们的研究才有意义。

在台湾，潘重规的弟子很多，他们不赞同胡适的观点。搜索台湾以《红楼梦》为题的博士硕士论文，没有一篇是以胡适为题目的；提到"新红学"的，仅 2007 年台湾师范大学博士研究生黄清顺的《以"红学史"相关议题研究——自〈红楼梦〉作者家世至"新红学"的若干课题探讨》；提到作者（没有以"曹雪芹"为题的）的，仅 1997 年政治大学硕士研究生王吉松的

《以用字分析〈红楼梦〉之作者问题》；提到脂砚斋的，仅 1979 年文化大学硕士研究生朱凤玉的《〈红楼梦〉脂砚斋评语新探》、1993 年台湾大学硕士研究生骆水玉的《〈红楼梦〉脂砚斋评语研究》、2005 年成功大学硕士研究生游千慧的《张竹坡评点〈金瓶梅〉与脂砚斋评点〈红楼梦〉之比较研究》、2011 年台湾大学硕士研究生江岩霞的《〈红楼梦〉脂砚斋诗评研究》，可见胡适在台湾红学界影响的境况。其中的道理，在胡适关于《红楼梦》是曹雪芹"自传"说其实犯了一个逻辑的错误："将真事隐去"与"自叙"两个概念是完全不相容的。《红楼梦》既已"将真事隐去"，首先就与据史实录的原则相悖违，也就根本谈不上什么"自传"。蔡元培《〈石头记索隐〉第六版自序》反驳胡适："书中既云真事隐去，并非仅隐去真姓名，则不得以书中所叙之事为真。又使宝玉为作者自身之影子，则何必有甄、贾两个宝玉？"就此来说，不赞同胡适是合乎情理和逻辑的。

第四章　论胡适日记的"空白"

第一节　关于胡适日记的"空白"

胡适日记的价值，是被高度肯定的。《从日记看胡适的一生》中说："从1917年到1962年，胡适无论在文化史、思想史、学术史或政治史上，都一直居于中心的位置，他一生触角所及比同时代任何人的范围都更广阔，因此他观察世变的角度自然也与众不同。更难得的是，他在日记中保存了大量反对他、批判他甚至诋毁他的原始档，这尤其不是一般日记作者所能做得到的。他的日记所折射的不仅仅是他一个人的生活世界，而是整个时代的一个缩影。读完这部四百万字的日记，便好像重温了一遍中国现代史，不过具体而微罢了。"[①] 不仅如此，胡适日记的完整性，也是被广泛认可的。远流出版公司《〈胡适的日记（手稿本）〉印行说明》说："从1911年的美国留学生时代，直到1962年发病去世为止，胡先生一共不间断地写了五十年的日记。"日记记录了交游、读书等生活诸事，也记录了国内外政治社会大事，"为自己所处的时代、社会留一份历史材料"，被誉为"写日记者的

---

① 余英时：《重寻胡适历程——胡适生平与思想再认识》，广西师范大学出版社，2004，第1—2页。

绝佳榜样"。宋广波《胡适的〈日记〉》断言："胡适一生最喜欢鼓励别人写自传，写日记。至于他自己，则坚持写日记长达五十年之久。我们现在所能看到的胡适最早的日记，是其 1910 年在上海中国公学读书的后期留下的（即《己酉第五册》，起于 1910 年 1 月 24 日，迄于同年 2 月 9 日）；最晚的日记，则记于 1962 年 2 月 21 日，即其逝世前三日。这些日记，除中间偶有中辍外，总体上是完整的。"[①] 唯吴大猷为远流版所作《〈胡适的日记〉序》，说日记尚有"未刊出"与"是否存在尚未明"两大类，表明在他的隐隐意念里，胡适日记是不那么完整的。

事实上，胡适日记既非"不间断"，亦非"偶有中辍"，而是有大段大段的空缺。据笔者粗略统计，长达五十年的日记，"缺失"了十多个时间段，累计在十年之上，占总数的 20%。其中最突出的是：美国留学七年，写日记兴致极高，却缺了 1911 年 10 月 31 日至 1912 年 9 月 24 日近十一个月的日记；1917 年 7 月 11 日至 1919 年 7 月 9 日，"缺失"了整整两年；1944 年 12 月 31 日至 1946 年 1 月 2 日，"缺失"了 1945 年整整一年，等等。在第一个时间段里，发生了中华民国成立，孙中山就任临时大总统，张勋复辟，护法运动；第二个时间段里，发生了轰轰烈烈的五四运动，胡适被塑成"新文化运动旗手"；第三个时间段里，发生了日本无条件投降，重庆谈判，双十协定等——这些重大的"国内外政治社会大事"，为什么没有"反映"在胡适日记中呢？

2015 年 11 月笔者出席台北"全球视野下的汉学新蓝海国际研讨会"，听王汎森院士在开幕式上说，"应学会从史料的空白处进行思考"，不由想到：胡适日记的"空白"，正是对日记感兴趣者需要进行思考的问题；而要解释日记"缺失"的原因，唯有从文体的特殊性着眼才是。

朱文华早已觉察："从胡适的日记书信等来看，作为重要的传记资料，

---

① 宋广波：《胡适的〈日记〉》，《胡适研究通讯》2008 年第 3 期。

其对某些事实的记载、描述和回忆等，与真实的历史情况有所抵触"。他发现胡适本人参与整理的材料，就曾作过删节、修改的处理。① 江勇振更指出："胡适是中国近代史上著述最多、范围最广，自传、传记资料收藏最丰、最齐的一个名人；同时，他也是在众目睽睽之下，最被人顾盼、议论、窥伺，却又最被人误解的一个名人。在这个意义之下，在中国近代知名的人物里，胡适可能既是一个最对外公开，然而又是一个最严守个人隐私的人。他最对外公开，是因为从他在 1917 年结束留美生涯返回中国，到他在 1948 年离开北京转赴美国的三十年间，作为当时中国最具影响力的思想界领袖、舆论家及学术宗师，他的自传资料产量与收藏最为丰富与完整。这些自传资料，他有些挑出来出版，有些让朋友传阅，有些除了请人转抄以外，还辗转寄放保存。然而，在另一方面，他又是一个极其谨守个人隐私的人。他所搜集、保存下来的大量的日记、回忆以及来往信件，其实等于是已经由他筛选过后的自传档案。"胡适的日记与书信，都不属于那种秘而不宣、写给自己看的私领域的产物。……与其说胡适的日记是他个人心路历程的记录，不如说是他和友朋唱和的记录。从这一点说来，他的日记实际上是他的来往书信和学术著作的延伸。"对于这份"已经由胡适筛选过后的自传档案"，研究者如果缺乏怀疑的眼光，不加鉴别地全盘接受，就会上胡适的当，掉进了胡适设下的资料陷阱"。②

这些意见已接近了问题之症结，但仍缺少临门一脚。托尔斯泰说得好，日记是"纯粹的私人写作"，"只和自己的上帝说话"。但胡适始写日记，就是"预备给兄弟朋友们看的"。请看他 1948 年 1 月 1 日的日记："日记必须较详细，否则没有多大用处。过略的日记，往往别人不能懂，有时候自己也看不懂。我引我的《留学日记》卷一，p.6，'无忘 Wilson（威尔逊）讲

---

① 《〈胡适日记〉全都可靠吗》，《中华读书报》1999 年 8 月 11 日。

② 江勇振：《舍我其谁：胡适》第一部《璞玉成璧：1991—1917》，新星出版社，2011，第 2 页。

演'一条作例。此条若无详注，无人能懂。"如果不是预备给人看的，哪会有"无人能懂"的担心？1939 年 4 月，胡适将《留学日记》交亚东图书馆出版；1946 年 4 月，将日记交美国国会图书馆制成缩微胶卷；1948 年 12 月 15 日，蒋介石派专机来北平接他，行前也没忘索回为北大校庆展览提供的六本日记，这些都是胡适公开日记的证明。

胡适自称，他之所以公开"留学日记"，是因为"这几十万字是绝好的自传"，袒露了"一个中国青年学生五七年的私人生活，内心生活，思想演变的赤裸裸的历史"。[①] 问题的要害就在这里：如果真是"面对自己的灵魂"，自可秉笔直书，毫无顾忌；如要出以示人，定要顾及"社会效果"。早在 1912 年 12 月 16 日，胡适就拟定了日记的宗旨："自今日为始，凡日记中所载须具下列各种性质之一：一、凡关于吾一生行实者。二、论事之文。三、记事之有重要关系者。四、游历所见。五、论学之文。"1923 年 12 月 22 日，他又写下了《自定年谱略例》："(1) 记每年的重要事业，包括著作。(2) 记每年思想上的重要变迁。(3) 记每年的生活状况，包括感情上的生活。(4) 记每年对于时事（政局与社会）的观察。(5) 以写实为主。遇必须为他人讳时，可讳去人名。"1928 年 3 月 23 日，在日记中又写道："今定续作日记条例如下：(1) 读书的札记。(2) 谈话摘要。(3) 时事摘要。(4) 私事摘要。(5) 文章诗歌，或附全文，或摘内容而附记著作的经过。(6) 通信，或留稿，或摘要，或摘'由'。(7) 每一月装一小册，半年装一大册，由书店装订布面。"

总之，胡适日记要点有三：一、时事的观察；二、感情的生活；三、学术的著作，为的是"留作我自己省察的参考"。而日记的"缺失"，与这三方面皆密切相关，值得"从空白处进行思考"：时事的观察，既可能与时人见解不一，更可能与日后形势冲突；感情的经历，牵涉个人隐私，难免

---

① 胡适：《胡适留学日记》，安徽教育出版社，2006。

引起意外纠葛；学术的见解，尤会因材料发现与观念变化而改移。胡适是声名日高的"公众人物"，必要保证日记是"以负责任的人对社会国家的问题说负责任的话"，一旦发现有所抵牾，最简单的处置办法，恐怕就是修改与删节，乃至隐没与毁弃。胡适墓碑上刻着的"这个为学术和文化的进步，为思想和言论的自由，为民族的尊荣，为人类的幸福而苦心焦思，敝精劳神以致身死的人"，是拥护者一心要维护的崇高形象。他们称赞日记"保存了大量反对他、批判他甚至诋毁他的原始档"的同时，忽视了日记的严重"缺失"。

而我们也正好找到细看胡适的机会，看看他从日记中到底"筛选"了什么。

第二节　从日记的"空白"看胡适对五四运动的态度

一

胡适留美七年，自言"无论怎么忙，我每天总要腾出一点工夫来写札记，有时候一天可以写几千字"，偏偏缺了 1911 年 10 月 31 日至 1912 年 9 月 24 日间共十一个月的日记。1912 年 1 月 1 日民国改元，在中华几千年历史上算得上是大事，胡适日记为什么会"空白"？看他此后日记与言论，便可立见分晓：

1912 年 11 月 19 日："使无梁氏之笔，虽有百十孙中山、黄克强，岂能成功如此之速耶！"

1912 年 12 月 5 日："南北之统一，清廷之退位，孙之逊位，袁之被选，数十万生灵之得免于涂炭，其最大之功臣，乃一无名之英雄朱蒂煌也。"

1922 年 8 月 24 日："现在吴佩孚一派大概想拥孙文来倒黎元洪。孙文在他的本省不能和陈炯明相安，而想在北方的'三大'之中做媳妇，真是做迷梦了。"

他在《这一周》中写道："孙氏主张用广东为根据做到统一的中华民国……不惜倒行逆施以求达到他的目的……陈炯明一派这一次推翻孙文在广东的势力，这也是一种革命。"[①] 又写道："孙文与陈炯明的冲突是一种主张上的冲突。陈氏主张广东自治……孙氏主张用广东作根据（地）做到统一的中华民国……不惜倒行逆施以求达到他的目的……远处失了全国的人心，近处失了广东的人心。"对革命军反击陈炯明，胡适议道："对于孙氏，我们还有一个忠告：他对于陈炯明的复仇念头，未免太小器了。"甚至说："因为孙氏要报仇，竟至糜烂了广东。"[②]1924 年 11 月孙中山发表《北上宣言》，提出："召集国民会议，以谋中国之统一与建设。"胡适却参加段祺瑞的"善后会议"来对抗，1925 年 1 月 17 日日记写道："我是不怕人骂的，我此次愿加入善后会议，一为自己素来主张与此稍接近；二为不愿学时髦人谈国民会议。"

凡此种种，皆可推测他民国元年日记，有对孙中山更为不敬之论。《留学日记》1939 年由亚东图书馆出版，大概胡适驻美大使的身份与对"国父"的冒犯严重抵牾，不得不予以毁弃。李敖曾指摘远东版《胡适文存》删节了发表在《努力周报》的对孙中山的"不敬"之语，而动手"阉割"的居然可能是胡适本人，这恰是最好的旁证。

---

① 胡适：《这一周》，《努力周报》1922 年第 12 期。
② 季羡林编：《胡适全集》第二卷，安徽教育出版社，2003，第 526、538、559、506；耿云志：《胡适年谱》，福建教育出版社，2012，第 112—113 页。

二

处于五四时代中心的胡适，为什么不留下第一手记录？——仿佛是为了回答后人的质疑，胡适在日记中多次申述：这段时间自己没有写过日记。如 1930 年 12 月 1 日写道：

> 最可惜的是我在民国六、七、八、九年中未留有日记。若记了日记，中国近年思想史可添不少史料。

1939 年 9 月 10 日又写道：

> 整理我的日记，始知我回国后的三年多（1917—1921）虽然没有日记，自从一九二一年四月起，直到今天，十七八年中，差不多每年总有一些日记，有些日记是很详细的。

然核查全部日记，呈现出的实际情况是："缺失"的是 1917 年 7 月 11 日至 1919 年 7 月 9 日两年。1919 年 7 月 10 日—8 月 23 日有《杂记》；11 月 12 日—12 月 23 日有《日程与日记》；1920 年 1 月 8 日—5 月 26 日有《日程与日记》；8 月 27 日—9 月 17 日有《日程与日记》。所以，说"1917—1921 年没有日记"是不对的。一生喜欢写日记的胡适，在这前后都有"很详细"的日记，最重要的 1917 年 7 月至 1919 年 7 月这两年为何偏偏没有日记，以便为"中国近年思想史添不少史料"呢？从 1930 年、1939 年两次表白推断，可能在这个时候他已动手将日记"处理"了。

有人说，历史有过许多"关键时刻"，其巨大的辐射力对后世产生了决定性影响，五四运动无疑属于这种"关键时刻"。那么，胡适在五四中究竟做了什么？日记固然已经不存，但他的"雪泥鸿爪"，仍然是可以捕捉到的。

暂且撇开经过"筛选"的日记，直接来看5月4日的新闻，也许能让我们回到那风云翻滚的现场。1919年5月5日《申报》专电，最及时地报道了事件的进程：

北京电：今日午后两点，各校生五千人入使馆界，执旗书"誓死争青岛"及"卖国贼曹、陆、章"字样，后又拥至曹宅。初极文明，警察弹压，激动公愤，有举火烧宅者，警察遂逮捕，被捕甚众。经钱派员慰喻，尚相持未散。东交民巷已戒严。（四日下午九时）

北京电：学生团已劝散，教部责成各校长约束，被捕者允释回。曹宅之火，认为碰坏电灯走电，曹不欲深究。风潮渐平。（四日下午十时）

北京电：章宗祥在曹宅为学生所殴伤，已入医院。曹仓皇乘汽车奔赴使馆界，避居六国饭店。（四日下午七时）

北京电：章宗祥毙，大学解散，教育长辞职。（五日下午五时）

北京电：被捕学生三十余人，有"军法从事"说，顷十四校长赴警厅保释未允，又赴部赴院，蔡元培愿以一人抵罪，各校齐罢课，风潮扩大。（五日下午六时）

北京电：津电章宗祥寓被毁。（五日下午六时）

北京电：陆使昨电告，自意总理离法京后，和会前途非常复杂，于我所提各案，亦甚有影响，至为焦虑。（五日上午十时）

《申报》同时发表了署名"冷"的时评：

青岛问题至于今日，国人不能无一种表示之态度，此为各国常有之事，亦人类共有之性，无可遏也。惟表示者当计有益于国，勿自蹈隙，转资人利耳。

政府对之，更当善为处置，不当专于压抑。盖压抑将旁溢而横决也。若如京电所传，伤人罢课，解散大学，以及以军法处置所捕学生等事，内自骚然，我恐今后患不特在外，而又入于萧墙之内矣。

胡适当时不在北京，自然不处于运动的"中心位置"。然耿云志《胡适年谱》载："5月7日，在上海参加国民大会游行。"张德旺则云："五四爱国运动爆发当天，他正在上海迎接来华讲学的老师——美国哥伦比亚大学教授、实验主义哲学大师杜威。5月7日，胡适参加了上海学生及其他各界群众在体育场举行的反对巴黎和会关于中国山东问题无理决议和声讨亲日卖国贼，声援北京学生正义斗争的国民大会及会后游行。"[①] 言下之意，胡适参加了上海集会，"全面介入五四爱国运动"。事实是否如此，《申报》关于上海国民大会的系列报道，让我们有了验证胡适言行的参照系。

先是5月7日的《申报》，在报头左侧醒目刊出《国民全体大会紧要通告》，中说："兹为山东青岛问题，关系国家存亡，定于本月国耻纪念日（即五月七日）午后一时，在西门外公共体育场开国民全体大会，务乞各界届时踊跃惠临，一致对外。"

接着5月8日的《申报》，又以《五月七日之国民大会》为题，以整版篇幅做了极其详尽的报道。报载"因力争山东青岛问题，参预公共体育场国民大会的团体"有：促进和平会，联义善会，国民学校全体，东吴大学，河南同乡会，江北旅沪维持会，绍兴旅沪学校，国民励耻会，四川同乡会，全国和平联合会，全国自治禁烟会，上海公学全体，民义联合会，华侨联合会，全国平和期成会，安徽协会，上海和平期成会，山东同乡会，复旦大学全体，湘事维持会，震旦大学全体，上海贫儿院，中华工业协会，五

---

① 张德旺：《胡适在五四运动中的地位和作用》，《求是学刊》1985年第1期。

族少年保国会，南洋中学青年会，中学中国儒教游说团，福建善后协会，全浙旅沪同乡会，湖北善后公会，全国报界联合会，南洋商业专门学校，沪江绅学全体，中国文学研究会，招商局公学浸会，明强中学，南洋路矿学校，留云小学，中国体操学校，中国青年会，学生策进地方自治会，绍兴万国改良会，清正实业学校，东吴第二中学，圣约翰大学，上海留法俭学会，运输公会，温州同乡，金业私立各种学校，中国基督教青年会，中学校，三育学校，育才学校，中国救济会，正业院附属第一二国民学校，中华采矿团，崇明代表等 57 个团体，以及临时加入者十余团体，约计五六千人。

文章生动地记述了会议的盛况：

会场门前扎有白布一块，上书"国民大会"四字，佐以国旗二方，门内设有招待办事等处，场中两边各植木竿一枝，上悬白布，所书"开会秩序""游行顺序"等旗各一。演说台设在场西台上，设方桌三张，居中者为演说席，左右为书记席。旁置扶梯以便上落。会场中贴有各团体之提议案，如国民大会提议通函东洋停办货物，又致钱业公所不用钞票，又致全国断绝商业关系，又有中华国民策进永久和平会提议：（一）惩办卖国贼段祺瑞、徐树铮、曹汝霖、章宗祥、陆宗舆；（二）打销大借款；（三）收回青岛；（四）释放被捕学生。其会场秩序：（一）推定主席；（二）报告开会宗旨及经过情形；（三）宣布办法：（甲）致电巴黎和会及我专使，（乙）要求惩办卖国贼，（丙）要求释放北京被拘学生；（四）演说；（五）游行。于午后一时半钟点开会，首由江苏省教育会副会长黄炎培登台演说，继之者为王容实、叶刚久、汪宪章、朱隐清、光明甫等共计六人，演辞均极激昂，台下掌声雷动。至二时半演说毕，遂公同决定按照规定游行程序，同往外黄浦滩旧德国总会南北和会晋谒代表，要求照议办理，其迟到各团体，则令在南北和会处取齐，以便一致进行决定后，当在场前排班出发。先以一人跨自动车开路，二人执团旗随行。第一队南洋公学，二人执行秩序，白布旗一面（五百人），第二队中国体操学校（一百二十八人）……

报道还说："午烈日如炙，炎威甚炽。西门外公共体育场之国民大会万众立于广场中，不避骄阳，不畏炙热，迤北排队出行，尤能耐劳忍渴，其精神殊可惊。体育场门首原有'非国人不招待'六字，故数小时内，场中不见一外国人。演说台前高揭'先后为序不得逾五分钟'十字。登台演说者，咸以喇叭之传声筒大声疾呼，台下掌声起伏如沸鼎。"具体演说的内容是：

《救国日报》王兆荣君演说，有"争山东不成，他事更难措手，青岛亡则山东亡，山东亡则中国亦不能有"，"上海为万国观瞻所系，一方表示民气，一方严守自治"等警语。同济医校代表叶君演说有"办事宜有主旨，有系统"等警语。某君演说有"学生最大任务是为改良人心，不是干预政治，改良人心，必须有办法，办法何在？须有智识"等警语。主席提数要项，俱经大众同声赞许。乃由焦易堂君宣言，有"每队须以一二人维持秩序，请以代表赴德国总会"等语。

游行开始，各队整列成行，其出发时所持狭长小旗，有布制者，有纸制者，有横长似风幡者，有横方似软匾而以两人并行夹持者。最先标明各队各团体名游行秩序之大白旗旁，即有一小白旗，上署"伤哉日也"四字，余如南洋中学之"步我东林"，上海公学之"锥血誓日"，泉漳学校之"时日害丧"，圣约翰大学直书之"快来救国"，均称特大。最最特别的是："对此可惊可骇之多人之会议，除警察保持沿途秩序外，并未加班，绝无一兵一士踪影，会场以内全由童子军分任照料，并一警察而无之，诚为可感也。"

上海不愧是中国最大的现代化城市、最大的产业中心，广大市民表现出极大的组织精神，传达出了中国人发自心底的最强音。在这声势浩大的群众集会里，胡适究竟作何表现呢？他写的《我对于丧礼的改革》，无意中留下了真实的记录：

今年四月底，我到上海欢迎杜威先生，过了几天，便是五月七日的上海国民大会。那一天的天气非常的热，诸位大概总还有人记得。我到公共体育场去时，身上穿着布的夹袍，布的夹裤还是绒布里子的，上面套着线缎的马褂。我要听听上海一班演说家，故挤到台前，身上已是汗流遍体。我脱下马褂，听完演说，跟着大队去游街，从西门一直走到大东门，走得我一身衣服从里衣湿透到夹袍子。我回到一家同乡店家，邀了一位同乡带我去买衣服更换，因为我从北京来，不预备久住，故不曾带得单衣服。习惯的势力还在，我自然到石路上小衣店里去寻布衫子，羽纱马褂，布套裤之类。我们寻来寻去，寻不出合用的衣裤，因为我一身湿汗，急于要换衣服，但是布衣服不曾下水是不能穿的。我们走完一条石路，仍旧是空手。我忽然问我自己道："我为什么一定要买布的衣服？因为我有服在身，穿了绸衣，人家要说话。我为什么怕人家说我的闲话？"我问到这里，自己不能回答。我打定主意，去买绸衣服，买了一件原当的府绸长衫，一件实地纱马褂，一双纱套裤，再借了一身衬衣裤，方才把衣服换了。[①]

此时的胡适，既没有参与上海国民大会的策划，也没有发挥自己演说家的特长，上台发表慷慨激昂的演说，而是在台下当一名看客。激愤的"青岛亡则山东亡，山东亡则中国亦不能有"的呼声，没有使他有什么激动行

---

① 陈独秀，李大钊，瞿秋白，胡适，鲁迅等：《新青年》第6卷，中国书店出版社，2011，第507—508页。

为。倡导"我手写我口"的新散文大家，絮絮地讲自己马褂夹袍，对声势浩大的群众集会却无所表示。他"挤到台前"，不过"要听听上海一班演说家"，看看是不是够得上水准！

策划这次大会的，除了报道提到的江苏省教育会副会长黄炎培，还有《民国日报》邵力子。据朱仲华《五四运动在上海》记载，五月五日夜间十时半，复旦公学接到邵力子电话，始悉北京学生壮烈举动。六日上午八时，邵先生到校，手里夹着一卷报纸，向大众报告了北京学生示威游行，和北洋政府以军警镇压的经过。他以沉痛的语言说："我们校里的同学对国事比较关心，现在北京的同学，已有这种壮烈举动，我相信本校同学必有所表示以响应北京同学。"全体同学当场议决两案：（1）联合上海各学校通电全国营救北京的被捕学生；（2）从速组织上海学生联合会。两案当场一致通过后，同学即分头出发，向各校接洽，直至夜间，始将电报发出。[①] 有人说，胡适于5月7日与上海方面的黄炎培、沈恩孚、蒋梦麟等人，一起参与过声势浩大的国民大会，[②] 可惜胡适日记不存，无法确认。值得思考的是，1918年3月组织"留日学生救国团"、同年5月领导留日学生救国团在北京进行"抗日拒约"宣传活动、7月奔赴上海创办《救国日报》、在国民大会上呼喊"青岛亡则山东亡，山东亡则中国亦不能有"的王兆荣（1887—1968）如今已淹没于历史之中，而当时的旁观者胡适，光芒却更胜当年。

及至回到北京，胡适的表现如何呢？沈尹默回忆说："'五四'运动起来了，那时，胡适恰恰因事回到安徽家乡去，并没有参与这伟大事件的发动，等到他回来时学生正在罢课中。他一到就向我提出许多责难，一面说这是非常时期，'你们应该采取非常手段'——'革命'手段；一面又说这个

① 中国社会科学院近代史研究所编：《五四运动回忆录》（续），中国社会科学出版社，1979，第265—266页。
② 张耀杰：《北大旧事：五四运动中的沈尹默与胡适》，《北京青年报》，2014年5月23日。

时候学生不应该罢课，'我要劝他们立刻复课'。他要等学生开大会时去讲话，阻拦他不住，终于到会讲了话，但没有人理睬他，讨了个没趣。"① "激进"的革命，是胡适一贯反对的，他真正的主张是停止罢课，立即复课。甚至要师生签名，放弃北大，撤到上海另建新校。此应对，一是妥协，一是逃跑，实在算不上良策。江勇振钩稽胡适的心态道：蔡元培5月8日辞职，等杜威夫妇到了北京，胡适已是北大校务维持委员会里的一员。6月4日早晨，胡适告诉杜威夫妇，北大已成为一座监狱。军警的帐篷包围了法科，贴了告示，说里面关着扰乱公安、在街头演讲的学生。就在紧要当口，胡适萌生了去意。杜威夫人在6月初的家信里透露胡适有独善其身、隐遁美国的想法："胡适想要哥大的夏德（Friedrich Hirth）② 退休以后空出来的位子。不是今年，是明年。他担心这种动荡的局面会阻碍他专心做学问，久而久之，他会变得生疏。从他想为中国人奠定一个思想的基础的角度来说，这算是什么样的爱国的思想逻辑呢？"杜威的信从"同情的了解"的角度，描摹了胡适所处的困境：

　　时局干扰他，使他治学不能专心，这让他觉得很挫折；他想多做研究，多写书。如果哥大聘他为中文教授——如果那位子还空着的话——我想他会接受，最少是去教一段时间。但我无法想象中国能够没有他。想来颇可悲的，有多少归国留学生向往着美国的生活。然而，形势比人强。许多事，对过客来说可以是感觉蛮新鲜的；可是，对他们来说意味就大不同了。③

　　胡适1919年9月4日日记也证实了这一点：

---

① 沈尹默：《胡适这个人》，《大公报》（香港），1952年1月5日。
② 此人是胡适在哥伦比亚大学留学时的汉学老师，1917年退休。
③ 江勇振：《舍我其谁：胡适》第二部《日正当中：1917—1927》，浙江人民出版社，2013，第80—86页。

Greene（格林）来信，托我为 Columbia（哥伦比亚）大学觅一个中国文教授，我实在想不出人来，遂决计荐举我自己。我实在想休息两年了。

今天去吃饭，我把经意告他，他原函本问我能去否，故极赞成我的去意。我去有几种益处：（1）可以整顿一番。（2）可以自己著书。（3）可以作英译哲学史。（4）可以替我的文学史打一个稿子。（5）可以替中国及北大做点鼓吹。

作为历史人物，不光要看他运动中的表现，更要看他日后对运动的认识。胡适 1919 年 7 月 10 日之后的日记，存有简略的《杂记》与《日程与日记》，从中可以窥见他对五四爱国运动的真实态度。

1920 年 5 月 4 日的《日程与日记》：

女学界联合会"五四纪念"，演说。

演说内容日记未提，然一年之后对五四运动的看法，可见于由胡适起草、和蒋梦麟联名发表的《我们对于学生的希望》。文章肯定五四运动有"加强学生主动负责的精神""激发学生对国家命运的关注""丰富学生团体生活的经验""培养学生作文演说的能力""提高学生追求知识的欲望"等"五大成效"，而后强调指出："以罢课为武器进行斗争，对敌人毫无损害，对学生却有三大危害"：第一，有些人自己不敢出面，却躲在人群中呐喊，从而助长了依赖群众的懦夫心理；第二，罢课时间一长，有些人就会养成逃课的习惯；第三，经过这场运动，有些人可能养成盲目从众的行为模式。这番意见，只字不提运动的爱国主义性质，却说什么"荒唐的中年老年人闹下了乱子，却要未成年的学生抛弃学业，荒废光阴，来干涉纠正，这是天下最不经济的事"。

1920 年 9 月 10 日日记："民国六年（1918）九月十日我到北京。今三年了。感念三年来所经历，颇有伤感，想作一诗记之。匆匆中绪又不佳，遂不果。"三年来，东奔西突，斩获甚多，回首所经历，居然会颇有伤感？想作一诗记之，绪又会不佳？实难琢磨此五四主将的心绪。

1921 年 5 月 3 日日记，就更妙了：

后日为"五四"后之第二周年，《晨报》与《半周刊》皆将出"纪念增刊"，他们要我作文章。我自公园回来，已九点半了，想出一个取巧的法子，作了一篇文章，章洛声为我抄了一份。

转瞬间"五四"已经两周年了，报刊要出"纪念增刊"，胡适作为北大名教授，人家要他作一篇文章，自在情理之中。他"想出取巧的法子"，但到底用了什么法子？没有说。不知是否在回避正面谈论五四运动。而到了5 月 9 日在清华大学演讲，胡适竟然提出《废止国耻纪念之提议》，公开反对将签订《二十一条》的 5 月 9 日定为"国耻日"，认为"这种机械的纪念，毫无意思"。而这个"国耻日"，恰恰是上海《国民全体大会紧要通告》所确认了的。

1922 年 7 月 24 日日记：

早八时，监考国文。预科国文题两种：一为作文题，《述五四以来青年所得的教训》。有一个奉天高师附中的学生问我五四运动是个什么东西，是哪一年的事！我大诧异，以为这大概是一个特殊的例外。不料我走出第一试场（共分十五个试场，凡一千五百人），遇见别位监考的人，他们说竟有十几个人不知道五四运动是什么的！有一个学生说运动是不用医药的卫生方法！

从所出考题《述五四以来青年所得的教训》看，他是希望引出对五四的评价的，怎奈考生竟不知道五四运动是什么东西，甚至问运动是不用医药的卫生方法？这未免让人啼笑皆非。

三

1935 年 4 月 29 日，胡适洋洋洒洒写了一篇《纪念"五四"》，刊于《独立评论》第 149 号。那么，为什么在五四运动十六年之后，胡适会郑重其事地写这么一篇大文章呢？因为在 1935 年之前的几个年头，中国历史起了绝大的变化：

1928 年 1 月，蒋介石为北伐军总司令；6 月，攻下北平；7 月，祭奠孙中山；10 月 10 日，就任南京国民政府主席、国民革命军总司令兼军事委员会主席。1929 年，蒋桂战争爆发。1930 年，蒋、冯、阎中原大战爆发。1931 年，对红军发动军事"围剿"。1933 年，平定"闽变"。1935 年，红军长征到了陕北，蒋介石的权力达到顶峰。而蔡元培作为光复会创始人，1905 年并入同盟会被孙中山委任为上海分会负责人。1912 年国民临时政府成立，蔡以专使身份赴北京迎接袁世凯南下，最后成了北洋政府的教育总长。到了 1924 年 1 月，国民党第一次全国代表大会召开，蔡经孙中山提名当选为候补中央监察委员。1927 年 3 月，中央监察委员会策划清党，秘密会议主席就是蔡元培。"归队"的蔡元培，后任大学院院长、司法部长和监察院长，又专任中央研究院院长，对于"五四运动领袖"之类的虚名，自然毫不萦怀。胡适的政治性质却大为不同。1925 年 2 月胡适参加北京善后会议，1926 年赴英参加中英庚款委员会，都是在北洋政府旗下当差。胡适1928 年出任中国公学校长，1929 年发表《我们什么时候才可有宪法——对于建国大纲的疑问》《知难，行亦不易——孙中山先生的"行易知难"说述评》《新文化运动与国民党》等，虽一度为国民党政府查禁，但经过一番磨合，1932 年胡适终于出任北京大学文学院院长兼中国文学系主任，成了名副其实的文化班头。"五四运动总司令"陈独秀，已于 1932 年 10 月 15 日被捕判刑，"久徒亦等于大辟"。此时，三巨头只剩下胡适一位。

《纪念"五四"》一文曾被多方解读，奉为"经典文献"。此文实可分为四大块：第一块，摘抄《每周评论》第二十一期的材料与第二十五期的记事，介绍五四运动的经过；第二块，摘抄《每周评论》第二十三期署名"毅"的文章，概括五四运动的精神；第三块，追叙五四运动的起源；第四块，引孙中山评论"五四运动"的话来做结论。细读这四大块，处处可见此乃一篇千古奇文，不可小觑。

第一奇，就在以孙中山的话来为"五四运动"做结论。胡适明明知道，孙中山 1920 年 1 月给海外同志写信，时距五四运动只有八个月。如果承认孙中山所说是"不可磨灭的名言"，为什么不在一周年、二周年纪念五四时痛快引用呢？1921 年 5 月《晨报》《半周刊》将出"五四纪念增刊"，胡适"想出一个取巧的法子"，作成一篇文章。试想，还有比照抄孙中山更"取巧的法子"吗？文中说："学潮弥漫全国，人皆激发天良，誓死为爱国之运动。倘能继长增高，其将来收效之伟大且久远者，可以无疑也。吾党欲收革命之成功，必有赖于思想之变化"，然而其中的"学潮""爱国""革命"，都是他一贯深恶痛绝的。但十六年过去了，时过境迁，改天换地，孙中山，成了举国尊奉的"国父"，遂不得不以孙中山之"是"为"是"，以孙中山之"非"为"非"。对于"五四"，胡适此时说："吾党欲收革命之成功，必有赖于思想之变化"，将自己与国民党混而为一了。就在《纪念"五四"》发表六年之后，1941 年 12 月 15 日美国《生活》杂志载记者 Ernest Hauser 的专门报道《胡适大使》，是这样介绍胡适的："孙中山于 1911 年推翻满清成立中华民国，但孙中山只给出了一个空的政治框架，这个框架一直等到胡适出来以后才在文字上、语言上和文化上有了一个新的意义。"①胡适先生似乎又一次后来居上了。

第二奇，就在对于"'五四'那天的经过"，完全照抄《每周评论》第二十一期的材料。第一段说：

"五四"是十六年前的一个可纪念的日子。民国八年五月四日（星期日）下午，北京的十几个学校的几千学生集会在天安门，人人手里拿着一面白旗，写着"还我青岛"，"诛卖国贼曹汝霖、陆宗舆、章宗祥"，"日本人之孝子贤孙四大金刚三上将"等等字样。他们整队出中华门，前面两面很大的国旗，中间夹着一幅挽联，上款是"曹汝霖、陆宗舆、章宗祥遗臭千古"，下款是"北京学界泪挽"。他们沿路散了许多传单，其中最重要的一张传单是这样写的：

北京学界全体宣言

现在日本在万国和会要求并吞青岛，管理山东一切权利，就要成功了！他们的外交大胜利了！我们的外交大失败了！山东大势一去，就是破坏中国的领土！中国的领土破坏，中国就亡了！所以我们学界今天排队到各国公使馆去要求各国出来维持公理。务望全国工商各界一律起来设法开国民大会，外争主权，内除国贼。中国存亡，就在此一举了！今与全国同胞立两个信条道：

中国的土地可以征服而不可以断送！

中国的人民可以杀戮而不可以低头！

国亡了！同胞起来呀！

---

① 周质平：《胡适思想与现代中国》，九州出版社，2012。

他们到东交民巷西口，被使馆界巡警阻止不得通过，他们只能到美国使馆递了一个说帖，又举了六个代表到英法意三国使馆去递说帖。因为是星期日，各国公使都不在使馆，只有参赞出来接见，表示同情。

大队退出东交民巷，经过户部街，东长安街，东单牌楼，石大人胡同，一直到赵家楼的曹汝霖住宅。曹家的大门紧闭，大家齐喊"卖国贼呀！"曹宅周围有一两百警察，都站着不动。有些学生用旗杆捣下房上的瓦片，有几个学生爬上墙去，跳进屋去，把大门打开，大家就拥进去了。这一天，曹汝霖和章宗祥都在这屋里，群众人太多了，反寻不着这两个人。他们捉到曹汝霖的爹，小儿子，小老婆，都放了出去。他们打毁了不少的家具。后来他们捉到了章宗祥（驻日公使），打了他一顿，打的头破血流。这时候，有人放了火，火势大了，学生才跑出去。警察总监吴炳湘带队赶到，大众已散去了，只捉去了在路上落后的三十三个人。

文章第二段说：

这一天的怒潮引起了全国的波动。北京政府最初采用压迫的手段，拘捕学生，封禁《益世报》，监视《晨报》《国民公报》，下令褒奖曹陆章三人的功绩。学生被拘禁了四天，由各校校长保释了。北京各校的学生天天组织露天讲演队，劝买国货，宣传对日本的经济抵制。全国各地的学生也纷纷响应。日本政府来了几次抗议，使中国青年格外愤慨。这样闹了一个多月，到六月三日，北京政府决心大规模的压迫，开始捉拿满街讲演的学生。六月四日，各校学生联合会也决议更大规模的爱国讲演。六月三四两日被捉的学生约有两千多人，都被拘禁在北河沿北京大学法科。越捉越多，北大法科容不下了，马神庙的北大理科也被围作临时监狱了。

五日的下午，各校派大队出发讲演，合计三千多人，分做三个大纵队：

从顺治门到崇文门，从东单牌楼到西单牌楼，都有讲演队，捉也无从捉起了。政府才改变办法：只赶跑听众，不拘捕学生了。

那两天，两千多学生被关在北大法科理科两处，北河沿一带扎了二十个帐棚，有陆军第九师，步兵一营和第十五团驻扎围守，从东华门直到北大法科，全是兵士帐棚。我们看六月四日警察厅致北京大学的公函，可以想象当日的情状：

径启者：

昨夜及本日迭有各学校学生一二千人在各街市游行演说，当经本厅遵照五月二十五日大总统命令，派出员警尽力制止，百般劝解，该学生等终不服从，犹复强行演说。当时地方秩序颇形扰乱，本厅商承警备总司令部，为维持公安计，不得已将各校学生分送北京大学法科及理科，酌派军警监护，另案呈请政府，听候解决。惟各该校人数众多，所有饮食用具，应请贵校速予筹备，以资应用。除函达教育部外，相应函达查照办理。此致北京大学。

八年六月四日

六月四日上海天津得着北京大拘捕学生的电报，各地人民都很愤激，学生都罢课了，上海商人一致宣布罢市三天。天津商人也宣布罢市了。上海罢市消息转到北京，政府才惊慌了，五日下午，北河沿的军队悄悄的撤退了，二十个帐棚也撤掉了。

这回学生奋斗一个月的结果，最重要的有两点：一是曹汝霖、陆宗舆、章宗祥的免职，二是中国出席和会的代表不敢在断送山东的和约上签字。政府屈服了，青年胜利了。

如果是真正的斗士，对于那段峥嵘岁月，难道真的没有让自己激动的亲身经历需要回顾吗？为什么要直录《每周评论》来搪塞呢？表面的理由似乎是"那时我在上海"，对北京的事不能妄加推断，但上海的集会难道不是五四运动的组成部分？纵然没有了日记，但记忆不是还存在脑子里吗？写了出来，不是也可为中国近年思想史添不少史料么？为何拒绝回忆自己的亲历？是否是不敢触碰自己原先的观念？因为十几个学校的几千学生集会在天安门，人人手里拿着一面白旗，写着"还我青岛""诛卖国贼曹汝霖、陆宗舆、章宗祥"，这样的学潮，是胡适所不赞成的。在他以往的文章里，从来没有肯定过这些东西。可笑的是，《北京学界全体宣言》是他得意的门生罗家伦所写，如今却装做不知道的样子。

第三奇，就在为"五四运动"下定义，又是借用他人的观点：

"五四运动"一个名词，最早见于民国八年（1919）五月二十六日的《每周评论》（第二十三期）。一位署名"毅"的作者——我不记得是谁的笔名了——在那一期里写了一篇《五四运动的精神》，那篇文章是值得摘抄在这里的：

什么叫做"五四运动"呢？

民国八年五月四日北京学生几千人，因山东问题失败，在政府高压的底下，居然列队示威，作正当民意的表示。这是中国学生的创举，是中国教育界的创举，也是中国国民的创举。大家不可忘了！……这次运动里有三种真精神，可以关系中国民族的存亡。

第一，这次运动是学生牺牲的精神。……一班青年学生奋空拳，扬白手，和黑暗势力相斗……这样的牺牲精神不磨灭，真是再造中国的元素。

第二，是社会裁制的精神。……这次学生虽然没有把他们（卖国贼）一个一个的打死，但是把他们在社会上的偶像打破了！以后的社会裁制更要多哩！……

第三，是民族自决的精神。……这次学生不问政府，直接向公使团表示，是中国民族对外自决的第一声。不求政府，直接惩办卖国贼，是对内自决的第一声……

这篇文章发表在"五四运动"收到实际政治的效果之前，这里的三个评判是很公道的估计。

《每周评论》前二十五期虽由陈独秀主编，但作为《每周评论》的主撰，胡适不会不记得署名"毅"者，是罗家伦的笔名。以"外争国权，内惩国贼"来概括五四运动的精神，虽然未必为胡适所喜，但这个时候完全可以揭开这层秘密，就名正言顺地成了五四运动的领袖，且得到了"新文化运动领袖"的桂冠。

第四奇，就奇在"追叙这个运动的起源"的奇特逻辑。长达六千字文章中，只有这三千字是胡适自己的，而这才是文章的精髓。为省篇幅，兹逐层剖析于后：

第一层："我们现在追叙这个运动的起源，当然不能不回想到那个在蔡元培先生领导之下的北京大学。"——为什么追溯五四运动的起源要扯上蔡元培？因为："蔡先生到北大，是在六年一月。在那两年之中，北大吸收了一班青年的教授，造成了一点研究学术和自由思想的风气。"这班青年教授中的佼佼者，则非胡适莫属。

第二层："蔡先生初到北大，第一天就提出'研究学术'的宗旨，这是不致引起政府疑忌的。稍稍引起社会注意的是陈独秀先生主办的《新青年》杂志，最初反对孔教，后来提倡白话文学，公然主张文学革命，渐渐向旧礼教旧文化挑战了。"——暂且把蔡元培撇开，再突出陈独秀的《新青年》，再突出"提倡白话文学"；而"首举义旗之急先锋，则为吾友胡适"也。

第三层："当时在北方的新势力中心只有一个北京大学。当时安福政权的护法大神是段祺瑞，而段祺瑞的脑筋是徐树铮。徐树铮是林纾的门生，颇自居于'卫道君子'之流。《新青年》的同人攻击旧文学与旧礼教，引起了林纾的反攻。林纾著了几篇短篇小说，登在上海新《申报》上，其中《荆生》一篇，很明显的攻击陈独秀、胡适、钱玄同三人。"——这里面逻辑很清楚：段祺瑞的脑筋是徐树铮，徐树铮是林纾的门生，林纾代表旧势力攻击陈独秀、胡适、钱玄同，则陈独秀、胡适、钱玄同便是新势力的代表了。但林纾的门生徐树铮，并没能阻止北洋政府教育部废除文言文，而胡适正是做出这一决定的国语统一筹备会的核心成员。胡适还不应该忘记：1924年11月10日孙中山发表《北上宣言》，要求"召集国民会议，以谋中国之统一与建设"，而自己即是段祺瑞"善后会议"与之对抗八十六人之一，到底谁是"'卫道君子'之流"呢？

第四层："在欧战终了（七年十一月十一）的消息传来的时候……蔡先生的兴致最高，他在那三天庆祝之后，还向教育部借了天安门的露天讲台，约我们一班教授做了一天的对民众的'演说大会'……我们在十六七年后回头重读这篇伟大的演说，我们不承认蔡先生的乐观完全失败了……若没有那种乐观，青年不会有信心，也决不会有'五四—六三'的壮烈运动起来。"——又扯上了蔡元培，而且总算和"五四"沾了一点边。

第五层："天安门演说之后，不多几天，我因母亲死了，奔丧南下。我走之后，独秀、守常先生更忍不住要谈政治了，他们就发起《每周评论》，用白话来做政治的评论。"——终于扯到"五四"那天的情形：虽然自己奔丧南下，但独秀、守常用他所提倡的白话，在《每周评论》上做政治评论，宣扬"主张公理，反对强权"。"一班天真烂漫的青年学生也跟着他们渴望那奇迹的来临"，不想巴黎的电报传来，"日本人自由支配山东半岛的要求居然到手了！这个大打击是青年人受不住的。他们的热血溃涌了，他们赤手空拳的做出一个壮烈的爱国运动，替国家民族争回了不少的权利"。

　　绕来绕去，终于说到问题核心的"白话"了。要问五四运动是什么，就要问那天学生为什么上街？是白话战胜文言吗？完全不是。五四运动的领导者恽代英，运动前夕仍坚信古文的价值，反对片面夸大白话文的作用。请看他1917年9月的三篇日记。

　　25日写道：

　　前与予强弟言，诗文乃至雕刻、绘画，皆多少为精神方面之学问，确有可意会不可言传者。即有大巧人能言传者，究终或不如意会之恰切也。昔有观舞剑而悟书法者，精神相合也。教诗文者口干唇敝而无益，精神不相合也。欲精神相合，以多读文为要。多读则渐得古人之精神，而有以成就我之精神。故文不在熟读而在多读也。

　　26日写道：

　　陶履恭言，一国之文字为一国之精华，故一国之文，非他国之文所能翻译。然按之各国之所谓文学，固有不可强同之处，盖文学直接由文字而生，文字异，文学自不能同也。至其他学术，由思想或事实来，不自文字来者。在文字缺乏之国，有文字不能形容之苦，若以为不能翻译，则绝对无此理也。

　　27日写道：

　　《新青年》倡改革文字之说，我意中国文学乃为一种美术。古文、骈赋、诗词乃至八股，皆有其价值，而文诗词尤为表情之用。若就通俗言，则以上各文皆不合用也。故文学是文学，通俗文是通俗文。吾人今日言通俗文而痛诋文学，亦过甚也。又言中国小说，不合于少年阅览，因谓中国无一本好小说。究之《红楼梦》，虽不宜于少年读之，而其结构之妙，必认为一种奇文，不可诬也。故此亦一种讨论。①

恽代英认为对于古文，"多读则渐得古人之精神，而有以成就我之精神"。他赞同陶履恭（陶孟和）"一国之文字为一国之精华"的意见，肯定古文是国家精华的载体。他不认同《新青年》"倡改革文字之说"，以为"古文、骈赋、诗词乃至八股，皆有其价值"。1918 年 4 月 27 日，他在致吴政觉书中写道："新文学固便通俗，然就美的方面言，旧文学亦自有不废的价值，即八股文字亦有不废的价值，惟均不宜以之教授普通国民耳。"信中还特别强调小儿幼时闻说古训古事的重要：

小儿幼时闻说古训古事，至十三四岁彼之切实的向上心逐渐发达，此等古训古事常能复现于脑中，故彼幼时脑中多善观念者，十三四岁纵受若干外诱，不待教谕亦恒能自省悟，惟患外诱之力过大，虽醒悟不能更振拔耳。观念复现之事，聪颖之小儿尤著，盖其观念本在潜意识中。脑筋健全，此观念受向上心的驱策，须复现显意识中，审判之，重复组织之，然后再归潜意识。故吾人苟知此理，于小儿幼时与以多量善观念，又于观念复现之时与以助力，使抵抗外诱，因醒悟而得振拔，其完成人之品格甚易也。每见聪颖少年于此等年龄自然立志，知必有观念复现之作用于中。②

当时有一位旅居山东的美国人——蒋斯鲍尔，观察自 1919 年 5 月到 7

---

① 恽代英：《恽代英日记》，中共中央党校出版社，1918，第 153—154 页。
② 恽代英：《恽代英日记》，中共中央党校出版社，1918，第 439 页。

月"五四"高潮之后的形势，在美国《独立周报》1919 年 9 月 20 日发表看法说："中国今日之主人，其为学生乎？彼等无丝毫政治权之可言，然于三月之间，能使一交通总长、一驻日公使、一币制局总裁退职；使一内阁完全倾覆；使徐大总统辞职；使巴黎和会之中国专使拒绝签字；使列强惊讶。何由其力之雄伟如是！此无他，彼等有正当之理由故也。此正常之理由，即欲取还德人昔日在山东之权利是也。山东为孔子孟子生长之地，为东方之阿尔萨斯、劳兰。动山东如动中国人之眼珠，未有不动中国人全体之公愤者也。"[①] 这位美国人，不是看到传统文化在促使中国人国家民族意识觉醒中所起的作用吗？

事实就是这样：承认旧文学有不废价值的恽代英，积极投身于五四爱国运动；而提倡白话文的胡适，却对"激进"的五四运动持反对态度。

需要指出的是，1932 年，胡适在北大国文系讲演《陈独秀与文学革命》，中说："民国八年，'五四'以后，有一天陈先生在新世界（香厂）散传单，因为前几天在报纸上看见陈先生的口供，说他自己因为反动，前后被捕三次，在此地被捕一次，就因为在香厂散传单。那时候高一涵先生和我都在内，大家印好传单，内容一共六条，大概因为学生被拘问题。有一条是要求政府免去卫戍司令王怀庆的职，惩办曹张陆三人……到了十一点钟回家，我和高先生在洋车上一边谈，看见没关门的铺子，我们又要给他一张。我还记得那时是六月天气正热，我们夜深还在谈话，忽然报馆来电话，说东京大罢工，我们高兴极了；但一会儿又有电话，说自你们走后，陈先生在香厂被捕了，他是为了这种事被捕，然而报上却载着他是反动！这是反动，那么现在的革命是不是反动？'反动'抹杀了许多事实，他怎么能算是反动？"然据《中国档案》1995 年第 6 期朱秀梅《陈独秀第二次被捕与营救》："6月11日晚，陈独秀、高一涵到前门外'新世界'游艺场散发传单。八点多钟，警察局文牍兼探员秦树勋、李文华身穿灰布大褂，秘密跟踪。大约十点钟，在楼上西南方的黑暗处，陈独秀手持传单，正欲往下扔散时，由李文华下手逮捕，密探、巡官从陈独秀身上搜出其名片、《道字报》及一大卷传单。"该文没有提到胡适在场。

安徽绩溪人章希吕，曾就读于上海南洋公学、复旦公学，后任上海亚东图书馆编辑，1933—1937年间，被亚东图书馆派往北京胡适家中，协助抄写整理文稿。他1934年2月2日日记写道："《藏晖室札记》因抄得太坏，整理吃力，现决计从卷六起重抄，带抄带整理，尚有十二卷约二十余万字，每日抄四千字计算，大约两个月可整理完。"7月4日日记写道："《藏晖室札记》十七卷今天抄毕。此书约四十万字，足足弄了半年以上的工夫。把这个艰难工作做好心稍放宽。"① 可惜章希吕没有说明，胡适的留学日记中，1911年10月31日至1912年9月24日近十一个月，是原来所缺，还是后来抽毁。鉴于章希吕有抄写整理的成功经历，胡适想让他帮助整理后来的日记。1936年4月27日，章希吕日记写道："适兄日记从十年四月记起，到去年共十五年，但中间断绝的亦很多，不能天天都有。拟从头翻阅一遍，以便编一部《尝试集》第二集及散文集。"② 可见，胡适当时交给章希吕的日记，就是从1921年4月27日开头的：

高梦旦先生来谈。他这一次来京，屡次来谈，力劝我辞去北京大学的事，到商务印书馆去办编辑部。他是那边的编辑主任，因为近来时势所趋，他觉得不能胜任，故要我去帮他的忙（他说的是要我代他的位置，但那话大概是客气的话）。他说："我们那边缺少一个眼睛，我们盼望你来做我们

---

① 颜振吾编：《胡适研究丛录》，三联书店，1989，第252、258页。
② 章希吕：《章希吕日记》，载颜振吾编《胡适研究丛录》，三联书店，1989，第270页。

的眼睛。"

写日记是需要毅力的，有人时断时续，往往会抱"有时间再补"的心理，于是一拖再拖，乃至中断。让他后来发愤的动因，或是佳节，或遇喜庆，才会重整旗鼓。看胡适这天的日记，既非一年甚至一月的开头，也未遇值得大书特书的事，不像是中断多年重新开始的模样。当然，他不好明说前面的日记已被截没，只能以"从十年四月记起"来搪塞了。他 1930 年 12 月 1 日与 1939 年 9 月 10 日日记，反复表白"我在民国六、七、八、九年中未留有日记""回国后的三年多（1917—1921）虽然没有日记"，实出自"此地无银三百两"之心虚耳。

顺带要说的是，恽代英写了十多年日记，中共中央党校出版社出版的是保存在中央档案馆的 1917 年 1 月—1919 年 12 月的日记，几乎一天不缺，显示了他的坦荡胸怀与好学上进，他才配称"写日记者的绝佳榜样"。

四

自从 1979 年"重新发现胡适"以来，由胡适本人定调的"五四新文化运动史"观，已成为大陆学术界的主旋律。文学史家叙述的微妙处，是将胡适倡导的"废除文言，使用白话"的运动、青年学生的"外争国权，内惩国贼"的爱国运动、北洋政府的"国民学校改国文为语体文"的法令，都装进一个篮子，统统成了"五四新文化运动"的组成部分。

以理而论，海峡两岸的胡适研究，既然同以胡适为研究之对象，故无论出于何时、何地、何人之手，"胡适学术观"应该具有相同的一极；但由于两岸相隔太久，社会背景、政治立场、价值取向截然不同，研究者学术功力、志趣导向千差万别，资料掌握与成果问世严重失衡，"异"的一极也不可避免地存在着。两岸秉持的是非褒贬，也呈现出不同的发展趋向。如胡适的"新红学"，大陆虽在 1954 年进行了批判，如今仍有很多支持者；而台湾红学家潘重规，早就"否定他全部的学说"，潘氏弟子是当今台湾红学界的主流，大都不赞同胡适的"自传说"。关于胡适在五四运动的地位与作用，台湾学术界的看法如何？联经出版事业公司 1979 年由汪荣祖主编的纪念"五四"六十周年的《五四研究论文集》，为我们提供了许多有价值的资讯，值得一读。

台湾"中研院"院士张玉法，在《民初政局与五四》中说："'五四'的意义是多方面的，就政治方面而言，是以反军阀和反帝国主义为核心，所谓'外争主权，内除国贼'，不仅为民国八年五四学生爱国运动的口号，也代表在五四时期关心国是者的心声。'外争主权'，指向帝国主义争回所丧失的国家主权而言，包括日本自德国手中所攫取的山东利权；'内除国贼'，不仅要除掉与日本订立丧权辱国条约的章宗祥、陆宗舆、曹汝霖，而且要除掉依帝国主义为靠山的军阀。"[1] 这里没有提及胡适的"废除文言，使用白话"。

台湾"中研院"近代史研究所研究员，兼胡适纪念馆管理委员会主任委员吕实强，在《五四爱国运动的发生》中说："所谓五四运动，应该是指民国八年五月四日以及其前后全国同胞的一项爱国运动。往远处说，至少可追溯其源流自鸦片战争而后，中国在外力侵逼之下，知识分子以及一般社会大众，所从事的雪耻图强与救亡图存的所有活动。这些活动的基本动力是因受列强的压迫，而产生的国家民族意识。它的特征之一为：国家民族的危机愈为深重，其表现愈是炽烈坚强。自民国以来，由于人谋的不臧，内忧外患，有加无已。好不容易有欧战数年的机会，使国人更体会到国家民族独立自由的重要，再加上中国既已参加协约，站在战胜的一方，美总统威尔逊复有国际间平等自由共维世界和平的号召，大家满以为巴黎和会

---

① 汪荣祖编：《五四研究论文集》，联经出版事业公司（台北），1978，第 3 页。

会实现挣脱自晚清以来列强不断所加给我们的各种枷锁，而获得其应有的独立与自由，结果竟使人如此的失望，连仅仅对日本一个国家中的一个问题——山东问题，都至于完全失败。谁能不深感正义何在？真理何存？谁可与谋？谁可倚信？化悲愤为力量，由自立自强而雪耻图存，已经为唯一的也是最后的途径了。因此，可以推论，有新文化运动，'五四'固然会发生，没有也会发生，只不过开始的方式，也许会略有不同而已。谁可与谋？谁可倚信？化悲愤为力量，由自立自强而雪耻图存，已经为唯一的也是最后的途径了。因此，可以推论，有新文化运动，'五四'固然会发生，没有也会发生，只不过开始的方式，也许会略有不同而已。"[①] 这里虽然涉及胡适的"废除文言，使用白话"，却强调"有新文化运动，'五四'固然会发生，没有也会发生"。

与以上两位不同，唐德刚是一向认可胡适的说辞——"这个真能为中华民族'再造文明'，但是却被迫半途而废的新文化运动，事实上便是他在纽约当学生时代所策动的新文学运动的扩大和延伸；而新文学运动又是他那《文学改良刍议》一篇文章中出来的。因而在中国近数十年来深入群众的各项激进文化和政治运动，归根结底都与他这篇文章有关"，但却清醒地看到：胡适是反对让纽约华美协进社退休社长孟治"曾在中国被捕坐牢"的、学生们自发的、激进地罢课的五四运动的。

笔者在台湾还读到一本李守孔的《中国近代史》，属于"三民大学用书"系列，其第三章《毁法与护法》之第二节，题《外患之煎逼与民族自觉》，讲的就是五四运动与新文化运动：

先是民国六、七年间，北京文化界感于国家内忧外患之严重，学术思想之落后，爱国精神之不振，纷纷创办刊物，从事救亡图存之鼓吹。其著

---

① 汪荣祖编：《五四研究论文集》，联经出版事业公司（台北），1978，第40—41页。

者若《新青年》《新潮》等，领导人物为北京大学校长蔡元培，与教授胡适，学生傅斯年等。及欧战结束，国人因受威尔逊所倡和平十四原则所影响，渴望"公理战胜强权"之奇迹出现。及闻巴黎和会中国际现实政治之妥协主义代替威尔逊之和平理想，擅将日本继承德国在山东利权明白规定于对德和约之中，骤失所望，情绪激愤，乃走上干涉政治之途径。

民国八年五月四日下午，北京学界以"外争主权，内除国贼"为口号，初集会于天安门，旋往东交民巷外国公使馆投递请愿书，要求各国主持正义，最后至东坡赵家楼，焚外交次长曹汝霖住宅，殴辱驻日公使章宗祥，事后警察逮捕落队学生三十余人。北京总统徐世昌初用高压手段，继续拘留街头演说学生，而学生益愤激，宣传抗日更力。全国各界纷纷响应，上海、天津等大城市商人群起罢市支援。相持至六月，北京政府以众怒难犯，不得已将曹汝霖、章宗祥，并一年来经手向日本借款之币制局总裁陆宗舆免职，释放被捕学生，此一运动始告一段落。

"五四运动"之重大意义，系学生牺牲精神，社会制裁精神，以及民族自决精神之表现。为国人思想启一新变化，为国民外交造一新趋势，促成以后国民革命军北伐之成功。[①]

该书叙五四运动的经过，大体按胡适所定的调子，如突出对"公理战胜强权"奇迹的失望，讲"五四运动"之重大意义，强调学生牺牲精神，社会制裁精神，以及民族自决精神，这些基本上都是胡适的观念。最妙的是在第一节，用了"先是"二字，倒叙出民国六、七年间，北京文化界感于国家内忧外患之严重，学术思想之落后，爱国精神之不振，纷纷创办刊物，从事救亡图存之鼓吹。其著者若《新青年》《新潮》等，领导人物为北京大学校长蔡元培，与教授胡适，学生傅斯年等。但着眼点却有两大不同：

---

① 李守孔：《中国近代史》，三民书局（台北），1974，第239页。

一是北京文化界有感的是"国家内忧外患之严重，学术思想之落后，爱国精神之不振"，创办刊物的目的是"从事救亡图存之鼓吹"。所谓"启蒙"不同，更没有提"推行白话文"；二是领导人物有蔡元培、胡适、傅斯年，而无陈独秀。

除了这本大学用书，笔者在台湾还读到两本儿童读物。一本是"九年一贯最佳辅助教材"注音版《中国历史一本通》，金鼎奖得主幼福公司发行。其《五四爱国运动》云：

西元 1912 年，孙中山领导的辛亥革命成功，虽然结束清朝的封建统治，但中国却陷入了军阀混战的局面。

西元 1918 年，第一次世界大战结束后，隔年一月，战胜国在巴黎召开和平会议，讨论缔结对德和约，并处理战后问题。中国也是战胜国之一，当时执政的北洋军阀政府代表在巴黎的会议上提出：取消帝国主义国家在中国的一切特权，废除二十一条等要求，但是，操纵会议的英、法、美等国，无视中国为战胜国，竟在对德和约上规定，把原来德国在山东一切权利转给日本。

中国的要求遭到拒绝的消息传来，民心激愤，抗议声浪不断。同年五月四日，北京三千多名学生在天安门前集会，发表宣言，揭露帝国主义的强盗行为，举行示威游行。他们高呼"外争国权，内惩国贼"等口号，一致要求惩办亲日派卖国贼曹汝霖、陆宗舆、章宗祥。北洋政府出动军警镇压爱国学生，逮捕了三十多名学生。第二天，北京学生举行总罢课，陈独秀、李大钊在北京领导学生抗争，积极设法营救被捕学生。

北京学生爱国行动的消息传开以后，各地学生纷纷响应。

六月三日以后，上海工人罢工，支援学生的爱国抗争；接着，唐山、长辛店等地的工人也相继罢工。在全国人民爱国运动高潮的影响下，上海等城市的工商业者也举行罢市。

工人罢工，学生罢课，商人罢市，迫使北洋政府释放被捕的学生，撤销曹汝霖、陆宗舆、章宗祥三个卖国贼的职务，并拒绝在对德和约上签字。五四爱国运动取得了初步的胜利。

五四爱国运动，是一次彻底的爱国运动，同时也是中国新民主主义革命的开端。[①]

另一本是方洲主编的《中国历史全知道》，由风车图书出版公司出版。其《五四运动》云：

中华民国成立后，北洋军阀窃取了政权。西元 1919 年，第一次世界大战以后，战胜国在巴黎召开一次"分赃会议"——巴黎和会。中国作为战胜国之一，应该有权把曾被德国占领的中国土地收回。可是日本人竟然无耻的提出：德国在山东的所有特权及一切财产，应该归日本。令人吃惊的是，这样无理的要求，北洋军阀政府还准备签字承认。这种卖国的行为传回国以后，激起了全国人民的愤怒。

五月三日晚上，北京大学法科礼堂挤满了学生，学生代表邓中夏站在讲台上激动的说："同学们，国家已经到了最危险的时刻，政府已经成了日本的走狗，我们不能再这样等下去了。明天下午一点，我们到天安门广场集合，举行示威大游行，阻止政府签约。"

听了这一席话，同学们情绪激昂，有人咬破了手指，在白手巾上用血写了"还我青岛"四个字。一部分学生约好要狠狠的痛打三个卖国贼曹汝霖、陆宗舆、章宗祥，有人甚至写好了遗书，准备好以身殉国。

五月四日下午，北京大学等十三所大专院校的三千多名学生，汇集在

---

① 《中国历史一本通》，幼福公司（台北），2016，第 396—398 页。

天安门广场，像潮水般涌向外国使馆区，他们一路高呼："还我山东！""保我主权！""外争国权，内惩国贼！"等口号。当游行队伍被使馆区的警察阻拦时，同学们的情绪越来越激动。这时候，队伍中有人高声喊道："大家找曹汝霖那老贼算账去！"这一建议，得到全体同学的响应，队伍立刻改变了路线，向曹汝霖的住宅赵家楼走去。

很快的，赵家楼的曹公馆被同学们包围得水泄不通。"杀了卖国贼"的吼声震天动地。章宗祥和曹汝霖正好在家中，他们听到这吼声，个个吓得面如土色，哆哆嗦嗦不知道怎么办才好，正在他们发愁的时候学生们已经快要冲进来了，曹汝霖一时慌了手脚，想翻墙又翻不过去，急得几乎掉下眼泪。这时候，他突然看见墙角落有一只箱子，便急忙躲了进去。章宗祥吓得挤进了又小又黑的锅炉房。学生们冲进曹家，到处都找不到曹汝霖，就砸了门窗和一些摆设。不知是谁发现了章宗祥，同学们上前一把揪住他，痛打起来，打得章宗祥跪在地上，连连求饶。学生痛打章宗祥后，心中还是十分气愤，就一把火把赵家楼烧了。学生的爱国行为，得到了全国人民的支持，从此，全国各地都开展了争爱国运动来支持北京的学生，这就是轰轰烈烈的五四爱国运动。它掀了中国历史的新篇章。①

两本儿童读物所表述的五四运动，体现了"外争国权，内惩国贼"的救亡图存精神的——这是本来意义上的五四运动。得到彰扬的历史人物，不是蔡元培、胡适、傅斯年，而是陈独秀、李大钊、邓中夏。《中国历史全知道》的插图，甚至有邓中夏的身影，的确是有点出乎意料。毛泽东1940年在《新民主主义论》中说："五四运动是在思想上和干部上准备了1921年中国共产党的成立，又准备了五卅运动和北伐战争。"李守孔的《中国近代史》说五四运动"促成以后国民革命军北伐之成功"，固已囊括在内；而两

---

① 方洲主编：《中国历史全知道》，风车图书出版公司（台北），2010，第401—403页。

本儿童读物所示，五四运动为中国共产党的成立做了思想上和干部上的准备，实更为准确贴切。

第三节　从日记的"空白"看胡适的感情生活

胡适日记里缺失了 1923 年 6 月 9 日起三个月的内容，这与他的感情生活有关，兹略述于后。

徐志摩之死带来的日记纠纷，曾给胡适以强烈刺激。1931 年到 11 月 22 日日记："为了志摩的半册日记，北京闹的满城风雨，闹的我在南方也不能安宁。今天日记到了我的手中，我匆匆读了，才知道此中果有文章。我查此半册的后幅仍有截去的四页。我真有点生气了。勉强忍下去，写信去讨这些脱页，不知有效否。"他便想到自己也有类似问题，这就是与江冬秀婚礼的伴娘曹诚英（珮声）1923 年的烟霞洞之恋。笔者认为正是这个原因造成他日记三个月的"空白"。

然欲隐去的感情经历，在未删日记中仍有蛛丝马迹可循。此前的有：5 月 24 日"得信"中有珮声，5 月 25 日"作书与珮声"，6 月 2 日"收信珮声二"，6 月 5 日"收信"中有珮声，6 月 6 日"发信"中有珮声；此后的有：9 月 12 日"晚上和珮声下棋"，9 月 13 日"下午我同珮声出门看梅花"，9 月 14 日"同珮声到山上陟屺亭闲坐"，9 月 16 日"与珮声同下山"……

胡适与曹诚英的恋情，引来许多遐想与发挥，但就现实层面而言，却是无限烦恼的由头：江冬秀要自杀，胡适要"面子"，只好让曹诚英堕胎。忠于日记的胡适，忍痛毁去了三个月的珍贵记录，将对曹诚英的深情埋藏心底，可谓"山风吹乱了窗纸上的松痕，吹不散我心头的人影"。南港胡适纪念馆的橱窗里，陈列着一枚徐志摩的信封："杭州西湖烟霞洞 胡适之先生 硖石志摩"，为这一段"非关木石无恩意，为恐东厢泼醋瓶"的历史做了旁证。

按理而论，胡适作为公众人物，作为为人所景仰的人，私德不检，不负责任，原是应该受到谴责的。出人意料的是，几乎所有的"胡迷"，都对此津津乐道，宣扬"胡适有才、有名，是个细心帅哥、体贴绅士，一生非常有女人缘，他也擅长关心女性"，以致有学者说："在日记的字里行间，钩沉出胡适与原来的杜威秘书、以后的杜威夫人 Roberta Lowitz 之间一段短暂情缘，也是很有趣味的发现。胡适以领导'新文化'见称于世，但他守父母之命，与发妻江冬秀始终不离不弃，又完全符合'旧道德'，故而'胡适大名垂宇宙，小脚太太亦随之'遂成民国的著名佳话。不过，在白头偕老的背后，胡适的情感世界其实并非一池静水。关于胡适婚外情的挖掘近年颇有新知，如沈卫威综合知情人的回忆，指出胡适跟表妹曹诚英情到深处，以致一度拟与江冬秀离异；海外的周质平根据胡适佚简，发掘出胡适与美国女友韦莲司之间长期的柏拉图式恋爱；韩石山甚至认为胡适跟徐志摩的交际花太太陆小曼也有暧昧……我们对胡适凡夫俗子的一面又有了更多认知。"[①]

第四节 从日记的"空白"看胡适的红学研究

对胡适的学术生涯来说，"新红学"的奠基和成熟，无疑是最重大的事业；但他的日记于相关史实，却处处呈现空缺。这种怪事，也是耐人寻味的。

一、1921年"新红学"奠基期的日记

先看1921年的日记。本年日记从4月27日开始，此前日记都已不存。这就又遇到了老问题：这一段日记是未曾写，还是写后销毁了？本册日记

---

① 顾思齐：《在没有胡适之的时代读余英时》，《南方都市报》，2008年10月13日。

卷首的题词，似可提供线索：

今天在《晨报》上看徐彦之君的《去国日记》的末段引 Graham Wallas（格雷厄姆·沃拉斯）的话："人的思想是流动的，你如果不当时把他用文字记下，过时不见，再寻他不得。所以一支笔和一片纸，要常常带在身边。"

这话很使我感觉。我这三四年来，也不知被我的懒笔断送了多少很可有结果的思想，也不知被他损失了多少可以供将来的人做参考资料的事实。

那既已损失了的，现在无法回来了。我现在且勉力免去以后的损失。

这是我重做札记的缘起。

民国九（十）年，四，二七。

胡适。在北京。

这篇题词，不像自己对自己说的话，而更像是讲给外人听的，说明由于自己的"懒笔"，也不知"损失了多少可以供将来的人做参考资料的事实"——当然，其中也包括"新红学"奠基的动因和契机。

1921 年 3 月 27 日，胡适写成《〈红楼梦〉考证》初稿，刊于 1921 年 5 月亚东初排本《红楼梦》。这两件大事，日记都没有记载。大家知道，文学创作需要灵感，学术意念需要发端。考证《红楼梦》的意念从何而来？——是阅读文本而生感想，还是听了别见而引议论，反正不会从天外飞来。胡适将其隐去，不让人窥其奥秘，究竟是为了什么？

江勇振的《舍我其谁：胡适·第二部·日正当中》，以《过关斩将，争文化霸权》一章的篇幅，缕述了为争夺话语霸权、文化霸权，胡适和各路人马展开竞争和角逐的过程。首先引用了胡适给陈独秀的一封信：

你难道不知我们在北京也时时刻刻在敌人的包围之中？你难道不知他

们办共学社是在"世界丛书"之后，他们改造《改造》是有意的？他们拉出他们的领袖（即梁启超）来"讲学"——讲中国哲学史——是专对我们的？（他在清华的讲义无处不是寻我的瑕疵的。他用我的书之处，从不说一声；他有可以驳我的地方，决不放过！但此事我倒很欢迎。因为他这样做去，于我无害而且总有点进益的。）你难道不知道他们现在已收回从前主张白话诗文的主张？（任公有一篇大驳白话诗的文章，尚未发表，曾把稿子给我看。我逐条驳了，送还他，告诉他："这些问题我们这三年中都讨论过了，我很不愿他来'旧事重提'，势必又引起我们许多无谓的笔墨官司！"他才不发表了。）你难道不知延聘罗素、倭铿等人的历史？（我曾宣言，若倭铿来，他每有一次演说，我们当有一次驳论。）

　　江勇振指出：这是"中国近代思想史上绝无仅有的一篇文化霸权争夺战的自白书"，在"战争""把反对派打得溃不成军""大获全胜"这类用词背后所隐藏的事实，就是文化霸权的争夺战，"反映的是他强烈的自卫心、斗志以及争取文化霸权的野心"；"胡适留美归国以后的五六年间，是他在中国文化界为自己争取领导权的冲锋陷阵时刻"，而争夺文化霸权最典型的战例，便是同梁启超的论战，"论战的目的当然不是让真理越辩越明，而是要打倒对方，争取或巩固自己的文化霸权"。[①]

　　查胡适 1922 年 2 月 13 日日记，中云：

　　读了一卷书，又要上台唱戏了。昨天哲学社请梁任公讲演，题为《评胡适的〈哲学史大纲〉》，借第三院大礼堂为会场。这是他不通人情世故的表示，本可以不去睬他。但同事张竞生教授今天劝我去到会——因为他连

---

　　① 江勇振：《舍我其谁：胡适》第二部《日正当中：1917—1927》，浙江人民出版社，2013，第208—212 页。

讲两天——我仔细一想，就到会了，索性自己去介绍他。

他讲了两点多钟；讲完了我又说了几句话闭会。这也是平常的事，但在大众的心里，竟是一出合串好戏了。

他今天批评我讲孔子、庄子的不当。然而他说孔子与庄子的理想境界都是"天地与我并生，而万物与我为一"，不过他们实现这境界的方法不同罢了！这种见解，未免太奇特了！他又说，庄子认宇宙为静的！这话更奇了。

他讲孔子，完全是卫道的话，使我大失望。

日记用"不通人情世故"形容梁启超，其实用到他自己头上才是最适合的。梁启超生于 1873 年，比胡适大十八岁；十年前的 1912 年 11 月 19 日，胡适还在日记上写："使无梁氏之笔，虽有百十孙中山、黄克强，岂能成功如此之速耶！"到了 1929 年 2 月 2 日挽梁任公："梁任公才高而不得有统系的训练，好学而不得良师益友，入世太早，成名太速，自任太多，故他的影响甚大而自身的成就甚微。"对梁启超经历了由崇拜到平起平坐、到争强斗胜、到取而代之的过程，岂不是"不通人情世故"？

而更加"不通人情世故"的，是他对蔡元培的态度。20 世纪 20 年代的学坛，梁启超已是过气之人，号称清华国学四大导师之一，不过是后人的推崇。相比之下，比胡适大二十四岁的蔡元培，依然是如日中天的泰斗。

1916 年 12 月 26 日，蔡元培被任命为北京大学校长，次年 1 月 4 日到任。1919 年 5 月 9 日离校，经沈尹默等赴杭劝说请回。1923 年 1 月 19 日再次离校，出游欧洲。1927 年回到南京，任南京国民政府大学院院长、司法部长和监察院长等，后专任中央研究院院长。蔡元培坦承："综计我居北京大学校长的名义，十年有半；而实际在校办事，不过五年有半。"为稳固地位，胡适将矛头指向了蔡元培，《〈红楼梦〉考证》便是其武器。

蔡元培著有《石头记索隐》，开首即云："《石头记》者，清康熙朝政治小说也。作者持民族主义甚挚。书中本事，在吊明之亡，揭清之失，而尤于汉族名士仕清者，寓痛惜之意。当时既虑触文网，又欲别开生面，特于本事以上，加以数层障幂，使读者有'横看成岭侧成峰'之状况。最表面一层，谈家政而斥风怀，尊妇德而薄文艺。"此文为索隐派的奠基之作。《新中国》杂志1920年第二卷刊王小隐《读红楼梦剩语》，曾予以很高评价："民国五年蔡孑民先生作了部《石头记索隐》，说《红楼梦》是历史小说，暗射清初政治上的事情——都能够说出凭据来，识见要算加人一等的了——从此《红楼梦》的读法，就开了个新纪元，都要拿他来考证掌故。"[①]胡适的《〈红楼梦〉考证》劈头说："向来研究这部书的人都走错了道路。他们怎样走错了道路呢？他们不去搜求那些可以考定《红楼梦》的著者、时代、版本等等的材料，却去收罗许多不相干的零碎史事来附会《红楼梦》里的情节。"矛头指向时任北京大学校长的蔡元培——将胡适引进北京大学的卢俊义。李固式的胡适，不仅指其是"绝无道理的附会"，进而讥之为"猜笨谜"，"完全是主观的，任意的，最靠不住的，最无益的"。试问，在写下如此沉重的话语时，心中想的是什么呢？

胡适将蔡元培归入"旧红学"范畴。在那个新旧之争空前激烈的时代，只要判定是"旧"，那就等于宣布了死刑。所以尽管蔡元培不服，采取了那么多的抗争，还是无济于事。

尤要注意的是，胡适写《〈红楼梦〉考证》之时，蔡元培刚刚于1920年11月24日离沪赴欧，前往欧美考察高等教育。他1921年1月至5月到瑞士、比利时、法国、德国、奥地利、匈牙利、意大利、荷兰、英国，6月至7月到美国的纽约、波士顿、费城、华盛顿、绮色佳、支加哥（今译芝加哥）、威斯康新、西雅图、旧金山、洛杉矶，及加拿大的温哥华、维多

---

① 吕启祥，林东海编：《红楼梦研究稀见资料汇编》，人民文学出版社，2001，第33页。

利亚，8月6日到檀香山，直到9月18日方返抵北京。就在这一天，胡适在日记中写道："打电话到蔡子民先生家中，问知蔡先生已于早十一时到京，就约定时间去看他。四时半，到他家。蔡先生精神甚健，虽新遭两件大不幸的事——死了夫人与令弟——而壮气不少减退，甚可喜。小停，孟余也来，我们谈甚久。"9月19日胡适日记："七时，到蔡先生家，孟余、任光、骋丞也来，我谈大学进行事，决定'破釜沉舟'的干去。蔡先生尚不退缩，我们少年人更不当退缩。"9月25日胡适日记："与蔡先生谈话。前几天，我送他一部《红楼梦》，他复信说：'《考证》已读过。所考曹雪芹家世及高兰墅轶事等，甚佩。然于索引一派，概以"附会"二字抹煞之，弟尚未能赞同。弟以为此派之谨严者，必与先生所用之考证法并行不悖。稍缓当详写奉告。'此老也不能忘情于此，可见人各有所蔽，虽蔡先生也不能免。"

与蔡元培学术上的较量，还不限于红学。1921年1月，陈玄冲致《哲学》季刊，提出："蔡子民《中国伦理学史》第四十六页……谓庄子即孟子所称之杨朱，以为古音'庄'与'杨'，'周'与'朱'相近。……后见胡适之《中国哲学史大纲》第一百七十六页，又谓'当时实有杨朱这个人。'蔡说无，胡说有，两说恰恰相反……使不佞罔知所从……万恳详细赐教"云云。蔡元培写一极简函回答："杨朱为庄周，是我个人的臆说，我的详考尚未脱稿，当然赞成者极少。胡适之先生沿袭旧说，认为有杨朱其人，是胡君的自由，读者自决之而已。"[1] 从1916年以"投名状"进入《新青年》，到1921年发起对梁启超、蔡元培的冲击，不过短短五年，胡适已经走完了从头角初露、到平起平坐、到大功告成的急速转换，终于登上"学术大师"的巅峰。

胡适1921年作《〈红楼梦〉考证》，为的是推出那"大胆假设，小心求证"的八字箴言。当他刚拿到《红楼梦》，还没有来得及做深入研究、还没

---

[1]　高平叔：《蔡元培年谱长编》，人民出版社，1996，第451页。

有搞清楚作者是谁的时候，就假定《红楼梦》是曹雪芹的自传了。

好在此时的胡适，还保持着清醒的头脑，说："我现在希望开山辟地，大刀阔斧地砍去，让后来的能者来做细致的功夫。"在写成《〈红楼梦〉考证》初稿以后，他并没有停止对文献资料的搜集，1921 年日记的详细记录可以证明。

1921 年 4 月 27 日日记："颉刚自天津来信，报告他在天津图书馆翻查《曹栋亭全集》的结果。栋亭即曹寅，为曹雪芹之父……珍儿很像《红楼梦》说的贾珠。"来信引起了他浓厚的兴趣，遂有天津之行。4 月 30 日日记："去天津，车中读《栋亭诗抄》。"5 月 1 日日记详载了访严范孙的情形：

十时，去访严范孙先生（修）。他病了一年，现在用杖可行动了。说话时，他的精神还好，这是很可喜的事。我问他天津图书馆中的《栋亭全集》是否他的书，他说不是，想是傅沅叔先生当日经手买的。他问我为什么要查此书，我因告诉他我与顾颉刚因考证《红楼梦》而牵涉到曹寅的历史。他很高兴，我就把我的考证稿本及颉刚几次来信都留下给他看。谈了一会儿，我就走了。

十一时，访凌冰先生及其夫人。李广钊先生也来，就同在凌家吃饭。又访在凌家住的姜蒋佐、钟心煊两先生。钟先生治生物学，姜先生治数学，皆今日之学者。

一时半，到太和里看范静生先生，他不在家，投片而去。

二时一时 [刻]，到河北天津公园里的图书馆。到馆时，罗志道君已先在，已为我取出《栋亭全集》，甚可感谢。

严范孙（1860—1929），名修，字范孙，历任翰林院编修、贵州学政、学部左侍郎，首在私寓设严氏家塾，聘张伯苓和陶仲铭为塾师，是为南开学校之胚胎。1919 年创办南开大学，捐款两千美元、捐地六亩、捐赠图书数百册，人称"南开校父"。见到比自己小三十一岁的胡适，严范孙十分热情，不但看了《〈红楼梦〉考证》稿本及颉刚的来信，在送还稿本时并附证两签：（1）乾隆庚戌会榜有张问陶，无高鹗。有《国子监题名碑录》可证。（2）《振绮堂丛书》内《圣祖五幸江南录》有"江宁织造兼管盐院曹"，可证曹寅做巡盐御史时，必仍任织造。胡适日记评论道："第一条我已证明了。但《考证》稿本未及改正。《圣祖五幸江南录》我亦已在丁在君处借得，故原书仍送还严先生，仍附信，问他《国子监题名碑录》是否刻本，刻至何年为止。"5 月 4 日日记：记收严范孙先生来信："'历科《题名碑录》系国子监据《题名牌》刻为木板，每两科续刻一次。中式之人，各领一部。弟所藏截至光绪癸未（即光绪九年，1893）科止，自顺治初起，附全明一朝。以后续至何年，则不得知矣。'颉刚与我本想拓这些碑的全数，今知有此本，喜极。"此数日之日记，记严范孙之启迪帮助，体现了日记的风格。

日记详录所见《楝亭全集》版本，并分六条记"重要的发现"，结论是：

如此，则曹雪芹作《红楼梦》的年代至少也须移下十几年。曹家之败当在雍正六年以后。那时曹雪芹不过十七八岁。程伟元与高鹗当乾隆五十六年补作《红楼梦》时，说"是书前八十回，藏书家抄录传阅，几三十年矣。"从此倒推上去三十年，为乾隆二十六年 (1761)，此时袁枚买随园已十二年。大概《红楼梦》之作当在乾隆十年与十五年（1745—1750）之间。

5 月 8 日日记：

昨日在图书馆遇见一位张中孚先生（名嘉谋，南阳人，住象来街西草厂）。他见我翻阅《楝亭书目》，问知我正在搜求曹雪芹家事迹，他说他见杨钟羲的《雪桥诗话》里有关于雪芹的事迹。

日记又记张中孚来信,介绍宗室敦敏(与纪文达同时人)字子明,号懋斋,有赠曹雪芹诗云:"寻诗人去留僧壁,卖画钱来付酒家。"胡适即检《耆献类徵》,查得敦诚,字敬亭,有《四松堂诗文集》。弟敦敏,字子明,有《懋斋诗钞》,当求此二书一看。

与杨钟羲联系并不理想,日记中说:"杨钟羲先生有回信,颇使我失望。"所附 7 月 4 日来信说:"顷由孙星如先生转来大函,敬聆一是,过承藻饰,愧弗克任。拙纂诗话多本,记忆所及,排比成书。《四松堂集》,旧曾有之,辛亥之乱,图籍丧失。曹雪芹事迹,约略记之,未能详审,至以为愧。"

在这期间,记顾颉刚于 6 月 23 日来信,谈到《随园诗话》版本:

我的一本《随园诗话》,所记曹家一条,与先生抄入考证者略异。其文云:

其子雪芹撰《红楼梦》一部,明我斋读而羡之。当时红楼中有某校书尤艳。我斋题云:病容憔悴胜桃花……

上云"明我斋",下云"我斋",可见这人姓明或满人名的上一字。这两首赠校书有诗,竟不是雪芹所作。我的一部固是版子不好,但翻刻的讹不致如此之巧。

到了 11 月 11 日:"陈筱庄先生(宝泉)借给我一部《靖逆记》(兰簃外史纂,嘉庆庚辰刻)。"在分卷简介《靖逆记》之后,日记又抄录了曹纶传,得出判断:"此可证曹纶不是曹寅后人。"

于是 11 月 11 日:"改作《〈红楼梦〉考证》,未完。"11 月 12 日:"作《〈红楼梦〉考证》,完。此次共改了七八千字,两日而毕。因新材料甚多,故整理颇不易。"

《〈红楼梦〉考证》初稿和改定稿的最大不同，是据《雪桥诗话》所引敦诚诗，"知道曹雪芹不是曹寅的儿子，乃是他的孙子"，改正了《随园诗话》以曹雪芹为曹寅儿子的说法。初稿附录《寄蜗残赘》一则，谓嘉庆年间逆犯曹纶是曹雪芹之孙，曹氏"灭族之祸，实基于此"，改定稿据《靖逆记》证明"完全是无稽之谈"，故补写了《附记》。

严重的问题是：改定稿没有采纳顾颉刚对《随园诗话》版本的质疑，仍旧根据错误的版本生发己见，虽然否定了《随园诗话》以曹雪芹为曹寅之子的说法，仍旧强调："我们现在所有的关于《红楼梦》的旁证材料，要算这一条为最早。近人征引此条，每不全录；他们对于此条的重要，也多不曾完全懂得。"因为后来看好的《四松堂集》与《雪桥诗话》，虽更符合胡适的需要，却无法让《红楼梦》与曹雪芹建立联系。只有《随园诗话》能证明"乾隆时的文人承认《红楼梦》是曹雪芹做的"，能证明曹雪芹与曹寅的关系，能证明"大观园即是后来的随园"：这三条对于"新红学"都是不可或缺的。美其名曰为"考证"，仅求得袁枚的那一条经不住推敲的证据。对严范孙的好心帮助，改定稿也没有略表感谢，也是违背胡适一贯宣扬的做人信条的。但不管怎么样，1921 年日记详载了搜集材料与考证思维的过程，对于后人评判其间的成败利钝，都是大有益处的。

二、1927 年"新红学"成型期日记的"空白"

再看 1927 年的日记。

《〈红楼梦〉考证》假设曹雪芹写的《红楼梦》只有八十回，后四十回是高鹗的补作。而突然出现的甲戌本《脂砚斋重评石头记》，顿使胡适的立论获得了版本上的依据，证实了他翘首以盼的关于曹雪芹年代的假设，岂能不兴奋不已呢？以至到了 1961 年，胡适还满怀深情地说："我们现在回头检看这四十年来我们用新眼光、新方法搜集史料来做'《红楼梦》的新研究'总成绩，我不能不承认这个脂砚斋甲戌本《石头记》是最近四十年内'新红学'的一件划时代的新发见。"(《跋乾隆甲戌〈脂砚斋重评石头记〉影印本》)

遵循胡适自订宗旨，这一"划时代的新发见"，理应详尽记载进日记才是。令人意外的是，1927 年开始的日记只记到 2 月 5 日，接下去的一篇是1928 年 3 月 22 日，竟然空缺了十三个月。是因为没有写日记的时间吗？1962 年影印本《淮南王书》序，回答了这个疑问：

从民国十六年五月我从欧洲、美国、日本回到上海，直到民国十九年十一月底我全家搬回北平，那三年半的时间，我住在上海。那是我一生最闲暇的时期，也是我最努力写作的时期。在那时期里，我写了约莫有一百万字的稿子。其中有二十一万字的《白话文学史》卷上；有十几万字的中国佛教史研究，包括我校印的《神会和尚遗集》(敦煌出来的四个残写本)和我用新材料特写的两万五千字的《荷泽大师神会传》。《中古思想史》的《长编》写出的约莫有十七八万字。

从 1927 年 5 月 17 日到上海，至 1930 年 11 月 28 日回北平，是他"一生最闲暇""最努力写作"的三年半，显然不缺写日记的时间和心境。

1946 年 4 月 1 日的日记表明，1927 年胡适是写了日记的。该日日记附有《日记目录》12 项，其中 10."1926～1927（二月），附读书册"；11."1927 Diary[日记]，小册"；12."1927 残册（六月六日起）"，都是1927 年的日记。(Diary 的意思是日记、日记簿。)

相关日记虽已"缺失"，但胡适这一年中的经历并非真空。借助或多或少留下来的雪泥鸿爪，是可以重现胡适发见、研究、处置甲戌本的过程，并大体将所缺日记一一还原，也就会知晓哪些是"不愿对他人讲的个人感想或隐私问题"，"缺失"的原由也就在其中了。

先看对甲戌本的收购。

胡适 1928 年撰《考证〈红楼梦〉的新材料》，中说："去年我从海外归来，便接着一封信，说有一部抄本《脂砚斋重评石头记》愿让给我。我以为'重评'的《石头记》大概是没有价值的，所以当时竟没有回信。"1961 年撰《跋乾隆甲戌〈脂砚斋重评石头记〉影印本》，中说："我当时太疏忽，没有记下卖书人的姓名住址，没有和他通信，所以我完全不知道这部书在那最近几十年里的历史。"

然而，《历史档案》杂志 1995 年第 2 期，刊载了胡星垣 1927 年 5 月 22 日的一封信：

> 兹启者：敝处有旧藏原抄《脂砚斋批红楼》，惟祗十六回，计四大本。因闻
>
> 先生最喜《红楼梦》，为此函询，如合尊意，
>
> 祈示知，当将原书送阅。
>
> 手此，即请适之先生道安
>
> 胡星垣拜启 五月二十二日

信纸为 32 开红竖格八行，四边为红五星花纹，下边印有"上海新新有限公司出品"字样。信封正面写有"本埠静安寺路投沧州饭店，胡适之先生台启，马霍福德里三百九十号胡缄"，邮戳为"十六年五月二十三日，上海"。5 月 17 日，胡适从日本回到上海，住静安寺路 1225 号沧州饭店，胡星垣几天就打听到胡适的住处，消息可谓灵通。据小注，此信就保存在胡适收信的档案夹里。这是胡适与甲戌本缘分的发端，可代将日记"还原"为：

5月23日，收胡星垣昨日来信，中说："敝处有旧藏原抄《脂砚斋批红楼》，惟祇十六回，计四大本。因闻先生最喜《红楼梦》，为此函询，如合尊意，祈示知，当将原书送阅。"我1921年作《〈红楼梦〉考证》，曾以戚本有"总评"、有"夹评"、又有"眉评"，断为"很晚的本子"，认定"重评"的《石头记》是没有价值的，故没有回信。

《考证〈红楼梦〉的新材料》又说："不久，新月书店的广告出来了，藏书的人把此书送到店里来，转交给我看。"1927年6月21日《时事新报·青灯》载"小圃"题为《新月书店》的文章，中说："胡适之、徐志摩等创办之新月书店，闻已租定法界麦赛而蒂罗路一五九号为店址，现已付印之新书约十余种，正在整理待印者尚有四十余种之多，店址不广，但布置甚佳，开张之日，传说有要略备茶点之意，而此种茶点，又传说有要作为招待来宾之用意。书店总经理已聘定余上沅先生。余先生者，戏剧专家也，对于人生，有深邃之了解，对于艺术，更有精湛之研究，今总理书店，如烹小鲜，措置裕如。闻沪上各界，纷纷要求认股，而定额早已超出数倍，无法应付云。诗人闻一多，亦该店要人。诗人工铁笔，近为该店雕刻图章一枚，古色斑斓。"

而《申报》6月27日刊登《新月书店启事》，中说："我们许多朋友，有的写了书没有适当的地方印行，有的搁了笔已经好久了。要鼓励出版事业，我们发起组织新月书店，一方面印书，一方面代售。预备出版的书，都经过严密的审查，贩来代售的书，也经过郑重的考虑。如果因此能在教育和文化上有点贡献，那就是我们的荣幸了。"名列创办人之首的，就是胡适。6月29日起又连续三天刊登《新月书店开张启事》："本店设在上海华龙路法国公园附近之麦赛而蒂罗路一五九号，定于七月一日正式开张，略备茶点，欢迎各界参观，尚希贲临赐教为盼。"可代将日记"还原"为：

7月1日，新月书店正式开张，略备茶点，欢迎各界参观。不意胡星垣看到《申报》刊登的胡适之、徐志摩、邵洵美开办新月书店的新闻及广告，寻到麦赛而蒂罗路书店，亲自把这部脂砚甲戌本送来，我碰巧不在，便请书店留下转交给我。

甲戌本是胡适读到的第一个手抄本，目迷五色的外观让他感到新鲜，文字内容更让他感到振奋。《考证〈红楼梦〉的新材料》说："我看了一遍，深信此本是海内最古的《石头记》抄本，遂出了重价把此书买了。"新月书店将书转来的日期不能确定，可代将日记"还原"为：

7月×日，新月书店把《脂砚斋重评石头记》送来，我一眼看到首页正文有"至脂砚斋甲戌抄阅再评，仍用《石头记》"，又有眉批："壬午除夕，书未成，芹为泪尽而逝"，深信此本是海内最古的《石头记》抄本，即给胡星垣回信，告知愿买下此书。

胡适事后多次表明：1.没有记下卖书人的姓名住址；2.没有和他通信。胡星垣信的存在，证明他说的不是真话。自身的证据，即在《跋乾隆甲戌〈脂砚斋重评石头记〉影印本》中："那位藏书家曾读过我的《〈红楼梦〉考证》，他打定了主意要把这部可宝贵的写本卖给我，所以他亲自寻到新月书店去留下这书给我看。如果报纸上没有登出胡适之的朋友们开书店的消息，如果他没有先送书给我看，我可能就不回他的信，或者回信说我对一切'重评'的《石头记》不感觉兴趣，——于是这部世间最古的《红楼梦》写本就永远不会到我手里，很可能就永远被埋没了！"这里，"如果他没有先送书给我看，我可能就不回他的信"，就是胡适回信的铁证。胡适既然认定"甲戌本"是珍贵的古籍，交易过程一定会非常审慎，不与近在咫尺的卖书人直接商洽，是完全不合情理的。而且双方见面的邀请，必须由胡适发出，要点是约好会面的时间和地点。——这怎么会"没有记下卖书人的姓名住址"？

卖方"打定了主意要把这部可宝贵的写本卖给我"，买方千方百计要得到"海内最古的《石头记》抄本"，商洽肯定会一拍即合。从"本子的来历如何"的意念出发，胡适免不了要问讯甲戌本的来历，并对其价值进行评估。可代将日记"还原"为：

7月×日，接胡星垣回信，应约于×××处会面，胡星垣自称是《红楼梦》爱好者，曾读过我的《〈红楼梦〉考证》，打定了主意要把这部可宝贵的写本卖给我，所以他亲自寻到新月书店留下这书给我看。问其报价，答曰×××元。我指出首页前三行的下面撕去了一块纸，胡星垣笑而不答，看出似乎有意隐没这部钞本从谁家出来的踪迹，所以毁去了最后收藏人的印章，在我的再三追问下，最后不得不承认有此瑕疵，同意稍减报价，终以×××元成交，亦可算"不惜重价"了。

胡适虽然并不缺钱，但决不是任人宰割的寿头。1922年4月19日日记记得到《四松堂集》的经过："此为近来最得意的事，故详记之。书店若敲我竹杠，我既记下了这些材料，也就不怕他了！他若讨价不贵，我也不妨买了他，因为这本子确可宝贵。杨钟羲说他辛亥乱后失了此书刻本，似系托词。无论如何，我现在才知道刻本于我无大益处。"这说明他对古籍交易是相当在行的。比起《四松堂集》来，《脂砚斋重评石头记》当更可宝贵，素昧平生的胡星垣贡此独知之秘，岂能不敲竹杠？为此，胡适岂不也想"记下了这些材料"？但《脂砚斋重评石头记》不是一个贴条那么简单，一点两点是抄不下来的。况且这个本子还应该在自己手中，以防日后成为质疑与证伪的根据，因此必须买下才是。而杀价的最好手段，便是抓住"有意撕毁"的短处。最后成交的"重价"，日记不可能不记；可惜由于日记的缺失，这个对于考证有很大价值的数字，外人已经不得而知了。

比起偶尔邂逅、介绍《雪桥诗话》的张中孚来，读过《〈红楼梦〉考证》、打定主意要把《脂砚斋重评石头记》卖给自己的"藏书家"胡星垣，对胡适的红学研究史更要紧多了。前者日记中尚且记录了"名嘉谋、南阳人、住象来街西草厂"等信息，胡星垣其人的真姓实名、籍贯、住址、经历，岂能不更认真仔细地了解？信封上的马霍路德福里三九〇号，就在现今延安东路原一二三〇弄，是确实存在的地名；信笺的新新公司，是1926年由华侨刘锡基、李敏周创建的上海四大百货公司之一，可见胡星垣决非挑着鼓担满街叫卖的货郎。胡适5月17日方到上海，不出五天就打听到下榻于沧州饭店，情报之神速，更证明胡星垣不是凡人。《胡适日记全集》编有人名索引，而这个叫胡星垣的"藏书家"，在新月书店冒了一下头，就"上穷碧落下黄泉，两处茫茫皆不见"了，岂非咄咄怪事？

"胡星垣"当是写信试探时的托名；一旦与胡适见面，就会示以"文化人"或"藏书家"的真面，自报家门、道其渊源以博信赖。但正因其"不凡"，不愿公开"个资"，故《考证〈红楼梦〉的新材料》开头只说："去年我从海外归来，便接着一封信，说有一部抄本《脂砚斋重评石头记》愿让给我。我以为'重评'的《石头记》大概是没有价值的，所以当时竟没有回信。"如将1961年胡适撰《跋乾隆甲戌〈脂砚斋重评石头记〉影印本》的话加进去："我当时太疏忽，没有记下卖书人的姓名住址，没有和他通信，所以我完全不知道这部书在那最近几十年里的历史。"——会有怎么样的效果呢？读者一定会说：事情就发生在眼前，为什么不去调查了解呢？这不是有意隐瞒卖书人的地址和姓名，掐断进一步寻访甲戌本流传的线索吗？

再看对甲戌本的考订。

因了日记的缺失，已无法确知胡适七个月中的思维状况。幸尔《鲁迅研究资料》1984 年收录了他 1927 年 8 月 11 日致钱玄同的信，提供了重要的坐标：

近日收到一部乾隆甲戌抄本的脂砚斋重评《石头记》，只剩十六回，却是奇遇！批者为曹雪芹的本家，与雪芹是好朋友。其中墨评作于雪芹生时，朱批作于他死后。有许多处可以供史料。有一条说雪芹死于壬午除夕。此可以改正我的甲申说。敦敏的挽诗作于甲申（或编在甲申），在壬午除夕之后一年多。（也许是"成仁周年"作的！）又第十三回可卿之死，久成疑窦。此本上可以考见原回目作"秦可卿淫丧天香楼"，后来全删去天香楼一节，约占全回三之一。今本尚留"又在天香楼上另设一坛（醮）"一句，其"天香楼"三字上不着天，下不着地，今始知为删削剩馀之语。此外尚有许多可贵的材料，可以证明我与平伯、颉刚的主张。此为近来一大喜事，故远道奉告。

胡适为什么想到给钱玄同写信？大约是 1921 年亚东图书馆排印小说之时，钱玄同 1921 年 7 月 28 日在信中曾经提出"所选之本，均据最早最精之本""《红楼梦》应据程校本"的意见，所以要告诉他找到了"最早最精之本"！从 7 月 1 日到 8 月 12 日，只有区区四十天，此信一是断言"批者为曹雪芹的本家，与雪芹是好朋友"，二是介绍"可以供史料"的两条批语（"壬午除夕"与"秦可卿淫丧天香楼"），可知他仍沉浸于"奇遇"的喜悦，尚未进入理性的追索。

倡导"疑而后信，考而后信，有充分证据而后信"的胡适，也许已经觉察：墨写的"甲戌抄阅再评"是正文，朱评的"壬午除夕书未成"是眉批，从书写时间讲，应是正文在先，眉批在后。依其自身之逻辑，乾隆十九年甲戌（1754）已"纂成目录，分出章回"，到了十八年后的乾隆二十七年壬午（1762），怎么还"书未成"呢？

胡适是文章快手，《〈红楼梦〉考证》1921年不足一月即写成，直是倚马可待；而1927年7月得到甲戌本，且处于极度兴奋的状态，却拖到1928年2月始写《考证〈红楼梦〉的新材料》，竟延宕了七个多月，这种反常的状态，皆为布置未妥之故。谚曰："买卖全凭眼力，真假各安天命。"古董的"行规"是"买者自慎"，全凭一己知识判断，卖方对于标的物没有告知义务，交易后对于标的物的瑕疵概不承担责任。胡适也许已有了上当的感觉，感觉在胡星垣的诱导下买到了赝品。但像好些受骗者讳言"走眼"一样，自诩为专家的胡适更不甘承认了。何况从甲戌本中又读出了需要的信息，自然更不会轻言抛弃，于是只得违背自己的信条，选择与"卖书人"胡星垣合作，一道做弥合的工作。古董一行，最大的丢份是走眼，更大的丢份是造假。笔者在此大胆推断，胡适的可悲处，就是由上当的买主转化成了作伪的共谋者。

胡适所做的第一件事，是向胡星垣追索能证明"脂砚斋为曹雪芹的本家，与雪芹是好朋友"的"文献依据"，于是《考证〈红楼梦〉的新材料》第一节《残本〈脂砚斋重评石头记〉》所指的刘铨福"第二十八回之后幅有跋五条"便现身了。其中同治二年癸亥（1863）春日一条曰："此本是《石头记》真本，批者事皆目击，故得其详也。"同年五月二十七日一条曰："脂砚与雪芹同时人，目击种种事故，批笔不从臆度。原文与刊本有不同处，尚留真面，惜止存八卷。"这几条似乎都交代了脂砚与雪芹的关系（尽管与"脂砚斋为曹雪芹的本家，与雪芹是好朋友"不是一回事），但同治二年（1863）去乾隆十九年（1753）长达一百一十年，刘铨福凭什么断言"脂砚与雪芹同时人，目击种种事故"？甲戌本由刘铨福一人而传，远不足以上溯其来历，急于求证的胡适也就管不了这么多了。

跋语是不是写在"第二十八回之后幅"？不是。胡适后来说："刘铨福跋说'惜止存八卷'，这一句话不好懂。现存的十六回，每回为一卷，不该说止存八卷。大概当时十六回分装八册，故称八卷，后来才合并为四册。"古小说分卷情况各不相同，有以一回为一卷的，有以数回为一卷的。甲戌本版心有"石头记卷 × 脂砚斋"字样，凡例、第五回、第十三回、第二十五回卷端题"脂砚斋重评石头记"，其余各回仅书"第 × 回"，可见当为四回一卷。甲戌本存八卷，乘以四，当有三十二回。若一回不缺，则末回应为第三十二回，跋语就该写在"第三十二回之后幅"；若前半部与现存甲戌本相似，仅存十六回（第一回至第八回、第十三回至第十六回、第二十五回至第二十八回），加上多出的十六回，末回应是第四十四回，跋语就该写在"第四十四回之后幅"了。

查 1928 年 2 月胡适所撰《考证〈红楼梦〉的新材料》，第一节虽三次提到刘铨福，但只说"藏书人名刘铨福，字子重"，绝没有朱批中"大兴""北京藏书家"字样，可见胡适其时还没考出他的籍贯与行藏，这条朱批也不曾加到左侧跋语天头上。这一情况表明：他深知"完全不知道这部书在那最近几十年里的历史"的说法，在学术上是通不过的。

胡适 1961 年跋《春雨楼藏书图》说："三十多年前，我初得子重原藏的乾隆甲戌脂砚斋重评石头记十六回，我就注意这四本书绝无装潢，而盖有刘子重的私人印章八颗之多，又有他的短跋四条，都很有见地。装潢无金玉锦绣之侈，而能细读所收的书，能指出其佳胜处，写了一跋又一跋，——这是真正爱书的刘铨福先生。"现存的甲戌本按四卷一册装订，封面均有胡适"脂砚斋评石头记"朱笔题字（删去原书名中的"重"字，以强调是最古老最早的本子。与他一再强调原本的"标准"必定都题着"脂砚斋重评

石头记"相矛盾）。重装实际上改变了原物的题签和卷次。（刘铨福说只存八卷，现存四册应编为第一卷、第二卷、第四卷、第七卷）

利用重装的机会，胡适又对撕掉部分进行装裱。甲戌本首页第一行顶格写"脂砚斋重评石头记"八字，第二行低一格写"凡例"二字，第三行为"红楼梦旨义"，曰："是书题名极□□□□□"，行末撕去五字，第四行末撕去两字，两行共七个字。胡适在第四行末端补"多、红楼"三个字，中间空了两个字位，三字均盖有"胡适"图章，遂成了："是书题名极多□□红楼"，第五行末端补"鉴、是"两个字。"是书题名极多□□红楼"末尾"红楼"二字，因与下行之"梦"相连，大体不差；"极□"补为"极多"，就不一定得当。古籍的书写除敬空之外，一般都应连写，"□□红楼"，应不是原貌。

2017年春节期间，笔者于微信中偶然读到《小苦说红楼·胡适买甲戌本花了多少钱》，大为惊喜。经上网核实，确认为高树伟先生发在《胡适研究通讯》2015年第1期的《无畏庵主记胡适席间谈甲戌本》。文章开头说，自胡适于1928年2月写成《考证〈红楼梦〉的新材料》，人们对甲戌本《石头记》的关注一直持续至今。他阅1928年3月18日《申报》，见"自由谈"有无畏庵主《许杨联欢宴中之谈片》一文，记"月十五夕"（应即1928年3月15日）画家许士骐、杨缦华于上海鸿庆里大宴宾客事，赴宴者有胡适、黄宾虹、周瘦鹃等十余人。胡适于席间谈话颇多，内容涉及饮酒、裹小脚、舞蹈诸事，中有一段专谈《红楼梦》：

胡君又言，近得一部曹雪芹生前《红楼梦》之抄本，凡三册，计十六回，内多今本所未见，代价值袁头三十。书中于雪芹殁时之年月日，均历历可稽。现由程万孚君为之誊校，弥可珍也。王君询以生平所藏《红楼梦》一书之代价，约值几何。胡君言，收入仅费二百余元，以之售出，当可得五百元以上。言下犹醒然有余味焉。

高树伟先生在海量文献中爬梳剔抉，发现此段转述不见治红者提及，乃细为钩稽，这种考史的精神，令人钦佩；文章的解读也十分到位，兹逐段评述于后：

首先，文章考出无畏庵主，应即民国女子谢吟雪。此人与当时文化艺术界名流（如施蛰存、周瘦鹃等）颇多往还，后来隐居上海，二三十年代以"无畏庵主"为名，常在《申报》"自由谈"发表文章。

——查徐友春《民国人物大辞典》、陈玉堂《中国近现代人物名号大辞典》，俱无谢吟雪词条，可见高树伟先生的功力。

其次，文章认定胡适这段谈话是在完成《考证〈红楼梦〉的新材料》（1928 年 2 月 16 日）后不久，内容涉及甲戌本的时代、版本、内容及购书情况等细节，可见胡适得甲戌本以后，是乐与人谈的。

——判断准确无误。又声明因这段话是无畏庵主转录，又是其酒后所记（"归寓已十二点钟，酒痕仍在，难入睡乡，爰拉杂录之"），难免疏失，识者自鉴——表现出行文的谨慎，值得称道。

第三，文章说，谈话提到的这部十六回"曹雪芹生前《红楼梦》之抄本"，即 1927 年 7 月胡适在上海"出了重价"买下的甲戌本。关于甲戌本的册数，据胡星垣致胡适函称"敝处有旧藏脂砚斋批红楼，惟只存十六回，计四大本"（1927 年 5 月 22 日），胡适也说"分装四册"，"凡三册"应是无畏庵主误记。

——这一点恐不尽然。因为胡适说过："刘铨福跋说'惜止存八卷'，这一句话不好懂。现存的十六回，每回为一卷，不该说止存八卷。大概当时十六回分装八册，故称八卷，后来才合并为四册。"其实，古小说分卷情况各不相同，有以一回为一卷的，有以数回为一卷的。而现存甲戌本按四卷一册装订，封面均有胡适"脂砚斋评石头记"朱笔题字（删去原书名中的"重"字，以强调是最古老最早的；却与他强调原本的"标准"必定都题着"脂砚斋重评石头记"相矛盾）。刘铨福既说"止存八卷"，现存的四册应为第一卷、第二卷、第四卷、第七卷。胡适在《春雨楼藏书图》跋文中承认："三十多年前，我初得子重原藏的乾隆甲戌脂砚斋重评石头记十六回，我就注意到这四本书绝无装潢"，他后来的重装，改变了原物的题签和卷次，因此而得出的"曹雪芹在乾隆甲戌写的稿本只有十六回"的论断，似乎不那么准确。

第四，文章提到：胡适买甲戌本的价钱，此前我们也不清楚，胡适在《考证〈红楼梦〉的新材料》中也只说"遂出了重价把此书买了"。关于此事，无畏庵主的转述则更为具体——"代价值袁头三十"。有趣的是，民国十一年（1922）四月十九日，胡适买《四松堂集》付刻底本时，也花去三十元，并在这部《四松堂集》上作跋云："《四松堂集》四册，《鹪鹩庵笔麈》一册，《杂志》一册，民国十一年四月买的，价三拾圆……今天买成此书。我先已把书中的重要材料都考证过了，本无出重价买此书的必要，但书店的人为我访求此书，功劳不小，故让他赚几个钱去。"

——胡适虽然并不缺钱，但决不是任人宰割的寿头。最后成交的"重价"，日记不可能不记；可惜由于日记缺失，这个有很大价值的数字，外人已经不得而知了。不想因高树伟先生的发现，这个秘密揭晓了，这真是一大快事。但高树伟先生太年轻，不明白买甲戌本的"袁头三十"，与买《四松堂集》花去的三十元，是根本不同值的。民国三年（1914）袁世凯公布《国币条例》，所铸壹圆银币总重量为库秤七钱二分（26.86 克），含纯银六钱四分八厘（23.9024808 克），以银九、铜一（后改为银 89，铜 11）铸造，正面镌袁世凯侧面头像，故称"袁大头"。1927 年，国民政府定都南京，改以孙中山像鼓铸银元，俗称"孙小头"。停铸的"袁大头"价值反而大增。王君询以所藏《红楼梦》一书之代价，胡适回答当可得五百元以上。"袁头三十"既被呼为"重价"，《脂砚斋重评石头记》岂只及王君《红楼梦》的零头？

第五，文章提到，这部《红楼梦》抄本"现由程万孚君为之誊校"，考得程万孚（1904—1968），安徽绩溪人，曾翻译《柴霍甫书信集》。抗日战争期间，任安徽省教育厅督学等职；抗战胜利后，在南京市文物保管委员会从事文物研究鉴定工作。据胡其伟先生回忆，1927 年程万孚去上海，"在刚筹建的人间书店工作，出版《人间》与《红黑》杂志，同时在时于中国公学任教的绩溪同乡胡适处当书记员，抄写、整理资料，与罗尔纲同事。"于是又联想甲戌本的手抄本，魏绍昌曾有一段回忆文字："据汪原放说，胡适曾要罗尔纲（罗早年在北大求学时代，寄住在北平胡宅，做过胡适的秘书工作）手抄过一部《石头记》残稿本，用毛边纸墨笔书写，批注用朱笔过录，外装一纸匣，封面题笺由胡适自书《石头记》三字。胡适把它放在亚东图书馆，后来遗失。此抄本根据的究竟是什么版本，有多少回，汪原放回忆不起来了。1954 年汪原放且曾借给笔者看过，当时未多加注意，现在也记不清楚了。此抄本或者就是残存十六回的'甲戌本'，也未可知。姑志于此，待向罗尔纲先生请教。"于是又考罗尔纲生平，知其1930年初毕业不久，便随胡家北上（11月23日），一年后旋即南下，至1934年才重返北平。阅无畏庵主、魏绍昌二人所记，判断"现由程万孚君为之誊校"的甲戌本录副本，极可能是后来胡适存放在亚东图书馆的那部抄本。1954年，汪原放曾将此本借给魏绍昌看过，后来遗失。关于甲戌本的早期资料，除了上海博物馆所藏原件、周汝昌弟兄的录副本、胡适请哥伦比亚大学做的三套显微照片（分赠哥伦比亚大学图书馆、王际真、林语堂），或许程万孚那部最早的录副本仍存于世。若能将这部录副本找到，也算红学的一大幸事了。

——高树伟先生已经敏锐地察知：甲戌本除原件外，可能有三个录副本，却就此止步不前了。其实，此处正大有挖掘的空间。

从无畏庵主《许杨联欢宴中之谈片》描述看，许士骐、杨缦华于鸿庆里的联欢宴，可算作上海文人的雅集，与席者有胡适、谢慧僧、江彤侯、黄滨虹、林君墨、王怡庵、周瘦鹃、李嵩高、程万孚、王汝枫、无畏庵主等，皆为一时之选。主人招待甚殷，宾客畅所欲言，诚盛会也。胡适无疑是宴会的中心，席间自言曾大醉五十次，小醉不计其数，言及醉中之故事甚多。又语及外国人则称之曰洋鬼子，四座皆嗢噱不已。胡适酒入欢肠，不觉忘情，遂大谈近得曹雪芹生前《红楼梦》之抄本，册数回数，内容代价，均一一详尽交代，言下犹醺然有余味焉。只可惜听者漫渺无心，仅作谈资而已。如有人循"代价值袁头三十"之语而追问之："此书何人所藏？姓甚名谁？家住何方？"胡适是否还会对以"我当时太疏忽，没有记下卖书人的姓名住址，没有和他通信，所以我完全不知道这部书在那最近几十年里的历史"？如若当场有人问了，胡适答了，卖书人叫胡星垣，住在上海新新有限公司，无畏庵主将它写进《许杨联欢宴中之谈片》，再刊登在

《申报》之上，——这件大事当时不是就会有人去追究，不劳我们六七十年后再去"发现"了吗？

最妙的是王怡庵询以生平所藏《红楼梦》一书之代价，胡适回答：收入仅费二百余元，以之售出，当可得五百元以上。一个普通的《红楼梦》版本，一进一出，竟然从二百余元翻到五百元以上。经过专家的鉴别，成了"珍本"与"善本"，这在古籍行是稀松平常之事。胡适乘兴之言，反映出内心的潜意识：对"曹雪芹生前《红楼梦》之抄本"的鉴别过于仓促，"我看了一遍，深信此本是海内最古的《石头记》抄本，遂出了重价把此书买了"；如果看得仔细点，再找出点瑕疵来，讨价还价，也许就出不到这份"重价"了。

最值得追究的，是"现由程万孚君为之誊校，弥可珍也"一句。魏绍昌回忆汪原放时说过，胡适曾要罗尔纲手抄过一部《石头记》残稿本，当时未多加注意，后来回味，"此抄本或者就是残存十六回的'甲戌本'，也未可知"。由于缺少人证物证，只能姑作一说，无人追究。而程万孚为之誊校，出自胡适之口，推断"此抄本或者就是残存十六回的'甲戌本'，也未可知"，大约不致过分牵强。

退一万步说，金品芳先生《甲戌本归刘铨福收藏时尚残存几册几回？》一文，曾提出刘铨福的题跋是书写在"抄手遗留在第二十八回后的空白页上还是他自备的纸页"的问题，认定："这两页一开始就未与甲戌本装订在一起，既未装订在甲戌本的开首，也未装订在第三十二回或第二十八回之后。"金先生通过对"甲戌本封面及胡适题字"照片的观察，发现四册的封面均有胡氏"脂砚斋评石头记"的朱笔题字，其中第二册是第五至第七回，不是原来的第五至第八回，第二册是第八、第十三至第十六回，不是原来的第十三至第十六回，显然，这一版本已经重装过了；而另一幅胡适三则题记的照片，虽然已相隔三十余年，但纸页A、B两面上的纵、横折合痕

301

迹依然十分清晰，这是多年折叠夹藏的证明，这亦是后来重装时移置的结果。金品芳先生精细的观察表明，这条在另外的纸页上写的两条与甲戌本毫无关系的跋语，是在更晚的时候将它装订到甲戌本后面的，然而阴差阳错地使孙桐生来为甲戌本的"历史存在"作证，抬高了这一突然冒出来的《红楼梦》抄本的版本价值。

笔者发觉，写有刘铨福跋语的纸页是没有Ａ Ｂ两面与骑缝的单页。也就是说，不是写在甲戌本任何一回后幅的空白页上，而是写在独立于本子之外的纸页上的。五条跋语不仅时序倒置，且不合竖行书写"先右后左"的惯例：时间较早的①"癸亥（1863）春日白云吟客笔"一条和②"五月廿七日阅又记"一条，偏于纸页左方，天头留得极宽；未署时间的一条③"李伯孟郎中言翁叔平殿撰有原本而无脂批，与此文不同"，写在其右侧，因地方不够，下端多出了四五字；反倒是最后写的右方跋语④⑤"丁卯（1868）"，上端又高出四字位置，致使由同一人在同一纸页上所写的五条跋语，构成一个"山"字形，给人极为别扭的感觉。但一旦配上胡适在左侧天头上所加的朱批——⑥"大兴刘铨福，字子重，是北京藏书家，他初跋此本在同治二年（一八六三），五月廿七日跋当在同年。他长跋在戊辰，为同治七年（一八六八）。胡适"，一下子就显得布局得宜，浑然一体了。这个疑团在笔者心中郁积二十多年，终不得解。近从网上下载程万孚信札一通，全文如下：

周局长：

去年五月间我向南大图书馆、水利科学研究所等单位借来有关水利图书数册，由我分别出具借据。

兹遵嘱将借书单位和书名列出，如能检出全部或一部，请即示之，俾

趋前取回，分别送交各单位，以清手续。专致

敬礼

程万孚上

18.11 月

移示堂子街 72 号地志馆

或电话 41254 均可

其时程万孚在南京市文物保管委员会工作，信是写给江苏省文化局局长周邨的。因缺失信封，不知写信年代。据周邨任江苏文化局局长的时间推算（笔者 1959 年在扬州听过他的报告），当写于 1957 年前后。审程万孚信之字体，与"白云吟客笔"题跋，一是毛笔，一是钢笔，然字体结构，运笔特征，都极为相似。中有十一字为双方共有：五、月、南、借、有、册、全、取、手、子、可，经列表对比，益信二者出于同一人之手。

同有的字	程万孚信	甲戌本跋
五		
月		
南		
借		
有		
册		

续表

同有的字	程万孚信	甲戌本跋
全		
取		
手		
子		
可		

　　程万孚 1927 年年方二十三岁，到 1957 年已五十三岁矣，时间相距虽三十年，书体仍大差不离。于是，笔者恍然大悟：炮制"刘铨福题跋"的人，就是胡适醉后脱口而出的程万孚！

　　读罢高树伟先生大作，再翻《胡适日记全编》，想看看他是如何记载这次许杨联欢宴的。让人感到遗憾的是，找不到 1928 年 3 月 15 日的日记。这一年打头第一篇是 3 月 22 日的，开始就说："脚上的肿处已差不多完全消了。未出门，这是第五天未出门。"由 3 月 22 日倒推上去的第五天，是 3 月 18 日，恰是《申报》发表无畏庵主《许杨联欢宴中之谈片》的同一天。脚肿未出门，正好在家写字作文。按照惯例，胡适定会将许杨联欢宴仔细记进日记，还会将 3 月 18 日《申报》剪下来贴在日记上的。然而，这一年多的日记竟然缺失了，造成了"红学文献"的永远空白。

　　以上的一切，让人想到 1928 年胡适在《新月》一卷九号发表《治学的方法与材料》中的耐人寻味的话："不用坐待证据的出现，也不仅仅寻求证据，他可以根据种种假设的理论造出种种条件，把证据逼出来。"试想，材料与证据都是客观存在的,世上哪有"自由产生的材料"?如何能"根据种种假设的理论造出种种条件,把证据逼出来"?通过宛然遗留在甲戌本上的痕迹,不就将他对甲戌本掩盖真相、"制造证据"的细节倒逼出来了吗?

胡适读过佛经,但没人称他为佛学大师;读过敦煌文献,但没人称他为敦煌学大师;读过《水经注》,但没人称他为郦学大师。唯独1921年一篇《〈红楼梦〉考证》,1927年一本甲戌本,使他成为"新红学"的开山师祖。三十四年过去了,天崩地坼,物故人亡,一切线索都已无从钩稽,一切踪影都已无从寻觅。

一生勤写日记的胡适,为了销毁"新红学"发端的线索,忍痛抽毁1927年"关于吾一生行实者"的日记。除此之外,难道会有别的更合理的解释吗?

三、胡适日记"隐去"的俞平伯

从1917年到1962年,胡适无论在文化史、思想史、学术史、或政治史上,都一直居于中心的位置。以这一尺度衡量,奉为"泰斗"的胡适,无疑居于"新红学"的中心位置;"两个《红楼梦》同志"——顾颉刚、俞平伯,则起着同心襄赞的作用,是绝对无人否认的。

在"新红学"形成的历程中,有三个年份最为重要:第一是1921年,胡适写成了《〈红楼梦〉考证》;第二是1927年,胡适买到了甲戌本;第三是1931年,胡适看到了庚辰本。大约谁也不会料到,在四百万字的胡适日记中,俞平伯却被"隐去"了。

先说1921年。这年3月,胡适草成《〈红楼梦〉考证》,4月2日便给顾颉刚写信,中说:"你若到馆中去,请为我借出:昆一,《南巡盛典》中的关于康熙帝四次南巡的一部分。潜三,《船山诗草》八本。"顾颉刚于是去京师图书馆,频频寻觅曹家的故实。俞平伯其时常到顾颉刚寓里,就把百年微澜：胡适与"新红学"

这些材料做谈话的材料。三个人的信件交错往来，"相与应和，或者彼此驳辩"①，遂成就了胡适的《〈红楼梦〉考证（改定稿）》与俞平伯的《红楼梦辨》两本"新红学"的经典。

现存胡适1921年的日记，是从4月27日开始的，屡见有关顾颉刚的记载。如5月1日访严范孙："他问我为什么要查此书，我因告诉他我与顾颉刚因考证《红楼梦》而牵涉到曹寅的历史。"其后，有5月5日作书与颉刚，5月30日、6月27日、7月1日、7月17日、7月19日接颉刚来信；7月29日到苏州，颉刚来接，30日同去看江苏第二图书馆；8月13日颉刚早来谈了一会，下午到梦渊旅社去看颉刚等。关于俞平伯，只有5月13日一则："俞平伯说《红楼梦》后四十回的回目也是高鹗补作的。他说的三条理由之中，第二个最可注意。第三十一回回目'因麒麟伏白首双星'确是可怪！湘云事如此结束，确有可疑。其实不止湘云一人。小红在前八十回中占一个重要地位，决不应无有下场。司棋必不配有那样侠烈的下场。平伯又说，宝玉的下场与第一回说的完全不对。这也是很可注意的。后八十回中，写和尚送玉一段最笨拙可笑。说宝玉肯做八股文，肯去考举人，也没有道理。"

到了1922年2月，蔡元培在北京《晨报副刊》与上海《时事新报·学灯》先后发表《〈石头记〉索隐自序——对于胡适之先生〈红楼梦考证〉之商榷》。俞平伯遂于3月发表《对于〈石头记〉索隐第六版自序的批评》，为胡适的《〈红楼梦〉考证》辩护。胡适3月13日日记抄录顾颉刚来信，复加评论道："颉刚此论最痛快。平伯的驳论不很好；中有误点，如云'宝玉逢魔乃后四十回内的事。'（实乃二十五回中事）内中只有一段可取。"复贴以从报上剪下的俞平伯文。究其原由，俞平伯把《红楼梦》当成小说，与顾颉刚着重史料不同，日记记得少一点，自在情理之中。

---

① 顾颉刚：《古史辨》，海南出版社，2003。

306

再说 1927 年。这年 7 月，胡适意外买到送上门来的甲戌本，这件天大的喜事，第一个应当告诉顾颉刚、俞平伯"两个《红楼梦》同志"；但胡适没这样做，而是在 8 月 11 日写信告诉了钱玄同："近日收到一部乾隆甲戌抄本的脂砚斋重评《石头记》，只剩十六回，却是奇遇！"钱玄同是胡适平辈朋友，1925 年 5 月 10 日给胡适信中说："《学衡》第三十八期一本，亦奉上。我送给你看，并非因为其中有《跋红楼梦考证》一文，乃因有吴宓底二篇和景昌极底一篇，你看他们底议论和思想，昏乱到什么地位？"①钱玄同与《红楼梦》考证虽不是毫不相干，毕竟与俞平伯不能同日而语。况且胡适信中还说："此外尚有许多可贵的材料，可以证明我与平伯、颉刚的主张。此为近来一大喜事，故远道奉告。"既然许多可贵的材料可以证明他与平伯、颉刚的主张，为什么不与二人分享呢？

这里要说明的是，胡适 1927 年的日记不存，致钱玄同的信是否抄进日记，已不得而知。若非鲁迅博物馆 1984 年《鲁迅研究资料》收录此信，也可能湮灭不传。但胡适未将喜讯告诉俞平伯，却是可以肯定的：因为周作人看到 1928 年 3 月 10 日《新月》创刊号，3 月 18 日函告俞平伯，并将自己的《新月》杂志借他，俞平伯方得知甲戌本的信息。

初读《考证〈红楼梦〉的新材料》，俞平伯有什么反应呢？他 4 月 25 日给胡适写了一封短信，全文如下：

适之先生：

我在《后三十回的红楼梦》一文中，疑心此三十回为单行的续书，现在您从脂本所得的材料，校正我说的误失，甚感。惟我当时所以弄错，因戚本只有八十回，原评书者既见此文，偏又不并抄入，觉得不甚可解。

至于您说："平伯的错误在于认戚本的眉评为原有的评注，而不知戚

---

① 耿云志主编：《胡适遗稿及秘藏书信》第 40 册，黄山书社，1994，第 351—356 页。

本所有的眉评是狄楚青先生所加……"这并非事实。在《红楼梦辨》上卷一六一页上："有正书局印行的戚本，上有眉评是最近时人加的，大约即在有正书局印行本书的时候。"此可为证。

脂本十六回何日全部重刊？至盼！

平伯敬上

一九二八年四月二十五日，北京[1]

俞平伯不擅长文献考证，对《考证〈红楼梦〉的新材料》中开头的一段话："去年我从海外归来，便接着一封信，说有一部抄本'脂砚斋重评《石头记》'愿让给我。我以为'重评'的《石头记》大概是没有价值的，所以当时竟没有回信。不久，新月书店的广告出来了，藏书的人把此书送到店里来，转交给我看。我看了一遍，深信此本是海内最古的《石头记》抄本，遂出了重价把此书买了。"没有显示出"于不疑处有疑"想去追问卖书人的情况这种意念；反而对最后一段的"从脂本里推论曹雪芹未完之书"批评自己的话，如"平伯误认此为'后三十回的《红楼梦》'的一部分""平伯也误认这是指'后三十回'佚本""平伯的错误在于认戚本的'眉评'为原有的评注，而不知戚本所有的'眉评'是狄楚青先生所加"等，急切于有所申辩与说明。

值得品味的是最后一问："脂本十六回何日全部重刊？至盼！"从语气看，此问显得有些突兀。因为脂本刊印的建议，是钱玄同 1928 年 4 月 6 日给胡适的信提出的："你的那部残本《脂本红楼梦》，我希望你照原样叫亚东排印出来（不标点都行），好让我们开开眼界。你愿意吗？"[2] 所以在此信之前，俞平伯应还有一信写给胡适，内容当是希望一睹残本《脂本红楼梦》

① 孙玉蓉编：《俞平伯书信集》，河南教育出版社，1991，第 156 页。

② 杜春和选编：《胡适论学往来书信选》，河北人民出版社，1998，第 1132 页。

的真容，而胡适可能答以将付排印，故未能应允。如此，"脂本十六回何日全部重刊"之问，方显得顺理成章。

收到 4 月 25 日的信之后，胡适有没有回复，已不得而知。《胡适遗稿及秘藏书信》第 31 册又收俞平伯的另一封信，全文如下：

适之先生：

在沪得谈，甚快。返京后迄未作笺以问起居。尊藏誊抄残本《红楼梦》，不知已印出否？颇亟思一读也。何时可以得读，暇中希见告。孟真久无音信，不知仍在粤否？有一信给他，可知其住址，祈为转寄，否则退回北京。

匆匆，祝安好。

平伯敬上。

据此信，可知二人曾经在上海见过一面，由于不署年月，难以判断准确月日。1929 年春，傅斯年以历史语言研究所专任研究员兼任所长，迁研究所至北平。从"孟真久无音信，不知仍在粤否"看，此信当写于 1928 年秋。俞平伯已研读过《考证〈红楼梦〉的新材料》，对胡适所谓"甲戌本是世间最古的《红楼梦》写本"，是"最近于雪芹原稿的本子"，"批语可以考知曹雪芹的家事和他死的年月日，可以考知《红楼梦》最初稿本的状态，可以考知《红楼梦》后半部预定的结构"等等，自然关切于心，便借南下之机，希望能够一睹为快。不料他人已经到了上海，胡适仍以要出印本为由，拒绝了他的要求，由此推断，可能俞平伯返京后写了这封短信。

现在的问题是：胡适为什么不肯将发现甲戌本的喜讯告诉俞平伯？甚至不肯将甲戌本给俞平伯过目？大概因为他发觉俞平伯已经不能算"《红楼梦》同志"了。

倒退回去两三年，俞平伯 1925 年 1 月写了《〈红楼梦辨〉的修正》，中说："《红楼梦辨》待修正的地方很多，此篇拣最重要的一点先说罢……究竟最先要修正的是什么呢？我说，是《红楼梦》为作者的自叙传这一句话。这实是近来研究此书的中心观念，说要贸贸然修正它，颇类似'索隐之学'要复活了，有点儿骇人听闻。"

俞平伯想要"修正"新红学的"中心观念"，即"自传说"，他甚至寄希望于胡适的转变：

《红楼梦》在文坛上，至今尚为一篇不可磨灭的杰构。昔人以猜谜法读它，我们以考据癖气读它，都觉得可怜而可笑。这种奢侈的创造物是役使一切而不役于一切的，既不能借它来写朝章国故，亦不能借来写自己的生平。仿佛一个浪荡子，他方且张口向你借钱；你反要叨他的光，岂不好笑。我们之愚，何以异此。文艺的作者们凭着天赋的才思，学得的技巧及当时犹坌涌着的白热情流来熔铸一切先天后天的经验，突兀地团凝出崭新的完整。所谓奇迹，如是而已。波斯诗人 Omar Khayyam 的诗，适之先生所译的那一首，我觉得很能把这意思说得充分：

要是天公换了卿和我，

该把这糊涂世界一齐都打破，

要再磨再炼再调和，

好依着你我的安排，把世界重新造过。

我希望他亦以此眼光看《红楼梦》，觉得发抒活的趣味比依赖呆的方法和证据大为重要，而净扫以影射人事为中心观念的索隐派的"红学"。①

这篇刊于《现代评论》第一卷第九期（1925 年 2 月 7 日）的文章，胡适应该是读到的，但没有看到他的任何反应。可能是明知有些观念和做法

---

① 俞平伯：《俞平伯论红楼梦》，上海古籍出版社，1988，第 348—349 页。

不对，但仍在坚持着。而他 1925 年开始的日记，到 2 月 1 日就中断了，接下去的是 9 月 26 日的《南行日记》。俞平伯的意见、连同《〈红楼梦辨〉的修正》，都在日记中"隐去"了。胡适不将甲戌本的事告诉俞平伯，甚至不让上门来的俞平伯看，大概是感知俞平伯已经不是"《红楼梦》同志"了。

1931 年 6 月 19 日，回到北京的胡适，给俞平伯看了甲戌本，还请他写了一篇《脂砚斋评〈石头记〉残本跋》。俞平伯跋语毫不客气地说："此书之价值亦有可商榷者，非脂评原本乃由后人过录"；脂批"是否均出于一人之手，抑经后人附益，亦属难定"，甚至说"析疑辨惑，以俟后之观者"。对胡适之说提出了疑问。而查胡适 1927 年到 1930 年的日记，没有出现俞平伯的名字；1931 年的日记，写到 5 月 28 日就中断了，下一篇是 6 月 28 日，中间"空白"一个月，恰恰把俞平伯 6 月 19 日应胡适之邀，写这篇《脂砚斋评〈石头记〉残本跋》的事情跳过了！

据《俞平伯书信集》，1931 年 9 月 30 日，俞平伯曾给胡适写了一封长信，陈述"九·一八"事变后忧国忧民之心，认为知识分子救国之道唯有从精神上开发民智，抵御外侮，希望"平素得大众之信仰"的胡适主持和引导此事。但胡适 1931 年的日记，从 9 月 26 日跳到 11 月 10 日，又把俞平伯的长信"隐去"了。

俞平伯与胡适同住北京，见面的机会很多。据俞平伯生平大事记，1932 年 4 月 18 日晚，往西板桥见章太炎，周作人、马幼渔、朱希祖、钱玄同、沈兼士、刘半农、胡适等俱在；5 月 15 日下午，周作人在家宴请章太炎，俞平伯、胡适等出席；7 月 9 日，参加梁遇春追悼会，……但胡适日记中 1932 年 2 月 15 日的"记病"，记到"这时"两个字，下面就失落了；接着便是 11 月 27 日，以上这些会面，也都"隐去"了。

在胡适以后日记中，唯一出现俞平伯名字的，是 1933 年 12 月 30 日："燕京大学国文学系同学会今天举行年终聚餐，曾托颉刚邀我参加。今天吴世昌君雇汽车来接，我们同到八道湾接周启明同去。同座有燕京教员顾颉刚、郭绍虞、郑振铎、马季明、谢冰心诸人，客人有俞平伯、沈从文、巴金、靳以、沉樱、杨金甫诸人。抽阄入座，与我邻坐的为赵曾玖女士，其为瞿同祖之夫人，原籍安徽太湖，今为国文系二年生。"席间胡适与巴金交谈，与俞平伯竟无一言。

1933 年又发生了一件大事：胡适看到了庚辰本，且在书后写了一则题记："此是过录乾隆庚辰定本《脂砚斋重评石头记》，生平所见为第二最古本石头记。民国廿二年一月廿二日胡适敬记。"（下钤"胡适之印"）同日，还写成《跋乾隆庚辰本脂砚斋重评石头记钞本》，开头简略介绍甲戌本，说："今年在北平得见徐星署先生所藏的《脂砚斋重评石头记》全部，凡八册。"结尾说："我很感谢徐星署先生借给我这本子的好意。我盼望将来有人肯费点功夫，用石印戚本作底子，把这本的异文完全校记出来。"胡适心里清楚，承担"石印戚本作底子，把这本的异文完全校记出来"的最佳人选，就是俞平伯。

据吴修安考证，俞平伯的父亲有两位夫人，彭夫人去世之后，续娶了许夫人。俞平伯的大姐和二姐，是彭夫人所生；三姐俞琳和俞平伯，是许夫人所生。而收藏庚辰本的徐星署，是俞平伯三姐的老公公。俞平伯和三姐同父同母，按理说应该关系更近，关系更好。但三姐家买到的庚辰本，近水楼台的俞平伯却一直没有机会看到。最有讽刺意味的是，俞平伯的大姐夫郭则沄，熟读了庚辰本，还自命"后脂砚斋"。堂堂红学大家俞平伯，1950 年 10 月 28 日撰写《后三十回的〈红楼梦〉》时，方说："忽忽过了二十多年，发现了两个脂砚斋评本。一个是胡适藏得十六回残本，一个是昔年徐星曙（好像把"署"错写成"曙"了）姻丈所藏，今归燕京大学的七十八回本（八十回本少了两回）"，岂非怪哉？！ [①]

---

① 《俞平伯咋迟迟看不到庚辰本〈红楼梦〉》，转引自 http://www.toutiao.com/a6402564390655049986/

更奇怪的是，到了 1961 年 5 月 18 日，胡适在《跋〈乾隆甲戌脂砚斋重评石头记〉影印本》中说：

甲戌本发见后五六年，王克敏先生就把他的亲戚徐星署先生家藏的一部《脂砚斋重评石头记》钞本八大册借给我研究……这八册钞本是徐星署先生的旧藏书，徐先生是俞平伯的姻丈，平伯就不知道徐家有这部书。后来因为我宣传了脂砚斋甲戌本如何重要，收小说杂书的董康、王克敏、陶湘诸位先生方才注意到向来没人注意的《脂砚斋重评石头记》一类的抄本。大约在民国二十年，叔鲁就向我谈及他的一位亲戚里有一部脂砚斋评本《红楼梦》。直到民国二十二年我才见到那八册书。

看看，时间过去了近三十年，胡适方将有关情况透露一二！既然早知徐星署是俞平伯的姻丈，为什么当时不对他讲，进一步了解此书的来历与传承呢？最最奇怪的是，胡适日记不仅"隐去"了俞平伯，还在关键时刻"隐去"了董康、王克敏、陶湘。其缘由值得人深思。

胡适现存日记最早提到董康，是 1922 年 7 月 1 日："与董授经谈政治。此人是一个好人，但不配处于这个时代这个地位。我很可怜他。他问我对时局的意见，我劝他主张'临时政府'之说，可以解决一切纠纷，可以消除南方的意见。他颇赞成此议，并说'黄陂是可以做到这个办法的'。"

又一条是 1933 年 6 月 14 日："我提了三个名字给孙哲生，请他添聘为宪法顾问：林行规、董康、孟森。"孙哲生即孙中山之子孙科，1932 年年底任立法院长与宪法起草委员会委员长。

又一条是 1934 年 9 月 9 日："晚饭席上与董康、傅增湘、章钰、孟森诸老辈谈，甚感觉此辈人都在过去世界里生活。"

胡适现存日记提到王克敏的，只有 1934 年 1 月 13 日一条："去看王克敏先生，稍知政治情形。"

从日记用语看，胡适与董康、王克敏的关系，当时是比较亲密的。

与本论题相关的，是 1932 年 12 月 7 日的日记所附札记：

徐星署藏《脂砚斋重评石头记》八册

第一册"第一回至十回""脂砚斋凡四阅评过"。无评，三回作《贾雨村寅缘复旧职，林黛玉抛父进京都》。

第二册"第十一回至二十回"，然首页回目只有八回。"第十七回至十八回""大观园试才题对额，荣国府归省庆元宵。"共廿八页。首页有批云："此回宜分二回方妥"。"第十九回"无回目。

此册有朱批，除与我所藏相同之"松斋""梅溪"评语外，有署"壬午春畸笏"，或单署"畸笏"。（第）十二回无"天香楼"的话，但卷尾总批云："通回将可卿如何死故隐去，是大发慈悲心也，叹叹。壬午春。"

《胡适日记全编》的编者以为，这一页可能是胡适 1933 年 1 月间考证徐星署所藏《脂观斋重评石头记》八十回本撰写《跋乾隆庚辰本〈脂砚斋重评石头记〉抄本》所作的札记。然而翻开 1933 年的日记，第一天便是 3 月 2 日，将拿到看到庚辰本并做了长跋的 1933 年 1 月 22 日略去了，遂"隐去"了具体的过程！从字面上看，关于庚辰本的借阅归还，都是通过王克敏完成，"主人"徐星署始终没有出场。到了 1959 年 11 月 11 日，胡适在《与王梦鸥书》中说："此书原在徐星署家，王克敏代为借出给我看。后来，此书就归王克敏了。王克敏的藏书后来都归燕京大学。"属于徐星署的书，由王克敏代为借出，后来又归了王克敏，这一笔糊涂账，是否是托词？胡适如果真的想搞清楚庚辰本的来历，第一时间告诉俞平伯，让他回去一问，一切不就都明白了吗？

其实,关于庚辰本发现、交易的所有陈述中,大清状元、相国徐郙的儿子徐星署,不过是古董行的噱头,王克敏也只是挡箭牌;真正的关键人物,是隐隐约约透露的董康、陶湘以及他们背后的陶洙。

陶洙(1875—1961),字心如,江苏常州人,世居青果巷54号,他是少数接触过庚辰本的人之一。据周汝昌回忆,北平和平解放前夕,陶洙告诉他说:"'庚辰本'是徐星署所藏,如今不明下落如何;惟我幸得照像本,一字不差,从无人知。当时照像,只有两份,另一部由北京图书馆的赵万里先生得去了。此外世无副本。"[①]庚辰本明明已卖给燕京大学,怎说"如今不明下落如何"?陶洙若是局外人,又怎能得到照像本,且"一字不差,从无人知"?现存的另一个脂本己卯本,亦有陶洙添加的批语。上海古籍出版社1981年己卯本影印本《凡例》说:"此书经陶洙收藏时,曾据庚辰、甲戌两本抄补并过录其眉批、行间批、回末批等,凡属此类过录文字,经与两本核实,一并予以清除,以存己卯本原来极少批语之朴素面目。"己卯本的来历,向来都说是董康旧藏,后归陶洙。董康(1867—1947)字授经,江苏武进人,与陶洙毗邻,同住青果巷,且有姻亲关系。其《书舶庸谭》四卷本,作于1926—1927年避居日本时。1933年11月,董康赴日本讲学,成《书舶庸谭》五至七卷。卷七1934年1月13日记云:

> 狩野与余评论《水浒》及《红楼》人物。余于《水浒》之宋公明,无所可否,金圣叹极端攻击,未为至论。然第一流当属之林教师。若《红楼》一书,评者皆扬林抑薛,且指薛为柔奸。余尝阅脂砚斋主人第四次定本,注中言林薛属一人。脂砚斋主人即雪芹之号,实怡红公子之代名。卷中写薛之美如天仙化人,令人不忍狎视,写其情不脱闺娃态度,纯用虚笔出之。设置二人于此,吾知倾倒宝儿者必多于颦卿也。狩野深韪余言。

---

① 周汝昌:《北斗京华——北京生活五十年漫忆》,中华书局,2007,第265页。

此处所说"余尝阅脂砚斋主人第四次定本"，"言林薛属一人"之批不见于今存之己卯本（己卯本无第四十二回），唯庚辰本第四十二回回前总批云：

钗、玉名虽二个，人却一身，此幻笔也。今书至三十八回时已过三分之一有余，故写是回，使二人合而为一。请看代玉逝后宝钗之文字，便知余言不谬矣。

董康并未说清，"尝阅"的"脂砚斋主人第四次定本"，是自己的藏书，还是在他处见到。而"脂砚斋主人即雪芹之号，实怡红公子之代名"，倒与胡适1933年《跋乾隆庚辰本〈脂砚斋重评石头记〉钞本》所言"我相信脂砚斋即是那位爱吃胭脂的宝玉，即是曹雪芹自己"相合。因为胡适爱修正自己的观点，1928年《考证〈红楼梦〉的新材料》的说法是："脂砚斋是曹雪芹很亲的族人……他大概是雪芹的嫡堂弟兄或从堂弟兄，——也许是——或曹頫的儿子。松斋似是他的表字，脂砚斋是他的别号。"

1935年4月，东京汤岛孔子圣堂落成，董康应邀参加落成典礼，邀陶洙同行，成《书舶庸谭》第八卷。1935年5月13日记云：

三时许，诣文化研究会访狩野，并晤仓石、吉川。会中所储丛书全部皆由兰泉让渡，以故与心如相契尤深。导心如至二阶，逐一摩沙。陶氏以聚丛书鸣于一时，各部精选初印及足本，于藏宋元旧椠外特树一帜。

归途至佐佐木书店，购紫式部《源氏物语》一部。此书纪宫闱琐事，俨然吾国之《红楼梦》。惜文笔为当日方言，非深于和学者无从味其真神境也。心如耽于红学，曾见脂砚斋第四次改本，著《脂砚馀闻》一篇。始知是书为曹雪芹写家门之荣菀，通行本评语乃隔靴搔痒耳。

董康是在"导"陶洙晤友人归途于书店购得《源氏物语》，以为"此书纪宫闱琐事，俨然吾国之《红楼梦》"，足见董康其时的红学观中，"纪宫闱琐事"亦是一个重要内容。当他正感慨于"非深于和学者"无从味《源氏物语》真神境时，陶洙在一旁插话说：我"曾见脂砚斋第四次改本，著《脂砚馀闻》一篇"。董康听毕，恍然大悟，遂郑重记于日记："始知是书为曹雪芹写家门之荣菀，通行本评语乃隔靴搔痒耳。"

"菀"，通"苑"，约为枯萎之意。"是书为曹雪芹写家门之荣菀"，即《红楼梦》写的是曹氏家门的兴衰（而非"荣宁衰替"）。"始知"二字，表明董康接受陶洙的观点，故斥责"通行本评语乃隔靴搔痒耳"。可怪的是，一年前董康说"余尝阅脂砚斋主人第四次定本"，一年后又记陶洙"曾见脂砚斋第四次改本"，都没讲清是从哪里读到"脂砚斋主人第四次定本"的。如果陶洙读到的是董康所藏的己卯本，他会当面向他说"曾见脂砚斋第四次改本"吗？拨开惝恍的迷雾，陶洙是现代学人中唯一自承撰有有关脂砚斋专著的人；1934年董康"尝阅"的"脂砚斋第四次定本"，就是陶洙给他看的庚辰本，董康只是接受了他的见解而已。邓之诚1936年11月20日云："小陶来，以《脂砚斋重评石头记》见示。大约脂砚即曹雪芹以宝玉自命者。"[①]小陶者，陶洙也；"脂砚即曹雪芹以宝玉自命者"，胡适《跋乾隆庚辰本〈脂砚斋重评石头记〉钞本》的观点也；陶洙带着庚辰本来邓家见示，所为何来？可一思也。

明明是陶洙自己的己卯本，却偏要说是董康的旧藏；明明在1935年亲口告诉董康，"曾见脂砚斋第四次改本"，却要在己卯本加上"丁亥（1947）春""己丑（1949）人日"的题记，是否是为了制造董康死后才归他的假象，以洗白己卯本与他的密切关系？回头来看庚辰本，在陶洙自己手里方能用图书馆设备以"直接照相法"制作两套巴掌大的复制本，却同样假托为徐

---

① 邓之诚：《邓之诚文史札记》，凤凰出版社，2012，第85页。

星署所藏，说"如今不明下落如何"。陶洙为何要将董康、徐星署作为挡风墙？盖有所隐也。所欲隐者何？与脂砚斋批本之关系也。《书舶庸谭》明确记载："耽于红学"的是心如；"著《脂砚馀闻》一篇"的也是心如。"馀闻"者，余下之闻见也。岂有他人闻所未闻之际，拈此"馀闻"二字乎？《脂砚馀闻》至今无人目睹，从董康陈述看，主旨就是讲《红楼梦》为"曹雪芹写家门之荣菀"，亦即写曹雪芹家世的书，正与胡适的"家世说"遥相呼应。《脂砚馀闻》为何未公之于世？是否可能是转化为甲戌本《脂砚斋重评石头记》了？

直到 1961 年 5 月 18 日，胡适作《跋乾隆甲戌〈脂砚斋重评石头记〉影印本》，又追叙当年"发现"甲戌本和庚辰本的情形时，提到董康、王克敏、陶湘，却偏偏没有陶洙；明明陶洙与庚辰本的关系最大，却要由王克敏把书送到胡适手里，还说是亲戚徐星署的旧藏；徐星署又是研究红学的俞平伯的姻丈，俞平伯偏就不知道徐家有这部书，岂不是怪事？

有学者赞扬胡适"在日记中保存了大量反对他、批判他甚至诋毁他的原始档"，胡适自己也标榜说："我受了十余年的骂，从来不怨恨骂我的人。有时他们骂得不中肯，我反替他们着急。有时他们骂得太过火了，反损自己的人格，我更替他们不安。如果骂我而使骂者有益，便是我间接于他有恩了，我自然很情愿挨骂。"从现象上看，他日记里的确保存了反对他、批判他甚至诋毁他的原始档，但这些都无关学术。对于学术上的批判，胡适却不能容忍。日记里对梁启超的批评火冒三丈，就是典型的例证。1935 年 7 月 30 日，胡适写信给《晨报》经理陈博生，指责该报《艺圃》批评他的《辨伪举例——蒲松龄的生年考》，说文章"错误百出，又捏造了好几部书的名目"，并说："我的《辨伪举例》是我生平最得意的一篇考证学的小品文字。……贵报登此诈欺文字，毁坏我的考证名誉，可否重登我此文，以赎此失察之罪？"使得《晨报·艺圃》于 8 月 5 日、6 日、7 日、9 日，四天重新连载胡的文章。该报同时又续登原作者的《答辩》，胡适8月19日再次致信该报，在指出《答辩》中的谬误后又批评该报袒护诈欺行为。作为胡适"生平最得意的一篇考证学"的此篇，面对着人家批评不免气量狭小了些。

相对于蒲松龄的生年考，《〈红楼梦〉考证》更是他生平最得意的一篇考证学文章了。但即使在起步阶段，胡适也从来没有无条件地赞扬过"《红楼梦》同志"俞平伯。他明白：俞平伯并没有继承他哲学与史学的衣钵，在北京大学黄侃才是俞的导师；他也明白，俞平伯对自己从来没有百依百顺：1933年作《驳〈跋销释真空宝卷〉》，对胡适《跋销释真空宝卷》中的错误予以驳正；[①]1934年作《关于〈商颂·玄鸟〉》，认为胡适《说儒》"纰缪往往而有"，"固不值一驳也"[②]。胡适研究《红楼梦》时，发现俞平伯在根本上与自己拉开了距离，甚至走到相反的方向，就完全不能容忍了。日记的"隐没"，也许就基于这种心态。而在为"新红学"体系"制造"新证据时，胡适也许怕俞平伯说出不中听的话，自然就要加以隐瞒了。

四、红学文献的困局与"拿证据来"的悖论

（一）

《论语·八佾》云："夏礼吾能言之，杞不足征也；殷礼吾能言之，宋不足征也。文献不足故也。"朱熹集注："文，典籍也；献，贤也。"可见文献有两层意思：一是有关的文字资料（典籍），二是熟悉掌故的人（先贤）。以此标准，是所谓红学文献，应该是有关《红楼梦》创作、传播、研究的文字资料与熟悉这些掌故的前人；其中最最重要的，自当是有关作者及其

---

① 俞平伯：《驳〈跋销释真空宝卷〉》，《文学》1933年创刊号。
② 孙玉蓉编：《俞平伯书信集》，河南教育出版社，1991，第196页。

创作过程的文字资料与熟悉内情的人士。

《红楼梦》不是天上掉下来的，也不是"灵性已通"的石头刻在肚子上的，它是作者一字字一句句写出来的。既然如此，反映《红楼梦》成书的"红学文献"，起码是"曾经存在"的。那么，《红楼梦》文献的"先天不足"是怎么产生的呢？从骨子里讲，就是因为《红楼梦》是一部小说："假作真时真亦假"，是这个意思；"满纸荒唐言"，也是这个意思。作者下决心"将真事隐去"，也就是隐去了一切可能残存的蛛丝马迹，销毁了所有的第一手资料。唯此之故，后世读者看到的《红楼梦》，才既无自序，又无后记；而在《红楼梦》作品之外，也找不到"创作手记"与"口述自传"，纵然上穷碧落下黄泉，也是两处茫茫皆不见，逼得红学家只能从字里行间去"索隐"。

1963 年由中华书局出版了一粟的《古典文学研究资料汇编·红楼梦资料汇编》，此书辑录从乾隆到"五四"有关《红楼梦》及其作者的评论和考据方面的主要资料：卷一是关于曹雪芹和高鹗的材料；卷二是《红楼梦》各种版本（包括续书、戏曲和仿作）的序跋；卷三是专门评论或考据《红楼梦》的专著；卷四是所谓杂记；卷五是诗词；卷六是文论。书名采"红楼梦资料"而不用"红楼梦文献"，是妥当的。因为全书 45 万字，能和"文献"搭上边的，寥寥无几。最重要的是卷一，《编辑说明》说："曹雪芹的家世、上代以及周围环境的材料非常繁多，本书只收直接涉及本人的。除了较有参考价值的以外，酌选几种出于诬蔑的，且曾起过毒害的作用的说法。"所收材料只涉及"曹雪芹的家世、上代以及周围环境"，而没有涉及作者本人的生平经历与《红楼梦》的时代背景及其创作过程，所以不能归入"红学文献"的范畴。

1921 年之前没有学术性质的"红学"，《红楼梦资料汇编》卷二以下所收录者，基本上进不了学术的门槛。从这个意义上讲，不存在什么"红学文献"，也从来没有什么"红学文献学"。所以可以说"新红学"不是建立在对红学文献的全面把握和系统梳理的基础上的。在创立者胡适的话语里，甚至从未出现"文献"这个词语，他喜用习用的是"证据"。

"证据"一词古已有之，且多与诉讼有关。如《后汉书·独行传》载：缪肜仕县为主簿，"时县令被章见考，吏皆畏惧自诬，而肜独证据其事，掠考苦毒，至乃体生虫蛆，因复传换五狱，逾涉四年，令卒以自免"。葛洪《抱朴子·弭讼》："若有变悔而证据明者，女氏父母兄弟，皆加刑罪，如此庶于无讼者乎。"指的是证明是否涉嫌的事实根据，后引申为学术上的证明与考证，如韩愈《柳子厚墓志铭》云："儁杰廉悍，议论证据今古，出入经史百子。"《旧唐书·崔义玄传》："先儒所疑及音韵不明者，兼采众家，皆为解释，傍引证据，各有条疏。"

胡适是最讲究"考证"的。1921年在《〈红楼梦〉考证》中说："我们只须根据可靠的版本与可靠的材料，考定这书的著者究竟是谁，著者的事迹家世，著书的时代，这书曾有何种不同的本子，这些本子的来历如何。这些问题乃是《红楼梦》考证的正当范围。"1924年在《古史讨论的读后感》中又说："我们对于'证据'的态度是：一切史料都是证据。但史家要问：一、这种证据是在什么地方寻出的？二、什么时候寻出的？三、什么人寻出的？四、依地方和时候上看起来，这个人有做证人的资格吗？五、这个人虽有证人资格，而他说这句话时有作伪（无心的，或有意的）的可能吗？"①1952年12月5日他在台湾大学讲演，提倡"方法的自觉"，更追本溯源地说：

我们从朱子考证《尚书》《诗经》等以来，就已经开了考证学的风气；但是他们怎么样得到考据的方法呢？他们所用的考证、考据这些名词，都是法律上的名词。中国的考据学的方法，都是过去读书人做了小官，在判

---

① 宋广波：《胡适红学研究资料全编》，北京图书馆出版社，2005，第260页。

决官司的时候得来的。在唐宋时代，一个中了进士的人，必须先放出去做县尉等小官。他们的任务就是帮助知县审判案子，以训练判案的能力。于是，一般聪明的人，在做了亲民的小官之后，就随时诚诚恳恳的去审判人民的诉讼案件；久而久之，就从判案当中获得了一种考证、考据的经验。考证学就是这样出来的。

　　当然，胡适真正推崇的是英美法系的证据法，由此派生出他的一套理论：

　　我提议我们应参考现代国家法庭的证据法（Law of Evidence）。在西方证据法发达的国家，尤其是英美，他们的法庭中，都采用陪审制度，审案的时候，由十二个老百姓组成陪审团，听取两造律师的辩论。在陪审制度下，两造律师都要提出证人证物；彼此有权驳斥对方的证人证物。驳来驳去，许多证人证物都因此不能成立，或得减少了作证的力量。同时因为要顾到驳斥的关系，许多假的，不正确的和不相干的证据，都不能提出来了。陪审员听取两造的辩驳之后，开会判断谁有罪，谁无罪。然后法官根据陪审员的判断来定罪。譬如你说某人偷了你的表，你一定要拿出证据来。假如你说因为昨天晚上某人打了他的老婆，所以证明他偷了你的表；这个证明就不能成立。因为打老婆与偷表并没有关系。你要把这个证据提出来打官司，法官就不会让你提出来。就是提出来也没有力量。就算你修辞很好，讲得天花乱坠，也是没有用的。因为不相干的证据不算是证据。陪审制度容许两造律师各驳斥对方的证据，所以才有今天这样发达的证据法。

　　……我今天的提议，就是我们做文史考据的人，用考据学的方法，以证据来考订过去的历史的事实，以证据来批判一件事实的有无、是非、真假。我们考证的责任，应该同陪审员或者法官判决一个罪人一样，有同等的严重性。我们要使得方法自觉，就应该运用证据法上允许两造驳斥对方所提证据的方法，来作为我们养成方法自觉的一种训练。

我们要养成自觉的习惯，必须树立两个自己审查自己的标准：

第一，我们要问自己：你提出的这个证人可靠吗？他有做证人的资格吗？你提出来的证物可靠吗？这件证物是从哪里来的？这个标准是批评证据。

第二，我们还要问自己：你提出的这个证人或者证物是要证明本案的哪一点？譬如你说这个人偷了你的表，你提的证据却是他昨天晚上打老婆；这是不相干的证据，这不能证明他偷了你的表。像这种证据，须要赶出法庭之外去。①

胡适没有讲清楚的是：英美法系的证据法，追究的不是"某人偷了你的表"这件事本身的真假，而是有没有"证据"证明"某人偷了你的表"。须知，这是两个完全不同的概念："某人偷了你的表"，是确认曾经发生的客观事实；有没有证据证明"某人偷了你的表"，则将视线转移到"证据"上——如果你失去了证据，或者证据被对方毁损，则"某人偷了你的表"就不能成立，结果便会导出"某人没有偷你的表"的判决。还有，即便你找到了证据，对方也可以请出律师驳斥你的证据，讲得天花乱坠，同样会导出"某人没有偷你的表"的结果。

被胡适相中的《随园诗话》，是《红楼梦》文献吗？不是。它只是胡适寻到的第一个证据，为的是能证明"乾隆时的文人承认《红楼梦》是曹雪芹作的"，仅此而已。但他又发现，《随园诗话》关于曹雪芹是曹寅之子的说法，不符合贾宝玉即曹頫之子曹雪芹的"假设"。他恰好又找到了《雪桥诗话》，见其所引敦诚诗，"知道曹雪芹不是曹寅的儿子，乃是他的孙子"，便否定了《随园诗话》的说法。但敦诚只说曹雪芹是曹寅的孙子，却没有

① 欧阳哲生编：《胡适文集》第 12 册，北京大学出版社，1998，第 145 页。

说《红楼梦》是曹雪芹做的。所以《〈红楼梦〉考证》改定稿未将《随园诗话》的材料删去，而是将"其子雪芹撰《红楼梦》一部备记风月繁华之盛"，改为"其孙雪芹撰《红楼梦》一部备记风月繁华之盛"了。

胡适出示了两份证据，一份是《随园诗话》，一份是《雪桥诗话》，试想陪审员一定会问：你提出的证据是要证明本案的哪一点？胡适只好回答：《随园诗话》要证明《红楼梦》是曹雪芹作的（但以曹雪芹为曹寅之子是错的），《雪桥诗话》要证明曹雪芹是曹寅的孙子（但没说《红楼梦》是曹雪芹作的也是不对的）。陪审员一定会说：既然《随园诗话》《雪桥诗话》自身都有瑕疵，那就都不能充当证据，从中切割出对自己有利的一半加以拼凑，肯定是不行的。——如果这位陪审员读过胡适的"疑古"论，说不定会说：不但《随园诗话》以曹雪芹为曹寅之子是错的，而且以为《红楼梦》是曹雪芹做的也是错的。道理很简单：和曹雪芹亲近的敦诚，都没有说过他写《红楼梦》；从不认识曹雪芹的袁枚，怎么会知道这事？他是"把想象当成了实事"，"历史就是这样累层造成的"。驳来驳去，《随园诗话》《雪桥诗话》两件证物都不能成立，或者减少了作证的力量。最后判断谁成立，谁不成立，恐怕就难说了。

（二）

到了 1927 年，甲戌本《脂砚斋重评石头记》抄本从天而降，成了满足胡适所有"假设"的证据，一时出现了"人人讲脂砚斋"的盛况。胡适如果记得自己说过的话，并主动作出回答，唤来的答案必然是：一、这种证据是在什么地方寻出的？——在上海，是卖书人主动送上门的；二、什么时候寻出的？——1927 年，离曹雪芹去世已一百七十三年；三、什么人寻出的？——我记不清了。而关键在第四问："依地方和时候上看起来，这个人有做证人的资格吗？"

脂砚斋是谁？在 1927 年甲戌本出现之前，没有人知道。而在甲戌本上，除"惟愿造化主再出一芹一脂"这句含糊话语之外，脂砚斋从来没有自报家门。唯一有用的，是附在甲戌本后面刘铨福写于同治二年癸亥（1863）的跋："脂砚与雪芹同时人，目击种种事故，批笔不从臆度。"刘铨福是唯一就脂砚与雪芹的关系，作出明确判断的证人。按照脂砚斋的说法，曹雪芹死于乾隆二十七年壬午（1763），二者相去整整一百年，刘铨福肯定没有做目击证人的资格。

后来有人在脂本之外寻得一本《枣窗闲笔》，其中明确记载脂砚是雪芹的叔父，对如此珍贵的证据，胡适不是欢呼雀跃，而是竭力排拒。剖析其间的是非曲直，是颇为耐人寻味的。

《枣窗闲笔》的作者裕瑞（1771—1838），是清宗室，豫亲王多铎五世孙，和硕豫良亲王爱新觉罗·修龄次子，母嫡福晋富察氏。裕瑞出生时，曹雪芹已去世八年，自然不可能见面。但裕瑞的母亲是明琳、明瑞的亲姐妹，而曹雪芹则与明氏兄弟来往密切。《枣窗闲笔》说："闻前辈姻戚有与之交好者"，分明就是他的舅舅明琳、明瑞，而明琳的堂兄弟明义，还见到过《石头记》，写了有名的咏红诗十二首。从这个角度看，裕瑞肯定比刘铨福更有做证人的资格。

《枣窗闲笔》是怎么发现的呢？1943 年，史树青在隆福寺街青云斋书店看到这个"稿本"，知道孙楷第正在胡适的指导下从事古代小说的研究和教学，便向他推荐了。孙楷第大为惊喜，出重价买下，并在教学中兴奋地加以引用。据周汝昌回忆："1948 年的这个暑假度过了，我与胡先生的通讯关系又进入新的阶段。不想与此同时，又有意外的考《红》因缘：小说专家孙楷第（子书）先生开始移帐京西，在燕园设帐授业了。这时我并未选他的课，却闻名而去旁听。真是巧极了：他正讲到《红楼梦》的事，涉及曹雪芹，便讲出一段鲜为人知的雪芹轶事，说其人的相貌、性情、口才、风度、饮食等等，皆前所未闻。我高兴极了，课后便向孙先生探询他写在黑板上的那部书《枣窗闲笔》的所在。他告知我，书在北平图书馆，他有录副摘抄本。我不揣冒昧，又向人家借阅。他也慨然惠诺。"然如此有用的证据，孙楷第送上门来，胡适竟不重视。胡适曾把戚序本和《四松堂集》托孙楷第捎给周汝昌，对于《枣窗闲笔》一事，孙楷第不可能不向胡适汇报。据此来看，胡适应是看到过《枣窗闲笔》的。《邓之诚文史札记》1948年11月3日云：

> 孙楷第来，以《枣窗闲笔》送阅，为《跋百廿回本〈红楼梦〉》一首、《跋〈续红楼梦〉七种》各一首、《跋〈镜花缘〉》一首。道光时裕府思元主人所撰。胡适辈视为秘笈者，其实无甚足取，文笔尤滞。唯有闻之先辈言："曹雪芹，其人肥黑广额，每言只须人以南酒烧鸭享我，即可作佳小说报之。作《红楼梦》预计百二十回，仅成八十回而逝，先后已改过五次矣。书中所言俱家中事，元、迎、探、惜四春者，寓'原应叹息'四字，皆其姑辈，与平郡王有亲。所谓'脂砚斋批本'者，其叔所为，宝玉指别一叔，非自道也。后四十回有目无书……"云云，皆尚可取。

在邓之诚眼中，孙楷第与胡适是同一阵营的。在胡适日记中，孙子书的名字不时出现，如1933年12月31日："孙子书与傅惜华来谈。傅惜华是研究中国戏曲的。"1946年8月3日，记孙子书收买的《水经注》版本；1946年9月12日记"与孙子书同去看傅沅叔先生（增湘）"[1]，唯对送《枣窗闲笔》的事只字不提。他此后的论红文章，从来不提裕瑞，甚至也不提孙楷第。胡适对《枣窗闲笔》的冷遇，孙楷第是不服气的，所以在燕京课堂上大讲，且破例在《中国通俗小说书目》卷四加以著录："《枣窗闲笔》一

---

① 胡适：《胡适红楼梦研究论述全编》，上海古籍出版社，1988，第649页。

卷，存。余藏作者手稿本，已捐北京图书馆。"须知《中国通俗小说书目》
著录的是通俗小说，不伦不类地加进了这本《枣窗闲笔》，显然是另有用心。
一粟《红楼梦书录》亦予著录，谓："北京图书馆藏稿本，一册。"又谓："此
书成于嘉庆十九年（1814）至二十五年（1820）间。"关于此书的来历，朱
南铣《〈红楼梦〉后四十回作者问题札记》"裕瑞"条云："一九一二年东四
牌楼八条胡同三十一号裕颂庭藏，后归孙楷第，现归北京图书馆。"①

　　与甲戌本是胡适最需要的证据不同，《枣窗闲笔》似乎成了胡适最不需
要的证据。这是为什么呢？

　　为此，不妨允许《枣窗闲笔》作为"证物"进入诉讼程序，放手展示
这份"证言"究竟证实了"本案的哪一点"：

　　第一点，胡适 1921 年著《〈红楼梦〉考证》，第一次提出："《红楼梦》
这部书是曹雪芹的自叙传"。他引开端"作者自云曾历过一番梦幻之后，故
将真事隐去，而借'通灵'说此《石头记》一书也"等语，发议道："这话
说的何等明白！《红楼梦》明明是一部'将真事隐去'的自叙的书。若作
者是曹雪芹，那么，曹雪芹即是《红楼梦》开端时那个深自忏悔的'我'！
即是书里的甄、贾（真假）两个宝玉的底本！"②"自传说"是胡适的发明，
是胡适的专利。《枣窗闲笔》这条"证言"却说：

　　其书中所假托诸人，皆隐寓其家某某，凡性情遭际，一一默写之，惟
非真姓名耳。闻其所谓宝玉者，尚系指其叔辈某人，非自己写照也；所谓
元、迎、探、惜者，隐寓"原应叹息"四字，皆诸姑辈也。其原书开卷有
云"作者自经历一番"等语，反为狡狯托言，非实迹也。

---

①　中国作家协会上海分会编：《红楼梦研究资料集刊》第七集，上海古籍出版社，1981。
②　宋广波：《胡适红学研究资料全编》，北京图书馆出版社，2005，第 158 页。

书中的宝玉系指其叔辈某人，"非自己写照"；元、迎、探、惜诸姐妹，也是作者的"姑辈"，生生地和胡适唱起了反调。甚至从理论上指责胡适以"作者自经历一番"为证，是完全错的，因为那是"狡狯托言"，非实迹也。

第二点，胡适关于脂砚斋是谁的观点，曾有过几次变化。1928 年《考证〈红楼梦〉的新材料》时的说法是："脂砚斋是同雪芹很亲近的，同雪芹弟兄都很相熟。疑心他是雪芹同族的亲属……他大概是雪芹的嫡堂弟兄或从堂弟兄，也许是曹頫或曹𬱟的儿子。松斋似是他的表字，脂砚斋是他的别号。"①1933 年《跋乾隆庚辰本〈脂砚斋重评石头记〉钞本》的说法是："我相信脂砚斋即是那位爱吃胭脂的宝玉，即是曹雪芹自己。"②而《枣窗闲笔》中说宝玉不是作者的"自己写照"，并推及脂砚斋为何人时说：

> 曾见抄本，卷额本本有其叔脂砚斋之批语，引其当年事甚确，易其名曰《红楼梦》。

周汝昌将脂砚斋是雪芹的叔叔的说法，称之为"叔传说"，以为不过是"自传说"的一种变相，小小转换，本质无殊③，但矛头分明是冲胡适而来的。

当然，也不能因为胡适的"不用"，反过来断定《枣窗闲笔》的"有效"。因为，以"你提出来的证物可靠吗？这件证物是从哪里来的？"衡量，《枣窗闲笔》同样过不了关。由于此一问题属于另一个性质的问题，此处就不展开了。

"拿证据来"是胡适的口头禅，他提出的"有一分证据说一分话"，更

---

① 宋广波：《胡适红学研究资料全编》，北京图书馆出版社，2005，第 226—227 页。
② 宋广波：《胡适红学研究资料全编》，北京图书馆出版社，2005，第 272 页。
③ 周汝昌：《红楼梦新证》，译林出版社，1953，第 857 页。

是脍炙人口：

> 我近年教人，只有一句话："有几分证据，说几分话。"有一分证据，只可说一分话。有三分证据，然后可说三分活。治史者可以作大胆的假设，然而决不可作无证据的概论也。

这个观点被很多人推崇，以为反映了实事求是的科学精神。但胡适未言明之意是只给了脂砚斋这一分的证据，你就跟着我说"《红楼梦》这部书是曹雪芹的自叙传"这一分话，不要做更多阐述。

因此1954、1955年时有人"客观地"肯定了他的《红楼梦》考证，后来形势一变，当年的批判者很多都成为其支持者。

（三）

偶见某考试，有"有一分证据说一分话"的单选题："研究历史要'有一分证据说一分话'，如同警察破案，必须掌握足够的证据，使各种证据之间形成＿＿＿＿的逻辑关系。因为是凭证据说话，因此，研究历史依靠的是搜集证据、分析证据和论证证据关系的能力，而不是看你能提出怎样＿＿＿＿的观点。"要求依次在划横线部分填入最恰当的一项：A. 真实尖锐；B. 合理新鲜；C. 准确独特；D. 严密超前。"笔者不禁为胡适思维模式渗进考试而感慨。凭证据说话，疑罪从无，是侦破案件的规则。检察官首先要问：证据够不够？再根据证据状况，区别作出"法定不起诉""存疑不起诉""酌定不起诉"，其初衷是防止冤假错案。但在侦破片中，太多的故事是：犯罪方为了逃脱惩罚，既会毁灭真证，也会制造伪证；或逼迫证人改口，或将证人杀害。而当他将真证销毁，伪证呈现时，再明镜高悬的法官，即便识破伪证，但因没了真证，只好以"证据不足"宣告嫌疑人无罪，驯致明明是凶手，仍然逍遥法外，令人扼腕。某种意义上，"程序正义"，维护了实质的不正义。

但是，学术研究绝不能依样画葫芦，绝不能疑罪从无，而应该一切从严，疑问不销，定要打破砂锅问到底。学术研究的目标是从根子上判断真伪与是非。即便你拿出了证据，一旦发现来历不明，或者存在瑕疵与漏洞，就要断然予以排除，或者不予采信；即便你销毁了证据、消灭了证人，一旦掌握你销毁证据、消灭证人的证据，也要断然予以排除，或者不予采信。因为我们要维护的，不是程序的正义，而是实质的正义。

胡适说过一句经典名言："不用坐待证据的出现，也不仅仅寻求证据，可以根据种种假设的理论造出种种条件，把证据逼出来。故实验的方法只是可以自由产生材料的考证方法。"含此名言的《治学的方法与材料》写于1928年9月，最先发表于1928年11月10日《新月》1卷9号，又载1929年1月《小说月报》第20卷1期，1930年9月《胡适文存》3集2卷（亚东图书馆），1930年12月《胡适文选》（亚东图书馆），1935年《胡适论说文选》（上海希望出版社），不正是胡适所说"我们现在回头检看这四十年来我们用新眼光、新方法搜集史料来做'《红楼梦》的新研究'总成绩，我不能不承认这个脂砚斋甲戌本《石头记》是最近四十年内'新红学'的一件划时代的新发现"时的写照么？

某些人对胡适漏洞百出的"证据"深信不疑，当"我完全不知道这部书在那最近几十年里的历史"的谎言，被胡星垣书信揭穿于前，又被《许杨联欢宴中之谈片》揭穿于后，仍然不愿正视胡适诚信度的负面记录；同时又对质疑胡适的意见百般挑剔，动辄要人家"拿证据来"，这真是"证据学"的悖论。回溯近三十年惨烈的"证据战"中，胡适"新红学"的推崇者，为了证明脂砚斋的"存在"，不免有增字曲说、篡改年代、随意标点之嫌。谨举三例以明之：

一、庚辰本第二十三回有畸笏叟眉批:"丁亥春间,偶识一浙省发,其白描美人真神品物,甚合余意。奈彼因宦缘所缠,无暇,且不能久留都下,未几,南行矣。余至今耿耿,怅然之至。"有人将"浙省发"增一"新"字,"考证"道:

陈庆浩兄谓"按,一般以此'浙省新发'为余集。余集(1738—1823),字蓉裳,号秋室,浙江仁和人。'乾隆时以白描美人著称于世。'乾隆三十一年丙戌进士……"丁亥年(1767),为余集中进士的次年,时年三十岁。①

"考证"出一位余集,原籍浙江仁和,生于1738年,死于1823年,乾隆时以白描美人著称于世,又乾隆三十一年丙戌进士,籍贯、科名都对头了,岂不是"浙省新发"么?于是便出现了这样的情景:曹雪芹之父曹𫖯,于乾隆三十二年丁亥(1767),从一赴浙江上任的余集手中,看到了一幅黛玉葬花的神品。可怪的是,对于"壬午""癸未"区分得异常清楚的蔡义江,却将"乾隆三十一年丙戌",错成了"乾隆三十二年丙戌"——批中明明有丁亥,那才是乾隆三十二年(1767)!据上是否可得出如下推论:清代的会试在春季举行(称为春闱),将"浙省发"错成"浙省新发",是为了坐实浙江新进士余集;而将"乾隆三十一年"进士错成"乾隆三十二年"进士,为的是让畸笏叟在丁亥春间,得以偶识这位"浙省新发",目睹其白描美人。若没有这两错,余集早在1766年离京赴任,畸笏叟怎能在1767年和他碰面?

再据蔡义江考证,曹𫖯因"骚扰驿站"获罪,"两代孀妇"及家属能混口粗饭吃就不错了,此时的曹𫖯还有心思请高手来为"黛玉葬花"作画,

---

① 蔡义江:《红楼梦是怎样写成的》,北京图书馆出版社,2004,第165页。

那高额的润笔从哪里开销呢？古籍版本中常有文字的衍夺，校勘时应注明"疑夺某字"，增补字也应用符号标出。"浙省发"明明不衍不夺，增添"新"字而不加注明，牵合己意，曲为之说，还是弥补不了造成的罅漏。

二、《红楼梦学刊》2005年第3期发表胡文彬《一部鲜为人知的清代抄本〈红楼梦〉——试魁手抄〈红楼梦诗词选〉的特别报告》，断言："不仅以无可辩驳的事实证明早期脂评抄本确实存在，而且必将对早期抄本演变和流传的研究提供一个崭新的内容。"其最核心的证据是抄本的"题记"："嘉庆三年雪坞秦氏作，嘉庆二十二年二月十九日清明日书"。敢于宣称《红楼梦诗词选》是清嘉庆初年的抄本"，凭的就是这一条。但秦子忱《续红楼梦》三十卷，初刊于嘉庆四年（1799）抱瓮轩，千山试魁在嘉庆三年怎么可能抄到书中的酒令？《续红楼梦》除嘉庆四年抱瓮轩本外，其他版本均在光绪八年之后，还有1920年、1921年的石印本，怎么不见得是从这些本子抄得的呢？为了掩盖这一事实，胡文彬在"特别报告"中加了一条注释④："秦雪坞（子忱）撰《续红楼梦》，嘉庆三年戊午年（1798）抱瓮轩刊本第九回。"未能审察"嘉庆三年"抄录"嘉庆四年"的不可能，已经是属于治学上的粗疏，更不应由此贸然推导出"嘉庆三年"的版本。

三、黄一农在《红楼梦学刊》2013年第6期发表《析探〈春柳堂诗稿〉作者宜泉之交游网络》，欲以《和龙二府在滇游螳螂川赠空谷先生原韵》中的"龙二府"为突破口，落实宜泉的生平。他据此诗提供的信息（姓龙，在滇，官"二府"，游昆明螳螂川，赠诗空谷先生），从道光《云南通志稿》中查到安徽人龙廷栋，乾隆二十四年（1759）授镇沅府威远厅同知，便认定其是唯一符合条件的人：1.龙为罕姓，在滇没有其他龙姓人任过与之相当的级别的官员；2."二府"为同知之别称，龙廷栋是威远厅同知，则"龙二府"非其莫属。黄一农将诗题标点为《和龙二府，在滇游螳螂川，赠空谷先生原韵》，"宜泉滇游考"所有的"入滇原因""时间""人际关系""人滇路线"之类，皆是毫无根由的想象，甚至没有考虑威远厅位于云南省西南无量山西南段，龙廷栋根本不可能到千里之遥的昆明螳螂川去越境"宦游"的。实际上，此诗应标点为《和龙二府〈在滇游螳螂川赠空谷先生〉原韵》，和字在这里念作 hè，以诗酬答之意，当是宜泉读龙二府《在滇游螳螂川赠空谷先生》的奉和之作，所谓"一生当中最远且最久的一次出游"，显然站不住脚。此前已有人指出此点问题，但未闻黄一农有任何表态。

黄一农之所以大做"宜泉之交游网络"的文章，看中的是龙廷栋乾隆二十四年（1759）至二十五年（1760）九月在威远厅的任期。鉴于曹雪芹卒于乾隆壬午（1762），而光绪十五年（1889）宜泉的嫡孙张介卿还活着，这就出现宜泉的年代问题。黄一农是怎么解决这一难题的呢？他是这样说的：

假设其父就是宜泉在五十岁（乾隆三十五至三十九年）或之前一两年所生的季子麟，则介卿刊刻《诗稿》时的岁数 a，与他出生时其父的年龄 b，需满足 $115 \leqslant (a-1)+(b-1) \leqslant 121$ 之条件，其中 121 就是光绪十五年刻书时与张麟生年上限乾隆三十三年（1768）的时间差，115 则是与生年下限乾隆三十九年的时间差，公式中的"－1"乃考量虚岁的算法。举例来说，若介卿于六十岁刻此书，且其父在五十五岁至六十一岁间生他，宜泉与介卿即可符合祖孙关系，而此年纪对部分男性而言，确仍具生殖能力。

这一连串数学公式，将数据尽量朝有利方向夸大，却未考虑宜泉赴滇为什么是三十五岁，而不会是四十岁或是四十五岁？宜泉生张麟为什么是五十岁，而不会是在四十岁？张麟生介卿为什么在五十五岁至六十一岁，而不会是在二十五岁至四十岁？

如此看来，作为"证据"的脂本，就像一只布满裂缝的瓷碗，但主流红学未重视质疑的同时，又找出裂缝间的瓷片，证明那还是好的。大打"本海战术"，把许多本子都摊出来，从各个本子当中找出无数的例证，让问题处于纠缠不休的状态。曹雪芹不是罗贯中，《红楼梦》更不同于《三国演义》。曹雪芹不写《红楼梦》，谁也不会知道贾宝玉。贾宝玉是曹雪芹的产儿，是他的专利。《红楼梦》不是先秦古籍，它是伟大作家曹雪芹心灵的独特袒露。找来一大堆与曹雪芹无关的版本相互对勘，"择善而从"，是错误的。请问，谁有依据这种来历不明的本子修改曹雪芹的哪怕一个字的权力呢？

红学长期不解的诸多纠葛，都与对"证据"的机械理解有关。历史犹如长江大河，不舍昼夜向前流逝，一去不返，后人只能凭借证据，去了解过去的一切。但留下的证据数量极少，有的还被人有意无意地隐匿销毁，强调"有一分证据说一分话"，就意味着"有十分证据才能说十分话"，然而这是完全做不到的。王夫之《读通鉴论》卷三提到一位汉代廷尉杜周，就是个"十分证据"的信奉者。他每审理一个案件，为找到充分证据（所谓"明慎"），往往连逮证佐数百人，于是制造了大量的冤狱。王夫之质疑道："非同恶者，不能尽首恶之凶；非见知者，不能折彼此之辩；非被枉者，不能白实受之冤。"意思是说，能够掌握"十分证据"的只有三种人：一种是同案犯，一种是见知者，一种是被害者。而其他人等，都不可能做到"明慎"。王夫之感慨道："明慎而不知止，不如其不明而不慎也。"再以天气预报为例，记得20世纪50年代，笔者在淮阴农村，那小小的土气象站凭借风向、气压、温度、湿度等仪器，加上民间的谚语，就能做半个月的预报，居然还相当准确。而今有了高速计算机，兼有雷达、激光、遥感、卫星之类先进仪器，预报的准确性却未见高多少，常有明明是红日高照，却预报"阴有小雨"的。这是什么原因呢？可能是搜集到太多的数据，其中的无用数据扰乱了正常的判断力。

与《红楼梦》版本相关的人和事，更发生在一二百年前，后来人不可能做到"明慎"，不可能掌握"十分证据"。我们只能凭借有限的证据，运用"证"和"悟"的紧密结合，找出肉眼看不到的内在联系，这就是"小处着手，大处着眼"，在宏观的意识和眼光指引下，运用抽象的思维来判断和推理。千言万语归结为一句："新红学"文献的"先天不足"，是天生就有的。类似的"高端论坛"（随着周汝昌、冯其庸先生的相继谢世，高人再高，大约也高不到哪里去）哪怕再开上十次，将前人的话哪怕再重复百次，恐也难破红学文献的困局；寄希望于"新的发现"，只会收获到更多的失望。个中的道理，已被克非先生说破："新红学"只有后退一步，方能海阔天空。

五、"后胡适红学"

胡适"新红学"，是已历百年的老店。研究《红楼梦》的人，都感受到形势的变迁；连最忠于"胡适红学"的人，也不能靠重复老话过活了，因为历史已迈入"后胡适红学"时期。张庆善先生《中国艺术报》2018 年 4 月 11 日答问《〈红楼梦〉后四十回作者为何变为"无名氏"？》与《光明日报》2018 年 7 月 10 日答问《〈红楼梦〉后四十回作者是谁》，耐人寻味。

（一）

《中国艺术报》的报道说：《红楼梦》后四十回续书作者问题不是"新闻"，实实在在是"旧闻"，是讲得非常到位的。因为早在 2008 年《红楼梦》新校本第三次修订出版时，署名就由"曹雪芹、高鹗著"，改为"曹雪芹著，无名氏续，程伟元、高鹗整理"了。主持其事者，正是当时的红坛领袖冯其庸。

冯其庸为什么要做这样的改动？《文艺报》2014 年 1 月 24 日赵建忠的专访《老骥伏枥壮心不已——访文化学者冯其庸》，在回答"《红楼梦》'著作权'问题上已不再坚持高鹗'续书说'而仅仅承认他参与了这部著作的'整理'即编辑性质的工作，这是否意味着您的观点发生了变化"时，冯其庸是这样说的：

说《红楼梦》是由程伟元、高鹗共同整理后出版的，有文献依据，这就是乾隆五十六年印行的"程甲本"上他们二人的序言，后来胡适发表《红楼梦考证》，不相信序言，认定高鹗为《红楼梦》后四十回作者，这个结论影响了红学界数十年，我主持的新校本初版也受到这种习惯势力的影响。当时就有学人质疑，其后不少红学研究者重新审视胡适当年立论的内证、外证，发现根据并不很充分，首先我们认为程高序言是可信的，其次对程伟元、高鹗的研究进展很大，纠缪拓新；再者，从时间上看，数月之内续成四十回大书殊不可能。因而三版时改为曹著、程高整理。但这并不意味着我们把《红楼梦》后四十回的"著作权"也归曹雪芹，新校注本同时也标明了系"无名氏续"，高鹗续书只是一种可能，这样改动留下了继续探讨的空间，较原来更为客观稳妥。

被誉为"新时期红学的'定海神针'，新时期红学的灵魂人物"①，冯其庸自以为已经将问题说清楚了。无奈广大读者不买账，署名变化所引起的争议，仍在持续热烧。冯其庸虽已驾鹤西去，但 2008 年《红楼梦》新校本，仍然面临着市场的挑战。《光明日报》形容道："扉页上作者署名'（前八十回）曹雪芹著，（后四十回）无名氏续，程伟元、高鹗整理'一项，刹那间被细心的读者捕捉到一点点变化。"就是这种挑战的真切写照。严酷的形势，需要寻找权威发言人加以澄清。身为中国红楼梦学会会长、《红楼梦学刊》主编的张庆善，便作为最佳人选被推到了前台。

---

① 孙伟科：《红楼奥义隐千寻：纪念红学大家冯其庸先生》，《文艺报》，2017 年 3 月 3 日。

张庆善似不是《红楼梦》校订组成员，《风雨平生：冯其庸口述自传》第230页，讲到《红楼梦》校订组时，颇有点惜墨如金，仅说"从外地调来的七八个同志都被调回去了，就剩我和吕启祥、林冠夫、陶建基四个人了"，内中没有提到张庆善。

张庆善对《红楼梦》的作者这一问题有自己的观点（或者说看法）。这就是："其实《红楼梦》是写完了。"他的根据有二：

一是从创作规律而言，曹雪芹创作《红楼梦》批阅十载，增删五次，纂成目录，分出章回，历时十年之久，不可能只写出前八十回就不再往下写了，翻来覆去只修改前八十回，这不符合创作规律。

二是根据现有的大量脂砚斋批语，已经透露出八十回以后的情节，曹雪芹的亲友脂砚斋、畸笏叟都已经看到了这些稿子。

第一条用"创作规律"，虽然有些牵强，却说得不无道理。不仅十年中翻来覆去只修改前八十回，不符合创作规律；而且书中"纂成目录，分出章回"的话，恰是《红楼梦》是写完了的证据。如果整部书没有写完，怎么去"纂成目录，分出章回"？冯其庸和张庆善都认为"程高序言是可信的"，而程伟元是这样说的："不佞以是书既有百廿卷之目，岂无全璧？爰为竭力搜罗，自藏书家甚至故纸堆中，无不留心，数年以来，仅积有廿余卷。一日，偶于鼓担上得十余卷，遂重价购之，欣然翻阅，见其前后起伏，尚属接笋，然漶漫不可收拾；乃同友人细加厘剔，截长补短，抄成全部，复为镌板，以公同好，《红楼梦》全书始至告成矣。""百廿卷之目"的存在，表明底本就是全本；后来陆续搜罗到的残卷，不仅情节"尚属接笋"，回目亦与总目契合，证明它正是散失的部分。

第二条抬出"脂批"为护法，证明《红楼梦》是写完了，就完全不合适了。假如退回去三十年，在"对脂评不加任何鉴定和研究就完全无批判地接受"的背景下，这样做也许还可原谅；而到了今天就大成问题了。张庆善对脂砚斋受到的严峻质疑，应该是有所了解的。在笔者看来，脂砚斋的价值，是充当胡适"书未成，而雪芹死了"的"大胆假设"的物证。如甲戌本批道："壬午除夕，书未成，芹为泪尽而逝。"庚辰本第二十二回批道："此回未成而芹逝矣，叹叹。"重点就在认定《红楼梦》为"未完"之书。但后出的庚辰本，为了反衬程甲本后四十回之"谬"，有意"透露"出八十回以后的情节，如第二十一回批："按此回之文固妙，然未见后三十回，犹不见此之妙。"第四十二回批："请看黛玉逝世后宝钗之文字，便知余言不谬矣。"庚辰本的说法显然与脂砚斋的"书未成而雪芹死了"是矛盾的，不免有自己打自己嘴巴之嫌。

冯其庸如果尚在，这种文章根本就不必写；即便要写，也不会写成这样的状态。张庆善说："其实《红楼梦》是写完了，但没有最后修改完，而且八十回以后的稿子又丢掉了，因而留下后四十回续书问题。"

张庆善是这样来反驳"高鹗续书说"的："高鹗只是整理者之一，到目前为止所有关于高鹗续写后四十回的根据都不成立，而且在程伟元、高鹗刊刻程甲本以前，就有《红楼梦》一百二十回抄本存在，高鹗也没有时间去写。"既然看出高鹗"数月之内续成四十回大书殊不可能"，那这重大任务又怎么由"无名氏"完成呢？我们也以"创作规律"来分析分析。

当《红楼梦》八十回本流传之时，读者当然都渴望读到后四十回，他们的心理趋向，就是程伟元所说："是书既有百廿卷之目，岂无全璧？"于是竭力搜罗，自藏书家甚至故纸堆中无不留心。唯独这位"无名氏"，早已断定后四十回绝无找到的可能，便自己动手来续写了。于是问题来了：如果这位"无名氏"在得知程伟元刊刻《红楼梦》之前，就已经开始续写，他怎么敢保证自己所续定会与前八十回合璧刊行传世？如果是在得知程伟元刊刻《红楼梦》之后，"遂有闻故生心思谋利者伪续四十回，同原八十回抄成一部，用以给人"（借用《枣窗闲笔》语），时间怎么来得及？况且，他又是如何通过"鼓担"，将稿子送到程伟元手中的呢？

从学理上讲，否定了先验的"高鹗续书说"，唯一的抉择是承认《红楼梦》是写完了，一百二十回《红楼梦》是出自同一作者的统一体。冯其庸却不愿承认全本《红楼梦》统出于曹雪芹之手，而仍坚守"庚辰本"是曹雪芹生前的最后一个改定本，是最接近作者亲笔手稿的完整的本子。

《红楼梦》新校本不再把高鹗列为作者，认为作者是曹雪芹和无名氏，须知"无名氏"不是古代词汇，更不是版本用语。以版本学论，古籍不知作者为谁，一般说法是"佚名"（如唐诗《金缕衣》）。佚名者，不是没有姓名的人（"无名氏"），而是在书中没有署名，或姓名无法查寻而已。张庆善说，《红楼梦》新校本署名改为"曹雪芹著，无名氏续，程伟元、高鹗整理"，是"一种实事求是的学术态度，是对学术的尊重与对读者的负责，是力争恢复历史真面貌，是为程伟元、高鹗正名，这是多年来红学界关于后四十回续书作者问题研究成果的客观反映"。是否成立，还待考证。

（二）

作者署名"（前八十回）曹雪芹著，（后四十回）无名氏续，程伟元、高鹗整理"，细心的读者捕捉到的一点点变化，仅止于"无名氏续"，而他们所关注的，亦仅止于"《红楼梦》后四十回作者到底是谁"；无论问者答者，对于"曹雪芹著"，显然都以为是理所当然，毫无疑义的。

唯独2017年11月首届非主流红学论坛，张风波先生的一篇《从出版通例，看〈红楼梦〉出版乱象》，提出了《红楼梦》署名的混乱现象：有署名"曹雪芹著"的，有署名"曹雪芹、高鹗著"的，有署名"曹雪芹著，无名氏续，程伟元、高鹗整理"的，还有署名"曹雪芹著，程伟元、高鹗整理"的；还有同一家出版社，同时发行两种《红楼梦》，作者署名不一样的。于是提出了"成书非经一人之手的图书，和作者无法考证的图书，在成为现代出版物时，如何署名"的问题。他举例说：《汉书》是由班彪、班固、班昭和马续四人完成的，中华书局出版的《汉书》，只署名班固。按照出版通例，如果确定曹雪芹是《红楼梦》主要作者，完全可以不去理会续书者是谁，整理者是谁，直接标"曹雪芹著"就可以了；如果承认《红楼梦》作者还是无法确知，还是有待考证的话，《红楼梦》的作者署名应该付之阙如。

文章尚未正式发表，故这一意见尚未引起重视。20世纪80年代，我邀请全国十八省市百位学者，编纂了一部《中国通俗小说总目提要》，此书的《编辑说明》[①]写道：

关于作者，凡例规定先著录原书所题，然后写考证所得，这样做，是为了求得客观性与科学性。如《隋唐演义》，按原书著录，题"剑啸阁、齐东野人等原本""长洲后进没世农夫汇编"，而不径书"褚人获撰"。因为《隋唐演义》是褚人获将剑啸阁之《隋史遗文》、齐东野人之《隋炀帝艳史》等汇编而成的，与独立创作之"撰"有着根本的不同。同时，先著录原题撰人，还可以避免可能的错误。如光绪三十四年集成图书公司刊《扬州梦》十回，作者"仙源苍园"，不少人都以为是作《九尾龟》之张春帆，实非。若径题张春帆撰，就要出错；而照原书所题著录，即使弄错，还有重新考订的余地。凡例还规定，原书不题撰人的亦须注明，这对于弄清小说的著作权，也是很要紧的。如《西游记》，现在一般人都知道是吴承恩所作，实际上见存明刊本，都未署撰人，清刊本则题元代道士长春真人邱处机作，

---

① 后以《〈中国通俗小说总目提要〉编纂中若干目录学问题》为题，刊于《社会科学战线》1989年第3期，收进《古小说研究论》，巴蜀书社1997年5月版。

于此，均如实加以著录；若径书吴承恩撰，就不是科学态度。题署别号与不题撰人，虽都没有披露作者的真实姓名，但二者还是有不同的。名之于人，不过一种符号，"青心才人""天花藏主人"，实亦可视为作者之名，故本书一般不用"无名氏"字样，更不取"佚名"的提法。一书若无题署，就著录"不题撰人"；如因残缺卷首，难以判定有无题署，就著录"不知撰人"。作者生平事迹可考者，得尽可能准确地写明其真实姓名、生卒年代、籍贯里居，经历著述等。学术界有不同观点而尚无定论者，如《金瓶梅》作者之争，《水浒传》作者施耐庵生平之争，一般都举其大要予以客观介绍，同时适当表明撰稿人言之有据的意见。如编者与撰稿人有不同意见，但又无确实把握定论者，则一般尊重撰稿人之意见，如《五色石》《八洞天》之作者是否为徐述夔，即其一例。对作者题署有疑问的，如《盘古至唐虞传》，题"景陵钟惺伯敬父编辑"，"古吴冯梦龙犹龙父鉴定"，《岳武穆王精忠传》题"邹元标编订"，学术界有人颇疑为假托；但如无可靠证据，本书亦照原题著录，不轻下"假托""作伪"之断语。有些跨清末民初两个时代的作者，则着重介绍在清代的经历。如撰《黑天国》之"三爱"，经考证，即系著名的陈独秀，本书只介绍其于清季的文学活动，而截止于其后之参加"五四"新文化运动，余皆省略。同一作者撰有数书的，作者在最先出现的条目中介绍，后皆从略。由于同一作者所撰各书之条目，可能分出数人之手，或取或删，唯以先后为准。

按照版本学通例，确认一部书的作者，主要依据是正书首页首行（版本术语称"卷端"）的题署。但所有未经整理的《红楼梦》版本，包括刊刻本和手抄本，卷端一律不题撰人姓名。如严格地按通例执行，《红楼梦》的作者署名，确实就应该付之阙如。古籍中的序跋，也包含有关信息，是判断作者的有效材料。但《红楼梦》所有版本，包括刊刻本和手抄本，所有序跋无一指明作者的名字，唯一例外是程甲本《红楼梦》程伟元的序："作者相传不一，究未知出自何人，唯书内记雪芹曹先生删改数过。"程伟元的话，不知被多少人引用过，但大家只注意到"唯书内记雪芹曹先生删改数过"几个字，却忽略了"作者相传不一"几个字，而这恰恰是最重要、最关键的。

程伟元的序，作于乾隆五十六年（1791）。在那个历史坐标上，他所听到的关于《红楼梦》作者的信息，是"相传不一"。"不一"者，不止一个也；恐怕也不止两个，至少在三五个以上。但肯定的是，"雪芹曹先生"不在其内。道理很简单：如果"作者相传"之一，就有曹雪芹，再印证以"书内记雪芹曹先生删改数过"，程伟元就可作出曹雪芹是《红楼梦》作者的结论，这个悬案就不必由后人来破解了。所以，"作者相传不一"，就意味着在乾隆五十六年，人们不认为《红楼梦》的作者是曹雪芹，同时也意味着《红楼梦》作者探寻的多元性。

有人也许会问：《红楼梦》不是明写着"曹雪芹于悼红轩中披阅十载，增删五次，纂成目录，分出章回"的话吗？但书中不是又明确地说"将真事隐去""满纸荒唐言"吗？"曹雪芹"与"悼红轩"，焉知不是"荒唐言"的组成部分呢？

——当然，在新的《红楼梦》出版物上，标以"不题撰人"或将署名付之阙如，读者可能会不习惯。可行处理的方案是：既然已经习惯说曹雪芹是《红楼梦》作者，那就将其视为笔名可也。我和曲沐、陈年希、金钟泠校注的花城版《红楼梦》，就署"曹雪芹著"，而且装订成上下两册，至今不悔；如果再版，也不会改换。

当然，我们认可曹雪芹是《红楼梦》作者，并不意味赞同他名霑，字梦阮，号芹溪，是康熙年间任江宁织造的曹寅的孙子。我们提倡《红楼梦》作者探索的"异质思维"，是因为多一种说法，多一种可能，为研究提供多向度、多层面的思维，总是好的。

（三）

张庆善的另一个身份是《红楼梦大辞典》主编。《红楼梦大辞典》原由冯其庸、李希凡主编，1991年文化艺术出版社初版，2010年文化艺术出版社增订本。其后，又酝酿重新修订，确定由张庆善担任主编，人们自会寄以厚望。

如何提高《红楼梦大辞典》修订的质量？窃以为关键不在增加多少词条，而是在站在什么立场。换句话说，是站在"新红学"的立场，还是站在兼容并包不同红学体系的立场，才是最最紧要的。

旧《红楼梦大辞典》虽由冯其庸、李希凡主编，但主导者是冯其庸。1991年起步，正是"胡适红学"繁盛的时期，对其顶礼膜拜，是极其自然的事。且看2010年增订本对"新红学"条的定义：

1919年的五四运动，批判了封建主义的旧文学，开创了民主主义的新文学。当时文化阵营中马克思主义、无政府主义、尼采哲学、进化论和实用主义等都得到广泛宣传，新的思想，新的学说，带来了学术观点的新变化。胡适留学美国时的老师是实用主义哲学大师杜威，所以胡适在新文化运动中突出宣传实用主义，并运用它进行文学和历史研究。《红楼梦考证》是他的文学研究方面的一项重要成果。他利用搜集到的曹雪芹的家世生平史料，经过考证，得出了《红楼梦》是曹雪芹"自叙传"的结论。人们称从他开始的红学为"新红学"。后来，俞平伯也被《红楼梦考证》所吸引，与顾颉刚一起以通信方式讨论《红楼梦》，在此基础上，写成《红楼梦辨》一书，从观点到方法，与《红楼梦考证》一脉相承，而更为丰富完备，都成为新红学的奠基性著作。在红学史上，新红学派不可磨灭的功绩有：一、破除了人们对旧红学的迷信，使红学进入了一个新阶段；二、有意识地对作者的家世、生平和交游作了考证，为更好地研究《红楼梦》的作者和小说本身打下了基础；三、肯定前 80 回为曹雪芹原著，后 40 回为高鹗所补；四、根据脂评和其他材料，校勘出前 80 回的残缺情形，探索出 80 回以后的情节线索，使研究者的眼光更加开阔，等等。新红学派的缺陷也是明显的，如他们把小说与"自传"等同；把贾家与曹家，贾宝玉与曹雪芹机械地类比，把具有广阔生活领域的红学，搞成曹家一家的家事，降低了《红楼梦》的社会意义和美学价值。[①]

将"新红学"与 1919 年的五四运动牵扯一起，就是人为拔高"新红学"。将马克思主义、无政府主义、尼采哲学、进化论和实用主义一道装进"民主主义的新文学"的篮子，统统算是"新的思想""新的学说"，未免不伦不类。站在"后胡适红学"的立场，应该与时俱进。用那么少的文字，根本说不清五四运动的复杂内涵，说不清"新红学"的历史定位，不如索性不说，只提一下胡适研究《红楼梦》，是为了宣传实用主义。

将"新红学"的核心归结为《红楼梦》是曹雪芹"自叙传"，是不错的。但对新红学派的评价，用"不可磨灭"来形容，就有点过了。所谓四条功绩，前两条"破除了人们对旧红学的迷信，使红学进入了一个新阶段"，"有意识地对作者的家世、生平和交游作了考证，为更好地研究《红楼梦》的作者和小说本身打下了基础"，稍作斟酌尚可保留；后两条"肯定前 80 回为曹雪芹原著，后 40 回为高鹗所补"，"根据脂评和其他材料，校勘出前 80 回的残缺情形，探索出 80 回以后的情节线索，使研究者的眼光更加开阔"，则是站不住脚的，较为主观。

至于难得指出新红学派的缺陷，如把小说与"自传"等同，把贾家与

---

① 冯其庸，李希凡主编：《红楼梦大辞典》（增订本），文化艺术出版社，2010，第 473—474 页。

曹家，贾宝玉与曹雪芹机械地类比，把具有广阔生活领域的红学，搞成曹家一家的家事，降低了《红楼梦》的社会意义和美学价值，等等，则不妨予以保留。此是题外的话，仅供参考。

"嚼过三遍的是甘蔗渣"，"不吃别人啃过的馍"，是为文者追求的境界。《〈红楼梦〉后四十回作者是谁》，竭力展现独立思考的科学精神，实事求是的坦荡态度，其实都是重复前人说过的话。然而，它又来得正是时候，它标志着"后胡适红学"的降临，标志着新的红学开始萌芽。

参 考 文 献

专著：

[美] 费正清：《剑桥中国晚清史》下卷，中国社会科学出版社，1985。

《中国历史一本通》，幼福公司（台北），2016。

《红楼梦大辞典》（增订本），文化艺术出版社，2010。

郭沫若：《胡适思想批判》第一辑，三联书店，1955。

郭沫若：《胡适思想批判》第二辑，三联书店，1955。

郭沫若：《胡适思想批判》第三辑，三联书店，1955。

郭沫若：《胡适思想批判》第四辑，三联书店，1955。

郭沫若：《胡适思想批判》第七辑，三联书店，1955。

余英时：《重寻胡适历程——胡适生平与思想再认识》，广西师范大学出版社，2004。

中共中央党史研究室编：《中国共产党的九十年》，中共党史出版社、党建读物出版社，2016。

中共中央办公厅机要室：《关于知识分子问题的会议参考资料》第二辑。

中国作家协会上海分会编：《红楼梦研究资料集刊》第七集，上海古籍出版社，1981。

中国作家协会上海分会编：《红楼梦研究资料集刊》第二集，上海古籍出版社，1954。

中国社会科学院近代史研究所编：《五四运动回忆录》（续），中国社会科学出版社，1979。

作家出版社编辑组编：《红楼梦问题讨论集》第二集，作家出版社，1955。

作家出版社编辑部编：《红楼梦问题讨论集》第一集，作家出版社。

作家出版社编辑部编：《胡风文艺思想批判论文汇集》五集，作家出版社，1955。

俞平伯：《俞平伯论红楼梦》，上海古籍出版社，1988。

俞平伯：《红楼心解》，陕西师范大学出版社，2005。

俞平伯：《红楼梦辨》，商务印书馆，2010。

冯其庸：《梦边集》，陕西人民出版社，1982。

冯其庸：《论庚辰本》，上海文艺出版社，1980。

史和：《中国近代报刊名录》，福建人民出版社，1991。

吕启祥，林东海编：《红楼梦研究稀见资料汇编》，人民文学出版社，2001。

吴世昌：《红楼梦探源外编》，上海古籍出版社，1980。

周汝昌：《北斗京华——北京生活五十年漫忆》，中华书局，2007。

周汝昌：《红楼梦新证》，译林出版社，1953。

周质平：《胡适思想与现代中国》，九州出版社，2012。

唐德刚：《胡适口述自传》，华东师范大学出版社，1993。

唐德刚：《胡适杂忆》，广西师范大学出版社，2019。

孙玉蓉编：《俞平伯书信集》，河南教育出版社，1991。

季羡林编：《胡适全集》第二卷，安徽教育出版社，2003。

宋广波：《胡适红学研究资料全编》，北京图书馆出版社，2005。

张国光：《水浒与金圣叹研究》，中州古籍出版社，1981。

徐子明：《宜兴徐子明先生遗稿》，华冈出版社（台北），1975。

徐子明：《胡祸丛谈》，民主出版社（台北），1964。

恽代英：《恽代英日记》，中共中央党校出版社，1918。

方洲主编：《中国历史全知道》，风车图书出版公司（台北），2010。

易竹贤：《胡适传》，湖北人民出版社，2005。

朱寿朋编纂：《光绪朝东华录》，中华书局，1965。

朱高正：《狱中自白：论台湾前途与两岸关系》，学思出版社（台北），2000。

李守孔：《中国近代史》，三民书局（台北），1974。

李志：《胡适》，江苏文艺出版社，1999。

李敖：《胡适研究》，中国友谊出版公司，2006。

杜春和选编：《胡适论学往来书信选》，河北人民出版社，1998。

林伟：《唐弢年谱新编》，浙江大学出版社，2016。

欧阳哲生编：《胡适文集》第 12 册，北京大学出版社，1998。

殷海光，林毓生：《殷海光林毓生书信录》，上海远东出版社，1996。

江勇振：《舍我其谁：胡适》第一部《璞玉成璧：1991—1917》，新星出版社，2011。

江勇振：《舍我其谁：胡适》第二部《日正当中：1917—1927》，浙江人民出版社，2013。

汪荣祖编：《五四研究论文集》，联经出版事业公司（台北），1980。

沈伯俊：《〈国学大师谢无量〉序》，载刘长荣、何兴明著《国学大师谢无量》，中国文史出版社，2006。

石原皋：《闲话胡适》，安徽人民出版社，1985。

耿云志：《胡适年谱》，福建教育出版社，2012。

耿云志：《胡适研究论稿》，社会科学文献出版社，2007。

耿云志主编：《胡适遗稿及秘藏书信》第 40 册，黄山书社，1994。

胡明：《胡适传论》，人民文学出版社，1997。

胡适：《中国哲学史大纲》（影印本），商务印书馆，1987。

胡适：《回顾与反省》，中国城市出版社，2013。

胡适：《王莽》，载胡适：《胡适文存·二集》（卷一），黄山书社，1996。

胡适：《胡适书信集》，北京大学出版社，1996。

胡适：《胡适家书》，安徽人民出版社，1996。

胡适：《胡适留学日记》，安徽教育出版社，2006 年。

胡适：《胡适红楼梦研究论述全编》，上海古籍出版社，1988。

胡适：《胡适自传》，黄山书社，1986。

胡适著，梁勤峰、杨永平整理：《胡适许怡荪通信集》，上海人民出版社，2017。

舒新城：《中国近代教育史资料》，人民出版社，1981。

舒芜：《舒芜口述自传》，中国社会科学出版社，2002。

萧乾：《关于死的反思》，陕西人民出版社，1995。

萧乾：《萧乾回忆录》，中国工人出版社，2005。

蔡义江：《红楼梦是怎样写成的》，北京图书馆出版社，2004。

谢无量：《中国哲学史》，中华书局，1916。

贾植芳：《狱里狱外》，上海远东出版社，1995。

邓之诚：《邓之诚文史札记》，凤凰出版社，2012。

金岳霖著，刘培育整理：《金岳霖回忆录》，北京大学出版社，2011。

钱济鄂：《中国文学纵横谈：论雅俗、骈文及其他》，书林公司（台北），1995。

钱穆：《文化中之语言与文字》，《中国文学论丛》，三联书店，2002。

陈公：《青少年不可不知的 100 个心理智慧》安徽文艺出版社，2010。

陈独秀，李大钊，瞿秋白，胡适，鲁迅等：《新青年》第 6 卷，中国书店出版社，2011。

陈若曦：《坚持·无悔》，九歌出版社（台北），2011 年 10 月增订版。

韦政通：《思想的贫困》，东大图书公司（台北），1985。

顾潮：《顾颉刚年谱》，中国社会科学出版社，1993。

顾颉刚：《古史辨》，海南出版社，2003。

期刊：

《编者按》，《文史哲》1955 年第 6 期。

高亨：《批判胡适的考据方法》，《文史哲》1955 年第 5 期。

胡适：《这一周》，《努力周报》1922 年第 12 期。

蓝翎，李希凡：《谁引导我们到战斗的路上》，《中国青年》1954 年第 22 期。

李宗陶：《还原一个真胡适——专访台湾"中央研究院"胡适纪念馆主任黄克武》，《南方人物周刊》2007 年第 26 期。

林毓生：《中国人文的重建》，《联合月刊》（台北）第 14 期。

罗平汉：《1956：知识分子的早春》，《中国新闻周刊》2011 年 22 期。

欧阳健：《再提胡适的博士学位问题》，《文学与文化》2017 年第 1 期。

宋广波：《胡适的〈日记〉》，《胡适研究通讯》2008 年第 3 期。

王学典：《又为学界哭英灵——痛悼赵俪生先生》，《山东大学报》2007 年总第 1700 期。

俞平伯：《〈红楼梦〉的修正》，《现代评论》（第一卷）1924 年第 9 期。

俞平伯：《驳〈跋销释真空宝卷〉》，《文学》1933 年创刊号。

俞平伯：《俞平伯致毛国瑶信函选辑》，《红楼梦学刊》1992 年第 2 期。

张德旺：《胡适在五四运动中的地位和作用》，《求是学刊》1985 年第 1 期。

张光年：《在颐年堂听毛泽东谈双百方针》，《百年潮》1999 年第 4 期。

报纸：

孙伟科：《红楼奥义隐千寻：纪念红学大家冯其庸先生》，《文艺报》，2017 年 3 月 3 日。

梁启超：《中国唯一之文学报〈新小说〉》，《新民丛报》十四号，1902 年 8 月 18 日。

沈尹默：《胡适这个人》，《大公报》（香港），1952 年 1 月 5 日。

张国光：《清除胡适反动的文学思想》，《光明日报》，1954 年 11 月 8 日。

《〈胡适日记〉全都可靠吗》，《中华读书报》，1999 年 8 月 11 日。

王若谷：《驳李敖之否定鲁迅论》，《江南时报》，2005 年 8 月 9 日。

韩毓海：《1954 年〈红楼梦〉大讨论再回首》，《21 世纪经济报道》，2006 年 11 月 27 日。

顾思齐：《在没有胡适之的时代读余英时》，《南方都市报》，2008 年 10 月 13 日。

陈平原：《"讲座"为何是"胡适"》，《中华读书报》，2010 年 5 月 19 日。

张耀杰：《北大旧事：五四运动中的沈尹默与胡适》，《北京青年报》，2014 年 5 月 23 日。

硕士论文：

朱锡璋：《中共批判胡适思想之研究》，1983 年硕士论文。

网站：

http://blog.sina.com.cn/s/blog_4a0b9780010007b2.html

《俞平伯咋迟迟看不到庚辰本〈红楼梦〉》，转引自 http://www.toutiao.com/a6402564390655049986/